小说卷

文润天山

新疆文学选萃

中国作家协会文化润疆工作办公室 编

作家出版社

图书在版编目（CIP）数据

文润天山：新疆文学选萃．小说卷 / 中国作家协会
文化润疆工作办公室编．-- 北京：作家出版社，2025.7.

ISBN 978-7-5212-3480-0

Ⅰ．I218.45；I247

中国国家版本馆 CIP 数据核字第 2025N0H245 号

文润天山：新疆文学选萃　小说卷

编　　者：中国作家协会文化润疆工作办公室

责任编辑：李亚梓

特约编辑：赵兴红

封面设计：琥珀视觉

出版发行：作家出版社有限公司

社　　址：北京农展馆南里 10 号　　　邮　　编：100125

电话传真：86 - 10 - 65067186（发行中心）

　　　　　86 - 10 - 65004079（总编室）

E - mail: zuojia@zuojia. net. cn

http: // www. zuojiachubanshe. com

印　　刷：唐山玺诚印务有限公司

成品尺寸：152 × 230

字　　数：268 千

印　　张：20.25

版　　次：2025 年 7 月第 1 版

印　　次：2025 年 7 月第 1 次印刷

ISBN 978 - 7 - 5212 - 3480 - 0

定　　价：56.00 元

目录

城 隅

◎ 赵光鸣

一

　　王锁扣喜欢种菜。他是机修厂的老技工，却改不掉农民的习惯，总喜欢给自己弄块地，种各种各样的菜。

　　他原先的那块菜地大概比一张炕席的面积略大一点，地点在老鸦渠的北湾渠畔，靠近机修厂三栋房的那块碱坡地，那里的盐碱很重，碱壳子很厚，稀稀拉拉地长着几棵苇子，有一片地还堆满了断砖残瓦、水泥坨子等。王锁扣师傅把这些垃圾填埋到附近的一个洼坑里，连带刨掉的那些泛黄的碱壳子，还有一丛丛的苇根，全都转移到那个一人深的洼坑。然后，找来一辆带拖斗的三轮车，跑到三栋房东边的坡梁下，拉了不下十车黄土，基本完成了他的土壤改造第一步要做的事情。这年的半个秋天，整个冬天，他都在为积肥而奔忙。当然，是在下了班之后。人们常常可以看到他的身影在厂区、各家属区以及街巷里弄晃动，像个老农一样，肩头上挂一个柳条筐，手里拎把铲，两眼盯着地面，见到粪便，不管人的粪便，还是牲畜猫狗的粪便，两眼就放出幽光。

　　由于这小块地底肥厚、肥力足，开春时节，把各种菜籽种下去，一两个月过后，他的小菜园子就开始绿了，茄子、辣椒、丝瓜、豆角、韭菜、萝卜，争相生长，生机蓬勃。有些菜是开花的，豆角开紫红色花，丝瓜开白花，再比如南瓜开很大的花，黄灿灿的，老远就能看见，像金喇叭。王锁扣最喜欢种的就是南瓜，他爱吃南瓜，蒸着吃煮着吃，都行，炒着吃比肉香。而且，南瓜便于贮存，可以保存到冬天吃，不会坏。他种的南瓜子是他到农科院种子所挑的优良品种，专家推荐的。对于南瓜，王锁扣有一种朴素的感情，这东西在粮食不够吃的时候，是可以像土豆、红薯一样代替口粮的，是能救人命的。他饿过肚子，所以对能代替粮食的蔬菜情有独钟。

他的这个菜园子太小，不能种土豆和红薯，所以，就多种南瓜。南瓜藤蔓是往上长的，不占地，他给瓜秧搭架，让它们立体发展。他这块小菜地虽然小，但被人称为菜园子，不是信口叫出来的，他用枯树枝、锈铁丝、朽木板圈起一个封闭的篱笆墙，还造了一道门，是用两个坏了的抬笆子扎起来的，铁丝捆着，和整个篱笆墙连在一起，外表看上去乱糟糟的，里面却是个生机勃勃的小天地。

王锁扣住在三栋房第一栋的第一间房里，那是机修厂的职工宿舍，从那间房的门窗，可以清楚地看到小菜园的动静。但是王锁扣并没有总盯着那里看，也不怎么担心有人偷他的菜。那些年，老百姓的生活并不富裕，但社会风气还是比较好的，没有人惦记他的那点劳动成果，就是园子里的西红柿红透了，不经他的同意，也没人会闯进去摘一个吃。实际上，小园子里的蔬菜他一个人吃不完，也来不及吃，多半都送工友了。他只有一样东西是舍不得送人的，那就是南瓜，他每年都要留十来个南瓜，贮在他的宿舍里，隔个十天半月的，就杀一个，每顿饭都有南瓜，吃得津津有味，心满意足。

在老鸦渠畔开地种菜，因为有王锁扣师傅开了这个头，厂里有些人也跟着他学，零零星星地沿渠扎起一个个的篱笆圈，圈起的小块菜地都不及王师傅的大，地里的菜不管怎么都不如王师傅的菜长得好，但人们好像都上了瘾，越弄越有心劲。小菜地给人带来了快乐，调剂了枯燥的生活，还可以经常吃到自种的绿色蔬菜，不施化肥，不打农药，对人的身心健康大有益处，生活比较困难的家庭还可以省出一笔菜金，凡此种种，都说明王锁扣师傅开的这个头，是很得人心的。

当时的机修厂的领导是比较开明的，有人把私开菜地的现象反映上去，领导说，那条渠沿畔荒着也是荒着，连苇子都长不好的破地，能长出绿叶菜来，方便了群众，这是好事嘛！

领导点头，原先观望的那些人也没有顾虑了，纷纷到渠沿寻合适的地块，然后，也像前边的人一样，找些枯枝败木、铁丝毛毡等把篱笆扎起来，看上去像鸟窠。很多这样的"鸟窠"串在一起，形成了绵延了几里路的一道很奇特的景观带。

加入这道风景线的人，后来扩充到了相邻的工厂和单位，那段时间，有人细数过，老鸦渠畔的小块菜地，一共有一百三十四片，他们的主人，认识的或不认识的，都是王锁扣师傅的追随者。

那时候，老鸦渠流经的这片区域是城乡接合部，还没有形成真正的社区，不断有新的单位和企业搬来，占据那些空置的荒滩地，这个城市扩展的过程，持续了好多年。

老鸦渠是这个区域唯一的地面水系，它在北湾那里大幅度地拐了个湾，擦过大多数新建单位的围墙，朝西边的旷野奔泻而去，远方地势低，呈蓝紫色，迷蒙一片，像个大湖。

老鸦渠畔种菜的好光景大约持续了三四年，然后就衰落了。

直接的原因是渠的上游新迁来一家皮革厂，这家厂子把洗皮子的黑水排到渠里，渠水一夜之间就变浑变黄变臭了。而且，这股臭味很呛鼻子，到处弥漫，刺激人的呼吸系统，招来一片声讨，都说这个污染环境的厂子不应该落脚在渠的上游，它应该搬到远处的戈壁滩去。就在大家忙着抗议皮革厂排污破坏环境的当口，王锁扣悄没声地给自己另找了一块菜地。第一个放弃了他的渠畔菜园子。

王师傅看得很清楚，渠畔种菜长久不了，即使没有上游污染，随着城市发展和扩充，这条渠也会被统一规划，不可能一直这么乱糟糟地存在下去，实话说，沿渠两岸的那些篱笆圈子，王师傅自己看着都觉得堵心，实在是太难看了。

果然，新市区的建设规划很快就下达并且付诸实施了。老鸦渠被改名为"碧流溪"，比以前的名字好听多了，社区的名称也跟着成了

"碧流溪新区"，规划中的碧流溪流域将被打造成集绿化、园林、休闲为一体的新区景观带。所有违章建筑一律拆除，这道命令没有任何人有异议，在王锁扣放弃他的渠畔菜园子后的第二年，再也没有人在渠畔上种菜了。

二

王锁扣给自己找的新菜地在东梁坡上，那是个人迹罕至的地方。

东梁坡属天山山脉的缓坡地带，地势高出碧流溪新区数十米，绵延几十里，直通远方浅山，植被稀疏，少见人烟。城市在山坡下星罗棋布，车水马龙，坡上却寂无声息，就是鸟儿的叫声，都是有一声没一声的，零落而寂寥。

东梁坡在碧流溪新区这一段，是很陡直的地形，差不多有十几层楼高，势如刀切，很难攀登上去。王锁扣找到一条隐蔽通道，轻而易举地就上去了。

他看中的那片地在小路的西侧，约有百十步距离的一处灌木丛里，差不多快到梁坡崖畔沿上了。荒地的面积至少有渠畔菜园子八九倍大，他要不了这么多的地，只开了不到一半面积。这里的地是黄土地，不含沙石，土层很厚，施点基肥，不愁长不出东西。最要紧的是，这里有水，没有水是种不了地的，但这犄角旮旯儿，却不缺水。

灌木丛往东，数步之外，有股泉水，从远处的一片残墙断壁中蜿蜒而来，在杂草间明灭着，最后流到一个碉堡一样的水泥建筑里。王锁扣知道那片残墙断壁是个废弃的砖厂。在东梁坡上广漠的旷野，他能看到的建筑物还有两处砖厂和一个蛭石厂，它们都在很远的地方，快到博格达山山脚下了。

王锁扣决定在灌木丛里开地的时候，意外地发现这里藏着五座坟包，这是他原来没有想到的情况。五座坟都被红柳、梭梭、野蔷薇、铃铛草、骆驼刺、野枸杞等遮掩着，看样子很久没有人来祭扫过了。

他对几个坟头鞠躬，作揖，一一打个招呼："对不起，打扰了！"

他以后经常对那些坟头说这样的话。

"啊，对不起啊，打扰了，打扰了！"

这些埋在地下的陌生人不足以让他改变主意，他喜欢这个地方。

这个地方实在是好，安静、空旷，鸟儿的叫声明亮而寂寥，空气里满是艾蒿草的气味。一抬头，就能看到蓝色的远山，还有水晶一样闪光的博格达雪峰。

回过头往崖畔下看，也很壮观，人间城郭，繁华街市，蓝烟蒙蒙，尽收眼底。

王锁扣找了根塑料管子，连上了那条泉水，把水引到他新开的地边。同时，在地块的西侧搭了间窝棚，还用废砖厂的残砖剩料在窝棚里支了张行军床，累了，可以在棚子里休息。他已经到了退休的年纪，用不着每天到厂里上班了。

种这块菜地的头一年，他抽空给五座坟头整了容。把坟包上的杂草除掉，豁洞填上新土，让它们每座都变得像新坟一样。这五座坟，都有墓碑，四块是石材的，上面的字都不是镌刻上去的，是书写的，时间长了，有些模糊，能认全的只有两座，一个是"显考王俊才大人之墓"，下面有立碑人的名字："子，端成、端果立"。第二座是"显考妣，陈江郎，万月娥大人之墓，子忠良、忠诚立"。认不全的两座，一座只有一个"楚"姓，其他字迹都驳蚀得看不清，另一座也只有一个字，是个"澜"字，该是个名，不是姓氏。

石碑之外，还有一块木质碑，像支倒插的船桨，完全枯朽了，轻轻碰一下，就粉一样往下掉木渣。王锁扣估摸着，这坟头下的人，死了至少该有一百年了。

五座孤坟，只有能认全字迹的两座有人祭扫过，这是从坟头碑前的花圈残架看出来的，纸花零落，全都褪了色，灰白灰白的，推算一下，至少是三五年前供献的物事。

王锁扣是个胆大的人，机修厂的人都知道他，他是不怕死人的，但他还是比较信迷信，他觉得人家在这里睡得好好的，你闯了来，不速之客，得获得人家认可，得尽点礼性。为此，他认真准备了一些果品、卤制品和点心，每个坟前摆一个供盘，放上供品、筷子，再放上酒杯，特意开了一瓶古城大印酒，给每个坟头毕恭毕敬地敬一杯。

他大声说："南郑草民王锁扣，给各位父老尊长敬杯酒！从今往后，我要来给你们做伴了，不到之处，希望你们原谅我，包涵包涵我啊！"

他觉得坟头下的人能听到他说的话。只要有虔诚的态度，阴阳两界的人可以交流，他能取得他们的谅解。

他以后常常给几位地下高邻敬酒，他喜欢喝点酒，有时候把酒带到梁坡上来喝，喝高兴了，就给每个坟头敬上一杯，他喊他们老哥老嫂，还跟他们说话，像拉家常一样自言自语。有时，干活累了，就在窝棚里过夜，行军床上睡倒，一睡到天亮，他和地下高邻相安无事，觉睡得很沉很香。

以前跟随他种过渠畔菜地的工友，有人跟着他到崖畔菜地来看了看，他们没有想到王锁扣师傅是在这样的地方开的地，那几座坟让他们望而却步，原来还想学王师傅上梁坡种菜，看了现场，立刻打消念头。他们还听说，东梁坡上是旧战场，光是军阀盛世才和马仲英血战，就在梁坡扔下几百具死尸，这种白骨累累、鬼火乱闪的地方，只有王锁扣这种人才敢来开荒种地，换谁都不会来。

关于鬼火，坡下有很多传闻，说得神乎其神，还带几分恐怖、几分惊悚色彩。

王锁扣经常在窝棚里过夜，真看见传闻中的那种鬼火了。那天深夜，他睡在行军床上，让一泡尿憋醒了，出窝棚，穿过灌木丛，正要尿尿，就看满地的蓝火乱闪，整个旷野，蓝莹莹一大片，滚动明灭，像无数支幽蓝色的火炬聚散，他觉得这景象很好看，但也只看到了这一回，他还想看，再也看不到了。原来，幽冥之美，是很难看到的景象。

三

王锁扣听从了机修厂几个老工友的建议，在西陆街上摆起了菜摊。这几个老朋友说，你种菜不能总是送人，总送人，人也不好意思要，反正你已经退休了，你还是摆摊卖菜吧，生意差不了。

他的崖畔菜地种什么菜都长得好，无论绿叶菜还是根茎菜、挂果菜，都有很好的卖相，人们都抢着买他的菜。他做菜摊生意从不缺斤少两，不跟人为一毛两毛的争来争去，也不自我标榜，说他的菜从来没用过化肥农药，他施的肥都是他积的肥，真正的农家肥，所以地里长出的是地地道道的绿色菜。这些不用他自己讲，早有人替他宣传做广告了。

他的菜摊，早先摆在西陆街的一个街角，这里有两棵沙枣树，离机修厂大门很近，旁边有间羊肉铺，还有个馕铺，开馕铺的叫尼牙孜，开羊肉铺的叫索朝贵，一个维吾尔族，一个撒拉族，两个人他都熟。他们原来都是机修厂的老工人，退休了干上了店铺生意，贴补家用。他在两棵树和两间店铺间的空地上把新鲜蔬菜摆上，要不了多长时间，所有的菜都会一抢而光。抢买的人有一半是机修厂的，是熟人，但大家愿意花点钱买王师傅的菜，他的菜吃着放心。以前，王师傅的菜是不收钱的，但是正像他那几个老友说的，老吃他白送的菜，大家都不好意思了。

王锁扣在这个街角摆摊摆了两三年，城管不让随便摆摊了，就和尼牙孜、索朝贵一起转移到相邻的南冠街上，那边有个巷子，叫西疆月巷，长约二百米，宽约十二三米，是碧流溪新区统一的集贸市场所在地。巷子两边各类店铺、饭馆、小吃店，摊铺一个挨着一个，蓝烟弥漫，人头攒动，很是热闹，卖菜的地摊摆放的位置在巷子尾间地带，是个丁字路口，这里相对清静些，王锁扣喜欢这个地段，站在这里，能清晰地看到东梁坡崖畔他的菜地，他亲手搭的豆棚瓜架和那些一簇簇的野蔷薇、红柳等灌木丛，是很明显的标记。这里有个栖霞面包店，是一对年轻夫妻小高小邵开的，店面不大，就在菜摊对面，从这个店里飘出的那股甜甜的香味儿，让他心里暖融融的。面包店旁边，是悦三的奇台拌面馆，悦三祖籍民勤，家在奇台县北道桥子，自称是镇番驼队领房子的后代，"领房子"其实就是带队的，驼队头领，他偏要说得让大家听不懂，以显示自己确是镇番后裔。他说镇番人先辈都是军人，他家祖上在军队里就是厨师，火头军，擅长做面食，所以，他的面食天下无双，门上广告有点大言不惭，不过他的奇台过油肉还是货真价实，奇台过油肉是奇台县的美食招牌，做法很有讲究，许多小馆都喜欢打它的牌子，但粗制滥造，味道差得远。王锁扣喜欢吃悦三店里的过油肉拌面，贵虽贵点，但味道非常正宗地道。

与悦三拌面馆紧邻的是个浏阳蒸菜馆，店主王绪寿，四十岁上下，人很斯文，面皮白净，瘦瘦的，说话慢条斯理，一口浓浓的浏阳北盛腔，言谈举止像个知识分子，一点不像开饭馆的，但他的蒸菜却是巷子的一绝，每天只蒸三百二十碗，卖完关门。

蒸菜馆另一侧，是万春来的春来鱼庄，万春来是重庆万州人，主营万州烤鱼，生意也很红火。

还有吉木萨尔小伙古海的北庭大盘鸡馆，专营大盘鸡，盘子很大，比一般大盘鸡店的盘子至少大出一倍，炖进去的洋芋又沙又甜，量足味美，他的大盘系列还有大盘鹅、大盘鱼、大盘红嘴雁，都可配宽带拉面。他还兼营黄面、酿皮，配料独特，对外保密，自称"机密黄面"，比著名的米泉羊毛工的黄面还要地道。

古海有个卖烤羊肉的朋友艾里盖希，三十来岁，南疆阿克陶人，没有店铺只有摊位，他的烤肉摊一直摆在古海店门口一侧，烤肉槽子旁边摆着两棵大桶栽的无花果树，绿意盎然。艾里盖希长相英俊，目光明亮，表情丰富，两撇漆黑的小胡子，让人看着亲切。

艾里盖希是个音乐爱好者，尤其热爱印度和巴基斯坦的电影歌曲，他有一套不错的音响设备，一边做生意，一边听音乐，陶醉其中。

古海说，有艾里的烤肉和音乐，我的生意也红火了，我们相互照应，这叫双赢。

艾里盖希说，我跟古哥在一起，每天的日子都是很快乐很快乐的。

他最爱说一句阿图什民歌歌词，有时用维吾尔语说，有时用汉语说，说的时候，挥手昂头，如同演说。

这句话是："除了死，剩下的都是欢乐。"

这句歌词，在西疆月巷子传播甚广，时常被人引用。

王锁扣觉得这是句大实话。

王锁扣在西疆月巷子确实感到很快乐，上面说的几个摊店主，现在都成了他的忘年交。他对巷子有了感情，经常心里说，幸亏摆上了菜摊，让他过上这样惬意的日子，遇上了这些有意思的人。

这几个小饭馆小摊店，王锁扣都挨着光顾过，摊子上的菜卖完，想吃点啥，抬脚就进去一家，大家都喜欢这个和善亲切的人。

但是，王师傅最喜欢的小馆，还是忽胖子的杂碎店。

忽胖子叫忽天庭，块头大，红脸，酒糟鼻子，是土生土长的本地人，跟王锁扣年纪相仿，为人很直率。杂碎店店主是他，但忙的却是他的大女儿和大女婿，他是个甩手掌柜，只要遇上个聊得来的人，他可以赔上酒菜，跟人聊个彻夜不休。

忽胖子不缺钱，他家的老屋院在拆迁的时候，由于位置好，得到好几百万的补偿款，但是在碧流溪新区最好的居民小区里住着，他觉得太冷清了，太无聊了，儿女各奔东西，老婆子成天打麻将，根本不着家。从前的邻里朋友，死的死，搬的搬，几年聚不了一回，有些穷朋友主动不跟他来往了，因为他有钱了，有钱，跟人就有了隔阂。忽胖子在碧流溪雅居里过得无趣，决定重新捡起他的老本行，开他的杂碎馆。

王锁扣喜欢吃这家店的杂碎，羊杂、猪杂样样有，卤的、炖的、炒的，齐全。他最喜欢这店里的两样，一是杂碎汤，两种，猪杂汤、羊杂汤，肝肠肚肺都收拾得很干净，调料独配，久炖入味；二是爆炒杂碎，用辣皮子，火候掌握得好，吃起来辣香辣香，妙不可言。这家的卤制品也不错，牛羊头蹄，猪肚肝，味道上乘，王锁扣有时专来买卤羊头、羊蹄、牛筋，打包，拿回家下酒。

忽天庭给他的杂碎店取了个文雅的名号，望博杂碎店。

他的灵感是，从巷子往东边望，就能望到博格达峰，所以，望博。

他说，碧流溪新区好多街道店铺名号都很文雅，西疆月、葱岭、西陆、南冠、北溟，都是从唐诗宋词借来的，比如，"西陆蝉声唱，南冠客思深"。多有诗意，比那些洋名儿，什么荷兰小镇、维多利亚新城之类高雅多了。他的文化水平只有高中程度，但不认为自己是个粗人，有时也读点诗书。

王锁扣把摊子上的菜卖完，肚子饿了，先想到的是望博杂碎店。《老年报》上老说杂碎胆固醇高，最好不要吃，但他忍不住，还是老要来光顾望博杂碎店，一来二去，和忽老板也成了好朋友。

忽老板店里有间临街的休息室，里面有张长沙发，两把椅子，一个茶几，他喜欢在这个小空间同王师傅喝酒聊天。两个八竿子打不着的人，你一杯我一杯的，居然聊得十分投机。

忽老板发现王师傅爱吃他店里的爆炒杂碎后，就跟他搭讪上了，他知道他是机修厂的职工，不是菜贩子，菜是自己种的，非常环保，很重要的一点，这个人跟自己同岁，追根溯源，也算同籍，他祖上是汉中人，家谱上有记载，白纸黑字。这同龄人一头灰白浓发，身板挺直，面目和善，他觉得亲切，聊了一会儿，很投机，就邀他在休息间长聊。王锁扣是个独身老汉，回宿舍也是一个人，乐意和这个热情的胖掌柜天南地北地闲话，反正不要自己花半毛钱，菜是胖子亲手炒的，酒也是好酒，不是五粮液，就是汾酒、古井贡，最次也是本地名酒。喝高兴了，平时不说的话也说，忽胖子坦率地说，他虽然年过花甲，对女人的兴趣还有，对老婆子没有兴趣，但是换个人，特别是年轻风骚的，还是老枪不倒的。

胖子直截了当地问王锁扣，怎么一直单身，找不到合适的女人吗？六十多岁的人，不至于有枪没子弹，对女人心如枯井吧？

王锁扣回避这个话题，牵扯色情的内容更是一言不发，让忽老板更加确定他是个正派人，正人君子，人品好。

忽天庭通过闲聊，把王锁扣的基本情况摸得很清楚了，这个王师傅，老家南郑，出身南郑城关菜农世家，十八岁从军，当过五年工程兵，后来复员到桥工队，然后到筑路机修厂，是机修厂的建厂元老，在这个厂子当木模工，直到退休。位处碧流溪社区的机修厂初建时的情形，忽老板还有印象，那时这一带全是戈壁沙滩，机修厂的先遣人员住了整整两年帐篷后，才有钢筋水泥结构的厂房车间。

他还了解到，王师傅有过一次婚史，很早以前的事情，后来，离了，一直没有再婚。

忽老板把王师傅的基本情况摸清后，觉得这个人是个合适的人选。

他一直留意观察，希望能碰上一个合适的人。他想做一次媒人，办一件成人之美的好事。

王锁扣对胖子的动机一无所知。他跟胖子喝酒聊天非常惬意，忽掌柜的休息室真是个不错的小天地，小门一关，谁也不来打扰，窗外就是街景，芸芸众生，川流不息，各色人等，各自忙活，人间万象，都从这窗口徐徐流过，认真看，真是况味纷呈，精彩万分。王锁扣想，古画《清明上河图》里，大概也就是这个样子。无论何朝何代的人，都跳不开这红尘浊世，一样的饮食男女，古今同理，吃喝玩乐，谁也不能脱俗。

四

忽掌柜跟王锁扣说："王师傅，我想跟你到东梁坡上去，看看你的菜地。"

王锁扣说："要爬坡呢，一百多层台阶，跟爬华山道差不多，你这么胖，能爬动吗？"

胖子说："我的'三高'比较严重，就得多走路锻炼，我想多活几年，跟你老哥天天喝酒闲聊。"他比王锁扣小三个月，对他以老哥相称。

上东梁坡要从新区群艺馆院子穿过。王锁扣把看大门的郭显成也叫上，正好郭显成换班，很乐意爬梁。老郭是机修厂的老翻砂工，是王锁扣的老朋友之一，退休后，闲得难受，儿子有些人脉，托人帮忙，给他在群艺馆找了个看大门的事做。

通梁坡的小路在梁坡裂开的一个豁口间，五十五度斜角，有点陡，一路杂草藤蔓，攀爬不便，王锁扣开挖出百十个台阶，比原来的草蓟路好登多了。

三个老汉爬到坡上，胖子累得气喘吁吁。

老郭上来过好几次了，忽掌柜头次看王师傅的菜地，面积差不多有一个篮球场大，各样菜都有，林林总总，蓬蓬勃勃，正值盛季，豆棚瓜架，花团锦簇。胖子不住地夸王老哥能干，不愧是种菜的世家，这么大块地，一个人操持，真是了不起。

他放眼看了四周，城市和旷野，开阔而苍茫，就又夸老哥选的这个地方真是好，视野深广，心旷神怡。他是个喜形于色的人，一激动就要抒发一下胸怀。说人还是要登高临远，经常来这样的地方看看，天高地广，心情立马不一样。老窝在小巷子，人挤人，人看人，熙熙攘攘，喧哗嘈杂，时间久了，光是油烟，都把人熏成腊肉了。

王锁扣爱听胖掌柜这样说话，他选的这片菜地，机修厂几个老朋友都说好，胖子这么夸，他很高兴。他有个想法，有一天死了，就埋在这个地方，这想法到底什么时候产生的，他说不上，但是好像越来越坚定了。人总是要死的，圣人草民都一样，自己就是一个普通模型工，能埋在这样一个地方，该算是烧高香了。他这个想法，埋在心里，没跟人说过。

老郭头说，他听来的一个小道消息，野马风流集团大老板杜国胜已经出资把东梁坡中段一万五千多亩地买下来，要建《西游记》风情园，还要建高尔夫球场。这些工程真干起来快得很，东梁坡就会成为一个大建筑工地。

老郭对王锁扣说："杜国胜如果开工，你这菜地，能不能种长，还是一说。"

王锁扣说："我快奔七十岁的人了，也没想一直种下去，不让种了就歇着呗。"

忽掌柜也听说了杜国胜承包东梁坡的消息，说杜国胜这样的强人真要干什么事，雷厉风行，不会拖泥带水。这个世界真是变得太快了，城市翻天覆地，日新月异，一两个月不出门，好多地方不认得了。

就说碧流溪新区的发展吧，就是个最好的例子，前前后后不过三四十年的时间，戈壁荒滩变成现代新城了。他说小时候老鸦庄子不过二十几户人家，一年看不上两三回电影，看个病还得跑几十里，村子里连个会看头疼脑热的人都没有，跟今天的碧流溪新区比，真是云泥之别啊！

他可以说天壤之别，大家都听得懂，但偏要说成云泥之别，显得自己不是粗俗之人。

几个老汉感叹了一阵世事的沧桑巨变，后来，注意力转移到灌木丛之间的坟墓，开始研究起五座坟包的残碑来。忽天庭认真地把各碑看了一遍，说朽木碑的主人有可能是民国时期跟王高升一起烧迪化商街的陕甘哥老会党人，遭弹压牺牲，被党人秘密掩埋在东梁坡上，木碑上无字，仅仅做个记号用，主要怕官府追查。这个说法，他是听老辈人说的，不敢肯定这个木碑就是为这个人立的。另外四座，两座残字碑，十有八九，是勘探队的人留下的，二十世纪五十年代末，有支勘探队在老鸦庄旁边驻扎过几年，后来迁走了。忽天庭对那支勘探队还有点印象，那是一群年轻知识分子，戴眼镜的人多，赶上了饥荒年代，有人没有撑过去，加上患病，不知道当时出了什么事，反正人死了。他说有村人亲眼见过，白布裹着的人在担架上躺着，被人抬着往梁坡上送。两副薄木棺材先等在崖畔上，红得扎眼，埋在什么地方，肯定在豁口小路顶上，不会远埋，说不定这两个墓包就是。

他说那时老鸦庄子这一带，人烟稀少，几个村子各有自己的坟园，当地人不会当孤魂野鬼，死了都进家族墓地，所以，埋在梁坡上的，只能是外乡人。忽掌柜说的，只是推测，或叫猜测，墓碑下的人，从来没有人来祭扫过，没人理会他们的来处，搞清他们是什么人没有任何意义。

王锁扣的看法就是这样，这些连碑文都没有的人，连亲属都不来看一下，旁人怎么能搞得清他们的来龙去脉？对他来说，墓碑下的人是什么身份，一点都不重要，不管他们是谁，现在都是他的高邻。

但是忽掌柜还是有点伤感和纠结，说无字碑和残碑就算了，那两座字迹清晰的碑，应该是葬下没有多长时间的，他们的亲属居然也不来烧烧纸，磕磕头，太不像话了！

王锁扣说："他们的亲属也可能各有自己的难处，不是不想来，是来不了。世事难料，活人不易，意外的境况谁家都可能碰上。"

老郭头对忽掌柜说："这种事情有啥想不通的？我死了，可能儿女清明节来烧把纸，十年二十年过去，还来不来扫墓难说了！孙子辈更不要指望，他们认识你是谁？"

胖子鼻子哼一声，说："我可能还不如你，我要死了，逢清明、重阳节、寒食节，儿女都不一定来，他们只认钱，钱是他们的祖宗！"

郭显成说："城市的人，没有家坟祖坟了，死了不进家坟祖坟，祭扫过不了三代，有的人，连三代都没有，我估计，我老郭就属这种情况。"

王锁扣有点想笑，但是笑不出来。郭师傅有牢骚他是理解的，胖子看上去油光满面，也是一肚子怨气，闲聊中憋不住，给他吐过儿女不孝的苦水，几百万拆迁补偿款，你争我夺，反目成仇，现在互不来往，只有大女儿还能同他合力齐心，把望博杂碎店经营下去。但经营这个馆子，父女也是有约在先，利润分成，分得水清。

出门来的时候，忽掌柜特意带了酒菜，三个老汉坐在窝棚里，边喝边聊，感慨很多。这天的天气很好，晚霞满天，整个城市都让霞光染红了，群山、雪峰、荒野一派辉煌，这样的景色不多见，他们屏声息气，感动了好一阵子。

忽天庭说："我必须要减肥了，从明天开始，我每天走一万步，只能多不能少，我到世上来一趟不容易，不能匆匆而过，得让自己多活几天！"

郭显成说："掌柜的这么说，我也得振作起来，我练太极拳呢，三天打鱼，两天晒网，想要好身体，这么下去可不成！"

王锁扣说："我种菜也算锻炼，但是不种菜的时候多，往后也跟你们一起参加体育活动吧。"

他们还想看看传说中的鬼火，酒喝完了，晚霞一点点消退，夜幕上一弯新月高悬，月光温柔，四周很静，虽然坡下的城市声音喧哗，崖畔上面还是一片寂静。三个老汉没有下坡，一直眼巴巴地等着，想看那片幽蓝幽蓝的星星满地奔跑闪烁，但是他们没有看到。

然而这夜里鬼火真是显灵了，蓝莹莹地铺了一地，一直延伸到远远的浅山脚下，闪闪烁烁，如幻如梦，和天上的星星交相辉映，美得让人窒息。可惜他们都睡过去了，毕竟上了点年纪，酒劲上来了，把难得一现的幽冥美景给错过去了。

五

王锁扣的菜摊，来了一对母女，母亲大约五十出头，女儿三十岁上下。她们要买的菜是荆芥、西红柿、菜瓜。蹲下挑菜的是女儿，母亲笑眯眯地站在一边，怀里抱着一只小白狗。王锁扣的顾客差不多都是熟人，这对母女他是第一次见，母亲不胖不瘦，头发梳得很齐整，五官端正，是个干干净净的半老太太。女儿偏瘦，看上去好像有点憔悴，但是礼貌周到，挑菜的时候，总叫王锁扣大叔，嘴甜，而且，不断找些话头和他说话。

王锁扣菜摊上的西红柿有两种，红柿子和黄柿子，跟别的摊上那种硬邦邦的柿子不同，他的西红柿个大，味甜，尤其黄柿子，现在菜市上很难见到了，他的菜摊被抢买最快的就是西红柿，可以当水果吃，是货真价实的绿色菜。

母女俩只买上了荆芥和菜瓜，没抢上西红柿，离开的时候，说让大叔明天务必给她们留两公斤，最好是黄西红柿，她们明天还来。

第二天，她们又来了。

王锁扣专摘了几斤黄西红柿，给她们留着，母女俩这回来得早，如愿以偿地买上了黄柿子。这以后，这母女俩差不多天天都来。母亲怀里总是抱着那条白色小狗笑眯眯的，女儿总要跟大叔聊几句，王锁扣是个随和慈善的人，对谁都是笑脸相迎，他喜欢跟有笑容的人打交道，因此，他喜欢这对母女，就连小白狗，他也喜欢，小狗叫臭臭，很干净，这一家人，都干干净净。

王锁扣没看出来，这母女跟忽掌柜有什么关系，她们没有进过忽胖子的杂碎店，一次也没有，就是进了，也只会把她们当小馆子一般顾客，他怎么也想不到胖子要给他做媒人。

忽胖子不想过早暴露他和她们的至亲关系，他想让他们先自然地接触接触。

忽掌柜为了促成这段姻缘，很是沉得住气，一直不告诉王锁扣那母女俩是他的亲妹子和亲外甥女。他自己的一家子人闹得分崩离析，却有闲情逸致管老妹子的闲事。

忽掌柜想开了，要去澳大利亚、新西兰旅行了，他说趁着腿上还有力气，看看世界，以前只知道出力流汗，没有活明白，连北上广都没去过，这回干脆去个远的，以后再去欧美，包括俄罗斯，南美洲和非洲，国内的好地方，先往后放放，环游世界，得只争朝夕。他说，他把老伴也动员上了，他不想让她死在麻将桌上。苦口婆心，总算把老太婆说动了。又说，这是个二十四人的旅游团，康辉旅游公司组团，差不多都是熟人。熟人出国游，可以互相照应。

他眨巴着眼，笑着对王锁扣说："我把我妹妹和外甥女也报上了，团费我出，我把她们母女也带上，让她们开开眼界！"

王锁扣说："你反正有的是钱，带上她们理所当然，也给自己积功德。"

忽掌柜还是满脸笑，说："你跟她们也算认识了，她们说，我们走了，臭臭怎么办？我说，好办，可以交给王师傅，她们都说，臭臭认识你，让你代看半个月，她们最放心。"

王锁扣这下明白了，原来那母女俩，是忽掌柜的至亲。他只得应允下来，忽掌柜开口了，不可能拒绝，再说，他确实喜欢那只小白狗，母女俩给他的印象也不错。

小白狗已经十一岁了，相当于人类的八十岁，不像以前那么好动了，总喜欢让人抱着，也不太喜欢吃狗粮，王锁扣发现它喜欢吃鸡肝、羊肝，就每天煮肝，然后切成小块，一块一块给小狗喂，臭臭的食欲明显增加。夜里，小狗喜欢偎着他睡，像个孩子一样。这段时间里，他带着臭臭上过几次梁坡，快十月了，菜地收获完结，小狗陪他收了最后几个南瓜，然后，二十天过去了，忽天庭和他的妹妹及外甥女回来了。

这年他已经搬进了厂子的集资房，不在三栋房住了。忽掌柜领着母女俩来找他，在家属区楼群里转了一个小时，才把他住的新楼找到。他们来接臭臭，同时也向他表达谢意。

母女俩带了一兜东西，都是澳大利亚和新西兰的好东西，有鱼油、麦卢卡蜂蜜、蜂胶、牛初乳含片，全是给王师傅补身体的。臭臭让王师傅带了将近二十天，不但没有瘦，还变精神了。母女两个感激不尽。

忽掌柜也给王锁扣带了一样新西兰特产，鹿鞭，很大的一根鞭，盒子装的，精装，是临走时偷偷放在他床上的。

胖子看出来了，他的妹子忽天阙对王师傅的印象非常好，外甥女也有很高的评价。他觉得条件成熟了，该跟王师傅打开天窗说亮话，把自己的想法挑明说了。

其实，王锁扣已经隐隐地觉察到了。

这天晚上，忽掌柜把他邀到了望博杂碎馆，两个人又喝上了，胖子先说了一阵此次大洋洲之行的感受，墨尔本、悉尼、奥克兰、罗托鲁阿，山温泉浴，毛利胖美女，风光无限，美不胜收，真是开了眼界，王老哥以后也应当跟人组团去这些地方看一看。

王锁扣笑笑，说："我不像你，我没有多少闲钱，去不了那些地方，以后不种菜了，去苏杭或者云贵川看看。"

忽掌柜说："你这观念太落后了！热心旅游的不一定都是有钱人，如今穷游的人多得很，再说，你老哥也不怎么缺钱，到大洋洲也花不了多少钱，这边的冬天，正好是那边的夏天，不影响你种菜。"

他说着说着，忽然话锋一转，说起了他的妹妹，说他和妹妹忽天阙感情很深，他四十岁时得过一场大病，需要天阙献血，她二话不说，两次紧急献血，献了1000毫升，这是骨肉深情，救命之恩，永生不忘。

胖子又说，天阙人好，性格温和，心地善良，嫁的人也挺好，妹夫跟她是师范同学，斯斯文文，很会体贴人，照顾人，却在四年前得了一场急病，小县城医院耽误了两天，转到大医院治不了了，那病叫肺栓塞，也叫肺梗，死亡率极高。妹夫就这么走了，天阙几年都缓不过来，他把她从郊县接过来，现在跟她女儿晓晴住一起，经常有人开导，精神上好多了，慢慢又有笑容了。

胖子抻一下胖脸，说："王老哥，我家天阙说你有点像我过世的妹夫，她看你觉得亲切，她愿意同你来往，加深了解，你呢？给我个痛快话，愿不愿意同我家天阙往前发展一下？"

王锁扣不知道该怎么说，胸口觉得有点堵。

忽天庭有点失望，对方没有给他热烈的反应，出乎他的意料。"我是不是让你为难了啊？"

王锁扣苦笑了一下，说："有个情况，我应该告诉你的，拖着没有说，怪我。"

忽天庭紧着脸，说："啥情况？啥情况没有说？"

王锁扣说："我是个废人。"

忽掌柜吓了一跳，瞪大了眼："啥意思？啥是个废人？"

"我有病，我要不了女人了。"王锁扣把忽掌柜的礼品摸出来，往胖子前面推一下，说，"谢谢你啊忽掌柜，这东西是壮阳之物，我用不着，还是你留着吧。"

六

春天到了，王锁扣又登上东梁坡，杜国胜的万亩荒坡开发计划并没有大张旗鼓地搞起来，只找了一些临时工，在荒地上开始植树。远处的砖厂和蛭石厂开始拆除，植树先从东边搞起。王锁扣估计，野马风流集团的荒坡绿化计划，实施到他这块崖畔菜地，至少还得三五年。

他不想闲下来，还是想继续种他的菜。

他积了一冬的肥，新翻的土地黑油油的，在阳光下蒸腾着岚气，施上追肥，有股很好闻的泥土的香味散发出来，这股香味和荒野的艾蒿草气味混合在一起，让人陶然欲醉。

播种的时候，他多播了一垄西红柿种子，多半是黄柿子。他还记着那对母女对他的叮咛，她们让他多种一点黄西红柿，他履行诺言，特别重视施肥。

积雪消融后，几个坟包又出现塌陷的孔洞，他抽出时间，培上新土，这些高邻和他相处了好几年了，夜里替他值守，从来没有给他添过任何麻烦，他们的宅子不能跑风漏雨，这是他对高邻要做的起码的事情，绝对不能疏忽。

菜地最早可以面市的菜是半春萝卜，这种传统小菜早没人栽种了，但王锁扣还是种，他知道有人喜欢这种过时的菜，上了点年纪的人尤其喜欢，可能他们有点怀旧情结，菜市上越是稀罕越是过时的菜，他们越有买的兴趣。

他的半春萝卜是粗洗过的，鲜嫩可爱，早早被抢光。

半春萝卜打头，他地里的菜，不同品种，源源不断上市。买他菜的他都认识，包括那对忽老师母女，他和忽天阙的缘分不到，成不了一家人，并没有影响他和她们的往来。她们还来买他的菜，还是带着小白狗臭臭，小狗每次都要让他抱一抱，有过二十天的朝夕相处，小狗记牢了他，看到他，两眼就晶亮晶亮的，满含深情，在他的怀里，不停地伸舌头舔他。

和忽天阙没有谈成恋爱，也没有影响他和忽天庭的友情，两人还是隔三岔五聚头，有时还叫上老郭头，王锁扣在机修厂的那几个老工友参加过一回这样的聚会，一来二去，也和胖掌柜有了往来，大家年纪都差不多，抱团取暖，在一起天南地北的有话说。

忽掌柜弄清楚了，王锁扣师傅为啥说自己是个废人。

王锁扣三十岁那年，跟筑路队到南疆野外作业，出了一个工伤事故，受伤的三个人，他的伤势最重，人最后救活了，却落下个残疾，没有性功能了。

忽掌柜一想到自己送的那支鹿鞭就有些愧疚，让王老哥原谅他的冒失。他从老郭头和那几个老工友那里听到更详细的事故经过，以及王老哥不给厂里找麻烦的一些做法。

王锁扣说厂子是个穷厂，很困难，为他的伤已经竭尽全力了，不能再提额外的要求。工伤是命中注定的劫难，躲不掉的，不能把责任都推到厂里。

他这个态度让当时的厂领导非常感动，说王师傅不愧是建厂元老，人好觉悟高。

王锁扣出院以后，休息了一段时间，请假回了一趟老家，跟小他五岁的妻子办了离婚，她还年轻，不能让她跟自己守一辈子活寡。发妻哭得死去活来不愿离，但他离意坚定，毫不妥协，还说服了亲友做劝说的工作，妻子认为他绝情，一气之下，办了手续，不久改嫁。事后有族人暗示过他，女人哭死哭活，不过做做样子，其实早就红杏出墙了，野男人就是她改嫁的这个人。

王锁扣没废之前，回老家探家，听到过一些风闻，想把妻子调到身边，但是隔着千山万水，工作环境不断变动，条件艰苦，就只好拖着，等以后有机会再办。但是没有等到这一天，女人没有耐住独守空房的寂寞，跟人私通了。他知道了一些内情，盘问过她，女人死不承认。他当时的反应，是刀割一般的心疼，怒火中烧，想找那个男人拼个你死我活，但是那人躲起来了，只要他一回乡，那人就躲得不见踪影。

一个总是躲起来的人，你能拿他有什么办法。

现在好了，他没有了愤怒，也没有了嫉恨，爱的权利和资格从此失去，只剩下不时袭来的隐痛一直陪伴着他，这样的内心煎熬，没有人能体会得到。他是一个很能隐忍的人，心里疼，就喝酒，但他喝酒也是节制的，酒只是起一种中和作用，他从不让自己喝醉，从来没有人看到过王师傅醉醺醺的样子。

忽掌柜知道了他的这段经历，很替他的命运鸣不平，说老天爷对他太不公了，他这么好的一个人，长得也精神，居然一辈子打光棍，顺带又骂他的前妻，真是不守妇道，只有骨子里的荡妇，才能干出偷汉的丑事。

但是王锁扣不让忽掌柜骂前妻，事情都过去几十年了，爱恨随风，早就吹得无踪无影了。

他说："我没有恨过她，毕竟，她还给我留了一条根呢。"

留了一条根，忽掌柜好半天才明白过来是什么意思。

这又是忽掌柜没有想到的，原来王师傅并不是无后，他有个儿子，判给了女方，一直在老家，他从没有给他提起过，完全出乎他的意料。忽掌柜觉得王师傅的一生，真够离奇曲折的。

这个插曲的细节部分，是老郭头补充的。这个儿子，王锁扣办离婚的时候不到一岁，族人不主张他带走这个孩子，因为女人风流成性，拿不准是不是他的种，加上女人坚决不撒手，最后归了前妻。

忽掌柜替王锁扣算了一下这儿子的年龄，应该有三十多岁了。

他问王锁扣："后来你们父子相认了？你怎么肯定，他是你的根？"

王锁扣说："他长得像我，错不了，是我的儿。"

忽掌柜忍不住又去问郭师傅，老郭头说，王锁扣这人烂忠厚，每年都要给前妻和儿子寄钱，老了以后，寄得更勤了，他那个前妻老了境况不好，丈夫没有活过五十岁，得癌症死了，她的身体也是每况愈下，痛风，骨质疏松，精神抑郁，几种病搅在一起，日子过得很是恓惶。

忽掌柜跟王锁扣当面落实了一下，真有这么回事，王锁扣不回避，说他现在跟儿子的联系比以前多了，钱确实也寄一点，给前妻的，毕竟是儿子的生母，遇到困难了，处境不好，帮衬一下是应该的。他还透露，儿子在老家是搞基建的，带着一支建筑队，想到边疆城市承包一些工程，打开局面，问他这边有没有发展的机会？

王锁扣想让忽掌柜帮忙，找些关系，给他儿子承接个项目。他跟西疆月巷子的几个年轻人也讲了，跟老郭和厂里的老二友都打了招呼，请大家帮帮忙。他没有别的路子，只能求这些朋友和街坊邻居，大家都是平头百姓，没有过硬的人脉关系，能不能帮上忙，他心里没数。

这天王锁扣在菜摊上又见到忽天阙和晓晴了，她们来买茴香，准备包饺子吃。小白狗见到他，眼睛立刻亮了，他从天阙怀里接过臭臭，发现狗儿的肚子有点异常，好像比平时鼓胀了一些，仔细看，小家伙连头都懒得抬，简单地舔了他一下，就偎在他怀里，一动不动。小狗没有了往日的精神，让他有点不放心。

他对忽天阙说："忽老师，狗狗没有精神，是不是得啥病了？"

忽天阙的眼睛有点湿了，说："它是老了，我苫了快十二年了，从来没有这样过，它不想动了。"

王锁扣摸摸小狗肚子，说："好像有点腹水，这样的情况，有几天了？"

忽天阙的泪水没忍住，流出来了，一边摸出手帕拭眼泪，一边说："王师傅也知道，腹水不好，我的小臭臭没有几天日子了，我心里刀子割一样疼，它陪了我十几年，没想过有一天它会离开我。"

王锁扣以前曾经养过一只小狗，知道一般狗狗的寿命也就是十二年上下，一旦出现腹水，狗狗的生命差不多就到尽头了。

但是他不想这么直接地说，他想安慰一下这个悲伤的女人，他说臭臭还不到最后的时刻，还会陪她一段时间。就是真离开她了，它也是一只幸运的狗狗，主人这么爱它，到世间来一趟一点不亏。

他说："忽老师，好好保重自己，你自己的身体要紧，想开点吧，生老病死，想透彻了，就坦然了。"

这些话，有点像大道理，他有点奇怪，怎么就跟一个当老师的知识分子说这些空话。但是，忽老师很认真地在听他说，泪眼婆娑地点头，她喜欢听这些话，他真是安慰了她，她需要有人这样安慰。

王锁扣看惯了忽天阙的笑脸，这么悲伤的面容还是第一次见，不笑的忽老师楚楚动人，让他心生感慨。

七

小狗狗臭臭一个多月后死了，这消息是晓晴跑到西疆月巷子来告诉王锁扣的，她说妈妈抱着臭臭哭得不行，她不能陪着总是哭，得想办法赶紧把狗儿葬了。她想把臭臭埋在小区的草地里，但是小区的草地根须结成厚网，铁锹镐头根本挖不动，再说，小区有严格规定，不能随便开挖草坪，偷偷挖了，还要处罚。也想过把臭臭送回县城，但是不方便，还得找车，母亲已经搬到首府，不愿意把臭臭孤零零地埋在县上。

晓晴只好来找舅舅和王大叔帮忙，忽天庭知道外甥女的意思，也是母女俩的意思，她们不好明说，他替她们说了。他说："王老哥，只好麻烦你了，让小狗到你菜地边上去吧，埋你地里，我妹妹才放得下心。"

王锁扣草草把菜摊收了，和忽掌柜、晓晴赶到母女俩现住的沧浪小区，臭臭还在忽天阙的怀里抱着，忽天阙一直舍不得松手，两眼哭得都红肿了。趁忽天庭安慰妹子的时候，王锁扣从忽老师怀里把小狗抱过来，他看见了地上的小木箱，这是母女俩提前请木匠做的小棺材，晓晴往里面铺上两层小褥子，一层小被单，在臭臭的身边把它平时最爱玩的怪米老头和小布熊放上，又盖上一层绣了很多小动物的小被子。王锁扣认真看了一下小狗狗，眼睛闭着，好像睡熟了的样子，嘴角上扬，像做着一个好梦，它是在笑呢。

它是一只幸福的小狗，到这个世界来了一趟，一直被爱着，它是带着笑容离开这个世界的。

王锁扣把这话，他心里说的这些话，又对忽老师说了一遍，忽老师不哭了，含着泪点头，她想通了，她给狗狗的爱给得很彻底，没有一点保留，送它走了，她没有任何遗憾。

给小狗送葬，郭师傅也跟来了。

王锁扣把小狗埋在他的窝棚旁边，一丛野蔷薇下面，这是母女俩和忽掌柜共同确认的地点，这个地方既能看到雪山，也能俯瞰城市，视野开阔，风水宝地。

忽掌柜凝神眺望四周，哑声说："我死了，也希望，能埋在这样一个地方！"

老郭头也说："到时候，我们都到这里来聚吧，这地方确实挺好！"

几个老头，到了这个年纪，不约而同想到了归宿问题。

八月的一天上午，王锁扣从巷子早市收摊，没有回家，直接到梁坡菜地。悦三的拌面馆要他地里的茄子、辣子，还有芹菜；浏阳蒸菜馆则要朝天椒，王绪寿的客人好多都是湖南人、四川人，不怕辣，就怕不辣。王锁扣有一小块辣椒地，就是专为吃辣的人准备的，种的全是特辣的朝天椒。他还要给古海的女儿摘几个西红柿，他本来带到早市去的，被人抢买了，只好再摘几个。

王锁扣正在弯着腰择菜，一个人从小路上攀上来，往菜地走来。王锁扣抬眼看了一下，是个四十岁上下的陌生人，红黑大脸，戴着一顶白色草帽，肩上挂一个很大的绿色背包，远远地就露着笑脸。他想了一下，坡上没别人，这笑容是冲着他来的，但确实不认识，这人是干什么的？

这人走到菜地边上站住，恭恭敬敬给王锁扣鞠个躬，说："大叔，多谢你老人家，把我父母的坟墓修整保护得这么好！"

他说他叫陈忠诚，昨天来过一趟了，带了工具，要给父母修坟，烧香祭扫。五年没有上过坟，没有想到坟头整得跟新坟一样，一根杂草都没有，连墓碑都擦得干干净净，这是谁做的好事？陈忠诚说他把相邻的几个坟都看了，明白了，做这功德的只能是种菜地的大叔，他在窝棚里坐等了两个小时，没等着大叔，只好回旅社。今天总算见上了，他说他跟他远在哈国的哥哥陈忠良一家人通了电话，告诉东梁坡上父母墓地情况，五年没来祭扫，原以为杂草埋得找都找不到，没有想到一个非亲非故的种菜大叔一直在看护着坟墓，这样的恩德，何以为报。

陈忠诚说："大哥电话里说，一定要好好谢谢老人家，这样的好人世上绝无仅有，我们能遇上，是天大的造化。"又说，"要在旧社会，按山东老家的礼节，是要向恩公行跪叩礼的，如今不兴这个礼，那就再给大叔鞠个躬吧！"就又站直，深深鞠了一躬。

王锁扣不习惯这样的礼节，慌忙止住，说自己打扰了高邻，替高邻做点除草培土的事是应该的，举手之劳而已，他没有想到会有人来祭扫，又只顾了择菜，压根儿没有往陈家坟头看，这坟是在灌丛中间，有野蔷薇挡住视线，所以没有看到墓碑前摆的供品，烧过的纸，燃尽的香。陈忠诚昨天来，已经在父母墓前跪哭过了，他代表全家人向父母请罪，望他们原谅五年来没有前来祭扫的大不孝。

五年前，陈忠良、陈忠诚兄弟，从他们所在的预制厂辞工，远赴哈国，承包了几百亩地，也是种菜，异国他乡，万般艰难，两家人含辛茹苦，咬牙坚持，奋斗数年，渐有起色。那个预制厂是临时的，当时也在梁坡下，沙石太粗，场地小，效益很差，兄弟俩看不到前途，只好另谋生计。他们的父母就是在这期间去世的，回不了老家，只好把老人葬在高处。

陈忠诚说，出了国，弄了一摊子事，身不由己，每逢父母忌日、清明、寒衣节、重阳节，只能在当地烧点纸，遥祭。

王锁扣看陈忠诚，脸确实晒得很黑，几近非洲人肤色，再看两只大手，真是劳动人民的手，粗黑有力，说话也很爽快，就觉得亲切。他对陈忠诚说，你们在国外谋生做事不容易，以后不用老惦记墓地祭扫的事，只要有我在，你们只管放心，你们的高堂，我会好好照顾，我这块菜地，他们也一直在帮我看护着呢。

陈忠诚很实在，说这次回国，是要咨询冷藏设备购置安装等一些有关事项，想在那边把蔬菜冷藏问题解决了，这是个大事，有了冷藏库，好多菜都可以进库，随季节调配，就有了主动权。这件事办得差不多了，抽空到墓地来扫墓，很快就要回去。他的大背包里装着几瓶伏特加，两条哈国香烟，一大罐哈国蜂蜜，一定要让王锁扣收下，同时塞给他一个鼓鼓的信封，把王锁扣惹急了，满脸通红，差点跟陈忠诚翻脸。

陈忠诚看老汉真急了，也不勉强，收了信封，说："大叔，晚辈请老人家吃个饭，总可以吧？"

王锁扣说："吃饭可以，咱们都是种菜的，正好我也可以同你聊聊种菜的事，听你讲讲国外种菜的新鲜故事。"

他把蜂蜜留下了，烟和酒拿到饭桌上，大家一起聚，热闹热闹。这个建议也是陈忠诚提出来的，说大叔多叫几个朋友吧，人多热闹，很久没有在国内聚餐喝酒了，想聚一聚，同大叔好好说说话。

王锁扣把老郭叫上了，到忽掌柜的望博杂碎馆，忽胖子当机立断，把那间休息室变成了雅座包厢，茶几换成四方桌，方便围坐。王锁扣送菜给悦三、王绪寿、古海，三个人听说陈忠诚的来历，也要参加，还说忽叔的馆子只有杂碎，他们各带两个炒菜过来，不一会儿，临时雅座坐满了，所有人都有好兴致，放开吃喝，放开喧聊，天南地北，热气腾腾，听陈忠诚讲述在哈国创业的种种经历，听得聚精会神，感叹创业不易，大赞陈家兄弟拖家带口异国他乡闯天下，坚强勇敢，不折不挠，是百姓奋斗楷模，人生榜样，纷纷同陈忠诚碰杯敬酒，陈忠诚毫不惧酒，逢碰必干，四瓶伏特加很快喝完，忽掌柜又添加两瓶泸州老窖，大家喝得酣畅淋漓，尽兴而散。

风尘仆仆的陈忠诚心满意足地走了，匆匆来去，但是把该做的事做了，祭扫了高堂，还相识了一位忠厚长者，以及几个能喝能聊的朋友。走时和众人又是握手又是拥抱，说以后要争取常回，和大家常聚，在哈国很寂寞，不是为了生计，谁去那种人生地不熟的鸟地方？还是国内好啊，国内真是热闹，他还是喜欢热闹。

让王锁扣没有想到的怪事接着又发生了一起，让他暗自称奇。

陈忠诚走后大约第六天，快到午时，王锁扣正在菜地摘薄荷，这是野菜，但是性凉，对降烧有奇效，可以泡水，可以打汤，做汤饭有异香，还可以除腥，王绪寿的蒸菜馆用它代替紫苏，蒸鱼，很受欢迎。

他是和忽老师、晓晴母女俩一起摘这野菜的，母女俩只要做鱼，就要到梁坡上来，她们喜欢用野薄荷炖鱼，是王绪寿教她们的做鱼法，这样做鱼真是好吃，有特殊的香味。

自从小狗臭臭埋在这里，母女俩就经常来看臭臭，每次来都要带点小零食，都是小狗平时爱吃的东西，用小盘子装，放在那小坟包前，好像小坟包里躺着的是个孩子，听得懂她们说的每一句话。

王锁扣看见小路上走来三个年轻人，两男一女，一边走，一边东张西望，一个男孩，手里还握着一张纸，上面好像标示了什么，不住地往纸上对照，看到菜地和窝棚，他们欢呼了一声，跑了过来。

他们是来祭扫"楚"和"澜"。一字碑的主人。从来没有人来看望过他们，突然就来了三个这样的孩子。王锁扣看他们的脸，都像花儿一样，鲜润光亮，超不过二十岁，装扮很潮，这样的年纪，让王锁扣有些不敢相信，他们会是楚和澜的后代吗？他们走了差不多半个世纪了，现在还有人记得他们？

三个孩子跟着王锁扣，看楚和澜的墓。他们找到了墓地，立刻有了庄敬的神情。大一点的孩子告诉了他们前来祭扫的原委。他们是到西部来旅游的，出发前，他们的爷爷和奶奶（女孩叫姥爷姥姥）交给他们一个任务，务必抽出时间，去看看他们在勘探队时牺牲的战友，代他们献束花，表示缅怀之情。

他们老了，喜欢怀旧，不能远行，只能面对面坐在夕晖之下，回忆故人和往事。他们想起了埋在荒山坡上的楚和澜，泪流满面，内心愧疚，恨不得越千山万水，来向战友表达哀思，但是他们已经垂垂老矣，来日无多，只有委派孙儿们替他们还这个愿。

孩子们说，临行前，老人们给他们一张标示图纸，标着东梁坡上墓葬的大致位置，坡下有个老鸦庄子，只要找到庄子的位置，再找到能通坡背的小路，就可以找到战友的墓地。

他们找老鸦庄费了些事，因为早就没有这个庄子了。他们在碧流溪新区串街走巷，向很多人打听，都说不清楚，后来终于在机修厂旁边的派出所问到庄子所在的大致位置，然后，找到了上山的小路。

王锁扣把三个孩子带到楚和澜的墓前，让他们看只有一个字的墓碑，剥落的碑面是长期风蚀日晒造成的，两个字其实也快掉了，是他小心翼翼地抹上水泥浆固定住，又用毛笔描了一下字迹。

三个孩子用手机拍下现场，匆匆走了，说他们明天再来。

孩子们办事麻利，雷厉风行，第二天带来工匠，很快把墓碑换了，新碑像一册翻开的书，分别嵌着楚和澜的相片，这是爷爷和奶奶从他们过去的相册上翻出来的，通过翻拍，放大，看上去虽然泛黄，还有斑迹，但还算清晰。相片上罩着钢化玻璃，王锁扣现在知道两位高邻的全名，一个叫楚季真，一个叫江澜，两个人的年龄也就二十岁出头，瘦瘦的，眉清目秀，其中的楚，王锁扣觉得有点面熟，想了半天，搜肠刮肚，想起来了，是电影上见过好多次的面孔，《南征北战》

看过多少遍啊，楚像冯喆演的那个一营高营长。

孩子们给墓地献上鲜花，肃立默哀的时候，王锁扣的鼻子有点酸，这两位高邻的年纪应该跟自己差不多，大也大不了三两岁。他们才二十多岁就赴黄泉，老天爷对他们太不公平了。但是他心里有点安慰的是，他做了他们的邻居，现在是阴阳两界的邻居，要不了多久，就会成为真正的邻居，可以在一起聊天，一起望月。人生自古谁无死，死后能有几个高邻，这是多么欣慰的事啊！

想到这里，他又不由得笑了。

三个孩子也向他献了一束花，他们当场用手机向远在南方的爷爷奶奶报告祭扫的情况，还传了视频，让两个白发苍苍、老态龙钟的老人看到菜地种植者的模样，两位比他老的老人感谢他为逝去的战友所做的善举，他们在视频里看到了他，很认真地看了一会儿，他们认为他比他们年轻、精神、硬朗，这都是劳动和接触土地阳光的好处。

孩子们让王锁扣扶着锄头，站在阳光下，站在菜地的南瓜中间，让南方的老人看他的菜地，窝棚，还拍了墓地的全景，老人们不断地发出啊啊哦哦的惊呼，神情和声调都有点夸张，他们进而看到了蓝烟蒙蒙的城市，看到水晶样闪烁的博格达冰峰。王锁扣看到他们的老脸上挂上了泪水，这是他们年轻时生活和工作过的地方，青春驻足过的地方，他们真是激动了，王锁扣理解他们的激动，人只有活到这么老了，才会有这样的激动。

三个孩子走了。他们很阳光，很漂亮，他们不是楚和澜的后代，但是他们来了。

以后的日子，想起这三个漂亮孩子，王锁扣心里都暖融融的。

八

这以后，王锁扣又种了几年菜。只是，面积一年比一年小，对于越来越老的他来说，爬坡的路越来越难了。

他到西疆月巷子的次数也越来越少，没有那么多的菜需要他去摆摊了。老朋友见面叙聊的时候也越来越少了。大家都老了。

但这期间他把儿子的事情办成了。

是奇台拌面馆的悦三帮的忙，悦三虽然好说大话，但这件事办得非常认真，非常给力。

野马风流集团开发建设东梁坡的计划开始全面推开后，悦三有个北道桥子老乡汪继堂成了万亩《西游记》风情园的开发工程主管，悦三找到这个人，说了王锁扣儿子晓天的情况，正好汪继堂需要有这样的工程队接包开发分支项目，了解了晓天建筑队有正式资质，不是临时的草台班子，就让本人来洽谈见面。

晓天就这样来了，和汪主管见了一次面，很快，他那支三十八人的建筑工程队从南郑开来了。

汪主管给晓天工程队的承建项目是西天乐土园，整个《西游记》风情园八个主题区划之一，这个"极乐世界"，正好就在王锁扣菜地相邻的地区，这是上苍冥冥中对一个人的成全。王锁扣听说承包工程要送重礼，他准备拿出毕生的一点积蓄，为儿子开道，但这份重礼没有送成，汪主管连他的一条烟一瓶酒都没有要，请吃一顿饭都没有机会，他是个大忙人，悦三想见他都很困难。

儿子晓天也很忙，西天乐土园是一片很大的区域，要修很多的路、园林、楼台亭阁，还要来一支仿古建筑队，和他们通力合作，造一座辉煌的极乐大殿。他的任务很重，但他干得很好，工程质量好，进度快。汪主管很高兴，说悦三推荐的这个人，可堪重任。

但是，再忙，有些事晓天也得听从父亲的安排，没有时间也得挤出时间。

老父亲让他和晓晴正式见一次面，谈谈心。

忽老师也对晓晴说了同样的话。

这是王锁扣和忽天阙暗中达成的共识。他们俩没有成为眷属，却不谋而合地想让他们的儿女走到一起。

两个其实已经不太年轻的年轻人，不再冲动，不再轻易动情，而是冷静地观望，打量，斟酌，等待。

他们其实见过多次了，相互都有好感，长辈撮合，有过几次来往，他们就真走到了一起。

他们过得很甜蜜，很幸福，第二年就有了爱情的结晶，王锁扣师傅和忽老师有事做了，他们一起为儿女带孙子，安享天伦之乐。

王锁扣虽然有孙子了，菜地还是常去。他舍不得离开那个崖畔环境，那是一个温馨的地方，是他的乐园，而且，不断地有新景可看，万亩《西游记》风情园的建设日新月异，从前的荒滩渐渐真成极乐世界了。

他对儿子说："我死了，你就把我埋在菜地，就是烧成灰，也要葬在那里，葬在那里，我就入土为安了。"

他说烧成灰，是因为土葬越来越不被提倡了，他做了骨灰葬的思想准备，他的老友老郭、忽掌柜等，也有这样的交代。

做过这番交代的次年，他驾鹤西去了。

六月的一天傍晚，月亮升起来的时辰，晓天和晓晴两口子，在坡上菜地的窝棚里，找到睡着了的父亲。老人睡得很安详，面目清癯，稍带浅笑，月光洒在他的脸上，他们看到的是心满意足的神情，一点痛苦和遗憾都没有。

他们认真想了一下，老人这一生不是没有痛苦、没有遗憾，他遇到过的痛苦和遗憾甚至超过很多人，但都被他从容化解，有些事，别人做不到的，他做到了，这是怎么回事呢？他们很认真地探讨这个问题，时常觉得这个平凡的父亲是一个不简单的人，让他们有些费解，又有些钦佩。

晓天遵从父亲的遗愿，把他葬在他想葬的地方。

他在老人的墓前，种了一棵樟子松，给那几位父亲的高邻坟前，都种上了樟子松，甚至给小狗臭臭的小坟前也栽了一棵伏地柏。后来的几位长辈，葬在这里的，他都给种一棵这样的树。

后来，万亩《西游记》风情园专开了一片地，做树冢，地点就在菜地旁边，这个建议是项目经理晓天首先提出来，得到领导层的高度重视，认为这个创意非常好，树冢园后来正式命名为相思园，很多老人都愿意来这个地方参观，这个地方非常安静、温暖，他们看过了，不再觉得死亡有多么可怕，死了，变成一棵树，仿佛生命有了延续，多好！

晓晴觉得丈夫做人行事有很多地方很像他的父亲、勤劳、细心、周到、心好、稳当、从容，就一点不像，面相和身材，太不像了！老人是长脸，眉目清癯，高挑个子，丈夫却是四方脸，浓眉大眼，身量粗壮。

一次，带着他们的孩子，他们来墓地扫墓，对着老人的遗照，看祖孙三代的模样，晓晴终于憋不住，说出她的疑惑，问丈夫："晓天，给我说老实话，你真是王大叔的亲儿子吗？"

晓天笑了笑，说："我知道你一直想问我这个问题，这问题真有那么重要吗？"

原载《绿洲》2023 年第 3 期

● **作者简介**

赵光鸣，湖南浏阳北盛仓人。1958 年随父进疆。北京大学哲学系毕业，中国作家协会会员，国家一级作家，曾任新疆作家协会常务副主席，中国作家协会第六届全国委员会委员。现居乌鲁木齐市。已出版长篇小说《青氓》《迁客骚人》《乱营街》《金牌楼》《赤谷城》《莎车》《旱码头》等九部，小说集《远巢》《绝活》《死城之旅》《郎库山那个鬼地方》《旱码头》等九部，散文集《在大地的极边处》等，电影两部。代表作有《石坂屋》《西边的太阳》《穴居之城》《绝活》《汉留营》《帕米尔远山的雪》等。

其 满

◎ 阿拉提·阿斯木（维吾尔族）

那年，组织上安排我到一家国营煤矿挂职锻炼。听到这个消息，我很高兴。实际上，这也是我那些年来的一个愿望：深入一家煤矿沉下去，创作一部反映煤矿生活的长篇小说，也实现自己创作中一个题材多样的目标。

我来煤矿一个月以后，二号斜井出事故了，而且死了人，是黎明前的事情。我到了矿部以后，办公室主任老郭，眼睛基本上没了油光的一位前辈，把事故的情况给我简单地讲了一遍。死者叫叶强，是三年前带着妻子和八岁的女儿小叶来矿上干活儿的，签有合同。第二年，叶强的弟弟叶力也来了，兄弟俩下井干活儿，每年的工钱，都寄回老家，准备将来盖新房。今天黎明前，叶强正在往矿车装煤的时候，工作面倒塌，把他压在了煤块下面，来不及抢救，人当场就没气了。现在的问题是，叶强的弟弟叶力不同意下葬哥哥，说要煤矿解决小叶今后的生活问题。原来，去年，也就是叶力刚来煤矿一周后，叶强的老婆孙小梅丢下孩子和丈夫，和她的一个相好跑了。叶强把女儿交给弟弟照顾，在自己有把握的几个方向找了大半个月，核桃般大的讯息也没有半个。叶力说，现在哥哥走了，谁来照顾小叶？我是不行的，你们矿上要给小叶安置好生活。当时矿长不在，郭主任要我拿主意，矿里有规定，可以安排抚养这种孤儿长大成人。于是我和郭主任商量，同意叶力的要求，我们煤矿出面，安排好小叶的生活和读书问题。

这是我长这么大，第一次处理死人的事情。我满脸的严肃紧张，给郭主任说，今天你不要离开我，有事好一块商量。而且也要求司机全天紧跟我，有事好安排。

救护队郑队长安排人买的棺材到了。亡人入棺的准备事项，都已经完成。工友们帮着把遗体放进了棺材，救护队的人准备钉棺材的时候，叶力突然爬到棺材上面，号哭着不干了，躺在棺材上面，不让钉钉子。接着，他的几个老乡，也顺着他的意思，嚷嚷起来了。我没有动，脑子里想着为什么会突然发生这样的变故。郭主任对郑队长说，把叶力拉开，让你的人强行钉棺材。我制止了郑队长，让他把叶力叫到我的办公室说话。和郑队长一起回到我的办公室，我用询问的眼光看了郑队长一眼，他说，可能是叶力的那几个老乡给出了什么鬼主意。我没有说话，心里在想对策。眼下最主要的是，亡人要尽快入土。上午给矿长打电话的时候，他也是这个意思。

郭主任给叶力倒了一杯水，冷冷地说，我们说得好好的，你这是干什么？这个时候的叶力，和他上午的状态比，脸上灰暗破落，像是一块干瘪的皱羊皮。那些可怜的皱纹，也爬满了从他苦难的双眼滴落的苦泪。他开始是哽咽，而后捂住鼻子，哭了。凄凉的哭声，传递无限的悲伤。郭主任说，不哭，把心里的话说出来。这中间，郑队长找了一条毛巾，递给了叶力，要他擦脸。我也端起桌上的水递给叶力，说，喝口水，为什么要这样呢？叶力接过我手里的水，喝了一口，说，矿里必须给我出一个保证安置小叶生活的证明，不然我一天也不能照顾这个孩子。我说，就这些吗？叶力说，没有了。我看着郭主任，说，你写个证明，盖好矿里的公章，交给叶力，我们说话算数。

煤矿的坟地在一号立井上面的那片开阔地，离矿部有五公里路程。过了一号井口，就看不见专门的老路了，到处是那种骆驼草，车要自己找能当路的平缓地段往前走。我们一会儿就追上了卡车，但是卡车扬起的尘土，又阻挡了我们追赶的脚步。坟地再往东去，是旱田地带，当年是南边的村庄种小麦和红花的好地方，全靠雨水灌溉。老矿工们说，百年前，这里就是天然的粮仓，有播种能力的人，都在这里种麦子，用面粉做拉面打馕，是一流的好东西。

在郑队长的指挥下，大家把棺材放在几条粗麻绳上面，抬到墓坑跟前，两边的人协调好速度，缓慢地把棺材放进了长方形的墓坑里。而后，大家齐手往里填黄土。

早晨噩耗传来的时候，郭主任首先把小叶安排在了一个职工的家里，没有让她参加父亲的葬礼。我觉得郭主任是一个智慧之人，想得周全。他把小叶安排在了在配电室打杂的程红艳家里。几天后，矿里研究的结果是，小叶今后就是我们煤矿的孩子了。生活费、医疗费、学费等一切费用，矿里出，长大成人了，也是煤矿负责安排工作。憨敦的叶力一直在等这个消息。自从哥哥出事以后，他就没有下井干活儿了。听到矿里的准确消息，他到程红艳家里和小叶做了告别，就背着行装回老家了。我不能理解他为什么要把侄女留在这里。郑队长说，这叶力太自私了，自家的孩子也不要了。我没有说话。

一周以后，程红艳找到郭主任，说，干脆这小叶我就收养了吧。矿里把有关的手续给我办了，生活费和其他的费用，矿里给我保障好，我把孩子带大。郭主任给我说这事的时候，我很高兴。小叶将来好好读书，会有一个好前途的。要给她一个理想的条件、一个温暖的家。但是，这有关的手续不好办。十天以后，程红艳把小叶送到矿部来了，书包衣服都带来了，交给了郭主任。说，我男人这几天天天和我吵，还对我动手了，反对我收养小叶，他说，我们自己的两个儿子都养不好，没有能力为煤矿受这个累。那几个钱算什么？娃娃的糖果钱都不够。人家的爸爸是为公家的煤矿干活儿死的，矿里就应该把娃娃送到城里的福利院养着呀。程红艳的男人叫姜力力，是矿里的电焊工，技术一流，老家是内蒙古的，曾在那边的煤矿干过电焊工。怎么来新疆的，为什么，他不说。和工友们喝酒聊天，也就一句话，我是一个喜欢流浪的人，你们问那么多干什么？这天下的煤矿，谁家能说清楚那些人是从哪儿来的？

听完这些说辞，郭主任脸色一沉，说，这个程红艳，没有说真话。她男人不是这种锤子，她心里有鬼。于是，郭主任找人打探情况。三天以后，这情况就搞清楚了。程红艳拿着矿里开具的证明，在城里办完有关的收养手续以后，觉得心里不踏实，就把小叶带进城里，找到那个著名的卦婆七姨太，算了一卦。这七姨太看过小叶的面相和掌纹，伸出颤抖的手抓了抓小叶的耳朵，浓眉斜眼一瞪，说，好了，先叫孩子到外屋坐一会儿吧。七姨太把小叶支出去以后，小声地向程红艳说，这孩子额头上有邪气，你收养不合适。听完这话，程红艳耷拉着脑袋回家，一路上编了一个她丈夫不同意的谎言，把小叶交给了郭主任。在之后的几天里，程红艳为小叶算卦的事情，传遍了整个矿区，除了摇床里的婴儿听不懂以外，所有人都知道了。于是郭主任把程红艳叫到办公室，训了一顿。郭主任说，姓程的，小叶的事，你如果不讲实情，我就不让你在配电室工作了。说话！程红艳说，郭主任，你可不要吓我呀，你不能辞掉我的工作呀。我讲实话，我太不应该这样做了。于是她把带着小叶算卦的事情，都交代了。

我没有想到会有这样的波折。郭主任说，程红艳说什么都不肯收养小叶了，怕家人染上邪气，不吉利。我说，还是继续找人吧，要做一个长期的打算。郭主任说，这几天我私下也找了几个有条件的人家，人家都不干。就是算卦的那一句话，大家都知道了。我说，都什么时候了，还迷信。下次回城里的时候，我要把那个巫婆算命的事，报告给民政局的领导，先把她带到拘留所里，好好教育。什么时代了，还信这种东西。至于这个程红艳，你可以先把她的工作辞掉一年半载的，吓吓她，也是一种教育。这煤矿，再也不能出现这样的事情了。这个事情，要在各井口队长那里讲一讲，要他们也教育其他的矿工。程红艳要写出检查，再看怎么给她安排工作。

几天以后，郭主任领着一个魁梧的男子，走进了我的办公室，说，这是姜师傅，程红艳的男人。姜师傅的情况，前面郭主任给我讲过，在我的印象中，应该是一个接地气的汉子。他使劲地握住我的手，说，沙矿长，给小叶泼脏水的事，不要误会我。我男子汉大丈夫，从遥远的内蒙古到新疆的这个煤矿过日子，不干那种事情。我也不是那种天塌下来了躲在旯旮里吃包子的人。我老婆梦呓的那些话不算，小叶任何时候都是我的娃娃。我这女人，心眼好，嘴巴不行。这个小叶，是老天爷给我们积德的机会，是应该跳起来抢夺的吉祥。我把我的实话倒出来给你，这个钻头一样厚实的郭主任，我们是联手。下雨天，或是矿上发了工资，我们在麦艳的面肺子店里也喝几杯。哪一天咱们三个人到她那里吃面和牛头肉，我请客。我有兵团人的大烈酒呢，77度，专门给煤矿汉子酿造的。也算是我替傻老婆赔不是了。你们处理小叶她爸后事的仁厚，我们都听说了，你是个汉子。我笑了，这个老姜，真是一个爽快侠义之人。郭主任说，老姜，可以了，走吧。回家晚了，老婆又咒你了。老姜说，闲话真不是个好的东西，蜂蜜一样的好人也听信谣言。我说，老姜，常来，咱们聊。老姜说，好，我请你们吃牛头肉。

又一周的时间过去了。小叶在郭主任家里待着，我比较放心。郭主任说，小叶每天放学回家，自己写作业，很自觉，也帮着做家务，就是话少。我想，这是自然的。娘跟着野男人跑了，爹死了，孩子自然就话少了。我去看过她一次，她脸上没有笑容。苦难这东西，不管你年龄大小，都会吞噬你的希望和光明。这几天，我想过让郭主任的老婆收养小叶。老练的郭主任看懂了我的心思，说，本来，老伴儿想收养小叶，但是民政上的手续办不下来。我明年六十岁退休了，这个年龄不允许领养孩子。我沉默了，民政局的这个规定，我还是第一次听说。郭主任的妻子叫钟秀，脾气好，什么时候都是笑着，给人的第一印象是亲切友好。她说，这小叶好好的一个孩子，小小的年纪就让迷信的符咒给缠上了。老姜的那个红艳，是个穷人家的孩子，就期盼将来家里出个金凤凰，把孩子弄出去算了一卦，结果也是自己吃亏了。这算卦的，我在老家见过，基本上都是拣好的说。你看这小叶，大眼睛，宽额头，不是福兆是什么？哪儿来的邪气呢？那天，见到了红艳的男人老姜，他说，这孩子，最好送到城里的福利院去，那里，生活学习看病都方便。实际上，这也是个好主意，将来孩子长大了读大学，做什么事都是有希望的。郭主任说，也是。如果能办成，也是个能放大心的事情。听到这里，我有点儿动心了。从我掌握的情况来看，进福利院，难度大，是要批指标的。但是，一旦进去了，就能坐着这列火车，走到生命的终点。我对郭主任说，主任，不然咱们向矿里专门汇报一下这个事情，我出去跑一跑，如果能办成，也算是矿里对小叶尽到了责任。郭主任说，那是。小叶长大了，也会铭记咱们对她的好。我说，这倒不是主要的，主要的是小叶太可怜了。父亲不在了，叔叔把她丢下回老家了，母亲又和野男人跑了，将来的生活，还是要小叶自己奋斗。那个孙小梅，心真硬啊，好像是吃着石头长大的人。

我专门向矿领导汇报了小叶当前的情况，建议还是送福利院好。矿长马洪洪说，你这个想法比较长远，把它一次性办妥，矿里以后也不用操心了，也算是我们矿里把这事情做扎实了。

我进城跑了一周的时间，总算是把事情办成了。不是福利院，是在残老院。在民政局，找到了他们的领导，是我父亲的一位老朋友，也是同乡。我把情况讲了一遍，最后说明我在煤矿挂职，这事儿办成了，也是我的一个成绩。意思是您看在父亲的面子上，把这事儿给我办了。好在残老院那边也是有学校的，小叶上学也没有问题。

几天后，我和郭主任带着小叶，来到了碧绿的残老院。见到夏院长的时候，我介绍郭主任和他认识，把小叶的情况也讲了一遍，希望他们能关心小叶的生活和学习，特别是学习。不能旷课，不能落课。我心里很清楚，送到这里，就是残老院的人了，这些话是多余的。但我还是想说，希望小叶能走出自己的好生活。夏院长说，这些方面，请你们放心，我们会做得很好，你们可以经常来人看看。郭主任说，生活方面，我们也可以支援你们一些无烟煤。他说着，把小叶的档案递给了夏院长。夏院长接过档案袋，说，谢谢。我们的经费，还是有点儿紧张。民政局的领导来电话讲了，你们的小叶是个特殊情况，本来我们残老院是不收小孩子的，因为领导发话，我们就破例收了。你们放心，我们会在各个方面关心小叶的。我们刚好有一间女宿舍，住着一位残疾的中年妇女，叫阿丽娅，我们安排小叶就住这个宿舍，阿丽娅也会照顾她的。现在，我们去看宿舍吧。我们拿着小叶的东西，来到了阿丽娅的宿舍。宿舍很大，是一个套间，可以一人住一间。郭主任放下手里的东西，观察屋子的时候，夏院长开始给我们介绍阿丽娅，说，阿丽娅都好，就是走路不方便，要用拐棍才行。我看了一眼阿丽娅，是一个清秀的女人，宽亮的额头，细长的眉毛，闪亮的眼神，看着就不像一个残疾女人。显然，漂亮的脸蛋，也是在化妆品的帮助下，才亮起来的。阿丽娅很高兴，说，欢迎小叶，太好了。我今后就有伴儿啦。小叶，喜欢这里吗？小叶点了点头，没有说话。阿丽娅说，你们放心，小叶在这里会过得很好的。我心里也是热乎乎的，小叶的事情，能安排到这个程度，已经不错了。我看了一眼郭主任，他的眼睛里面，也露出了温暖的光。他是一个稳重的人，这一个多月以来，就没有见到过他大笑一次。这可能是性格使然，也可能他是心里有事儿，觉得没有那么多值得笑的事情。

我们告别夏院长、小叶和阿丽娅，回到了矿里。我把情况向马洪洪矿长和其他领导做了汇报。大家都满意，说，不错了。要是我们的人去办，说不定还办不成呢。马洪洪矿长说，以前，煤矿人进城办事，是很顺的。现在不行了，煤气来了以后，我们的黄金时代就过去了。从前我们煤矿是老大，那时候煤是金子。我们吃过最美的马驹肉，我们喝过人家没有见过的美酒，我们也穿过皮革厂内销的三接头贵族皮鞋。现在，有了煤气以后，我们的翅膀断了。马洪洪矿长激动了，我也很高兴，矿里第一次交给我的任务，算是圆满完成了，心里也是热热的，暗自感谢那天郭主任的老伴儿钟秀大姐给我出的主意。

在矿里工作，每周只能回一次家。周末，刚回到家里，就有人找来了。是我中学的同学米吉提骨头。他人长得像狐猴儿一样干瘦，身上多一半地方都是骨头。同学们曾开玩笑说，他是吃剩饭长大的，怀疑不是母亲亲生的，是抓养的一个小可怜。后来同学们也给他起过一个外号，影射他的瘦，但是没有叫响。最后还是骨头这个外号红了。他自己也喜欢这个外号，说，没有骨头能站起来吗？他人幽默，也怪异。和人说话，从不看人家的眼睛，看人的脚。而民间是忌讳这种窥视人家脚板的陋习的。民间有说法，朋友看头，敌人看脚。说话也是阴阳颠倒，听不清楚他哼哼哈哈的那些意思，有的时候突然来一句"诸位，一公斤羊肉九毛二分钱的时候，一瓶伊犁大曲多少钱？"同学们就笑他。当时高年级的玉班长说过一句话，你们的那个米吉提骨头，脑袋上一定是多了几个螺丝钉，聪明过头了。

米吉提骨头没有进屋，脸色像半生不熟的羊头肉，想笑又不想笑的样子，靠在门上，怪怪地说，挂职就是在墙根儿下站着，你上不到墙上去，墙那边的事情你不知道。正席上没有桌签，吃抓饭的时候自己带勺子。从前煤矿是金疙瘩黑珍珠，现在半口油水也没有。我说，进屋说话呀，又犯毛病了吗？什么事？米吉提骨头说，我的邻居说，他私藏的老婆不知道的贼钱痒痒了，想请你喝酒，自己不敢来，要我给他做一次牙子，我就来了。茶钱是给我送一箱烈酒。我说，不错，你到处都有买卖。你那朋友我认识吗？米吉提骨头说，喝酒之人，没有认识不认识一说，朋友的朋友的朋友。回去把领带打上吧。我说，什么时候我多给你几条，绑在一起缠在腰上，花花绿绿的，也很威风。

喝酒的地方叫水上餐厅。谈不上餐厅，是一般的喝酒人解决酒瘾的一个饭馆。窗下有一小渠水，老板起名的时候，就"贪污"了这个渠水。米吉提骨头的邻居叫艾麦提残老院，这外号的来历是圈子里有两个艾麦提，朋友们为了不闹误会，就给在残老院工作的这个艾麦提，起了这么个外号。三杯酒以后，艾麦提残老院开口说话了。说，这米吉提是我的肝胆朋友，你自然也是我的肝胆朋友了。我认识你，只是你不认识我。酒是天下最好的绳子，能拴住人的心脏和酒杯。人人从诞生的时候就是朋友，因为我们都是一阵风的孩子。是朋友，就应该给朋友说心里话。你到我们的残老院去了几趟，最近一次去的时候，你们把那个小叶留在了我们残老院里。听说是夏院长把她安排在了阿丽娅美人的宿舍里。今天和你喝酒，我就是要讲这个情况。我们那个阿丽娅美人，看着风光靓丽，不像个残疾人，但是脚有问题。这个话，我怎么说呢？这真话就是不好说啊。米吉提骨头说，昨天你怎么给我讲的，今天也那样说。哥们儿，一晚上的时间，没有换舌头吧？艾麦提残老院说，好吧，我说吧。是这样，我们残老院，周边住户比较多，白天和夜里，来我们果园里玩儿的人也多。因为这样，什么样的人都有。常常半夜的时候，就有人翻阿丽娅美人的窗子，和阿丽娅美人乱来。这些丑闻，我们都知道。大家给我们的夏院长反映过，他不信，说，你们抓住人才行，不能造谣。你说说，他又不安排人，谁抓呢？现在，他又把你们的小叶安排在了阿丽娅美人的宿舍里，谁能保证小叶的安全呢？将来一旦出个什么事情，谁来负责？听到这句话，我晕了，心里什么都明白了。我没有说话，艾麦提残老院也静了下来。米吉提骨头站起来动了动，又坐好，斜着眼看着我的酒杯，说，老沙，我让你把领带打上，你还说我。我没有理米吉提骨头，看着艾麦提残老院，说，朋友，你们夏院长真的没有管过这个事情吗？艾麦提残老院说，他每天就来两个小时，剩下的时间到河边钓鱼，什么都不管。就没有见过这样的人。我抓起酒杯，看着米吉提骨头说，哥们儿哎，我的小天啊，我们差一点儿翻车呀。我又看了一眼艾麦提残老院，说，朋友，我敬你一杯，这场酒我们喝得了不起呀！米吉提骨头说，你不敬我吗？没有我，你能知道这个危险吗？我说，你不要急呀，朋友。来，我敬你们二位汉子。干杯。喝完酒，我看着艾麦提残老院，说，朋友，谢谢你呀，这事多危险啊，这段时间我还高兴得不行。艾麦提残老院说，那天，我看见你们把小叶带来，像吃上了大碗苍蝇一样难受。我认识你，你是米吉提的同学，我就把这事情告诉了米吉提。我想，如果将来出了什么事情，我也是罪人一个。米吉提骨头说，人说好邻居价值千百万，我的邻居艾麦提残老院就是这个千百万。

第二天是星期天，我没有休息，给司机打了一个电话，叫他来接我。我回到矿上，留在办公室，叫司机去生活区接郭主任。我把昨晚听来的情况，告诉了郭主任。郭主任说，是这样啊，挺吓人的。那个叫艾麦提残老院的哥们儿可以，这就是朋友的力量。过几天我派车给他送一车煤过去，这个人可交。我说，郭主任，怎么办？郭主任说，咱们明天一大早就过去，先把小叶接回来。我说，得找个由头儿说法吧？郭主任说，你就说指标没有办成，最后地区分管领导没有批。咱先把小叶接回来，暂放我家里，再想法子。

第二天，我们把小叶接了回来。小叶抓着我的手，说，叔叔，我喜欢阿丽娅阿姨，我不想回煤矿。我说，我们先回煤矿待一段时间，这边的房子要维修了，阿丽娅阿姨会去煤矿看你的。夏院长那边，也是郭主任出的主意，说小叶的叔叔从老家回来接人了，孩子又不同意放煤矿抚养了。夏院长说，你们这是球和钩子没有商量好嘛，这不是白忙活了一场吗？

过了几天，郭主任叫来救护队的郑队长，把我们接小叶回来的情况，讲了一遍。说，地区最后的手续没有办成。看来，我们还是有点儿着急了。郭主任这样说的用意是，下面煤矿的人们问，就这么回答。另外，要他动员手下的人，找一个能收养小叶的人家。我也认为这个说法比较好，让我们有退路。

几天过去了，什么消息也没有。主要还是巫婆的那句话，影响这些人的决定。我向郭主任说，思路还可以宽一点儿，少数民族家庭也可以嘛。郭主任看了我一眼，没有说话。我说，给工会的阿不来提也讲一下，让他也操操心，也可能会有少数民族人家领养。郭主任说，这种事，就有点儿细了。把道理细细地撒开，少数民族家庭的母亲们也是乐意收养的。从前，也有过这种情况。有条件的人家中，比较合适的就有街头卖面肺子的麦艳。她有三个儿子，男人是屠夫，在市里的屠宰场宰羊。麦艳开的杂碎店，在煤矿一带很有名气，牛头羊头羊杂碎，都是男人海力木公牛从屠宰场给办，方便。海力木公牛是个魁梧的人，肚子像牛肚子一样大，人活泼，爱开玩笑，有威信。我看中的是麦艳的德行，她是一个心地干净的人。我问，她那些孩子都多大年龄了？郭主任说，最小的也十多岁了，可以帮妈妈干活儿了。都在上学，我们可以试着给她讲一讲情况。

我觉得有戏。中午，我们来到了麦艳的面肺子店。是两个套间，有二百多平方米。从后门出去，是一个做羊杂碎的小院，好像是有两亩多地。有果树和菜地，欣欣向荣的，看起来也很美丽。郭主任说，这个地方，是我们煤矿的地，在海力木公牛多年的要求和折腾下，就划给了他，没有要钱。他们家是村里的人，当时矿里有些人说风凉话，说把一块地白白地给了外面的人，这明显是郭主任的私心，把脏水泼到我身上了。我和海力木公牛会有什么私心呢？每年矿里的羊群从山上下来，咱给职工们宰羊分肉，都是请他来给我们做这些事情，都是他带着朋友来给我们无偿帮忙。年年岁岁，也没有要过我们半个羊头。

麦艳把我们请到了靠窗口边的小方桌上。我靠了一下，几个桌腿晃了起来，像醉汉，有点儿危险。郭主任把方桌推了一下，顶在墙面上，从桌子上拿了几双一次性筷子，垫在几个桌腿上，稳住了桌子。麦艳笑着，给我们泡了一壶热茶，说是郭主任今年春天给她送的上海老家的龙井。郭主任动了动嘴角，算是笑了。

麦艳麻利地从后院拿来一块崭新的桌布，铺在方桌上，开始给我们倒茶。说，请喝茶。不好意思，我这张方桌，学了我那摇摇晃晃的罐罐男人了，讲了几次，就是不给修理，也不给换新的，总是说没有时间。但是和朋友们喝酒，夜半也能从被窝里爬出来往外跑。郭主任说，换那种铁腿的，什么时候都不坏，孙悟空一样结实。

多看几眼，这麦艳就是一个顺眼的女人。我有一种久违了的感觉。她看人的时候，像春天最早的杏花一样干净。郭主任说的那个"是一个心地干净的人"，我尤其欣赏。人也好，脾性也好，是一个有福气的女人。麦艳给我们端来了大盘鸡、面肺子、油亮亮的香肠，还有羊头羊蹄子。金黄金黄的，看着就有食欲。羊杂碎这个东西，看着、吃着都是非常亲切的东西。郭主任说，这么多，吃不完啊。麦艳说，不要紧的，你们吃不完我吃嘛。郭主任请我动筷子，我说，吃饭喝酒这个东西，都是从年龄大的开始，你先动手。郭主任夹了一片油亮的面肺子，蘸了蘸麦艳给我们备好的辣酱，放进嘴里，咬了两口，说，就是它，就是这个味道。这面肺子，纯粹就是个技术活儿。这东西，家家都会做，味道不一样，像麦艳这样的，没有几家。沙矿长，你也尝尝。我夹了一片切得薄薄的面肺子，也蘸了蘸辣酱，往嘴里一放，那味道就出来了，是记忆里的好东西。这面肺子，我母亲也做得很好。每年古尔邦节宰羊，第二天母亲就给我们做面肺子和香肠，非常好吃。那是个累人的活儿，工序繁杂非常讲究技术。民间有说法，这面肺子是要四人做，俩人吃。郭主任看着麦艳，说，我给你介绍一下，这位是我们新来的沙矿长，今天是特意来看你的。这几天你见过吗？麦艳说，见过，在路上见过几次。他们说，很年轻。我说，谢谢。你这面肺子，做得太香了，我吃着，就想起了妈妈在家里给我们做的那个味道了。好东西的味道，都是一样的。麦艳笑了，说，谢谢。我说，可以把这两间房子装修一下，漂亮一点儿，桌椅也换新的，再招几个人，把生意做大，让更多的人品尝你做的美食，这样收入也上来了，多好。麦艳说，我家那个罐罐——我男人，酒喝得多，我就叫他酒罐罐——他不同意，说，那样会把我累出病来的。郭主任说，你就说是新来的沙矿长讲的，他就蔫了。我看了一眼郭主任，他明白了我的意思，就把我们的来意，告诉了麦艳。她认真地听完，说，哦，是这样。就是那个小叶，那天我在矿部见过她，怪可怜的。原来你们又把她接回来了。其实，那个残老院是个好地方。这个事情，可能我一个人做不了主，要和我们家的罐罐商量，还有孩子们。实际上，那些年我想过生一个女儿，但是又没有把握。我一生一个儿子，一生一个儿子，生到第三个儿子的时候，我就打住了。现在我这三个儿子，放学了也帮我做事，天天吃着牛头肉羊蹄子，身形也跟二十多岁的小伙子一样了。我自己喜欢女孩子，女孩子往往能和母亲一条心，这是最重要的。汉族人的说法是女儿是母亲的小棉袄。这个说得好，小棉袄直接温暖腰身，非常实惠。郭主任说，那就晚上好好和海力木商量，就说是新来的沙矿长的意思。最好明天回个话。麦艳说，知道了。我自己也有一些心乱的地方。这人生在世，话好说，事难做。那个程红艳，不应该把这娃娃带去算命。我的困难是，小叶是汉族，我是维吾尔族，这闲话可是不打瞌睡的。我们民族的人也说，汉族人也说。嫉妒我们的人，就会咒骂我们，也是一种烦恼。你们看看，这个麦艳，收养了个汉族丫头，多能呀。还有一件事情，本来我是不想说的，今天话讲到这份上，我就说吧。你们把小叶领回来，太好了。等于是用现实打了那些人的嘴巴。你们把小叶送到残老院的第二天，这闲话谣言就四散了，说，那个新来的沙矿长，没有把小叶送到残老院，找了一个老板，把小叶卖掉了，卖了五十万。我们都知道，残老院收孤儿吗？这不是哄娃娃的事情吗？我听到这句话，颤抖了一下，出了一身冷汗，看了一眼坐在我身边的郭主任，说，主任，这太可怕了，什么人呀这是？郭主任说，我也听说了，昨天有人给我报告了。我已经安排保卫科的买科长查了。这一次，我们一定要把造谣的人找出来。我看着郭主任，说，这才是邪气，一定要把它打下去。我看，矿里要专门研究这件事情。郭主任看着麦艳，说，那你晚上和海力木商量一下，明天要他来找我。就你们现在的这块地，他多次找过我，我给领导也反映过。这块地，当年划拨给你们的时候，我们是口头上答应的，没有给你们出过矿里正式的文件。这一次，你们多少掏点钱，我给你们把这事办了，今后就没有人找你们的麻烦了。麦艳听到这句话，菊花一样乐了，说，好。明天一早我就让我的罐罐去找你，我这里先谢谢你啦。下午孩子们放学回来，我先和他们商量一下。郭主任说，好。小叶现在暂住我们家，晚上你收摊子后，可以过来看看她。

回到办公室的时候，郭主任有点儿难为情。说，煤矿这地方，喜欢传闲话的人还是有一些。你才来，他们就给你来了这么一招。实际是想吓住你。我说，这才是邪气，要查，要批评教育，要把这个邪气压下去。这煤矿真复杂呀，有人提醒过我，原来还真的有这种事情啊。辛辛苦苦地来挂职锻炼，却被说成了人贩子了。郭主任说，沙矿长，这也是一种阅历，也是一种经历。我说，是的。反过来，对我的写作，也是极好的素材。

晚饭后，我买了一些糖果，来到郭主任家里看小叶。主要是想了解一下她的情绪怎么样。郭主任的妻子钟秀大姐，给我介绍了一些情况。说，小叶自父亲去世以后，话就少了。为了让她开心，我每天带她出去玩，缓解她的内心压力。我把一把水果糖放在她手里，说，小叶，我们想给你找一个少数民族妈妈，你要吗？小叶没有说话，钟秀又问了一句，小叶说，不要。我要钟奶奶。就在这个时候，麦艳带着一碗面肺子，来看小叶了。她把面肺子交给钟秀，说，热着呢，打开让小叶尝尝。钟秀从布包里取出面肺子，放在桌上，取来筷子，说，小叶过来，尝尝麦艳妈妈给你送来的面肺子。小叶走过来，坐在桌前，整好筷子夹了一片面肺子，放进嘴里。钟秀说，好吃吗？小叶木木地点了点头，没有说话。麦艳笑着叫了一声小叶，摸了摸她的前额，从上衣兜里取出两个核桃，放在了她的小手里，说，小叶是个好孩子。而后，看着我说，过几天就好了，现在心里闷着呢。郭主任说，就是，娃娃已经懂事了。

第二天早晨，麦艳的男人海力木公牛喜气洋洋地来到矿部，走进郭主任的办公室，说，郭主任，小叶我们领养了。我那老婆愚钝，你和沙矿长都来了，她还要和我商量。这不是要我的命吗？这是积德的事情啊。矿里还给钱，这不就是老百姓说的吃了人家的抓饭又捞了一把吗？郭主任说，走，这个事情，是新来的沙矿长负责，咱们去他办公室里讲。

海力木公牛是个魁梧的人，大头，嘴巴平时微微地张着，开得再大一点儿，就能连到耳垂下面了。眼睛亮晶晶的，像水晶酒杯一样漂亮。和我握手的时候，显得非常正式，两只大手伸过来，很紧地握住了我的手。说，沙矿长吉祥，您的到来给我们家也带来了光明。小叶，我们领养了。一个家，没有个女儿，这家就没有灵气。那些年，我让老婆再生一个女孩子，她不干，懒得很，说，不搞娃娃了，要开店卖面肺子。以前，她妈妈就是倒腾这个东西的。这个小叶，我们会把她培养成一朵美丽的花儿的。昨天晚上，老婆在郭主任那里看过小叶，说她是一个羊羔般可爱的孩子。她的名字我们也想好了，叫其满。郭主任说，其满，什么意思？海力木公牛说，就是田野里的花草。我说，是青青草的意思。郭主任说，好。你这个吃羊头长大的人，就是聪明。海力木公牛说，是我老婆取的名字。我在家里不行，外面还可以牛牛。我说，海力木，那我们就代表矿里感谢你了。你和郭主任签个合同，咱们还是要走一个程序，要对得起小叶的父亲。而且，你们有责任了才能把孩子带好。生活上吃饱，上学不能旷课，衣服干干净净，帮助家里干活儿，说起来好听，实际上，都是操心烦心的事情。这个，你们家麦艳懂的，会安排好。重要的一点，就是要把学上好。将来一定要读大学，如果将来考不上大学，是你的失败，也是我们的失败，我们就不好做朋友了。矿里奖励你，奖品就是你爱人开面肺子店的那块地。多年来，你为矿里也做了一些事情，郭主任也考虑过这些方面，做人不是一春一秋的事，这就说明你的德行还是可以的。关于那块地，过几天郭主任给你出文件，矿领导已经研究过了，大家一致同意，对你评价很好，说你宰羊分肉，天生一把好手。海力木公牛乐了，说，请您放心，我们一定完成任务。小叶长大了考不上大学，我就把名字改掉，人间就没有我这个人了。今天是好日子，下午我宰一只羊，请两三个说唱的朋友，沙矿长您和郭主任赏个面子来我们家里一趟，我们河水一样长长的歌子唱一下，美人眼睛一样晶汪汪的酒喝一下怎么样？我说，今天抽不出时间，改日吧。海力木公牛说，那就今天把日子定了吧。我说，那就让郭主任定吧。郭主任说，那就这几天吧，我提前一天通知你。海力木公牛说，好。男人说话，人听见了以外，土地也听见了。那我就准备一只黑公羊，头上系上你们二位的名字，等你们给我时间。我说，可以，你和郭主任联系。

中午的时候，麦艳把小叶带走了。郭主任说，我老婆昨天晚上把情况给小叶说了，中午又哄着把她送过去了。她也说，这家人可以，一是条件好，二是念想正，没有坏心眼儿。这么多年，我们都知道。年年秋天，他带着朋友给我们宰从山里下来的矿里的铁羊羔子，一张羊皮也不白要，张张算钱。冬天给他支援一车煤，也要给钱。他过日子的习惯和我们不一样，喜欢帮助人，人家高兴了，他也乐。他老婆麦艳和他也是一个模子里的人。什么时候有时间了，咱们和他的那几个肝胆朋友们，坐坐，他们弹琴说唱，也是一流的。我说，为了小叶，这个情我们真的还是要领，这酒不喝不行。郭主任说，那我们就以看其满的由头儿去，这样比较好。我说，好。那你就定日子安排，我这边什么时间都可以。郭主任说，好。其满这个名字也起得好，青青草。

一周后的一个早晨，麦艳的长子吾买尔跑来通知我，说他母亲中午请我在他们家的面肺子店吃饭，还说母亲也请了郭主任。我到的时候，郭主任已经在那里了，正和其满说着话呢。其满显得很自然，那摇晃着的样子极可爱。她笑着回郭主任说，我喜欢。郭爷爷，我现在有两个名字了。我说，其满，暑假的时候，到城里我家玩儿吧，我也有一个和你一样大的女儿，名字叫古丽，你们可以做朋友。其满睁大了眼睛，看着我，没有说话。

麦艳给我们炖了一只土鸡，一盘凉拌牛肚，一锅羊肉抓饭，一笼南瓜包子，还打了一盆鸡蛋汤。说，我那个罐罐，到屠宰场去了，午饭就在那里吃，而后帮助我采购牛杂碎羊杂碎，在专门烧毛的地方给我收拾好，带回来。晚上我炖的时候，就很方便了。我在男人的身上，就落了这么个好处。现在就是想挣点儿钱，将来三个儿子娶了女人，自然也有一个三五年不认爹娘的时候。我笑了，郭主任没有笑，说，上回沙矿长说过了，这店面规模，你还是要有一个做大的想法，大家都喜欢你的这些东西，货源你是不愁的，海力木是你坚强的后盾，要抓住这个机会。我开始注意其满的神情，她的脸上多了些许愉悦的神色，这正是我们想要看到的变化。麦艳讲了一些情况，其满每天中午在店里吃饭，在后院休息一会儿后，起来帮她干点杂活儿，就去上学。她也适应得很快，叫她其满，答应得很快，简单的民族话，也会说了。麦艳今天中午请我们吃饭的意思，就是让我们看看其满的生活情况。

其满到麦艳家里生活，有一个月的时间了。海力木公牛的那只黑羊，也活到头儿了。郭主任很细心，给其满准备了许多学习用品，还有一套衣服和一条毛毯。我们带着这些东西，来到了海力木公牛的家。

海力木公牛今天穿了一身崭新的衣服，胡子刮得净白。他从河南岸的村庄里，请来了两位琴手，一位是弹都塔尔琴的乐手，另一位是弹弹布尔琴的好手。看那架势，都是自信满满。还有两位歌手，年龄都在四十岁以上。我们几个，美美地聊了一晚上。

一个月以后，我工作调动到了 B 市，任副市长。

两个月以后，郭主任也退休了。他的妻子钟秀希望能搬进城里，住楼房，享受城市生活。郭主任不干，说矿上空气好。每一个职工、每一棵树、每一只候鸟、每一株花草，都是他的朋友，不同意离开煤矿。告别郭主任的时候，我说，其满的生活已经可以了，这家人不错。但是学习上，你还是要常去检查，盯紧一点儿。重要的就是学习，千万不能放松，家务还是要叫她少做。郭主任说，你放心，其满就是我的孩子。

第二年，我回来了一趟，给郭主任打了一个电话，也去看了看他。他的退休生活过得比较平稳。脸上，上班时候的那种紧张气象，已经看不见了。和人交流的时候，额头上也有了些许的温暖。中午的时候，我们来到了麦艳的面肺子店。路上，郭主任说，现在是暑假，其满在店里帮助麦艳干活儿呢。她上午做作业，中午来店里吃饭，也顺便帮帮忙，下午就约朋友们出去玩儿。她变得懂事了，满脸的秀气。牛羊杂碎这个东西，还挺养人的。其满今年上初中了，我到学校见了她的班主任老师，现在的成绩是班里前八名，也不错了。我说，是的，这个成绩也是可以的了。如果高中也能保持这个成绩，考大学就没有问题了。进了大学，我们也不用太操心了。郭主任说，你放心，我盯着呢。主要是麦艳配合得好，很少让她干活儿，一点儿不干也不行，但是主要的精力都在学习上。麦艳把店也装修了一下，做大了，面食上，增加了一个水煎包，很好。主要还是客人多，中午人最多。牛头肉和羊头羊蹄子，不到中午就没有了，多一半都叫咱们的矿工们买了，是下酒的好东西。麦艳说，水煎包是她母亲拿手的家常面食，味道好，特别是退休的矿工们比较喜欢。蘸上油泼辣子，吃得香。

我们来到了麦艳的面肺子店。中午就是人多，店里没有座位了。有人在外面蹲着吃水煎包子，有人靠在墙上吃羊蹄子。我们站在店门侧面，开始欣赏这小小的红火。在窗口里面的麦艳，正在往直径一米多的平锅里摆放水煎包子。从她的神态可以看出，她此刻全部的心思，都在这个平锅上，在平锅里的水煎包子上。我极为欣赏她此刻的形象，在劳作中夯实自己。我们靠近窗口，向屋子里看了一眼，看见其满正在菜板上切云片一样洁白的面肺子，仔细认真，片片大小均匀；再切油亮的香肠，而后盛在碗里，倒进笊篱，过一遍热汤，再在碗里放一小勺油泼辣子，端给顾客，接着继续做第二碗。

郭主任晚上要请我吃饭，因为没有时间，就放到以后了。我说，就是其满的那个叫叶力的叔叔，来看过其满吗？郭主任说，没有。她母亲也没有消息。将来会来找孩子的，人都是这样。我说，郭主任，在其满以前档案的基础上，你自己再给她建一个档案，可以细一点儿，把这些事情都加上，将来需要的时候，我们就有材料了。

光阴流逝，几年后，其满要考高中了。郭主任来电话说，成绩还可以，就是要给找个可以寄宿的学校。这是最关键的，其满可以放下一切好好学习。我通过一个朋友的帮助，直接联系了一个校长。开始，我想找我在教育局当副局长的一个同学，我那个朋友说，基本上没用，现在决定权都在校长那里。于是我听朋友的，直接打电话找到了那位著名的女校长。当然,她也有要求,要我在我工作的那个城市,安排一个学医的大学生就业,最好是在市人民医院。我答应了。

其满高中毕业后,考上了兰州商学院。大家都高兴,我工作忙,走不开,只能打个电话,祝贺麦艳和海力木公牛,最终把其满培养出来了。也给郭主任打了个电话,让他到时候代我送一下其满,和她保持联系,和她的班主任老师、班长、寝室长都保持联系。

最激动的人还是麦艳。在她的要求下,她的男人海力木公牛找了一个在石头市场卖玉石的朋友,买了一块鸡蛋大小的椭圆形美玉,送给了其满。她向男人说,玉这个东西,是个吉祥物,也是她这个年龄段最好的纪念。其满出发前的那天晚上,麦艳将玉坠挂在了其满脖子上。那块玉极美,十二点钟方向有一缕金丝线,据卖玉的朋友吾斯曼江说,这是千年前在阳光下自然形成的一个暗线,是非常有价值的。后来,我是在其满发过来的照片上看到这个玉坠的,挂在她的脖子上,很漂亮。显然,她很喜欢这个东西。那天,其满抱着麦艳,哭了。一切的一切,涌上心头,百感交集。

就在其满考上大学那一年,我的工作又调到了另一个城市,离家更远了,很少有机会回家,也没有机会到兰州去看其满,都是通过郭主任了解她的生活和学习情况。我还是那句老话,要把所有的精力放在学习上,心里要有一个奋斗方向。而且我也告诉郭主任,每年其满回家的时候,都要注意她的心理变化,和她谈那边的生活,了解她内心的想法。我的担心是,随着年龄的增长,她会本能地思念亲生父亲和母亲,这种变化,自然也影响她的生活。我潜在的一个想法是,既然我们管了其满的生活和学习,就一定要追求一个好的结果。

五年的时间晃荡着过去了。每年基本上都是郭主任给我打电话,讲他的退休生活,讲矿里病逝的肺尘病老人。每年夏天,山区的羊羔吃肥了以后,就进山住一个多月,享受原始的山野生活。而后,他就给我谈其满的情况。她大学毕业后,回来在家里待了一个月,之后就考进一家公司工作了。工资还可以,主要业务是做外贸,在口岸办公，几个月回来一次，住在口岸，心情也是比较愉快的。回来一次就给我们带衣服，给麦艳他们也是这样，对她三个哥哥也挺好，懂事了。我听到这些情况，很高兴。我想，我们的任务算是完成了。那年我调离煤矿，郭主任退休，他讲过一个想法，其满今后的一些事情，让矿里出个东西，就交给郑队长的救护队来管。我没有同意，现在看来，这样的决定是对的。是这些年大家的用心，才有了这个好结果。我们也和麦艳一家保持了友谊。

今年开春的时候，郭主任给我打了一个电话，说，如果今年我能回一趟家，希望能见一面，有些话，电话里不好讲。当时我想，可能是他自己家里有什么事情了。但又不像，因为他两个儿子都已经在上海工作了。回来后才知道，是其满的事情，我根本没有想到会有这样的事情发生。

今年二月的时候，其满过来找郭主任，说要自己办一个公司，就把当年矿里帮她保管的那笔抚恤金要走了。当时，在这笔钱要给到谁手里的问题上，大家意见是不一样的。郭主任提出，这笔钱矿里另存，等小叶长大了再给她，让她规划自己将来的生活。矿长的意见是可以交给叶强的弟弟叶力领走，这件事情就算完了。同意这样做的人也不少。而郑队长和郭主任的意见是一样的，这笔钱，只能在矿里存着。当时我说了一个意见，把这笔抚恤金从矿里的账上提出来，用郭主任的名义另存一账，矿里记录在案，到时候小叶长大了，就把这笔钱交给她。我的这个想法，是建立在对郭主任信任的基础上。把这笔抚恤金从矿里的账上提出来，将来用的时候就比较方便。我向大家说，如果这笔钱给了小叶的其他亲人，谁能保证这笔钱将来能用在小叶身上呢？我还有一个担忧，要是把抚恤金交给小叶的叔叔叶力，他自己用完了，将来小叶的母亲回来和我们要抚恤金，那时候怎么办？大多数人都支持我的看法，矿长没有办法，就按照我的建议办了，把钱存在了郭主任的名下。

其满父亲的这笔抚恤金，在她读高中的时候，郭主任把她带到矿部，在矿长办公室，给她讲过这笔钱。当时矿里还给她出了一份材料，要她保存好。当时我和郭主任的意见是，最好是在小叶将来成家的时候用。但是现在，其满自己做主，把这笔钱拿走了。这一点，是我没有想到的。郭主任说，咱们到麦艳的面肺子店坐一会儿吧，她也有话要给你讲。

我们来到了路口麦艳的饭馆里。她见到我们很高兴，放下手里的活儿，给徒弟们交代了几句，热情地欢迎我们，把我们请到了她在后院的凉亭上。她的一位美女徒弟给我们端来了热茶，还有一盘子漂亮的点心馕，极养眼。麦艳热情地请我们喝茶，说，终于把沙矿长盼来了，我们想念您啊。我那个罐罐，还是去屠宰场了，自己的活儿干完，就忙我的杂碎，也辛苦。沙矿长来一次不容易，我把其满的事情也讲一下。前面大概地给郭主任讲过，我就简单地说说吧。其满年初的时候从我们家里搬走了，把自己的衣服箱子和那个装着父亲遗物的旅行箱也拿走了。说要出国去发展。我问她，要去哪国呢？她说，还没有想好，这几天就要出国。她给我留了一笔钱，是二十万，说，这么多年，感谢母亲的养育之恩。我没有想到她会这样说，会给我这样一笔钱。这不是见外了吗？我说，孩子，不能这样说，你的生活费，是矿里给的，不是我们养育了你，你是矿里给我们的女儿，我们是有缘分的，这也是我们最大的快乐。你千万不要到国外去，那是一个陌生的地方，你就是挣再多钱，也没有归属感。她说，妈妈，我已经决定了，我还是那句话，非常感谢你们的养育之恩。我说，你出国的事情，你郭爷爷知道吗？她说，不知道。郭主任说，其满没有给我讲过出国的事情，只是说要成立自己的公司。我说，长大了，也有长大了的麻烦呀。麦艳说，是的。其满变得和我们有点儿离心了。我说，她有选择自己生活的自由。实际上，我们的责任也尽到了。只是这样一个结果，让人不太舒服。麦艳说，我就是这个意思。她留给我的那笔钱是什么意思？是想用这笔钱，把我们多年的情感情义洗掉吗？这样，我们和她就没有关系了吗？我把那笔钱以她的名义暂存银行了。

我们家的罐罐说，还是要找一个钱生钱的地方。总有一天，她会回来的，那时候我再把钱给她。说心里话，她来我们家生活，我占了两个大便宜。一是你们经常要求其满要刻苦学习，这句话也感染了我，我也是用你们的方式要求我的三个儿子，要他们认真学习，将来一定要考上大学。这样他们就有方向了。后来他们都考上了大学，大学毕业后，也都有了自己的工作。老大吾买尔去年成家了。都是因为在家里抓其满的学习，把我三个儿子的学习成绩也带出来了。这是大好事啊。另一个大便宜就是，我把其满带出来了，她大学毕业了，可以自己成立公司了，就是一个自立的人了。就这事儿，我们煤矿上的人，下面几个村里的人，都佩服我们，说我是真正的积德。以前造我谣的人，嘴巴也干净了，没人抹黑我了。其满上大学那年，报社的一位记者来了，要我讲一下其满的故事，我说，我的故事就是喜欢其满，其满的故事就是喜欢我。我现在还是这样想，她人走了，可是心还在我们煤矿，在我们家。将来她就是变成了富豪，也不会忘记我们煤矿，不会忘记这个家。这种事，我们听老人们讲从前百年千年的故事，现在看电影，讲的都是这个道理。其满年轻漂亮，出去闯荡一场也好。她会回来的，自己不回来，她的梦也会带她回来的。因为她的梦留在了我们这里。

我没有说话。我想说的话，麦艳都替我说了。她整天在饭馆里忙碌着，竟能有这样的见解，这是我没有想到的。郭主任说，麦艳，你是一个少有的好人啊。麦艳说，郭主任，您比我好啊，不是把这块地给我们了吗？郭主任说，不是我，是矿里给你们的。我会有这么大的权力吗？麦艳说，怎么会没有啊，你不想着我们，矿里会同意吗？这地段，非常方便我们做买卖。地是个宝贝，一代代人，靠地生活，给子孙们也留下了方便。不像我们开始的时候，就一辆破旧的手推车，做好的羊头面肺子放进一个大白盆里，车下面吊一个用旧水桶改装的炉子，就在街头叫卖了。刮风下雨，躲避在大榆树下，继续叫卖，都是为了日子。我的三个儿子，就是这样养大的。他们的孩子，就不会有这样的生活了。日子这东西，只要你带着你的坚韧对它好，它会变成财富围绕你的。我说，麦艳，你说得好。麦艳说，那年您到煤矿工作，在一些重要的方面，改变了我们的生活方式。您来了以后，我们有了露天煤矿。我们想念您，就是因为您喜欢帮助人。在其满走了以后，我能坚持拥抱生活，就是因为您给我们留下的希望。

我们告别麦艳离开，这一次，还是没有时间和郭主任一起吃饭叙旧。郭主任比较开明，说，下一次吧，见了就好。认识你，是我的骄傲。我有一个小遗憾，就是至今没有向你打开我的内心世界，会有机会的，好酒我有，时间也会有的。我说，下一次，我保证，咱们第一时间咣当一瓶，好好聊聊。郭主任说，其满的事，我再给你说一句，她没有出国，想出国的话，是其满为了逃避麦艳的说辞，她根本就没有出国的打算。只是听说找了一个男朋友，是在兰州的同学，叫姚克功，做玉石生意的小伙子，他们联手在口岸开了一家外贸公司。其满又改名字了，叫江雪莲，还去了一趟上海，整了容。你见了可能认不出来。我停下来，直直地看着郭主任，不知道该说什么好。我说，这事儿，麦艳知道吗？郭主任说，不知道。这样，这里面的意思就多了。我说，而且，不断地会有新的意思。其满自己的脸，其实是非常漂亮的。郭主任说，是的，人在一些时刻，看不清自己的嘴脸。

第二天，我通过一些关系，打听到了其满在口岸的外贸公司。办公地点在一个叫"野蔷薇酒店"的二楼。我专门跑了一趟口岸，只是想看一下其满。车跑了三个小时，一路上还是有那么多白杨树，仍旧那样亲切，好像是生长在时间外面，自信自在，丝绸一样漂亮。

司机帮我找到了其满公司所在的那家酒店。我上到二楼，在大厅看到了她公司的牌子。进去问了一位应该是前台的小美女，我说，您好，我有事找你们的江雪莲老板。小美女笑着看了我一眼，油画一样动人的眼睛扫了我一遍，说，好的，您跟我来。走了几步，她停在左边一扇咖色门前，敲了一下，侧耳静听，听到"请进"的准许声，推开门，用手示意我请进。

我走进这极为漂亮的办公室，看到眼前国画一样漂亮的女子，从她的眼睛里，我认出这就是其满。眼睛是不能整容的，因而其满是跑不掉的。紧接着，她胸前挂着的那枚椭圆形玉坠，更加坚定了我的判断。那年，我在她的相片上，看到的正是这个玉坠。她第一眼看到我，眼睛亮了一亮，立马又静了下来，显得十分自然从容。她请我坐下，说，您找我有事吗？就她这句话，从她的声调，我进一步确认了她就是其满。鼻子垫高了，做了双眼皮。我说，我是顺路来看你的，你以前是叫叶丽丽吧？我说话的时候，直直地盯着她的眼睛。她的眼睛动了一下，又立刻恢复了方才那种平静的状态。我感觉她已经认出我来了。她笑了笑，说，不是，您认错人了。我说，你还有一个维吾尔语名字，叫其满。她又笑了笑，说，不是的，您认错人了，我叫江雪莲。我说，这个名字也挺好的。只是，一个人活在三个名字里面，会活得很累的。她又笑了，说，不好意思，您真的认错人了。我说，请原谅，看来，我真的是认错人了。实际上，扰乱和最终纠正我们的东西只有一样，那就是时间。时间本来是个整体，是我们把它揪成了无数碎片。青春、财富、梦幻，看似是人生的尊严，另一面也是虚荣的奴隶。这是我的名片，给你放在桌上。将来，如果你想回来找我，可以和我联系。实际上，在这个巴掌大的城市，我好像也见过你的。其满仍旧那样镇定大方，笑着说，您这人有意思，我怎么听不懂您的话呢？我说，我是做时间买卖的，将来你会用得上的。我走了。其满站在那里没有动。

我唯一感到欣慰的是，这么多年来发生的故事，加上我在其他城市的体验和储存在心里的人人事事，不仅仅是一部长篇小说的素材，也可以生发为很多不同主题的作品。比如郭主任，一生十分内敛谨慎，没有人知道他的心路和苦楚。在煤矿挂职的时候，多次和他喝过酒，我也几次有意识地把话题引到他的从前和落脚煤矿的往昔故事里，想走进他的心，了解他独特的生命经历，丰富我的小说。但他只是简单地说，是命。命是说不清的事情，越说越乱。他的这些说法，对我影响很深。后来我向那些老矿工打听过，一位叫海米提老矿工的轮椅老汉说，郭主任是上海来的支边青年，最早是在边境那边的一个牧场里，对了，是二牧场，几年后就来到了我们的煤矿。为什么？怎么来的？大家都不知道。我们这个地方，不兴问人家的来路。这郭主任，从前是救护队的，有文化，后来做了很长时间的办公室主任，字写得好。春节的时候，全矿家家户户的春联，都是他给折腾的。就是人有点冷，心重。但是有良心，一碗水能端平。轮椅老汉说了很多，集中起来，就是大家认可这个老练的郭主任。又比如，叶丽丽的母亲孙小梅。我们只是没有横下心来找。这有鼻子有眼睛的世界，怎么能找不到一个母亲呢？

　　光阴荏苒。我也到了退休的年龄，在一个温暖的周末，我拿到了人事部门给我的退休证。开春的一个周末，郭主任打了个电话，说要进城来看我。按照他那年的想法，我们吃了一顿饭，喝了一瓶他带来的五粮液。

　　根据以前的思路，我还是想从几个侧面全面了解一下郭主任当年的人生经历。于是我找了几个人，最终找到了二牧场的一个老领导，叫王保华，和他了解了一些情况。郭主任在二牧场的时候是一个农工，有一个恋人叫张燕。后来张燕背叛了郭主任，跑到牧场的会计易江怀里去了。易江听从张燕的怂恿，借牧场领导的手，把郭主任开除，送回了老家上海。这件事，从精神到身体，对郭主任都是一个沉重的打击，叫人家指着脊梁说被新疆牧场开除了，他是无法在上海生活下去的。他当时的处境十分悲惨，精神上时刻都处在一种崩溃的状态。于是他回到了新疆。在内心里，他主要是奔着老同学王旭来的。王旭了解他，相信他不存在作风问题。他们小学的时候就是要好的朋友，整个中学时代，郭主任都是一个心地干净做人有立场的人，是从小在规矩中长大的孩子。于是他把郭主任安顿下来，也通过朋友同学的关系，在煤矿给他找到了一份工作。郭主任能说到台面上的东西是字写得漂亮。这笔好字，无论在明媚春日还是寒冬腊月里，都是温暖人心的东西。开始的时候郭主任被安排在了救护队，后来领导们看他大字小字都写得好，春节的时候家家都找他写春联，人也勤快本分，就把他调到了办公室。

从这以后，我和老领导王保华变成了朋友，他给我讲了许多有关郭主任的事情，

我正忙着找二牧场的老领导了解有关郭主任的情况时，其满给我打了一个电话，说有事商谈，约我在世纪餐厅吃饭。我没有同意在那里用餐，我说了一个地方，最早是一家果园里的茶座，离繁华和热闹的市区远一点儿。每一个茶座，都在茂密的果林深处，比较隐蔽。我到的时候，其满已经在门口迎我了。首先飘过来的是她的高级香水，给人一种温馨的感觉，而后是热情的问候，一点儿也看不见那年她装着不认识我的那个样子。我对她比较深刻的印象是她考上大学的那一年，满脸纯真，也满怀希望。当时我们一起吃过两次饭，我说了一些激励她的话，那时感觉她内向，不善言辞。而现在，她已经是一位自信大方的女性了。

饭菜上来了，她只吃了一勺抓饭，而后就不停地喝茶、讲述，像是要把一生的酸苦都讲出来似的。这的确是一段十分苦痛的经历，在生命的一个重要时期，没有父母的疼爱和引导，对成长中的女孩子来讲，的确是非常无助的。这些内容，在她的词语里、抽泣里、呻吟里、叹息里，给人一种绝望的感觉。也就是在这个时候，我才完全窥见了她全部的精神世界。有的地方没有花草，有的地方没有月亮。就是在这样的日子里，光明是她唯一的支柱。生活中，有她的养母麦艳，精神世界里，有给了她生命的母亲。在读大学的那几年，她开始完全地从精神上接受了麦艳给她的母爱。她又抿了一口茶，看着我，眼神回到了她纯真的少年时代，说，和同龄人相比，我的人生经历更为复杂曲折，也比较早地学会了说假话。人人都知道不能说假话，假话害人害己，但是我们还是离不开假话。为什么呢？是自私和虚荣在牵着我们的鼻子走，中间还有软弱。因而，只有战胜自己，才能成为

一个真实的人、纯洁的人。我对麦艳妈妈的接受，是有几个过程的。一是我必须在一个地方住下，活下去。这是父亲死后，我最本能的一种要求。而这样一个心态，是不能给人说的。我知道，因为当年那个卦，我几乎是没有出路的。于是我被动地接受了麦艳母亲。后来，在读大学的时候，我也找了一些有关算卦的书籍翻过，从我的面相和其他有关的资料来看，当年那个巫婆对我的所谓的额头上有"邪气"的说辞，完全是唬人的迷信而已，只能吓唬那些没有读过书的可怜人。我在读中学的时候，能独立思考了，开始用心来接受麦艳妈妈。一个陌生的少数民族母亲，为什么这样关心我的生活，用无私的母爱滋养我的身躯和精神呢？那个时候，我有太多这样的自问。我的生活费学费虽是煤矿出，但是没有麦艳妈妈的爱，我能从那堆乱麻中爬出来吗？同学们知道我的情况后，也都说我有一个可爱的少数民族母亲，也羡慕我的生活。最后，我考上大学以后，开始从精神上接受麦艳妈妈。因为我逐渐地认识到麦艳妈妈是一个非常好的母亲。我的三个哥哥时时关心我，带我出去玩儿，进城的时候给我带切糕、麻糖，不是核桃就是红枣，实际上都是母亲对他们的要求。这些事是我在读大学的时候才明白的。麦艳妈妈不仅关心我的生活，更重要的是到我们学校看望我的老师，感谢她们对我的教育。过古尔邦节的时候，也请老师到我们家做客，吃抓饭，和老师们保持常年的联系。而且，她勇敢地和矿里一些说我怪话的人斗，和那些造谣的人斗，给我长志气，保护我的心灵。这些，后来都成了我永生铭记的事情。实际上，这是一个母亲对一个孩子的挚爱，是人性至高的温暖。最后，我没有跟着我的初恋姚克功出国，也是为了报答麦艳母亲的养育之恩。

我终于明白了其满满腔的肺腑之言。她大学毕业后，回到新疆口岸工作，总导演就是她的兰州同学姚克功。他们的恋爱关系确立了以后，她把心交给了这个也在孤独中长大的姚克功。她把自己的身世、新疆的生活、煤矿对她的养育、麦艳妈妈的恩情，包括我的情况和郭主任对她的关爱，都告诉了她的心上人姚克功。最后，把矿里郭主任保存着父亲那笔抚恤金的事，也告诉了她的白马王子。于是，毕业后，姚克功策划了他们在新疆口岸办公司的事。其满先走一步，他紧随其后，办完兰州的事情就追随她。前后五年的时间里，姚克功一半的时间在新疆，一半的时间在兰州做他的玉石生意。在新疆口岸的那些日子里，用最精美的语言，隐秘的花言巧语，在酒肉的助力下，突然提出了出国定居的要求。其满反复品嚼这朵突然降临的新玫瑰，最终给出了自己坚定的答案。于是。他们好几年抱在一起的那块镜子，碎了。爱情像是城墙下面晒太阳的蝈蝈，瞬间被狂风卷走了。她的这个曾经把她搂在怀里的恋人，变成了秋天的残叶，在狂风的作用下，飞到看不见的地方去了。其满说，后来，我研究过姚克功执意出国定居的动机，我的结论是，他是和我一样的人，是养父母把他养大成人。在他考上大学那年，他和一个同学在一次舞会发生争执，人家就把他的身份骂出来了，说他是没爹没娘的收养狗。这件事对他打击很大，因此，我们毕业的时候，他一方面是想照顾他的玉石买卖，一方面也想寻找自己的亲生父母。来疆的时间，就耽误了两年。但是，他没有找到，反而和养父母闹僵了。于是，来到新疆，在口岸待了两年，就提出想出国定居了。他曾问我为什么不和他一起出去到国外闯荡，我讲了几个原因，一是我亲生母亲还没有找到，现在最大的希望就是她来找我，因为她在暗处。二是，如果我走了，我对不起麦艳妈妈，我的一生将毫无意义。再者，出国定居，这是个让人一辈子没有根基的事情，为了我们的感情，我难道要丢下自己的家乡和亲人吗？于是我们分手了，那些日子，是最痛苦的。我自己变成了个木头疙瘩。最后，还是时间拯救了我。于是我想起了那年你来口岸找我讲的话，你说"我是做时间买卖的，将来你会用得上的"，就这一句话，逼着我和您联系，向您表露我的真心和忏悔。人的成长是很难的事情，回想我干的这些荒唐事，我真想钻进地里去。我对自己也做了一个简单的总结，至今为止，我有过三个名字，在我的成长史上，这将是非常能说明问题的事情。就是说，最终，我在这些名字里，发现了我自己，不是我的相貌，而是我的灵魂本质。这是够我享用一生的经验智慧。我叶丽丽这个名字，应该是家族里一棵平常的树木，是一个平静的存在。我认为我这个名字，是我幸福的基础。而我后来的名字其满，却是麦艳妈妈给我的幸福。我至今没有找到我的亲生母亲，母亲也没有来找我。我一直认为，母亲知道我在什么地方，因为我一直在明处。父亲去世后，我命运的陀螺飞转到了另一个轨道。我突然成了没有父母的孩子。是麦艳妈妈给了我新的名字和新的生活，用爱和包容养育我长大。当我有了爱情以后，应该像蝴蝶一样干净漂亮的时候，听从了姚克功所谓的建议，丢弃了我叶丽丽和其满的名字，双手接住了他给我的江雪莲这个名字，悲剧就此诞生了。我是自己作践自己。在我干净的前额上，留下了最卑劣的污点。在该认真细致地抓住一切可爱的日子报答麦艳妈妈的时候，我却逃走了。从另一方面讲，我却要感谢姚克功，如果他不提出出国定居的事情，我就会永远变成江雪莲了。而现在，良心给了我一个睁眼看自己的机会。我找回了自己的名字，我将右手紧握其满，左手抓牢父母给我的名字，回到有恩于我的叔叔阿姨们的怀抱里，开始经营我的新日子。

其满送走姚克功以后，她的第二个恋人吴洪开始安慰她伤痛的心。吴洪是她中学同学，那时候，他就暗恋其满，最后放弃的原因是自己没有考上大学。在当时父亲工作的餐厅做了学徒。过了两年，吴洪的名气出来了，在父亲的指点下，自己开了一家餐厅，独当一面，也开始挣钱了。又过了几年，他买下巷头图妮萨寡妇的院子，盖了小二楼，中午卖面，下午做烤全羊，日子过得滋润红火。

一直暗恋着其满没有娶媳妇的吴洪，得知她在口岸和姚克功分手的消息，就请其满吃饭，把心里的爱恋拿出来，像春天绚丽绽放的玫瑰，摆在了她的前面。其满心里很高兴，但是没有表露在脸上，而是藏在心里，认真地想了一个多月的时间。主要是想知道吴洪爱的是她的人还是她的公司。对于她来说，这一点是非常重要的。其满的另一个顾虑是，她和姚克功同居，是很多人看不惯的事情，如果这个事情不说清楚，将来爱情缩水的时候，就是一个隐患。然而，这样的事情没有发生，从吴洪的眼神里散发出来的光芒，仍旧是他中学时代的那种纯净美好。吴洪说，你永远是我崭新的白天鹅，是点亮我昼夜生命的天女。于是他们成家了，其满在郭主任的帮助下，在麦艳妈妈的操办下，走进了新房，抱住了馕坑一样热烈的吴洪，美好的生活开始了。

吴洪为了表示对其满的爱，把这些年存在银行里的积蓄拿出来，全部投在了其满的公司里。姚克功和她分手后，也撤走了他的玉石，从此其满不再做玉石生意了。在她准备投资皮革生意的时候，郭主任受煤矿的委托，来找她，把矿里的意思给她做了一个介绍和说明。主要是煤炭的销路疲软了，天然气走进民众生活以后，煤的价格也下来了。煤矿的意思是其满能不能和口岸上的商户联系，帮助出口煤矿的煤炭。她听明白了郭主任的意思，开始想这件事情。她明白，煤矿也是她的家，做煤的出口生意，也是帮煤矿一把。事后，她回煤矿看麦艳妈妈的时候，说，妈妈，这是我最高兴的一件事情，我也能挣钱，对煤矿也有利，我也多少开始回报煤矿的恩情了。

麦艳觉得她的机会也来了。那年，其满说要出国发展，给她留了一笔钱。她和男人商量，把这笔钱从银行提出来，买了五十头母牛犊，海力木公牛把它们送到山里放牧的朋友杜曼那里，和他商议了一项钱生钱的铁牛协议。这五十头牛犊如果第二年开始产犊子，比如是四十头犊子，他们两家各分一半。如果海力木公牛分到的二十头犊子中有十头是母牛，就加在前面五十头母牛中，继续增加铁牛的数量，牧养的费用，海力木公牛视具体情况增加。就是说，母牛每年增加到铁牛里，公牛卖钱。这样，几年下来，铁牛的数量逐年增加，加上每年出售公牛的收入，麦艳手里的积蓄已经有二百多万了。

其满和吴洪完婚那天，麦艳把这笔钱放进一个皮箱里，按照古老的婚俗，在下午专门请女客的宴席上，大家用过餐，开始悠闲地喝奶茶的时候，把大概的情况向各路的客人们介绍了一番。打开皮箱，把二百万亮在大家前面，把钱交给了负责礼仪事务的女总管。

婚宴那天一大早，麦艳又给我打了一次电话，说，中午男客那边，特意订了两桌酒席，务必请我来主持一下。这两桌客人里面有矿长、退休的几位老矿长、郭主任、郑队长、海力木公牛、医院的两位老院长，还有几个退休的技术人员和老校长、老教师。这时候，我想起了一件事，就是我当年把其满从残老院接回来的时候，给我说情况的那个艾麦提残老院。我把他也请来了。这哥们儿退休以后，在自家的院里开了一个卤鸡店，手艺是从以前在残老院的尤努斯大厨那里学的。卤鸡店生意极好，半夜也有酒友前来敲门购买。他退休后的生活过得很滋润，挣钱是一个方面，主要是有事做。开席后，酒走过三杯，我们自然地聊起了其满的从前。我向他敬酒，说，当年你通过帮我也帮助了其满，如果那时候没有你的提醒警告，其满现在，真的说不准会是什么样的。每当我想起这件事情，心里总是对你有满满的敬意。来，哥们儿，敬你一杯，再次向你表示我的敬意。我不会忘记你对我的帮助。如果我这件事情办砸了，我也不会有今天的日子。艾麦提残老院说，常言道："善是路上的灯火。"我也是曲线行善积德，我没有你说的那么高尚。

其满和吴洪结婚以后，第二天在翻礼单的时候，有两件事情是她万万没有想到的。一是麦艳妈妈竟然给她随了二百万。女总管也根据麦艳的要求，把这笔钱的来路，给她解释了一遍。其满极为感动，眼泪从她光彩夺目的眼睛里流下来。当年她给麦艳妈妈的那笔钱，在她来说，实质是一种逃离，从此不愿意和熏黑的煤矿再有什么联系。而现在，这笔钱，用一种崭新的形式，出现在她手里，开始洗刷她心中曾经的阴霾。那些天，她一直都在思考这笔钱的用途。她给我打电话，说，我不能留用这笔钱。几个月过去了，其满也没有找到一个好办法。这笔钱，重新送给麦艳妈妈，已经不可能，会闹出不必要的误会。因为钱，不可能在不同年代人心上解决一切问题。于是她带着丈夫吴洪去了一趟煤矿。

麦艳的面肺子店还在原来的地方。一切都是那样熟悉、亲切、自然、暖心。后院建起了一栋栋小别墅，说是儿子们联手建造的。店铺生意红火，羊蹄牛蹄羊头肉都涨价了。东西还是那样紧俏，主要是东西少，吃的人多了。城里喜欢吃羊杂碎的人们，也发现了这个角落里的羊头羊蹄。小别墅温馨的氛围，像一个美好的小乐园，给人一种视觉上的享受。他们享用了麦艳妈妈给他们准备的面肺子和羊蹄子。白花花的面肺子，蘸上油亮的辣酱，那味道，能让其满回忆起素描般清晰的童年时代。忧郁和金光灿烂，是那个年代留在她记忆里不灭的图像。在这个不能忘却的面肺子店里，她悠然地看到了自己在那个年代切面肺子的形象和弯腰劳作汗流浃背的样子。她留在餐桌上的众多词语，她留在窗前花瓶里的思念和渴望，她生命的味道，她留在黎明里的深呼吸，瞬间都涌向她，拥抱她，祝福她的新生活。好姑娘，祝福你长大了。有了丈夫，有了自己的生活，可我们一直都在这里等着你回家啊。

而后，她带着吴洪去了煤矿的坟地。在和吴洪结婚以前，她带着他来这里祭奠过父亲。在路上，麦艳妈妈耐心地重复她讲过多次的意思，说，孩子，要记住，你父亲永远在这个煤矿。将来你有了孩子，懂事之后，要经常叫他们来祭奠外祖父叶强。其满默默地来到父亲墓前的时候，吴洪认真地读了一遍碑上的文字，把手里的一束鲜花递给了其满。其满捧着鲜花，上前一步，把艳丽的鲜花放在了父亲的墓碑前。这时，微风吹过，井口那边煤末子的味道飘了过来，苦涩，干裂，给人一种荒凉的感觉。而后，麦艳从包里取出备好的一小袋玉米，抓在手里，撒在了叶强的坟头儿上。在他们转身往回走的时候，一群闻到了玉米香味的野鸽子，从河边飞过来，落在了墓堆上。其满瞅了一眼吴洪，说，这些年，我就是在孤独中走过来的。生活对我太残忍了，父亲死了，母亲和人跑了，我感觉是生活在有眼睛却什么也看不见的日子里。吴洪说，我听老人们说过，对亡人最好的纪念是自己要好好活着。其满说，是这样，这也是我生活的信条。

和吴洪一起祭奠过父亲之后，在一个晌午，其满给我打了一个电话，说，叔叔，您应该知道麦艳妈妈给我搞的那个铁牛爱心，那些年养牛卖牛的钱是二百万，我完婚那天她把这笔钱登记在了礼单上。我一直在想怎样处理这笔钱，那天，给父亲的墓上献花，在回来的路上，我决定这样用这二百万，用六十万给三个哥哥每人买一辆车，剩下的一百四十万，把煤矿那条通向坟地的路修一下，给上坟的人们都提供一些方便。您认为我这样做合适吗？我立马有了反应，说，你能这样想，很好。放手做吧。修路的事情，找一下郭爷爷，他会协调煤矿方面的。这是好事。借这个机会我也想说一下，找亲生母亲的事情，你还是要亲自跑，按照你的那几个线索找，仔细认真，会有结果的。

我没有想到其满会这样处理这笔钱。那年，麦艳决定用这笔钱给其满做铁牛的时候，和我商量过，她开始的想法是做铁羊，是我建议她做成铁牛的，这样比较有利。其满第二天就叫来三个哥哥，到车市给他们买了三辆车。三人都把手里的二手车处理了，脸上的笑容十分灿烂。修路的事，郭主任给矿里做了汇报，矿里同意了。麦艳看到三个儿子的新车，说，我们最早的其满回来了，本来就是一个聪明的孩子。海力木公牛说，我万万没有想到她竟这样处理这笔钱。我看这孩子不是简单的懂事了，而是有了自己的哲学。实际上，她这是在向人心投资啊。

另一件她没有想到的事情是婚宴那天，一个陌生的妇女在礼单上随了一份大礼，是一张面值五十万的银行卡。那天晚上，其满看着礼单上的款数和那个陌生的名字，心里猛然有了一道亮光。这个叫“崇文荣”的陌生人，会不会是秘密地跑来给我随礼的亲生母亲呢？于是找来女总管问情况。女总管说，是一个汉族人，五十多岁的样子，挺精神的，像个贵妇人。其满说，脸上有什么特征吗？女总管说，有。右嘴角下有一个红痣，很特别。我听说她随了五十万，就特意地打量了她一番，还问她，其满是您的什么人？她没有回答我的问题，只说，我留了一封信，里面有银行卡的密码。说完就走了。听到这里，其满沉默了。内心里初步认定这个“崇文荣”一定是自己的母亲孙小梅，母亲也是在右嘴角的相同位置上有一个红痣。这个时候，她想起了之前收集的一些消息，说她母亲在青海西宁开了一家饭店，生意很红火。也有消息说，不是在西宁，是在内蒙古的呼和浩特开了一家饭店，混得不错。其满和麦艳妈妈商量过，决定把公司的事情安排好，和吴洪分别去一趟西宁和内蒙古，认真地找一次母亲。麦艳被深深地感动了，说，女孩子就是好，心里总是能想着母亲。

其满和吴洪决定自驾去西宁找母亲前的一个上午，来到煤矿，在麦艳妈妈的店里，把那神秘的五十万交给了麦艳。其满说，妈妈，这笔钱现在还不好说是什么人的，麻烦你秋天的时候用这笔钱再做一次铁牛吧，将来它的主人现身的时候，咱们再作打算。

听到这个情况，我认定这五十万的主人，就是其满的母亲孙小梅。

原载《民族文学》2022 年第 10 期

● 作者简介

阿拉提·阿斯木，男，维吾尔族，新疆作家协会名誉主席。中国作家协会会员。全国第七次、第八次、第九次作家代表大会代表。新疆德艺双馨文艺百佳，自治区"四个一批"人才。出版中短篇小说集九部，长篇小说一八部。短篇小说《醒来的和睡着的》1985 年获《萌芽》文学创作奖，1986 年获全国少数民族文学作者二等奖。中篇小说《生活万岁》1990 年获新疆新时期文学奖。小说《金矿》1995 年获《伊犁河》文学奖。长篇小说《喝生奶的人们》2004 年获天山文艺奖。中篇小说《阿瓦古丽》2013 年获第十届《上海文学》小说奖。中篇小说《渴望鸟》获 2015 年《民族文学》年度奖。长篇小说《时间悄悄的嘴脸》2016 年获第十一届全国少数民族文学骏马奖。系鲁迅文学院第十二届中青年作家高级研讨班学员。作品被译成英文、法文、意大利文、挪威文出版。

冰窟窿

◎ 董立勃

一九六二年，阿坡六岁。想去上学，还差一岁，只能在家待着。待着，可不是不出家门。这个年纪，根本静不下来。除了吃饭睡觉，一天里的其他时间，全在野外玩。

阿坡的父亲是甘肃人，母亲是山东人。母亲的老家，出门可以看到海。父亲说他的老家，出门只能看到黄土梁子。阿坡虽然是他们的孩子，可他从来没有看到过海，也没有看到过黄土梁子。他出门看到的是大戈壁。

父亲是陶峙岳部队的一名士兵，一九四九年九月二十五起义，成为了解放军战士。母亲是渔村里的一名村女。一九五一年参军来到了天山脚下。母亲与父亲在垦荒的队伍中相遇，两个人认识了一年后领了结婚证。母亲比父亲小七岁。这不算什么，与母亲一块参军的姐妹里，找到的丈夫还有差十几岁的。

父亲在阿坡记事以后，会给阿坡讲一些打仗的故事。父亲在玛纳斯河边阻击过从伊犁涌来的大队骑兵，这些骑兵佩戴着星月的徽章。父亲还在奇台木垒的山谷间，与乌斯满为首的土匪们进行过血战。父亲的身上有马刀和子弹留下的疤痕。父亲让阿坡看他的疤痕时，阿坡会觉得父亲太了不起了。

母亲也是兵，可她从来没有打过仗。可她也会讲故事。夜里睡觉前，母亲会把一个小木箱子放在床上，再把点燃的一盏煤油灯放到箱子上。昏暗的灯亮里，母亲会边做针线活，边给阿坡讲她在村子里听到的故事，这些故事里的主角很少是人，全都是神仙呀鬼怪呀还有虎狼呀。

父亲和母亲的故事，有着完全不同的内容，可对阿坡来说，却是一样的好听。肚子里装着这些故事，走出家门，在戈壁滩上撒野时，就会生出许多不曾有过的想法。比如说踏过一片乱草时，就会低头看看，是不是会发现打仗遗留下的子弹壳和断裂的马刀。看到一只狐狸闪过时，就会想到它会不会变成一匹马，让他骑上飞奔。躺在一道沙丘上，看着天空中变幻的云朵，就会想到里边住着一个什么样的神仙。

现在阿坡家住的这个地方，并不是个村庄，也不是农场的一个连队。这是一个为修一座水库临时建立起的营地。水库已经快要修好了，收尾的工程主要由一群劳改犯来完成。西部边塞自古以来都是罪犯的流放地，这一点就算是到了二十世纪五十年代也没有变。一些因为各种罪名被判了刑的犯人，被集中到新疆后进行劳动改造。所以他们的身影经常会和革命的建设者们出现在同一个工地上。

同样在一个工地上干活，干着同样的活，但这些劳改犯的身边总是会有一些拿着枪的人。这些人就是看守他们的警卫。阿坡的父亲正是这些警卫中的一个。他不用拿着劳动工具干活，只要拿着枪监督那些劳改犯老老实实干活，不让他们偷懒逃跑就行了。父亲有过与敌人血战的经历，当新成立的劳改队需要看守时，领导自然就想到了他。他自己也觉得，这个工作很适合他来干。

阿坡还太小，不懂得劳改犯是怎么回事。只听父亲和母亲说，劳改犯就是坏人。小孩子不管什么时候，都要离坏人远一点。阿坡记住了这一点。只要走出家门，不管在什么地方玩，只要看到劳改犯，他都不会往跟前凑。要知道谁是劳改犯，对阿坡来说，是一件很容易的事。因为这些劳改犯都剃着光头，都穿着一样的黑色衣服，远远就可以把他们认出来。

知道应该不靠近他们，却还会对他们好奇。坏人就是听到的故事中的妖魔鬼怪。故事中的妖魔鬼怪是什么样子，无法看得到。但坏人就在眼前，这让阿坡不能不想看看他们长得是什么样子。

阿坡要看到他们实在太容易了。这些劳改犯住在一个大地窝子里，阿坡进不到里边去，听父亲说，里边有好几百米长，住着几百个劳改犯。这些劳改犯每天都要走出地窝子，去水库正在修建的那道堤坝上干活。他们起得很早，往往天还没有亮，他们就排着队扛着镐锹走向工地，这个时候为了提振他们的精神，会让他们边走边唱歌。他们唱的歌也是大家都在唱的歌。唱得最多的就是《东方红》和《没有共产党就没有新中国》。只是这些清一色男性劳改犯，唱出的声音，让阿坡听起来一点儿都不好听。他们唱歌，好像故意不好好唱，全扯着嗓子吼。

　　早上这会儿，阿坡看不到他们，因为这会儿他睡得正香。有那么几次，被劳改犯们的歌声惊醒过。但醒过来以后，往往翻一个身，就会接着又去睡了。阿坡总是会被母亲拍着他的屁股，喊他吃饭时，才会完全把眼睛睁开，开始他无忧无愁童年的一天。

　　戈壁滩的荒凉，从来没有影响到阿坡的快乐。一窝蚂蚁，一只麻雀，一只野兔，一条四脚蛇，都会带给阿坡一阵阵惊喜。还有那个马上就要竣工的大水库，已经蓄满了水。水边的浅水处，是阿坡最喜欢的去处。尽管父亲和母亲一再警告他，不要下到水里去洗澡。他还是会偷偷地跑到一片被芦苇遮挡的浅水处，脱得精光，在里边翻滚。

　　劳改犯们干活的工地，一点儿也不远，阿坡站在家门口就可以看见他们。只是光能看见一片涌动的黑色，看不到他们长的样子。这可难不住阿坡，六岁的阿坡如一只小野兔子。从来不会好好走路，不管什么时候，都是一蹦一跳的。

　　蹦跳着往前走，沿着一条劳改犯每天出工时踏出的路，走不了半个小时，阿坡就看到了父亲。父亲和另一个警卫站在一个高坡上。他们正抽着莫合烟，看着坡下面干活的劳改犯。父亲看到了阿坡，问阿坡来干什么。阿坡说不干什么。父亲说这里不是你玩的地方。阿坡说我想看看坏人是什么样子。父亲没有想到阿坡会有这样的念头，一时不知道该对阿坡说什么了。正好有一个劳改犯走过来，向父亲报告说，他肚子太痛了，想歇一会。父亲盯着他看了一会，说你不要装了，老实干活去，再装病，就关你小号。父亲盯着劳改犯看的时候，阿坡也盯着看。劳改犯转过身，又去干活了。父亲有些得意，对另一个看守说，这些家伙，就是想着法子偷懒。另一个看守说，要他真的是肚子疼怎么办？父亲说等真的疼得不行了，躺倒了，再送他去医务室也不晚。

头一次看到劳改犯长的什么样子。这个样子和他长这么大看到的大人的样子，没有什么太大不同。硬要说有什么不同，似乎这个劳改犯眼睛有点小，脸有些黑罢了。如果不知道他是劳改犯，在别的地方遇到他，阿坡肯定不会把他当坏人，肯定还会喊他一声叔叔好。

与想象中的妖魔鬼怪的样子不一样，这让阿坡不免有些失望。回到家，坐在妈妈点着的小油灯旁边，阿坡说出了自己的失望。妈妈说，人好不好，坏不坏，看样子是看不出来的。阿坡又问，看不出来，那我要是遇到一个坏人，怎么会知道他是个坏人呢？这一问，还真把母亲问住了。母亲说，你不要问那么多，只要是劳改犯，你就把他当成坏人就行了。

阿坡点点头，表示记住了母亲的话。

两天后的夜里，父亲和母亲说悄悄话。父亲说到了一个劳改犯得了急性阑尾炎，多亏送到农场卫生队做了手术，才保住了命。阿坡本来睡着了，可被父亲和母亲搞出的响动弄醒了。听到父亲这么说，他就问了一句，是不是那个黑脸眯眯眼？父亲说，你小子怎么还没有睡，你咋知道是他？阿坡说，那天去找你，正好看见了他。父亲说当时他肚子疼，我还以为他是装的。阿坡心想，原来坏人说的话，也不全是谎话。

戈壁滩上四季分明，春天、夏天还有秋天，无论是动物还是植物，日子都过得有声有色。但是到了冬天，戈壁滩就会完全变成另外一个样子。一场大雪和寒流过后，被称为严酷的冬季就开始了。连经常会唱歌给阿坡听的母亲，都有了叹息声。说没有新鲜的蔬菜可以吃了。父亲出门穿上了皮大衣，那笨拙的样子让阿坡想起了画书上的大狗熊。父亲还说，大坝冻得像一块生铁，过去一天的活，现在六七天都干不完了。

相比之下，倒是阿坡却没有因为冬天的到来，变得有半点沮丧。

大雪从天空中落下时，阿坡跑出了门，伸出了手，张开了嘴，他要让雪花落到手里，落到嘴里。雪在手上嘴里化成了水珠，阿坡盯着手上的水珠看，想看出它与别的水珠会有什么不同。落到嘴里的雪化成了水，他也不会吐出来，而是会吞咽下去，感受雪水进入身体时的凉意。可以说，雪花带给他的兴奋是别的季节没有的。与几个年纪差不多的孩子，用雪球打仗，快乐的尖叫声，像小鸟一样四处乱飞。打雪仗打累了，就蹲在雪地上，堆出一个大雪人。妈妈拿着一个盆子出门，把干净的雪装到盆子里。她要把雪在炉子上化成水，给自己洗头发。她说雪水洗过的头发会变得更黑。阿坡让母亲看他堆的雪人，母亲看了以后，夸他堆的雪人看起来就像真的人一样。阿坡说，这个雪人是个好人。妈妈说，这么干净的雪人，当然是个好人了。

冬天带给阿坡的欢喜，不光是下雪时才有。

寒流与大雪过后，水库水面不再有绸缎似的波浪翻动。来自西伯利亚的寒风，使冻出来的冰层足有二尺厚。马车和汽车走在冰面上，都不可能让冰层产生裂纹。要去水库对面办什么事，不需要再绕路了，直接从冰面上走过去就行了。

水边摇曳的青色芦苇已经完全枯黄，阿坡的母亲和几个妇女，去把它们砍下来抱回家中，让床铺变得松软。阿坡知道芦苇只是从水边暂时消失了，等到来年开春以后，它们还会重新从水中长出来，还可以让他藏在其中洗澡捉蝴蝶和蜻蜓。冬天不能在水库里洗澡，是个遗憾。可面对变成了冰的水面，阿坡一样可以找到属于他的乐趣。

把冰面的落雪用红柳枝扫掉，露出的一段光滑的蓝色冰面。在离这段冰面十几米处，迈开双腿跑过去，跳上冰面，侧起身子，让整个人沿着冰面滑行，会觉得自己像飞了起来一样。自从水库结了冰后，阿坡每天都会来滑一会儿冰。有时他会和几个孩子一块来，有时他会一个人来。不管是和几个孩子一块滑，还是自己一个人滑。滑冰时的那种感觉，都会让他十分畅快。

水库里的水不光用来浇灌庄稼，住在水库边上的人，也会用水库里的水做饭和洗漱。为了能随时取用水库里的水，冬天到了，就会在冰面上打一个窟窿。窟窿和一个洗脸盆子的大小差不多。可以轻松地放一只水桶进去。营地上的人，不管是劳改犯还是看守和他们的家属，都在一个冰窟窿里取水。所以这个冰窟窿就显得有些重要。

去冰窟窿取水这样的事，当然不会轮到阿坡去做。他的胳膊还细得提不起一桶水。不过，有一次母亲去冰窟窿取水，让他也跟着一块去了。只是去了这一次以后，在接下来的日子里，他就经常一个人走到冰窟窿跟前。

阿坡被冰窟窿吸引的原因很简单。冰下面的水，没有了风吹浪打，变得极其安静，静下来的水，会使混在其间的杂质沉落于水底。水质会因此变得极干净，干净得如同玻璃一样透明。阿坡跟着母亲第一次来到冰窟窿跟前，一眼就看到了水中游动的鱼群。别的季节也在水库边上看到过里边的鱼，由于水没有这么清，就没有这么清楚地看到过这么多鱼。虽然他和母亲的出现惊跑了冰窟窿下的鱼，但却让阿坡知道了，透过冰窟窿，可以清楚地看到许多鱼。

这个发现，让他一夜没睡好，第二天吃过早饭后，他来到了冰封的水库。这次他没有去滑冰，而是直接走到了冰窟窿跟前。起先，他的脚步声，让冰窟窿里的鱼躲开了。但他在冰窟窿旁边一动不动地站了一会后，那些游走的鱼，听不到有什么动静了，就又游了回来。也许在冰层下，它们也渴望着光亮和空气，所以聚向冰窟窿，在一片可以望到天日的水中嬉戏，也就成了它们躲不开的诱惑。

站在冰窟窿旁边的阿坡，慢慢蹲了下来，他轻无声息的动作，让鱼儿一点没有察觉到他存在。有几条野鲫鱼的头伸出了水面，一张一合地好像要对阿坡说什么话。对这些野鲫鱼阿坡可是一点儿也不陌生。父亲在不站岗时，会把缝衣针做成鱼钩，用青玉米粒做鱼饵，来到水库边钓上几条，用来改善家里的伙食。母亲在海边长大，会把鱼做得很好吃。所以看着冰窟窿里的野鲫鱼，阿坡想起了母亲烧的鱼，嘴角的口水不由得流了下来。他不由得伸出手去，这几条野鲫鱼离他实在太近了，似乎一伸手就可以捉到它们。要是能把它们捉到手，父亲和母亲不知会有多高兴，一定会夸他有本事。

阿坡屏住呼吸，手慢慢地凑近水面，就在他打算一把抓住那几条野鲫鱼时，不知它们怎么发现了他的意图，倏地一闪，就没有了影子。没有捉到鱼，阿坡有点失望，可更多的是高兴。因为以后又多了一个可以玩的地方了。那就是到冰窟窿跟前来看鱼捉鱼。

一个人跑到冰窟窿跟前看鱼捉鱼的事，想给父亲和母亲说说。一家人坐到小桌子前吃饭时，他还没有来得及开口说，父亲先说了一件事。这件事，可不是一般的事，和父亲说的这个事比，阿坡要说的事，实在不算个事了。

父亲说有一个姓李的看守，在工地上看一个劳改犯不好好干活，上前踢了他几脚。没有想到这个劳改犯，一下子恼怒了。挥起手中的一把铁锹砍在了李看守的头上。把李看守给砍死了。

明白了李看守就是那个只要见了阿坡，都会笑着抱起阿坡逗他玩的叔叔时，阿坡马上就忘了冰窟窿的事。他还不完全懂得人死了是怎么回事，但他知道爱抱他的那个李叔叔，他再也见不到了，这让他有了些很少会有的难过。他问父亲，是不是那个黑脸眯眯眼干的？父亲知道阿坡说的是谁，父亲说不是那个家伙。母亲说父亲就不该来当这个看守。三年前，两个人都在一个生产连队当农工。知道新成立的劳改队需要看守，父亲赶紧报名了。母亲不同意，说和罪犯打交道太危险。父亲说开荒种地太累了，他真的有些受不了。当看守是有些危险，可他是打过仗的人，和上战场比。在劳改队当看守，实在是不算个啥。李姓看守的被害，让母亲的看法得到了证实，她旧话重提，说父亲脑子有毛病，再苦再累，也比把命丢了强。父亲说这个事是偶然的，那个劳改犯是精神病，是个疯子。他让母亲放心，这样的事情再也不会发生了。母亲这时转过脸，对阿坡说，听到了吧，那些劳改犯有多可怕，你以后，可一定要离他们远一点。这个话，阿坡已经不是第一次听到了。阿坡说，我知道。父亲说母亲，你就是瞎担心，这些劳改犯，不管啥时候都有人看押着，他们就是想干坏事，也没有机会。母亲说，不管怎么说，小心没有大错。

死人的事，不管在啥时候，在啥地方，都是很大的事。很长一段时间，大人们凑到一起，都会为李姓看守叹息。说李看守还没有结婚就死了，好不容易来到世上一遭，就这么走了实在是太可惜了。说完了李看守再说到那个劳改犯，就会更加愤怒痛恨。大约在这件事上，情绪没有受到什么影响的就是阿坡了。这个冬天，这段日子里，每天最让他牵肠挂肚的东西，就是那个冰窟窿了。

此时的水库，其实已经变成了一个大鱼缸。那个冰窟窿就是这鱼缸的缸口。透过缸口，看可以游动的鱼，确实有意思。可没有谁，会只看到了鱼，只想着看看就行了。尤其是这几年，国家遇到了困难，日子过得有些吃不好吃不饱。六岁的阿坡，对于食物的欲望，并不比一个大人少。吃过父亲从水库钓出来的鱼，知道眼前看到的鱼有多么好吃。所以只要站到冰窟窿前，看着在水里游动的鱼，阿坡就会流出口水，就会想着如何让它们来到家中的小饭桌上，再进入自己的肚子里。

用手抓，试过。动作再快，也没有鱼的动作快。每每手伸出去，不等触到水面，鱼就跑得没有了影子。看来只有一个办法了，那就是像父亲一样，用钩子来钓取了。

父亲钓鱼的东西就挂在门后的墙上。趁着妈妈擀面条时，他悄悄地藏起了一小块。做这些事，他没有给父亲说，也没有给母亲讲。想给他们一个惊喜，就不能让他们先知道。这一点，没有人教过他，可他懂。好多事，都和年纪有关系，别看四五岁和六岁，就相差个一两岁，但人就会变得完全不一样了。就说这个冰窟窿吧，其实三年前，他们一到这里，它就存在了。可阿坡却从来没有在意过它。还有堆雪人和滑冰，都是在这个冬天，才和他有了关系。为什么会这样呢，只有一个理由，那就是他六岁了。比起四五岁的他，长大了一点，也就懂事了一点。

从面团上掐下一小团面，捏紧在鱼钩上。扯起拴着它的一根丝绳，把鱼钩放进水中。不用浮漂。水是透明的，可以看到鱼游来游去，看到鱼游过来，可以扯着鱼线，把带着鱼饵的鱼钩，直接送到鱼嘴跟前。不过，鱼并不会轻易上当，一百条鱼遇到鱼钩，顶多只有一条鱼，会傻乎乎一口咬住鱼饵。就算是这样，大半天下来，阿坡还是从冰窟窿里钓出了六条野鲫鱼。

提着六条野鲫鱼走进家门，母亲果然是一脸惊喜。父亲回到家中，看到小桌子上摆放的鱼汤还有六条红烧的野鲫鱼，也一样是满面惊喜。在知道了是怎么回事后，父亲激动地抱起阿坡，举过头顶，原地转了一圈。嘴里还说着，好小子，真有本事了。被父亲这么高高举起，这么热烈地喜爱，阿坡记事以来，还是头一次。自然有一种感觉，也从来没有过的，让阿坡欢喜得不行。

父亲和母亲是喝了鱼汤吃了鱼以后，才记起了什么。知道了阿坡是从冰窟窿里钓的这六条鱼后，他们的脸色都有了明显的变化，说这也太危险了，万一掉进了冰窟窿怎么办。母亲马上让阿坡以后再也不要去冰窟窿钓鱼了。父亲也马上跟着母亲表示了同样的意思。对父亲有这样的态度，阿坡一点儿也不奇怪。因为在他们的眼里，他还是那个刚会走路的孩子，完全没有在意到他已经六岁了，到了明年就可以进入学堂读书了。

知道了母亲和父亲对他的要求，阿坡却没有打算服从。他从坐着的小凳子上站了起来，提醒他们，自己已经长大了。虽然他的个子还没有像大人一样高，但许多大人能做的事，他也可以做了。他还指着小桌子上父母吐出来的鱼刺，说从冰窟窿里钓鱼对他来说，是一件完全可以做到的事。

也许是事实本身具有的力量，还有对鱼汤鱼肉的渴望，都使得父母找不出更有力的理由来阻止阿坡继续去冰窟窿钓鱼。母亲的口气软和下来，那你还是要小心点，冰窟窿边上可滑了，我去打水，有好几次都差一点滑倒。父亲说，不要天天去钓鱼，鱼也有脑子，钓得次数多了，它们就不咬钩了。

得到了父亲和母亲的许可，阿坡和那个冰窟窿的关系更密切了。不过，再密切，这个冰窟窿也不是属于他一个人的。冬天居住在这一片地方的人，都离不开这个冰窟窿。不管阿坡在钓鱼时，多么想不被别的人干扰，还是挡不住别人走向冰窟窿去打水。来打水的大人们，看到在冰窟窿跟前活动的阿坡，对他不但没有一点关照，反而经常是恶声粗气地让快点离开。弄得他很没有面子，也很生气。可在大人面前，他一点办法都没有，只能一声不吭地站到一边去，等大人打完水离开了，再回到冰窟窿跟前。

别的大人来打水，顶多是打上两桶水就离开了。耽误不了阿坡多少时间，但有一个大人来打水，就不一样了。这个大人正是可怕的劳改犯。劳改犯们有一个自己的大食堂，每天做饭需要许多水。来打水的劳改犯用的不是扁担和水桶，而是拉着一个爬犁子，上面放了一个大汽油桶改装的水桶。要把这个汽油桶改装的水桶装满了，得用小水桶从冰窟窿里提上至少五十桶水。这么一来，劳改犯来打水花费的时间一般最短也得四十分钟以上。也就是说，这段时间里，阿坡不但钓不成鱼了，还得离这个劳改犯远一点。冰天雪地，站在冰面上，等着打水的劳改犯离开，让阿坡不免有些恼火，内心深处越发地痛恨劳改犯了。

正如父亲所说，鱼也有脑子。自第一次钓到六条野鲫鱼后，再也没有钓到过这么多。到了后来，还出现了一条鱼也钓不上的情况。看来鱼们也知道活着的重要性，察觉到阿坡放下的鱼饵不怀好意时，就宁愿饿着也不去咬钩了。

就算这一次没有钓到一条鱼，阿坡也没有打算收手不再从冰窟窿钓鱼了。因为这次没有钓上，不等于下一次不会钓上。不是每一条鱼都那么聪明，说不定啥时候遇到一条傻鱼，阿坡就可以又一次让父母吃到鲜鱼，得到他们的夸奖了。

在这一点上，阿坡和所有的钓鱼者一样，坐在水边一天可能连一条鱼都没有钓上，也会在次日再来到水边抛下鱼钩。果然在连着三天没有钓到一条鱼后，这一天，阿坡终于钓上了一条鱼，正在阿坡欢喜地打算再钓一条时，一个劳改犯拉着爬犁子来打水了。

看到劳改犯来打水了，阿坡不得不放下了鱼钩，走到了一边。走到了离劳改犯大约十米远的地方，阿坡站了下来。这个距离是阿坡认为的应该和劳改犯保持的间距。这个距离说起来并不算远，那个劳改犯长得是什么样子，他可以很清楚地看到。看到这个劳改犯和往日来打水的劳改犯不是一个人，阿坡不由得多看了几眼。这一多看，阿坡就看出了这个劳改犯，原来是他在工地上见到过的那个黑脸眯眯眼。

看出了是黑脸眯眯眼，阿坡也没有什么别的想法。只是想着等黑脸眯眯眼打完水离开以后，继续走到冰窟窿跟前去钓他的鱼。只是他没有想到这个黑脸眯眯眼主动对他说话了。劳改犯说，我见过你。阿坡没有理他。劳改犯就是坏人，他怎么也不会和一个劳改犯说话的。阿坡还想到了，如果这个劳改犯朝他走过来，他不但会转身逃走，还会大声喊救命。不过，黑脸眯眯眼看到了阿坡扔在冰面上的钓具和一条小鱼，明白了阿坡在干什么。他对阿坡说，冬天的鱼不好钓，我有一个办法，可以让你很容易地捉到水中的鱼。虽然他的话，吸引了阿坡。可由于他劳改犯的身份，阿坡并没有接他的腔。他又说，我们在老家都是用鱼篓子捉鱼，我可以给你编个鱼篓子。阿坡还是不吭声，只是警惕地盯着他的那张黑脸和脸上的眯眯眼。

当天晚上和父母亲一块吃饭，阿坡对父亲说起了黑脸眯眯眼。父亲说他的阑尾炎做了手术后，身体确实不行了，看他还比较老实，就让他去了食堂拉水。

夜里躺在床上，想起了黑脸眯眯眼说的鱼篓子。他没有见过鱼篓子，不知道鱼篓子是怎么回事。但如果鱼篓子真的可以很容易就捉到鱼，那阿坡也没有理由不想有一个呀。

阿坡想有一个鱼篓子，还真的有了。第三天在冰窟窿跟前再一次遇到黑脸眯眯眼，他从爬犁子上拿下来了一个红柳条编织的小鱼篓子，他想让阿坡走到他跟前来，教他怎么用这个鱼篓子捉鱼。但阿坡站在十米开外，看着他，目光里流露出对鱼篓子的兴趣，但却不肯往黑脸眯眯眼跟前走。

黑脸眯眯眼明白阿坡为什么会这样，不再强求阿坡走到跟前来。为了让阿坡能听清楚他说的话，他提高了声音，告诉阿坡怎么使用这个鱼篓子。

看着黑脸眯眯眼打完了水，拉着爬犁子离开了，阿坡走过去，拿起了鱼篓子。认真打量着这个他头一次看到的东西。阿坡按照黑脸眯眯眼说的，回到家拿了些烂菜叶子和几块油渣，放进了鱼篓子里，再通过一根绳子把鱼篓子放进了冰窟窿里。绳子一头拴到一根横位于冰面处的木头上。

第二天，阿坡走到冰窟窿跟前，拉起连着鱼篓子的麻绳。当他把鱼篓子从水里拖出来以后，透过编条的缝隙，看到十几条活蹦乱跳的野鲫鱼。阿坡简直有些不敢相信自己的眼睛，他欢快地在冰面上跳了起来。

只是这一跳，跳得有些高了。落下来时，没有站稳脚跟，整个人失去了重心。一般情况下，失去了重心不会太要紧，大不了摔倒了，重新爬起来就行了。可问题是，阿坡位于冰窟窿旁边，刚拉起来的鱼篓子，沥下的水滴，让冰面加倍光滑起来。这使得阿坡在摔倒以后，不但不能爬起来，反而在冰面上滑动起来。这种滑动，让阿坡完全无法控制，眼睁睁地看着自己滑入冰窟窿。

只是落入冰窟窿的瞬间，阿坡本能地发出了一声尖厉的呼叫。而此时六岁的阿坡，还没有学会让自己的身体在水中如何漂浮起来。当他掉入冰窟窿后，只能手脚乱扒，他这么干，除了把冰窟窿处的鱼惊得四外逃散外，只能加快他沉没于冰水中的速度，不会对他离开冰窟窿起到一点作用。也就是说，这个曾经带给他兴奋激动快乐的冰窟窿，现在却变成了要吞掉他的魔鬼的大嘴。如果几分钟内，他不能离开这个冰窟窿，摆脱刺骨的寒水，那对他来说也就意味着生命走到了尽头。虽然他才六岁，也一样不会对他有另外的安排。阿坡似乎也不甘心来到世上一回，就这么轻易地离开了。他在落入冰窟窿后，小手一次次伸出水面，想抓住个什么东西，把自己从冰窟窿中救出来。

生死路上无老少，只是不管是生还是死，全由不得自己说了算。就在阿坡落水一分钟后，有人朝着冰窟窿走了过来。这个人不是别人，正是劳改犯黑脸眯眯眼。

他出现得有点晚，这时的阿坡的手已经伸不出水面了，他整个人已经沉入水底不再动弹，那些惊散的鱼群又重新游了回来，它们闻到了他身体散发出的气味，这气味比鱼饵似乎更能激起它们的食欲。人喜欢吃鱼，同样，鱼也愿意让人成为它们的大餐。

不过，鱼们的美梦在黑脸眯眯眼的脸映在了冰窟窿的水面上后，就再也没有变成现实的可能性了。黑脸眯眯眼生长于江南水乡，对于水的熟悉他并不亚于一条鱼。当他跳进冰窟窿后，也就意味着这个冰窟窿无法再把阿坡吞噬了。

阿坡母亲煮了一锅姜汤，非要让阿坡父亲送一碗给黑脸眯眯眼。黑脸眯眯眼和阿坡喝着同一个女人煮出来的姜汤，同时都想到了对方的样子。

半个月后，阿坡走出家门，来到水库的冰面上，走到冰窟窿跟前，看到了那个扔在雪里边的鱼篓子。他把它拿起来，按照黑脸眯眯眼说的，又重新把鱼篓子放进了冰窟窿中。

接下来的一段日子里，阿坡再也没有守在冰窟窿跟前用鱼钩钓鱼了。黑脸眯眯眼送给他的鱼篓子，让他和他的父母，在这个许多人吃不好吃不饱的冬季里，几乎天天都可以吃到鲜美的野鲫鱼。

冬天过去，冰窟窿消失在融化的冰面上。鱼篓子也在一次次打捞中变得支离破碎，无法再使用了。不过就算能用，阿坡也用不成了。因为他满七周岁了，去了五公里外农场学校读书了。这么远的路，他不能每天来回走路，只能住在学校。每个星期天，他会回到水库边上的家中一次。每次回来都会问父亲那个黑脸眯眯眼的情况，最后一次问到父亲时，父亲说他死了。阿坡心里一惊，问是怎么死的。父亲说他收到老家的信，说他母亲不行了，他想请假回去送别母亲，但作为正在执行的犯人，他没有得到批准。于是他就在夜里越狱了。一块儿逃跑的有三个劳改犯，他们刚跑出监区不多远，就被站岗的两个哨兵发现了。让他们站下来他们不听，哨兵就开枪了。三个人有两个被打死了，一个受伤被抓了回来。黑脸眯眯眼是死去的劳改犯中的一个。

阿坡问父亲他是不是两个哨兵中的一个。父亲点了点头。父亲说那天夜里虽然有月亮但还是看不清谁是谁。他们不可能瞄得太准，但不知为什么，一共打出五发子弹，每一发都打在了他们身上。

从此以后，阿坡再也没有和家人，也没有和别人说起过黑脸眯眯眼。但不知为什么，他总是会经常想起那个黑脸眯眯眼劳改犯，经常想起那个遥远的冰窟窿。

原载《大家》2022 年第 2 期

● **作者简介**

董立勃，国家一级作家。中国作家协会会员、中国作协全国委员会委员、新疆作家协会名誉主席。新疆文史馆馆员，新疆大学客座教授。发表出版过三十余部长篇小说及中短篇小说集和十四卷文集。多部小说被改编为影视作品和翻译介绍到国外，作品曾多次入选中国小说年度排行榜及选刊和年选。曾获过多种文学奖项。

沉默的树

◎ 刘永涛

一

爹。宋易成难过地叫了一声。那人脸抖动了一下，从阴影里显出模糊的轮廓。此时正是黄昏，昏沉的光如同绝望的水，在沙丘般起伏的轮廓里陷落。那张脸是燃烧过的痕迹、烈日的废墟、风的残骸、沙的尸骨、蚊虫的灰烬……如岁月的力量堆积出突兀的颧骨，脸上的皮肤如同蛤蟆皮般，密集着大小不一的疙瘩，眼睛被挤压成一线喘息着的困兽……纵使在迟暮的光线里，这张脸仍然看着瘆人，甚至恐怖。

他其实是宋易成的大舅。宋易成的改口源自八岁时的那场劫难。八岁的宋易成和几个小伙伴到团部西面的那条渠道边玩耍。渠道有水，坡度很陡，受大人的告诫，没有一个敢下去玩水。宋易成看见水渠坡面水泥板的缝隙处有一株草，开出一朵粉白的花。他弯腰去够那朵花，不料脚一滑，掉进了渠道。

水不深，刚没过膝盖，但他根本站不住，湍流的水裹着宋易成顺势而下。在极度的恐惧中，宋易成挥舞着手臂，发出撕心裂肺的哭号。几个小伙伴吓傻了，在渠边追赶着呼喊。大人闻讯赶来，尝试着搭救，都未获成功，也跟着渠道疯跑。在宋易成几乎被恐惧完全吞没时，他看见前面渠道边斜伸出一棵树的树干上长出一团巨大的黑影，当他接近那团黑影，那团黑影突然伸出铁钩似的手，牢牢抓住他的前襟，并顺势把他甩在了渠边。他昏了过去。

等他醒来，鲜血淋漓的屁股如一团火般燃烧。由于刚上了药，传来凛凛的痛楚。看他醒来，母亲脸上的悲恸瞬间走得干干净净，她咬牙切齿地骂：你个挨千刀的，跟你讲了多少回了，别去那条渠，那条渠已经吞掉五六个孩子了，还有三十米你就被冲到闸门里了，幸亏有你舅，也多亏你舅……

外人走尽了，父亲和母亲把大舅从里屋里拉了出来。宋易成只望了一眼，以为望见了阎王，眼里布满了惊恐。大舅也慌忙别过脸去。怎么着，嫌弃你大舅，你大舅一般不到团部来，要不是连队给他发了五斤大肉过"十一"，他惦念着你们几个馋鬼，正好骑车路过渠道边，一切都是巧了，对，说到底，还是你和你大舅有缘，你大舅没有孩子，从此你就是大舅的孩子，得改口叫爹……母亲如同哥伦布发现了新大陆，激动得脸色通红。对，叫爹。宋易成父亲狠狠在他头上撸了一把。爹。他委屈地发出一声怪叫。大舅哆嗦了一下，黑色的脸涌上一层血，他伸手插进上衣右边的口袋，把袋底都翻了出来，攥着一把钱往宋易成的床边一放，扭头就走。大舅手心有汗，钱纷纷扬扬，两枚镍币从床边滚落下来，其中一枚五分的镍币如一个倔强的车轮，屹立不倒，追随着大舅孤独的背影……

这是宋易成和两个弟弟第一次见到大舅。但大舅那张丑陋而恐怖的脸打破了他们曾经所有的想象。宋易成五岁时，才知道自己有个大舅。那是过年的前夕，母亲早上出发，回来已是深夜。屋里的响动惊醒了宋易成。他看见父亲和母亲抬着一个麻袋进了屋子。母亲一点不觉得累，她接过父亲递过来的搪瓷缸，咕嘟了两大口水，充满豪气地抹一下嘴，叉着腰，如同一位得胜的将军，注视着地上的"战利品"。父亲小心翼翼地解开扎紧的绳子，先是从里面拿出一小袋白面，接着是一只又一只冻得硬邦邦的野兔，最后是一大块肉，足有七八公斤。猪肉！父亲惊呼道。野猪肉，要不是我哥把一大半给了连队，咱们还可以分得更多。妈。宋易成望着十几只血糊淋剌的肉身以及黑洞洞的眼眶惊叫道。暴躁的母亲没有责怪他的大惊小怪，而是笑眯眯地说，那是剥了皮的野兔，你大舅给的，这下我们可以过个富足的年喽……

每年春节前夕，母亲都会骑上自行车，带一个麻袋去看大舅。自从他们知道有个大舅后，再晚都会和父亲一块儿等母亲。十九队离团部有十几公里，再加上路不好走，母亲每次回来都很晚。母亲从来没有让他们失望过，或者说大舅从没有让这家人失望过，母亲回回满载而归。自从母亲让大舅来家里，几个外甥都会在家里等，母亲的麻袋里就会多出一大包水果糖。比起别的稀罕货，那些水果糖更让宋易成兄弟几个发狂，家里成了一片幸福的海洋。宋易成问母亲，大舅为啥不来家里过年？两个弟弟也附和着说，是啊，为啥大舅不来看我们？母亲顿时变得烦躁，你大舅忙，没有时间。等他有时间了，自然会来看你们，一边玩儿去……对兄弟几个来说，大舅无异于他们贫困生活中的奇迹，如一道神秘的彩虹挂在他们向往的天空。他们一遍遍在心里描摹着大舅的样子。宋易成说，大舅应该有张连长那么高，甚至更高。老二说，大舅应该有着刘机务那样高挺的鼻子。老三说，大舅该有上海吕鸭子那样的鬈发。兄弟三个各自把心目中的美好放在大舅身上，并且为此争论不休。他们唯一共同认可的是大舅应该像母亲那样白。母亲是整个园林队最白的女人。

　　大舅的突然出现打破了所有人的美好想象。大舅不光相貌可怖，还个子矮，背也驼着，像块移动的枯树皮。接连几天，兄弟几个心里装满了深深的沮丧与遗憾，不再谈论大舅，哪怕只言片语。同时，老二与老三看宋易成的目光第一次有了同情。谁让他和丑陋的大舅有缘呢，还改口叫了爹。心里最五味杂陈的无疑是宋易成。虽说大舅救了他，但那时的他对生命以及死亡的概念并没有清晰的认识。当屁股上的伤结了疤，落水那段恐惧的记忆淡化了很多，随之对大舅的感激之情便变得稀薄。面对老二、老三那说不清的目光，他越发感觉到难堪与羞耻，他开始争辩、澄清：我也不想叫，但爸那一巴掌，你们可是知道的啊……三兄弟依次相差一岁，弟弟们一直对老大的权威有些抵触，他们幸灾乐祸地说：得了吧，一个巴掌就让你喊爹，爹是随便乱喊的吗？就像咱们玩儿的抓特务，你就是特务，就是叛徒……

一个星期后的那顿晚饭，宋易成憋不住了。起因是那盘辣椒炒肉。母亲终于不用加班了，她一高兴，做了辣椒炒肉。母亲是四川人，爱吃辣，由于母亲在家里有绝对权威，一家人最爱吃的菜便是辣椒炒肉。那天的辣椒炒肉，肉特别多，几乎和辣椒平分秋色。菜上桌后，兄弟几个不禁哇哇乱叫。母亲得意地说，吃吧，肉还是你们大舅送的呢。老二、老三偷瞄了宋易成一眼，脸上挤出古怪的笑意，接着便拉开架势，对付那盘辣椒炒肉。宋易成的动作明显比老二、老三迟缓了许多，落在实处就是老二、老三鼻尖挂满了细密的汗珠，而宋易成没被辣出一滴汗，并且胃里有一种东西一个劲儿地往上翻。宋易成终于说：大舅怎么长那样，简直吓死个人。

母亲火了：肉还堵不上你的嘴。你真以为大舅本就长那样儿？大舅本来是我们家里长得最好看的男娃，都是种树毁了他那张脸。

种树怎么能毁了大舅的脸？

一九五八年开发莫索湾，你大舅一个人在沙漠边上种树，一种就是十几年，沙漠边上的蚊子如蝗虫般铺天盖地，且个头大，三个可炒一盘菜，毒性更大。你大舅的脸被那玩意儿一叮咬，大包连着小包，奇痒难忍，一抓就溃烂一片，再加上风沙大，被沙粒这么一掺和，经年累月的，脸严重变形，就成了今天这副模样……母亲的眼睛红了。

为啥要让大舅一个人种树？老二问。

刚开始种树时，大舅的那帮战友也会一起种，种下后，维护是关键，得有人浇水，更得防着沙漠边上的野猪、狼等野兽破坏，那里地处偏远，得固定人看守，你大舅瞎逞能，主动要求留下。十几年，你大舅一个人守护着那片林子，一边种树，一边维护，孤独得要死，直到前些年，十九队成立了，你大舅总算是见到人啦……

怪不得那天大舅一句话不说，是不是一个人长时间没人说话，就不会说话啦？可我还是不相信种树能毁掉一个人的相貌。老三说。

母亲把筷子啪的一声拍在桌子上，起身去了里屋，不一会儿，母亲手里举着一张照片说，这是我和你大舅唯一一张合影，看看你们大舅的本来面目吧。兄弟几个顾不上吃肉，跑过来围住了母亲。

照片上的大舅看上去年轻得很，母亲没有说谎，大舅有着一张俊秀的脸，尤其是那双眼睛，大而有神。宋易成兴奋了，高举着照片，冲着老二、老三骄傲地说，怎么样，这才是大舅。母亲一筷子打在宋易成头上，怒喝一声，什么大舅，你这条命是大舅给的，做人要讲感恩，我和你爸合计过了，从此你不光是我们的孩子，更是你大舅的孩子，何况现在你大舅还是孤身一人，叫爹！看着宋易成张口结舌，母亲又是一筷子上去。

二

母亲是一九六〇年来新疆投奔大舅的。那年母亲十四岁。四川老家实在待不下去了，连树皮都被剥光了，姥姥姥爷带着她开始逃荒，知道大舅在新疆当兵，便向新疆的方向去。三人边乞讨边赶路。快到玉门关的时候，姥姥散了最后一口气。姥爷带着母亲继续走。姥爷挣扎着最后一丝力气赶到一五〇团，正好碰见大舅的一位战友，战友把他们安顿到招待所，并弄来了一盆窝头与一盆菜汤。姥爷和母亲把那盆窝头与菜汤吃得干干净净。大舅第二天一早赶到了团招待所。但姥爷再没能睁开眼。姥爷撑死了。

处理完姥爷的后事，大舅把母亲托付给了战友。战友在团园林队当指导员，他把母亲安排在团园林队当职工。园林队当时是全团最好的连队，相比而言，活儿较轻，指导员让母亲去培育苗圃。大舅忙，一般过年时回园林队看母亲一次，一起吃顿年夜饭，大年初一，大舅便又赶回那片沙漠。或许是由于少年吃了太多的苦，母亲格外珍惜这份工作，干活从不偷懒，人更是伶俐，母亲会做衣服，闲暇就做衣服。母亲先是给大舅做，每次大舅过年回来，母亲送给大舅的礼物便是一套新衣服。母亲让大舅穿，大舅不穿，只是摸着新衣服傻笑。母亲也给指导员一家做。指导员一家说，母亲做的衣服特别合体，比团缝纫组的专业裁缝做得都好。两年后，指导员便不让母亲去苗圃干活了，让她去了果园。在那个贫困的年代，管理果园是个令人眼红的活儿。母亲懂得别人的非议与嫉妒是个可怕的东西，谁眼红得厉害，母亲就帮那家的人做衣服，手工费全免。到十八岁那年，母亲从一棵病恹恹的小树，长成一棵迎风招展的白杨，完全恢复了川妹子该有的水灵与妩媚。母亲经过慎重选择，嫁给了脾气好人又实在的连队统计。那年是母亲的幸运年。团缝纫组招人，指导员把母亲推荐到团缝纫组。指导员对团缝纫组组长只撂下一句话：这是老刘的妹子。组长椅子坐不住了，拉住母亲的手说，你哥可不简单，当初我们都是战友，我服气的人不多，你哥算一个。组长的眼圈红了。团缝纫组只招两个人，母亲排头一个。母亲进了缝纫组后，整个人的气势起来了，在家里更是说一不二。毕竟母亲成了团里的人了。

母亲结婚后，第二年便有了宋易成，接着便是老二和老三。生完老三，母亲的任务完成了。她结完扎，便开始寻思大舅的婚事。大舅已经三十五六，并且刚刚成立了十九队，也就是说那地界现在有了人气，不再是大舅孤单一人。为了便于管理和发工资，大舅的人事关系也转到了十九队。有几年，母亲有事没事就往十九队跑。十九队盖在第二道防风林的一片平地上，离大舅的住处足有一里地。母亲看完十九队的房子就不愿意了，找到十九队的连长质问道，凭什么你们都住平房，我哥还是地窝子？连长满脸堆笑地说，我们当初盖房子时，找过你哥，准备给你哥一套。可你哥死活不要，我们也没有办法。母亲说，我哥不要，是出于工作考虑，你应该在他地窝子边盖一套平房，他现在三十多岁了，没有房子，哪个女人会跟他过。连长恍然大悟，说，这简单得很，明天我就带人过去盖房子。第二天，连长果真带人去了。大舅还是坚决摆手不要。但大舅拗不过母亲，母亲再不是当初那个怯懦的妹子了，在母亲的执意下，房子很快盖好了。母亲望着盖好的房子，笑了，现在是万事俱备，只差一个女人了。母亲很快和十九队连长的老婆打得火热，给她一家每人做了一身衣服，这在当时算是重礼。连长老婆惶恐了，说，这怎么好意思，无功不受禄啊。母亲单刀直入地说，我就是看上你这张利落嘴，没别的事，我哥的婚事你得多操心，如果成了，后面还有厚礼。连长老婆拍着胸脯说，放心吧大妹子，这事包在我身上了。

十九队有青年排，连长老婆把青年排的十几个未婚女子按相貌排出个三六九等，本着先难后易的原则一个个做工作。那时，十九队成立没几年，十九队的人对大舅不算了解，只知道他已经一个人在这里种了好多年的树。还有就是大舅有一些传闻。前两年，有人惦记防风林里刚长成的树，趁着夜晚来偷树。大舅及时赶到。那几个人仗着人多，晃着手里的斧头，让大舅少管闲事，否则不客气。大舅没有废话，抬手就是一枪，当场打飞领头人的半只耳朵。几个人立马跪地求饶。大舅没有放过他们，把他们交给了团保卫股。大舅在全团名声大振，都说他心狠手辣。但再也没有人敢来偷树。大舅很少跟十九队的人打交道，更很少去连部。他只管种树、护树。大舅去连部只去代销店，去买莫合烟和生活用品。一天傍晚，大舅去代销店买烟。进去后，代销店里喧闹一片。那时的代销店可以说是连队最热闹的地方，虽然都穷，买不起东西，看看也是好的。看着大舅进来，十九队的人如同看见煞星，纷纷避让，闪出一条道来。大舅径直走到近一米宽的柜台跟前。代销员问大舅买啥，大舅不说话，只是用手指了指。买完东西，还没有走出代销店，一个两岁的孩子便被大舅吓得大哭起来。大舅的脸一阵黑红，不由加快了脚步。由于大舅不爱说话，十九队的人在背后都叫大舅刘哑巴。十九队的人吓唬孩子从来都不拿大灰狼之类的说事，而是说，你再不听话，就让刘哑巴来把你抓走。

鉴于大舅凶恶而丑陋的长相与不太好听的名声，连长老婆的工作极其难做，前面几个说得更是干脆利落：大姐，你这是把我往火坑里推啊，我就是嫁个二婚的，也比嫁给那个鬼强……连长老婆并不气馁，开始改变策略，一切从实际出发。那年代普遍穷，缺钱，大舅由于工种特殊，加上补贴，一个月的工资比团长还高。有几个拗不过了，答应先接触试试看。但大舅还真是一个"哑巴"，面对女人只知道一个劲地吧嗒莫合，弄得屋里厚厚一层烟，辣得人睁不开眼。女人主动问些什么，大舅只是简短地蹦出几个词。想从实际出发的几个女人实在实际不下去，这简直是块木头，还不得把人闷死，再说谁嫁给他，不得让十九队的人笑掉大牙。几个女人最终对大舅失望透顶，纷纷打了退堂鼓。连长老婆见到母亲时，更是痛心疾首地指责大舅：我可是把一个又一个女人领到你哥面前了，你哥死不吭声，有什么办法，要是真结了婚，还不得把别人逼疯了啊……母亲气了，去找大舅。大舅不在房里，母亲不死心，钻进了地窝子，大舅果然在。新房虽然盖好了，但大舅一天也没有住过，他还是住在地窝子里。母亲质问大舅为什么不住在平房。大舅这回吭声了，说，不习惯。母亲又问大舅为什么不和那几个女人说话。大舅不吭声了，只顾吧嗒着莫合。大舅不说，但母亲明白大舅内心的自卑，更晓得大舅的自尊，他是用沉默来对抗。母亲的眼泪下来了。

母亲还是不死心，给老家的二姨写了一封信，并寄了路费，看有没有家境窘迫的女子愿意过来。一个月后，老家果然来了一个女子。女子二十出头，一副营养不良的样子，但低眉顺目之间流露出川妹子特有的灵动。母亲很满意，觉得假以时日，川妹子一定会绽放出本该有的风韵。母亲陪了川妹子三天，好吃好喝招待了三天，也把大舅夸了三天。川妹子同意了。母亲就把川妹子送到了大舅那里。见到大舅的第一眼，川妹子的眼睛明显大了一圈。母亲慌忙说，我可没骗你，照片上的人真是眼前的人，都是这里的风沙祸害的。川妹子低下了头。当晚，在母亲的呵斥下，大舅住进了平房。母亲不放心，守在门外，第二天一早，母亲觉得生米煮成了熟饭，便放心了，回了团部。

一个星期后，母亲去看大舅。平房里已经没有了川妹子的身影，而大舅仍然住在地窝子。母亲急了，问大舅。可大舅就是不说话，就像一棵沉默的树。母亲只好气急败坏地回了团部。不出一个月，母亲打听到川妹子的去处。大舅找过去的战友帮忙，把川妹子安排到二连当职工了。母亲气势汹汹地赶到二连，在三号地的地头找到了川妹子。川妹子一看见母亲，便向众人身后躲。母亲哪肯罢休，像拎只小鸡似的把她拎了出来，厉声质问她良心是不是让狗吃了，为什么不安生和大舅过日子？川妹子低声争辩说是大舅的意思，再说，她和大舅之间清白着呢。母亲一愣，但嘴并不软，冷笑一声说，清白，你和我哥在炕上滚了一晚还能说清白，我可是在门外蹲了一宿啊。你现在只有一条路可走，就是回去和我哥好好过日子，想要有别的念头，门儿都没有，我哥好欺负，我可不是吃素的。川妹子羞愤交加，再加上众人看她的目光，哭着跑了。还真跑了，不光跑出了二连，还跑出了整个团场，没了半点消息。

大舅知道这件事已是一个星期后。母亲终究还是去找了大舅。大舅二话没有，上去就给了母亲一记耳光，直打得母亲左脸麻胀，脑袋嗡嗡直响。母亲傻了，长这么大，大舅还是第一次动手打她。大舅眼里喷着刀刃般的火，母亲心虚了，怯懦地说，我当时也是没有办法，觉得坏了她的名声，她就会回来，哪想到那丫头……大舅不再理母亲，扛着铁锨，拎着水桶向树林深处走去。

大舅那一巴掌始终让母亲觉得委屈，更打掉了她的心气儿，对大舅个人的事明显懈怠下来。母亲一次次无奈地说，我哥就是孤独的命，随他去吧……

三

宋易成改口那年年节的前夕，母亲照例去了大舅那里，回来后，仍然没有让大家失望。母亲掏出手帕，甩着两张"大团结"对宋易成说，这是你爹专门给你的，不过，我先给你保管着。过年时，母亲给了老二、老三每人三毛压岁钱，给了宋易成两块。老二、老三问母亲凭啥。母亲笑着说，有本事你们也再有个爹。那年的年节，宋易成过得比谁都阔气，买了两百响的电光炮，一颗颗拆下来，从大年三十放到正月十五。直放得老二、老三满眼嫉妒与羡慕。

有得就有失。宋易成九岁那年的暑假，母亲要带着宋易成去大舅那里住几天。宋易成一想起大舅那张脸与陌生的地方，死活不干。母亲随手就是一记耳光，你是你大舅的孩子，你不去看他谁去？你爹难道能把你吃了不成？宋易成抽搐着不敢再哭。老二、老三心理平衡了，咧着嘴笑得幸灾乐祸。

十九队可真远，母亲骑着自行车一大早出发，快到中午才到十九队。母亲站在渠埂上指着十九队说，十九队其实成立了两次，最早一次是十几年前，不过那时叫先锋队。为啥成立两次？宋易成懵头懵脑地问。当时先锋队雄心万丈，要在这里垦荒、引渠、种地。种子撒下去了，苗也出来了，但终究颗粒无收。为啥？风沙呗，几场风沙下来，地里便啥都没有了。你爹就一个人留下来种树，一种就是十几年，现在十九队能够成立，地里能长成庄稼，全是你爹的功劳，不光是十九队，还有前几年成立的十五队，都是沾了你爹种树的光。你说说你爹伟不伟大？你还嫌弃你爹难看吗？宋易成不说话，心里第一次对大舅有了同情。

见着大舅，母亲大大方方地说，哥，我把你儿子带来了，让他陪你几天，叫爹。望着大舅那张脸，宋易成还是无法叫出口。母亲恼了，上去扯住宋易成的耳朵，手腕一翻，耳朵立马长出一截。爹。宋易成叫得眼泪汪汪。大舅左脸抽搐了一下，如一条蛇一闪而过，大舅无措地搓了下手，进屋端来一盆兔肉，重重地放在了泥台上。

母亲走了，宋易成只好跟着大舅。大舅去种树，宋易成看着大舅种树。大舅挖个坑，放上树苗，培土，然后是浇水。宋易成看一会儿便觉得无聊，他弄不懂这么无聊的事，大舅怎么能一干就是十几年。幸好树林里有鸟，宋易成便上树去掏鸟窝，运气不错，掏了两只光着肚皮的雏鸟。宋易成坐在树下玩儿那两只叫不出名的雏鸟。大舅拉着水车过来，看着宋易成手里半死不活的雏鸟，目光里有一种冷。宋易成害怕了，又爬上树把雏鸟放回了鸟窝。过了半晌，大舅再拉着水车回来时，给了他两枝沙枣。宋易成揪了几颗放进嘴里，甜得要命。他把两枝沙枣都吃完了，嘴里又涩得要命。

晚上，宋易成跟着大舅睡地窝子，没办法，他不敢一个人睡平房。半夜，宋易成噩梦连连。大舅点燃马灯，重重地拍了拍他。宋易成从噩梦中醒来，就着昏暗的马灯，他看见一个佝偻的背影，大舅始终没有转过脸来。

宋易成没有跟着大舅去种树。那延绵起伏的沙丘引起了他的好奇。他翻下两座沙丘，看见三四个和他年龄相仿的孩子手里握着红柳条，追打着什么。看见陌生的宋易成，那几个孩子问他是谁家的。宋易成说家在团部，到大舅家住几天。顺着宋易成手指的方向，几个孩子脸上有一种惊恐：刘哑巴是你大舅？宋易成难堪了，从口袋里掏出一把水果糖，每个孩子给了两颗。孩子们高兴了，让他和他们一起玩儿。宋易成跟着他们在沙漠里打娃娃蛇，看有着玛瑙般尾巴的四脚蛇"刷锅"，玩儿攻城，捡海螺。几个孩子承诺如果第二天还能给他们带水果糖的话，就带他到连队马号去。他果然又带来了水果糖，几个孩子果真把他带到了马号。几个孩子赶了一头牛出来，他们全都爬到牛背上。牛走得摇摇晃晃，他们在牛背上也摇摇晃晃。宋易成开始为所剩无几的水果糖担心，可他的担心纯属多余，大舅早已不动声色地又拿回了一包水果糖。宋易成除了对大舅那张脸心有余悸，觉得这里还是蛮好玩儿的，新鲜、刺激。孩子们带他去偷连队的菜，去偷连队的瓜。看菜的和看瓜的把他们撵得四处乱窜。几个孩子早就练出了一双飞毛腿，把宋易成落在了后面。看菜的抓住了他，觉得面生，问他是谁家的孩子。宋易成哆嗦着说了大舅。看菜的人一愣，警告了他几句，便放了他。看瓜的实在气不过，揪着他的衣领去找大舅。见着大舅，大人告完状，大舅一言不发，从口袋里掏出一张钞票塞给了看瓜的。看瓜的笑嘻嘻地走了。让大舅损失了钱，宋易成担心了，如果是母亲，非得把他的耳朵揪下来不可。可大舅望着他，嘴角往上拉，他辨认了许久才意识到那是笑。大舅过来在他头上重重摸了一把。

母亲来接他时，他觉得还没有玩儿够。这十几天，他没有喊过大舅一声爹，也没有叫过大舅，因为别扭，便什么也不喊。大舅把一包东西绑在了母亲自行车的后座上，宋易成跳上前面的横杠。母亲说，跟爹再见。宋易成惧怕母亲的暴力，飞快地说，爹，再见。

四

宋易成第二年暑假再到十九队时，大舅那里有了变化。多出来三口人，一个女人带着两个女娃。

女人本是十九队副指导员的妻子。大舅和副指导员走得近，毕竟他们曾经是战友。副指导员爱喝酒，知道大舅这里有野味，便经常拎着酒瓶找大舅喝酒。大舅不喝酒，端上肉，吧嗒着莫合，看着副指导员喝。副指导员边喝边说，说的都是过去的一些事。大舅听得津津有味。谁承想，两年前，副指导员竟突发痢疾死亡。副指导员走了，妻子一人带着两个孩子，还是五七排的。女人是副指导员从老家接来的，当初上职工身份有一定难度，副指导员发扬风格，便让女人进了五七排，干的活不比职工轻，身份却是家属。大舅想着女人不易，又念着和副指导员的交情便经常接济女人。大舅每次都是晚上去女人家，怕别人看见说三道四，他把清油、面粉、肉往桌上一蹾，再放上五十块钱，转身就走。大舅一个月去一次，从不和女人说道什么。大舅接济女人两年后的一天晚上，女人摸进了他的地窝子里，大舅有点犯蒙，问，缺啥？女人的脸红了，解开衣服往大舅身边凑，大舅推开女人，他想起了副指导员。女人哭了，哭得撕心裂肺，哭得大舅心乱如麻。女人哭完，又凑过来，大舅这回没能拒绝。一个星期后，女人就带着两个孩子住进了大舅的平房。大舅倔，仍然住在地窝子里。

母亲得到消息后，第一时间来看女人。女人三十出头，眉眼耐看，尤其是屁股肥大。母亲很满意。看见那两个过来扯着女人衣服怯生生的女娃时，母亲皱着眉头问多大。女人说，一个五岁，一个四岁。母亲从口袋里掏出糖果递给两个女娃。女娃们不敢接，母亲没了耐心，硬塞给她们，让她们去一边玩儿。女娃们走了，母亲开始给女人上教育课，让她和大舅好好过日子。母亲说得和颜悦色，但也绵里藏针。女人听着母亲说，不抬头。母亲说完，女人抹了一把溅在脸上的唾沫星子说，姐，我晓得了。告诫完女人，母亲到防风林里找到大舅，责怪大舅这么大的事，为啥不跟她说一声。虽说原是副指导员的女人，但也没什么不好意思的。大舅照例不吭声。母亲说，你得有个自己的娃，有了娃，女人就会踏实跟你过日子。大舅还是保持着沉默。

听说大舅有了家，宋易成觉得别扭，不太想去大舅那里。母亲眉毛一拧说，你说不想去就不去了？那个女人虽说和你爹成了家，但还是外人，你们是有血缘关系的，必须去。宋易成只好去了十九队。大舅见着宋易成，上去就塞给他五块钱。母亲瞅着，笑嘻嘻地说，咱哥还没忘了自己还有一个儿子。

女人并不像宋易成想象中难处，对他总是一张善意的脸，还给他洗衣服，饭也是先盛给他，只是不太爱说话。受着女人的教育，那两个女娃叫他哥。那声哥叫得宋易成生出一种豪气，他领着两个女娃来到连队代销店，给她们每人买了一个辣椒糖，还给了每人一块钱。宋易成来到十九队的第二天，就又和那几个野小子联系上了，天天跟他们一起疯玩儿。傍晚才回大舅那里吃饭。宋易成在大舅那里只待了一个星期，母亲便把他接了回去。回去后，母亲首先让他上交那五块钱。宋易成说花掉了。母亲问他是怎么花的，宋易成说了。母亲冷笑着说，你可真是把她们当成自家人。母亲又问他大舅和女人相处的情况，宋易成除了知道每晚大舅都是睡在地窝子里，别的一概不知。母亲火了，上去就是一记耳光，你这个不争气的东西，就知道傻玩……

女人和大舅过了两年，没有一点怀孕的迹象。母亲急了，问女人是怎么回事。女人说她结扎了。母亲说结扎了还可以再接上。女人嫌丢人。母亲火了，是你的脸重要，还是我哥的香火重要？女人不吭声了。母亲带着女人到团卫生队做了手术。手术做完，医生对母亲说，女人的输卵管有些粘连，但愿有好的结果吧。母亲听完，心里当时便咯噔一下，她还是抱着美好的愿望，把女人接回自己家，照顾了三天才送回十九队。

又是两年过去了，女人的肚皮还是不见任何动静。母亲把女人带到团医院检查，检查完，医生说怀孕的概率很小，但也不是没有可能。母亲是聪明人，从医生的话里听出了安慰的成分。从医院出来，母亲便指着女人的鼻子骂：你说说你有什么用，自己不光不挣钱，还拖着两张嘴……女人由着母亲骂，脸色惨白。自从知道女人不能再生孩子，母亲心理严重失衡，觉得大舅白养着女人三口，心里不由揣着火，火越积越多，母亲便要发泄。母亲去了十九队，见着女人，横挑鼻子竖挑眼，不分青红皂白就是一顿骂。母亲骂够了，大舅便也回来了。母亲笑嘻嘻地对大舅说，我怕嫂子闷哩，过来看看她，唠唠嗑。女人挤出一丝苍白的笑，附和着说，就是，姐过来陪我说话哩。大舅高兴了，嘴角习惯性地往上拉，看上去比哭还难看。如果让母亲说说女人的优点，那就是不告状，也正因此，母亲更是骂得有恃无恐。

女人和大舅过的第七个年头，接到了老家的一封信，其实这些年女人一直和老家有联系。信是她姨父寄来的，姨父说现在内地发展快，变化大，环境还好，他现在手里有些权，如果她想回来，可以在镇上给她安排一份正式工作。女人看完信，动了心。想了几天后，给老家去了一封信。老家很快回了信，说，没问题，都可以解决。女人放心了，给大舅说了自己的想法。大舅手里火红的莫合星子抖落在大腿上，瞬间钻进皮肉里，大舅不觉得疼，仿佛丧失了知觉，只是愣怔在那里。半晌，说，想回就回，我就在这里。女人说，这里到底有什么好？风沙大，我纵使不为自己考虑，也得为孩子考虑。再说，我也不能吃一辈子白食。女人目光里的坚定让大舅觉得陌生，大舅低下头，哆嗦着手又开始卷莫合。

经过半个月的内心煎熬，女人终于下定决心。当然，大舅从一开始就确定不会改变自己的想法。女人带着孩子走，大舅一个人留。由于两人当初没办手续，走得倒也省事。临行前，大舅把地窝子里的一个坛子摔碎，里面是大舅所有的积蓄，三千多块，大舅全给了女人。女人不收，大舅惨然一笑说，我要钱没啥子用，你用钱的地方多。回去后，如果有什么难处，就来信。女人扑通一声给大舅跪下了。

女人走了半个月后，母亲才得到消息。消息传得邪乎，说女人卷了大舅所有的钱跑了。母亲气疯了，跑到十九队质问大舅是不是如传闻那样。大舅不吭气，始终不说。母亲发着狠说，她就是跑到天涯海角我也要把她抓回来，当初她生不了孩子，我就担心她有二心，没想到她的心机竟这样深，能待个六年才跑。这是欺负我们刘家没人了啊……大舅终于说话了，钱不是她卷走的，是我给她的。母亲蒙了，问为啥，凭啥？大舅说，我的事不用你管。母亲一屁股坐在地上，开始号啕大哭。

听说女人走了，宋易成心里也颇不好受。他每年的暑假都会在大舅那里住几天。与两个弟弟相比，那两个女娃乖巧，嘴甜，招人怜爱。女人也是，话不多，从来都是一张温和的脸，说话也是低声低气。他曾经设想，如果母亲要有女人的好脾气，那该多好。一放假，宋易成便赶去看大舅。经过七八年的光景，大舅那张脸在他心里不再是模糊一团，他能看出大舅的喜怒哀乐。这次见到大舅，大舅的嘴角虽往上拉，但远远没有拉到往日的高度，他的眼神里仍然泛着灰烬般的光。宋易成心里一颤，大舅还没有从女人离开的阴影里走出。大舅起身从炕角摸出一块手帕递给宋易成。宋易成打开一看，是块电子表。宋易成一直想要块电子表，但母亲始终没有松口。你姨临走时给你买的，留个念想吧。大舅的声音低低的、哀哀的。巨大的伤感让宋易成无法自抑。他叫了大舅一声爹。这是他第一次主动叫爹。大舅转过身，佝偻的背影抖动如风中的树叶。

五

两年后，宋易成考上了大学。在当时的团场，引起了轰动。母亲的头昂得老高，就像是自己考上了大学。母亲让宋易成给大舅报喜。宋易成赶到了十九队，把录取通知书递给大舅，大舅识字，但那张录取通知书，他反复瞧了半晌，胡子一个劲儿地抖动。宋易成这才注意到大舅的胡子已经花白，如同那里扬起了一挂雪。为了庆贺这天大的喜事，母亲摆了整整五桌。母亲到十九队邀请大舅参加，说大舅作为爹，无论如何得来。大舅迟疑了一下，还是拒绝了。母亲懂大舅，他是怕去了让别人不适，也让自己难堪，更怕给宋易成丢了面子。母亲不再说什么，宴席结束后，一家人专门到大舅家里摆了一桌。大舅破例喝了一杯酒。

宋易成上大学的所有费用，母亲不用操心，全部由大舅来管。大舅每月把钱交给母亲，母亲去邮局寄给宋易成。母亲每个月都从宋易成的生活费里克扣出来十块，纵使这样，他每月还有剩余。剩余的钱，宋易成都攒着，假期回去看大舅的时候，全都买成纸烟。宋易成响亮地说，爹，莫合烟对身体伤害太大，抽纸烟吧。大舅脸上绽放出黑红的光，手哆嗦着又习惯地卷起莫合。宋易成走后，大舅便把纸烟拿到商店换成莫合与生活用品。

大三的一个假期，宋易成去看大舅，陪着他一起种树，浇水。傍晚时分，两人在防风林里散步。宋易成说，爹，你种了这么多年的树，孤独不？

大舅说，开始两年有点，尤其是下雪以后，四五个月见不到一个人影。

那咋办？宋易成住了脚。

大舅也站住了。想见人也会想得发慌，当时离我地窝子一里的地方有个水塘，给树浇水用的，记得当时一位战友在水塘边的泥泞里留下一个深深的脚印，我就带上铁锹，凭着印象，挖开雪，一点点扩大，果然找到了那个脚印。看到那个脚印，我激动得不行，眼泪都下来了。以后的几个月，我只要心一慌，就去看那个脚印。再后来，就慢慢习惯了……

没人说话的滋味不好受吧？

心里也是着急。有什么办法，我就自己和自己说话，对着风说，对着舞动的沙说，也对着树说。再后来，我就不怎么说话了，只是听了……

听什么？

听那些树说话。

树怎么会说话？

听得久了，树也就开口说话了，两岁的树和五岁的树不同，和十岁的树更不同。两岁的声音稚嫩，五岁的声音高亢，十岁的声音苍凉……还有，树种不同，口音也不同，比如白杨说话有江浙口音，而沙枣树却操持着河南口音……大舅微仰起头，皎洁的月光透过树梢泼洒下来，他的脸上挂着一种神往的色彩。再加上季节的交替，风的吹鸣，那些说话的声音如同天籁，并且变幻莫测，热闹非凡，把我心里装得满满的，也暖暖的……

宋易成目瞪口呆地望着大舅，这是大舅第一次在他面前说这么多话，更不可思议的是大舅的语气，流淌着一种梦幻般的气质，就像一棵高贵的白杨在开口说话。

第二天下午，宋易成一个人在防护林里游荡。他微眯着眼，一棵树一棵树地倾听，一直到黄昏，他始终没有听到任何一棵树开口说话，只有来来往往的风吹动着树叶发出哗哗的声响。

六

宋易成大学毕业后，分在了石城。石城离十九队不到一百公里。宋易成想让大舅到石城来看看，但大舅没有答应。宋易成工作第三年，有了对象，很快进入实质性阶段。见过女方的父母，宋易成带着对象来到团部。父亲对女孩很满意，母亲对女方的家庭满意，但嫌弃女孩太瘦，说不好生养。见过父母，宋易成又带着女孩来到十九队。一路上宋易成都在说大舅的种种不平凡、不容易，直听得女孩眼泪汪汪。见到大舅，宋易成让女孩叫爹。女孩还算镇定，声音发颤地叫了一声爹。大舅激动得浑身发颤，给了女孩两千块钱的红包。宋易成回去没多久，大舅又给了母亲两万块钱，说给宋易成办婚礼用。母亲拿着钱对宋易成说，既然你爹给你了，我们就不给了，你那两个弟弟都不成气候，用钱的地方多着呢。宋易成看着那两万块钱心里很不好受，不用说，这肯定是大舅所有的积蓄。宋易成退回去一万让还给大舅。母亲又执意推了回来，你爹的脾气你还不知道吗？送出去的，岂会再收回来！你要是有良心，就记着你爹的这份恩情，我们老了，你可以不管，但你必须给你爹养老送终。

办婚礼前，宋易成和女孩起了争执。宋易成的意思是无论如何要把大舅接来。女孩不愿意，说大舅的样子还不把一半的宾客都吓跑。宋易成怒了：如果我爹不来，那这个婚礼就不办了。女孩当时就哭了，给母亲打了电话。母亲给宋易成打电话说，这样吧，你先回来亲自去请一下再说。宋易成觉得母亲说得在理，就回了十九队，请大舅参加婚礼。大舅沉默了一会儿说，我就不去了。宋易成不明白了，问，为啥？大舅第一次对宋易成发了火，你就不要难为我了。宋易成的眼泪一下子下来了。

结婚一年后，妻子生了朵朵，朵朵长得稀罕，就像一朵花似的。妻子不让大舅来看朵朵。宋易成不再坚持，纵使他执意，估计大舅也不会同意，大舅更怕吓着朵朵。朵朵满月时，照了满月照。照片洗出来后，宋易成揣着照片就去了十九队，见着大舅，就赶紧掏出照片。整个下午，大舅坐在防护林里看朵朵的照片，眼神恍惚，甚至忘了卷莫合。

朵朵上幼儿园时，大舅到了退休的年龄。大舅忘了自己退休，上面却记得清楚，催促他去办手续。大舅只好去办了退休手续。退休后，大舅还住在十九队的地窝子里，还是种树、护林。团林管办的人为难地说，我们没有多余的经费，你这只能算是发扬风格。大舅摆摆手说，有树种就好。母亲让大舅回团部住，毕竟团部生活条件好，有个病什么的也方便看。但大舅执拗得很，仍然住在十九队的地窝子里。母亲没办法，只好给宋易成打电话，让他劝劝大舅。宋易成没打，他知道大舅只有在那片林子里才待得安心、踏实，在那里，大舅能听到树说话的声音。

大舅六十三岁那年，突然名声大振。先是《人民日报》的记者找典型找到了大舅，接着便是省里、市里的记者。面对蜂拥而来的媒体人，大舅始终保持着沉默，就像一棵沉默的树。大舅虽然不说，但大舅的事迹是放在那里的，那些事迹会说话。先是《人民日报》发了通讯，接着是省里，最后是市里的报纸。市里的报纸给了整整一个版，标题也极其醒目：钢铁战士，绿色守望。在标题的上面配发了两张照片，一张是种树前的十九队，一张是种树后的。种树前的那张照片是母亲提供的。宋易成看完长篇通讯后，不免觉得有些神奇，虽然大舅种树那些事，他基本都知道，但放在报纸上一说，一渲染，大舅一下子充满了崇高与悲壮的味道。一股酸楚涌了上来，大舅种了四十年树啊。妻子回来后，也看到了那张报纸，细读完，她哭得泣不成声，对宋易成说，有空了，咱们带着朵朵去看看她爷爷吧。

市里决定把大舅这个典型树得更加响亮，让大舅去作报告，讲话稿都替大舅拟好了，大舅一口拒绝。市里要重金表彰大舅，大舅也没有去领，母亲代他领的，整整八万块。母亲没有交给大舅，小儿子要买楼房，正好缺八万块。母亲给了小儿子。母亲挪用完，给大舅讲了一声，承诺以后还。母亲给大舅说的时候，大舅正在种树，没有言语，就像没有听到似的。团里看上面高度重视大舅，也赶紧拨出一笔钱来，说种树是功在当代利在千秋的事，怎么能让一个典型白白发扬风格，怎么着每个月都得有补助。团里还把前几年的补助一次性发给了大舅。

七

大舅六十七岁那年，惹上了桃色新闻。女人已近四十，前几年移民到了十九队。女人虽说年龄不小，但从南方过来，整个人汪着水汽，尤其长着一双桃花眼，十九队一些不怀好意的男人不免递些骚话，开些露骨的玩笑。女人见过世面，脸不红，心不跳，兵来将挡，水来土掩，相反把一个个男人的脸弄成了猴子屁股。十九队的男人都说女人老到，惹不起。

那天到底发生了什么，谁也没能说清，就看见女人披头散发、袒胸露乳地从防风林里往十九队跑，见着十九队的人便坐在地上号啕。十九队的人吓了一跳，问她咋啦。她说被刘哑巴非礼了，要不是反抗激烈，得被刘哑巴强奸。十九队的人不信都不行，证据就摆在眼前，女人的内衣已被扯破。十九队的人越聚越多，直到连长过来。连长喊来指导员，两个人一起去找大舅。大舅果然在防风林里，正在挖一棵枯死的树。指导员满脸堆笑地问大舅到底是怎么回事，张晓丽同志非说你要强奸她。大舅没有吭声，挖出一锹土，培在一旁。连长说，刘叔，你得说句话啊，这事麻缠得很，弄不好，不是屎也成了屎。大舅还是不说话，继续挖土。

连长和指导员只好回连部商量。鉴于大舅是市里树起的典型，处理不好，丢掉头上的小小乌纱帽是小，还会闹出一大丑闻，让团里都无法交代。正犯愁着，连里的一个女人过来说，张晓丽已经上了三回吊了。两人这才意识到张晓丽是关键，把她稳住，就还有缓和的余地。

见着寻死觅活的张晓丽，指导员苦口婆心地给她摆事实讲道理，让她以大局为重，毕竟这事传出去对她也不好。张晓丽不依道，我还能有什么不好，都被全连的男人看了。连长唬道，你说刘哑巴要强奸你，谁看见了？没有人嘛，再说，我和指导员去问过刘哑巴了，完全没有这回事。张晓丽口不软，说屁股上还有刘哑巴抓出的血道子呢。说完就要脱裤子，让两位领导检查。连长意识到遇见一个硬茬，让她住手。指导员说，要不这样，既然事情已经出了，还是私了算了，这样对谁都好。张晓丽缓和着语气说，看在你们两位领导的面子上，私了也成，一万。连长和指导员吓了一跳，觉得这是狮子大开口。张晓丽冷冷地说，就一万，少一分，我就死给你们看。

连长和指导员只好去找大舅。在大舅的地窝子里，就着昏暗的光线，指导员结结巴巴地把张晓丽的意思转达给了大舅。大舅保持沉默，双手颤抖地开始卷莫合。连长和指导员只有尴尬地坐在那里抽起了纸烟。大舅连卷了三根莫合，抽完站起身来，从炕底摸出一个酒坛子，从里面掏出一万块钱交给了指导员。指导员傻了，没想到事情竟然会这么简单。连长弯着腰说，刘叔，我们其实都知道事情是怎么回事，您这是发扬风格啊。

没有不透风的墙，事情很快就传到母亲耳朵里。母亲怎能咽下这口气，跑到十九队，指着张晓丽的鼻子破口大骂。张晓丽一点都不怵母亲，和母亲对骂，出口比母亲还毒辣。两人骂了近一小时，母亲泄下气来，开始暗自庆幸：一个女人能这样不要脸，也是平生罕见，幸好只被讹去一万，我哥就自认倒霉吧。

这事对大舅造成了深远的影响，十九队人觉得大舅除了长着一张凶恶而丑陋的脸，内心还是一个"稀"人。最先向大舅借钱的是老王。老王娘的心脏不行了，要装支架，手术只能在市里做。老王刚给儿子办完婚事，正穷得叮当响。只好借，但现在时代变了，最难的事就是借钱。十九队的人鉴于老王的状况，没有一个人借给他。纵使借到指导员处，指导员也犯难地说，一下子拿出五千确实没有，孩子上的是自费大学，不是一般的费钱。最终，指导员塞给老王两百块钱，说不用还了。无奈之下的老王突然想起了大舅。老王抱着死马当活马医的念头到大舅那里碰碰运气。在昏暗的地窝子里，老王说明来意，大舅二话没说，塞给老王五千块钱。对老王来说，这可是老娘的救命钱。老王感动得要给大舅跪下，被大舅一把拉住。手术很成功，老王回到十九队后，不免感慨万分，见着人就说大舅是活菩萨。正好老张家也有难处，女方家要一万块钱彩礼，老两口只凑出七千块钱，但儿子不罢休，往死里逼老两口。老张便也摸到大舅的地窝子里张了口。大舅还是不说话，利落地把钱给了老张。老张为了表达内心的感激，见着人就说大舅的好。

经过老张和老王的言传，十九队的人有了难处就去找大舅。大舅有求必应，并且从不让打欠条。借到钱的人都说大舅的钱好借，个别人甚至开玩笑地说，刘哑巴见不得别人的眼泪，只要到他面前哭一鼻子，钱就到手了。没几年，除了连长和指导员，几乎十九队的人都向大舅借过钱。大舅更致命的弱点，是借了钱从来没有催要过。大舅由于住在地窝子里，和连队隔着距离，只知道种树，纵使偶尔到连队来买生活用品，见了面，大舅也是低着头就过去了，倒像是大舅欠了别人的钱似的。十九队的人慢慢无赖起来，都不还大舅的钱。纵使当初差点给大舅下跪的老王，在还了三千块后，也没有再还剩下的两千块。几年的工夫，大舅便又博得了一个名声：傻瓜。

母亲知道十九队的人都在背后嘲笑大舅是个傻子后，气得差点吐血。母亲赶到十九队，见着人就骂。但十九队加上老老小小有三百多口，母亲根本骂不过来。母亲不罢休，来到指导员办公室，打开扩音器通过连队的高音喇叭痛骂十九队的人。母亲在喇叭里骂得义愤填膺。十九队的人当然都听见了，法还不责众呢，母亲那苦大仇深的话语啥都算不上，他们相互望着，相互笑着。母亲骂了一个多小时，直骂得嗓子着了火般涩疼，才从指导员办公室出来，遇见十九队的人，他们脸上挂着无所谓的表情。母亲无奈地叹息说，人要是不要脸，果真是鬼都害怕。但母亲心里的怒气难消，她找到大舅，骂大舅老糊涂了，他们哪里是在借钱，分明是把大舅当猴耍。大舅只是吧嗒着莫合，不说话。母亲骂得无趣，只好离开十九队。在回去的路上，母亲改主意了。她本来准备给大舅先还上四万块钱，但鉴于大舅变成了一个傻子，母亲先不打算还了，免得又被十九队的人骗了去。到了家，母亲的怒气完全平息，嘴里还寡淡得厉害，看见正在准备晚饭的父亲说，不做了，咱们下馆子去。

八

　　大舅七十二岁的那年春上，肝隐隐作痛。但春天是种树的时节，还有，一场罕见的沙暴把西北角的防护林卷开了一个大口子，大舅心急如焚，顾不上许多，全部身心都投入补种的快节奏里。春天过了，口子也合上了，大舅望着新种下的几千棵树，心里有一种说不出的快慰。疼痛在大舅放松下来后变得剧烈。大舅便到团医院看病。抽完血，做过相关检查，医生的表情变得凝重，让大舅把家里人叫来。大舅意识到什么，说家里就他一个人，到底怎么回事？医生望着大舅眼里的沉着，迟疑了一下说，肝癌晚期，最多两个多月的时间。大舅噢了一声，不再说话。医生开好住院单，让大舅去办手续。大舅到了一楼的窗口，递过住院单。里面的人让交两千块钱押金。大舅愣了，今早出门他带了一千多块钱，光照 CT 就一下子花了七八百，口袋也就不到一百块钱。这也是大舅目前所有的钱。半个月前，十九队的一个年轻人又没脸没皮地找大舅借钱，哭得一把鼻涕一把泪，大舅瞧着不忍心，给了他两千块。母亲的身影从大舅脑海里一闪而过，接着便是宋易成，但都是一闪，过了便过去了。那种下的几千棵树苗开始揪大舅的心，现在是它们最需要人维护的时候，再说他这病已经没有任何转机，住进来，也是白白浪费时间与金钱。大舅突然兴奋起来，他甚至有点感激那天向他借钱的人，让他瞬间想通了这再简单不过的道理。

　　大舅回到十九队，精心去维护那几千棵树。但疼痛在加剧，如一把锉刀一点点锉着越发敏感的神经。大舅弄来一块石头，用布包裹，绑在肝部，疼痛果然缓解了许多。一个月后的一天下午，连长来防护林给大舅送工资。找了半圈没有看见大舅，最终在一棵小树旁发现已经昏过去的大舅。连长慌了，赶紧打电话叫来几个人把大舅送到了团医院。

大舅醒来时，母亲正坐在床边守护。看见大舅醒来，母亲开始哭号，责怪大舅为啥不说，为啥不讲。大舅错过母亲的泪脸，问连长住院的钱。连长连连摆手，让大舅不要操心。大舅挣扎着起来，不罢休。连长赶紧说，用他的工资交了，还有结余。大舅这才放心了，重新躺下。宋易成第二天下午才赶到团医院，他当时正在外地出差，接到母亲打来的电话，如同五雷轰顶，当时便泣不成声。见着大舅，宋易成哽咽着但也格外响亮地叫了一声爹。看见宋易成，大舅的嘴角开始往上拉，但远远没有达到以往的高度。笑过之后，大舅变得安详，很快就又睡了过去。母亲把宋易成拉到走廊里说，医生交代了，你爹没有几天了，你好好尽尽孝，送他最后一程，需要钱就说。宋易成悲伤地说他卡里有两万，就不用操心钱的事情了。

接下来的一个星期，宋易成悉心照料大舅，喂饭、翻身、按摩、洗澡……大舅住在单独病房，大舅不说话，保持着沉默，还是那一棵沉默的树。宋易成也不说话，只是默默地陪护着大舅。

第八天的黄昏，喝过半碗粥的大舅脸上突然涌上一层血色，宋易成望着回光返照的大舅，迟疑着叫了一声爹。

咱们爷俩唠唠嗑吧。大舅突然说道。

爹，你心里难道一点儿都没有怨恨过白姨吗？

怨恨她做甚，她也是一个苦命的女人，再说也陪了我六年的光景。怎么说呢，如果我是树，她就是水呢，浇灌了我六年，我这辈子值了……大舅的眼神里镀上了一层幸福的色彩。

爹，你怎么就情愿当个傻瓜，让十九队那些人戏弄、欺负呢？

或许是一个人待得久了吧，稀罕人呢。

宋易成没有听明白，目瞪口呆地望着大舅。

给你说个故事吧。从前有个老实人，每个人都欺负他，他满怀怨恨。时间一长，他就孤独地死掉了……

大舅睿智的目光向宋易成投射过来，锋利如刀刃，又宽广如大海，宋易成几乎承接不住。他心里猛然一惊，突然意识到原来大舅什么都知道，什么都明白，孤独一生的大舅只是不想孤独下去……

大舅的右耳抖动了一下，接着又是一下，大舅发出了一声叹息：沙棘和梭梭来了。沙棘和梭梭是大舅收养的两条狗。一年前宋易成去看大舅，见过那两条流浪狗，一只三条腿，一只六条腿。那条六条腿的狗由于天生畸形，走起路来，一点点往前挪，看着格外让人揪心。

爹，你怎么知道？宋易成迟疑地问。

你下去给它们一些吃的吧。

宋易成出了病房，在正对着住院楼大门口昏暗的光线下，果然看见了沙棘和梭梭。它们皮毛污秽，瘦骨嶙峋。它们嗅到了宋易成的气息，却没有上前，只是昂着头望着宋易成，目光沉静，几乎看不见半点忧伤……

原载《人民文学》2024 年第 8 期

● 作者简介

刘永涛，中国作家协会会员。近年来作品刊发于《人民文学》《中国作家》《北京文学》《钟山》《作家》《长江文艺》《清明》《作品》《安徽文学》等刊。部分小说被《小说选刊》《中篇小说选刊》《中华文学选刊》《长江文艺。好小说》《北京文学中篇小说月报》《作品与争鸣》转载。入选中国小说学会 2013 年中国中篇小说排行榜。进修于鲁迅文学院第十四届中青年作家高级研讨班。出版诗集《临近或遥远》，小说集《天堂里的树》《湘儿》《我们的秘密》《开始的地方》《银灰色的草原》。中国作协会员。曾获时代文学奖。首届绿洲文艺奖。第三届新疆青年文学奖。第七届天山文艺奖。第七届西部文学奖。安徽文学奖。新疆新生代十佳作家称号等。

恍然离世

◎ 张弛

一

……夜色深浓，人声喧哗。头顶上，那种小辣椒似的串串灯密如蛛网，宛如一条金光灿烂的星河，铺向街道远方，夜色深处。由近及远，一团团或浓白或淡蓝的烟雾腾空而起，裹挟了一桌一桌的食客，使一张张喝得酡红的头脸如神头鬼脸般若隐若现。

两瓶啤酒下肚之后，望着对面辛培仁红口白牙地发着牢骚，尖酸刻薄地挖苦着单位同事，矢西昆神经深处的那一丝不安渐趋弥散。这个周末之夜，他之所以没有选择单位周围那些正规的餐厅酒吧，而是跑到这条隔了两个街区的下三滥夜市来喝酒，本来就是为了躲单位的人远远的，一个人清清静静地喝两杯。不料刚上罢酒菜，辛培仁就借着烤肉摊上一股浓烟的掩护，突然在他眼前现形了。并且不由分说就端过自己的酒菜与他拼了桌。本来他已经深感晦气，觉得一个清静遁形的夜晚就要功亏一篑了。但随着啤酒一杯接一杯地倒进嘴里，他渐渐发现，对面的辛培仁开始放浪形骸，口无遮拦，越来越不像个机关干部的样子了。只见他任意地褒贬着周围的领导同事们，甚至包括他的顶头上司，嘴里散发出一股子洪洞县里没好人的味道。他忽然嗅到了一丝同类的气味。他暗中掐指一算，意识到辛培仁已经五十六岁，而且两年前就转虚职了。莫非他也到了那种破罐子破摔的阶段？他觉得神经越来越放松了。

忽然，一个时尚女子从远处踱过来。女子整个白皙的上半身只裹着一条吊带文胸，丰满圆润的肩膀和胳膊在夜色中显得妖娆有致。下半身呢，也只在屁股上裹着一条毛边牛仔短裤，两条白皙浑圆的大腿迈着模特式的弹性步伐，晃荡着两只乳房铿锵有力地走过来。她脸上虽然一副拒人千里之外的冷傲表情，可她那肢体动作，尤其那随着弹性步伐而晃荡着的两只乳房，还有腰臀之际那有节奏的扭动，却迫使食客们的目光迎难而上，飘忽不定地在她浑身上下巡睃着。

就连辛培仁都忘词儿了，两眼空茫地望着女子越走越近，来到紧邻的那张空桌子。她正要选座，旁边忽然伸过来一颗酡红的脑袋，只见地方支援中央的一缕长发，像道士的拂尘从耳边垂挂下来，两眼弯弯地眯缝着，一嘴稀疏的龅牙慢慢从红唇下龇出，终于呈现为一副恬不知耻的笑容，与此同时，一股天津腔从嗓子眼里尖细地挤了出来：姐姐……，你……你……你真舍得呀！周围瞬间爆发出一片猥亵的哄笑……

女子回脸一望，就近端起一纸杯残茶泼在秃头男的脸上。周围又掀起一波哄笑，秃头男抹去脸上的茶水，边甩着手抖去水渍，边得意地微笑着望向拂袖而去的时尚女子。

朱西昆的目光随着辛培仁，也聚焦在那时尚女子的背影上，只见她那一对儿丰满诱人的屁股，左瓣挤右瓣，右瓣挤左瓣，就这么一挤一挤地，渐渐隐入夜色之中……

朱西昆后来屡次分析，总觉得辛培仁吐口了那件事，跟这个女子的插曲有关。尽管在酒精刺激下，辛培仁口无遮拦地说出了很多机关干部在清醒状态下不可能说出的事。但与他后来吐口的这件事相比，那些事毕竟属于鸡毛蒜皮，无足轻重。只有在女人，尤其是诱惑力超强的女人刺激下，男人才会爆发出超常的表现欲。但是，女人一刺激完，转瞬即逝。辛培仁的表现欲一时失去了目标，才会对着他胡乱发泄出来，这就导致他无意中听闻了这件震撼心灵，而且难辨真假的秘密。

当时，只见辛培仁的脸恋恋不舍地向女子消失的方向扭去，嗑了几粒瓜子之后，忽然转过脸，目光灼灼地望着他道：高马伐老婆失踪，你知道咋回事吗？

朱西昆心中一震，看了看辛培仁那副兜售秘密的兴奋神情，心脏瞬间剧烈跳动起来。

就是高马伐干的！辛培仁吐出两粒瓜子皮，决然地说。

朱西昆一瞬间震住了，不自觉地转着眼珠往左右两侧瞟了瞟，生怕周围有单位同事。但旋即意识到在这下三滥夜市里是不可能的。于是又后悔自己草木皆兵的表现，生怕由此提醒了辛培仁，致其住嘴。

他装作一愣，一句话貌似脱口而出，其实深思熟虑：啊？真的吗？

这句话没有任何表态性的言辞，但充满了一种天真的疑问。这种傻乎乎的天真，最能调动起对方的表现欲。

果然，辛培仁略瞟瞟左右，压低嗓门道：当年专案组抓不到把柄，毕竟他是单位的老人，也不好死咬着不放。其实，了解内情的心里都八九不离十，就是他干的！那几年，他和老婆已经到了鱼死网破的程度，只不过家丑不外扬，外人不知道而已。杨福莲是他邻居，清楚得很！……

多年来藏在心里的一种隐隐约约的猜测，第一次从外人嘴里得到印证！朱西昆一时浮想联翩，辛培仁接着说了些什么他都没听进去，只看见他一张嘴还在兴奋地、喋喋不休地嚅动着。

二

两年还是三年过去了，朱西昆都记不清了。

但那个夜市之夜，近来就像一只可怕的外来物种，以某种莫名其妙的方式叮入朱西昆的大脑之中，在里面作祟。

随着传言日盛一日，朱西昆再也睡不好觉了。有时半夜惊醒，总觉得说不定第二天纪委就会找他谈话的。他妈的偏偏还在这个节骨眼上！

有两个关键性的夜晚，老是在他的脑海里交叠出现，萦绕不去。第一个就是辛培仁在夜市上告诉他"高马伐杀妻"的那个夜晚。第二个就是他在夜市上告诉刘智勇"高马伐杀妻"的那个夜晚。他悔得要死，肠子都悔青了！他后悔那个周末为什么要跑到那个下三滥的夜市上去。他后悔去就去了，为什么要和辛培仁纠缠不清？去那里不就是为了躲同事远远的吗？……但更让他后悔的是，他为什么会在一个一模一样的周末，在同一个夜市上，把同一个耸人听闻的故事告诉了刘智勇！他妈的这个姓刘的听到最后已是两眼灼灼，显见地对这个故事充满了浓厚的窥视欲。他记得尽管当时已酒生豪气，给这个姓刘的来了个知无不言，言无不尽（他是叫刘智勇吧？），但看着他那一对儿炯炯有神的眼珠子，他仍然感到了一丝后怕。

这颗定时炸弹在埋藏两三年之后，在他都快把它忘了的时候，突然引爆了！

导火索是分两截燃烧的。第一截是一个传言，说是冷藏多年的高马伐就要解冻还阳了，就要来当他的领导了。其实当年高马伐在招商办立下汗马功劳，按说早该重用的。可自从老婆失踪他说不清之后，他的进步之路仿佛被堵死了。据他自己的牢骚话说，无论他工作上、思想上多么努力，夹着尾巴踏踏实实做了多少事，甚至对小十几、二十岁的年轻人都俯首帖耳，言听计从，多少年如一日，可他就是进不了步！就像小时候卖老鼠药的关在转笼里的那只老鼠，尽管卖力奔跑，实际上是原地转圈……看样子，组织上觉得对高马伐考验够了，终于要重新起用他了，尽管是宣传科这种鸡肋岗位，但总算是当上了科室一把手，这停滞多年的进步之路，终于重启了！可以想见，这对高马伐可谓重生再造之恩啊！

朱西昆是在办公室里听到别人在传这件事的。这种小道消息不可全信，但也不可不信。在这方面，正应了那句古话，"世上没有不透风的墙"。

自从听说了这件事，朱西昆心里就埋下了一丝隐隐的不安。就开始对那两个夜晚感到后悔了。不过，他依然抱着一丝侥幸心理。这丝侥幸心理细分析起来有两个层面，一是他幻想刘智勇到此为止，不会把那个故事奇货可居到处贩卖。但这一点他毫无把握，尤其一想起他那一对儿炯炯有神的眼珠子，他就打心眼里害怕。还有一个更保险的，就是他隐约记得，那个叫刘智勇的，好像前两年已经死了。在他脑子里，有一幅模模糊糊的，仿佛梦中经历过的那种场景，那是一个春日的上午，不记得是前年还是大前年了，他站在家属院门口的信息栏前，跟三两个闲人一起看一则讣告。他记得，死的就是这个叫刘智勇的。这个刘智勇，他其实并不熟悉。只知道他也是本单位干部，连在哪个部门上班他都不知道。平常也只是点头之交。正因为不熟悉，没有什么利害相干，那天在夜市喝高之后，他才会把那个故事吐口给了这个姓刘的。从而埋下了一丝隐患。他还记得当时的一个细节，一个闲人指点着那个刘智勇的名字，笑着说："这下闭嘴了，再不会告这个告那个了。""再告给阎王爷告吧，让阎王爷发报应。"另一个闲人笑着附和。

　　如今，在这漆黑的夜里，孤零零的床上，那个春日的上午在脑海里经过反复想象甚至加工，变得越来越鲜活逼真。尤其那两个闲人的对话，第一次回忆时并没有出现。是在反复回忆的过程中，从脑海深处打捞出来的。这意味着什么？难道这个叫刘智勇的，竟是个他妈的告状油子？！怎么偏偏就摊给他了？！

　　朱西昆的心中，一丝不祥的预感越来越强烈，越来越有种坐实的倾向。此时，第二截导火索刺刺燃烧起来。那天上午，他久坐生腻，转到步行楼梯间里准备做套操活动活动的时候，忽见下面黑暗的楼道转弯平台处，有两个女的在说话。他刹住脚步犹豫起来。一般约在这里说话，多是密谈。非涉密的谈话，在办公室，在走廊里，甚至在电梯里，哪儿不能谈？专门约在这黑暗沉沉、人迹罕至的楼梯间里谈，定有不可告人之处。他不由得藏在墙拐角后面，耳朵尖着听着下面的动静。他听出是人事科的王瑞正在对另一个女的讲：纪委正在查呢。说是在多个微信朋友圈里出现了。眼下一方面在封堵，一方面正落地查着人呢。纪委初步定性说是政治谣言。另一个女的一开口，他就听出是李爱莲：都多少年的事了？咋又翻腾出来了？王瑞说：谁知道呢！所以最近一定要把嘴夹紧！

他当时就震住了，脑子紧张地分析起来。两个女人都快走上来了，他才反应过来。一个勉强的转身，避免了与二人迎头相撞。他假装在兜里掏烟，感觉二女要进办公室了，偷眼一瞟，却见王瑞也正回过头来，那一对儿揉不得沙的眼珠子，正目光犀利地盯在自己脸上。那一瞬间，盯得他一哆嗦，烟都差点没夹住。他瞬间后悔，刚才不应该转身，应该照直往前走，哪怕迎头撞上。这个急转身转得太不自然，经不住琢磨，不是偷听就是偷窥。

但他顾不得这些小事了，而是尖起耳朵，从旁人谈话中捕捉相关信息。捕捉不到就旁敲侧击，终于打听实了。确有这种传言，说是政治谣言"高马伐杀妻"引起了纪委的重视，正在暗中调查着。

传言日盛一日，后悔也日盛一日。在睡不着的夜里，朱西昆的思维围绕着那两个夜晚，尤其是那后一个夜晚，陷入了一个难以自拔的怪圈。当然他明白后悔无益，他更多的是在进行反思。随着生活的辗转和阅历的丰富，他发现一种思维习惯越来越把他控制住了。这就是反思。他常常围绕自身经历进行反思，以求得自我完善，以避免在今后的人生路上再犯同样的错误。他自认为，这是一个好习惯。比如在这件事上，他的反思始终围绕着一个问题，他为什么会把那个可怕的故事告诉那个刘智勇？他为什么热衷于传播这类捕风捉影的负面新闻？他不能不承认，他从内心深处是热衷的，否则他不会冒着风险把这个故事告诉姓刘的。他又为什么要躲开单位同事，专门到那样一个下三滥场所去买醉？在生活中，他总是想躲开单位同事。不光是在喝酒一事上，甚至连单位集资建房那一回，他都差点放弃。最后是在老婆的威逼下才报的名。他心里清楚，就是不想跟单位同事们见面。

而这次经过痛定思痛的反思之后，他不得不承认，他憎恶他们，他憎恶那种氛围。正是在这种潜藏内心深处的憎恶的趋使下，他才会带着一种说不清道不明的，报复加上恶作剧的心理，故意传播单位的负面信息……

三

朱西昆一直心神不宁，他思来想去，觉得当务之急还是要搞明确，那个叫刘智勇的，到底是死是活。因为讣告上并没贴照片，而夜市上他与之肝胆相照的那个人，究竟是不是讣告上的刘智勇，他真的拿不准了。查谣言的基本方法就是顺藤摸瓜，只要他们摸不着刘智勇这根藤，自然也就摸不到他朱西昆这个瓜。当然，这个谣言从辛培仁那里就可能分杈，但别的枝杈与自己无关，顶多查到辛培仁头上。而辛培仁是不在乎的，他退休了，死驴不怕狼啃，谁还能把他咋的？苦就苦了他们这些在职的。尤其在这个节骨眼上，又一轮机构改革来了，传言说有四分之一的人要分流下放。不知为了立威还是咋的，新来的老大，大会小会上威胁，声色俱厉，说是新时代工作要求空前严格，适应不了的赶紧主动打报告分流。不要到最后让组织上动手硬剥离，就难看被动了！想起自己在科里的边缘化地位，他就不寒而栗……

可是，如何弄清刘智勇的死活？朱西昆在脑子里反复梳理可供他刺探的人选。打听这种事，最好是熟人，否则如何贸然张口问人的死活？然而到了此时，朱西昆才意识到，就这么个事竟把他难住了！因为不知从何时起，办公室里的同事们都不太搭理他了。艾丽法、张羽高、李秉正、刘晓亮等人，他们之间常常聊得火热，就把他一个晾在一边儿。每逢这种情况，他心里就会涌出一股子酸涩难忍的滋味儿。他是怎么会落到这一步的？

过去反思这个问题，他总觉得别人不搭理他，是他首先不搭理别人引起的。而他之所以不搭理别人，则是因为一份高端的理想——写小说。每当写作被聊天喧哗打断的时候，他心中就会冒出一股无名之火！他写不下去了，就不由得怀着一丝厌恶和轻蔑旁听他们的闲聊。他发现，同事们的闲聊，其实极其无聊。引起笑声最多的便是围绕男女关系开的低俗玩笑。尤其艾丽法离婚之后，这种玩笑同比上升最少五十个百分点。"寡妇门前是非多"真不是白说的！其次就是些低俗老套的官场玩笑，什么"哎哟，王大科长亲自吃饭呀！""我靠，你提拔我呀！""跟着狼吃肉，跟着狗吃屎"之类的。像这种废话，除了满足些低级趣味，有什么用呢？但他们却聊得热火朝天，并且由此显得人脉广、朋友多、人气旺。并且由此频繁地干扰着朱西昆的写作。朱西昆渐渐陷入一种孤立状态之中。似乎显得跟环境格格不入。

有时候，因为反思的作用，他也对自己产生过一丝怀疑。因为他想到了曾经读过的心灵鸡汤。里面说人际关系就是靠大量的废话来维持的。日常生活中，哪有那么多严肃深刻的大道理可讲？不就是些所谓"庸俗"的日常趣味吗？柴米油盐，尤其男女关系，都是日常趣味的重要养分，人际关系的润滑剂。黄段子，荤笑话，言不由衷的恭维，吃吃喝喝，互相利用……这都是人脉的重要组成部分，"朋友就是用来麻烦的"。人，只有积极主动地生活在这种氛围中，积极主动地与大伙一起创造这种氛围，才能正常地生活在人情温暖中。你不参与，你就曲高和寡吧，你就孤芳自赏吧，你就格格不入吧……

尽管朱西昆从理性层面上认识到自己的不足，可是为时已晚。他已经成为众人不太搭理的孤佬。如果要重新融入大伙之中，他就不得不涎着脸跟每个人主动搭讪。想到这一层，他就感到一种深深的屈辱，面子上下不来。毕竟四五十岁的人了，该到了受尊重的年龄，岂能低三下四去讨好年轻人？但如不低三下四改变自己，众人岂能为你一人而改变？他觉得他和办公室的庸众们渐渐陷入一种对峙状态。

你们只管不理解吧，你们只管孤立吧，你们只管嘲笑吧，没关系，这丝毫不影响我这份事业的高端性，更影响不了我存在的价值。

想到自己的孤立，朱西昆常常会涌起一阵逆反，他这么给自己打气。

而此时此刻，他发现他的清高快要支撑不住了。找谁去刺探这份至关重要的情报——刘智勇究竟已死，还是仍活着？他想起处里一张张表情冷淡的面孔——这些年底考核时敞开投票都不肯投他一票的家伙。但为了心里的踏实，为了决定下一步的应对之策，不得不跟他们周旋套话了。也许这正是一个改善人缘关系的契机。他努力按照心灵鸡汤的指导，把坏事往好处想，鼓舞起行动的勇气。他绞尽脑汁设计谈话方案，如何从日常琐事开始，最终把话题拉到刘智勇的死活上去。

李秉正、刘晓亮、唐立言，他挨个儿地搭讪，按照事先设计好的方案套话。有的人手头正忙着有事儿，爱搭不理；有的人正与别人聊天，话头插不进去；有的人啥理由没有，就是个冷淡。他费了九牛二虎之力，内衣都汗津津地贴在身上了，可得到的只有三个字"不知道"。天知道他们究竟是否认真地想过那么一下子？！天知道他们究竟有没有听进去他的问话？！

事后冷静下来，他综合一分析，这么点小事，人家没必要为难他。或许他们真的不知道刘智勇这个人。他在的这个单位，虽然级别不高，但科室多，人员杂，流动又频繁。通常只有实职领导才有几分知名度。不仅因为各种会议活动上出头露脸的机会多，而且在大家心目中，实职领导才算是重要的人脉资源。山不转水转，不定哪一天，哪位领导就坐在你人生道路的关节点上等着你呢……而这个所谓的刘智勇，他一想起讪告下那两个闲人的对话，就觉得八成跟他一样，也是某个科室里的边缘人物。否则，他为什么也往那个下三滥的夜市里跑？他为什么一听到领导的负面新闻就两眼发亮，穷追不舍……朱西昆越想越沮丧，觉得在他认识的有限几个人之中，恐怕很难打听到这个刘智勇的下落……

有一次，他无意中在艾丽法的电脑里发现大庆那年给许多科室照的"全家福"。他一个文件夹一个文件夹地打开搜寻，无数张脸在眼前——掠过，胖的瘦的男的女的圆的方的鼓的扁的……功夫不负苦心人，他终于在里面发现了那张脸，他悄悄把那张脸裁剪出来，打印成一张照片揣在了钱夹里。

四

看样子，想在他熟悉的小圈子里弄清刘智勇的死活，已是希望渺茫。就在他打算听天由命任人宰割的时候，一个人忽然跳进他的脑海里。此人名叫关铁良，喜欢读小说。自从偶然读了他的小说之后，此人对他大为钦佩。不但是他的热心读者，还经常网上网下地为他点赞。关铁良就在纪委工作。那两个看讣告的闲人不是说刘智勇是个告状油子吗？或许关铁良知道他的下落。

此番四处钻营着打听刘智勇的下落，其实最终怕的就是纪委有朝一日会找他的麻烦。不料现在形势所迫，竟要主动打入纪委内部，自投罗网似的。真是明知山有虎，偏向虎山行！

他怀着一份"不入虎穴焉得虎子"的心情，干咽着唾沫蹑摸到关铁良办公室前的时候，却赫然看见一个熟悉的背影，正舞扎着两手激动地给关铁良叙说着什么。关铁良呢，一脸纪委干部啥人都得周旋应付的无奈和隐忍，嘴里噢噢地哄着。他稍稍定神对那舞扎着的背影一细看，瞬间魂飞魄散！那不就是高马伐吗？！真是冤家路窄！

他顿时后撤两步，心跳咚咚不止！尖起耳朵一听，听出高马伐要见纪委书记。关铁良正苦口婆心地跟他解释书记到县里开会去了。高马伐呢，觉得对方要诈挡驾，话里有话地敲打着关铁良……

他这么急着找书记，想干啥？！本来打算撤了，一听这里面利害攸关，他又不想走了。但长时间躲在门外听房，这也不是个事儿！他左右环顾着，忽见关铁良办公室的斜对面正是卫生间，他灵机一动有了主意。

他略略向左偏着个头，从关铁良的门前飘忽而过，一头扎进了卫生间。站定之后，他深呼吸几口平静了一番心跳。装作如厕出来的模样拧开了水龙头。他边洗着手，边通过面前大镜子观察着身后关铁良的办公室门。果然调整到某个合适的角度，高马伐的背影和关铁良的侧影都出现在镜面里。他边仔细观察，边凝神聆听着。他们在争什么"结论"的事儿。

口头的？！口头的算什么？！就像一个屁，风一刮就散了！我要的是正式文件！有红萝卜头子的！你们有吗？！有一片纸也行啊，拿出来我看看！

关铁良抹了一把脸，不知是唾沫星子溅上去了还是怎么的。哑口无言，状甚无奈。高马伐今天为何如此激动，攻击性这么强。难道这里面横生了什么变故？

果然，大约又经过不到五分钟的周旋应付，高马伐终于沉不住气了，气势汹汹地宣布，他老婆失踪的案子出现了重大线索！雷亚明在三亚看见她啦！

他的头一蒙，头脑中出现了片刻的意识紊乱！等那嘈嘈切切的杂音和喧哗都尘埃落定之后，他忽然觉得周围世界有种陌生感。准确地说，他觉得此时此刻现实感很弱，就像酒醉后对世界的那种陌生感，或是一场过于清晰的梦境。怎么可能？他老婆都失踪二十年了，怎么会突然在三亚现身？还被这个有名有姓的什么雷亚明给看见了……他晃了晃脑袋，把那种陌生感晃去。耳朵里又出现了高马伐激动的控诉，他控诉当年不经调查就对他采取的不人道措施，包括那三天的隔离审查；他控诉这么多年来对他的政治歧视；他控诉这么多年来所背负的莫须有的、沉重的精神包袱，晚上睡觉总做噩梦。他提到了无罪推定……他要求纪委马上派工作组去三亚，找雷亚明取证，协调当地公安机关查明他老婆的下落。最后，他终于把话题扯到了当下，说是直到最近，还有人在微信朋友圈里造他的政治谣言！孙悟空滔天罪行都有出头的一天，有人却想把他压在五行山下一辈子！等事情查明之后，他要求纪委一定把这些造谣诬陷者揪出来，看看他们阴暗的内心世界里都窝藏着些什么肮脏的动机，这些吃人不吐骨头、杀人不见血的披着人皮的豺狼……

吱呀一声，一个人从男厕所里出来了。他哆嗦了一下，扭脸一看是纪委一个姓马的。同时他忽然发现手还在龙头的水溜子下冲着，已经冲得冰凉麻木他都没感觉到。姓马的疑惑地望着他，说了句，你手咋啦？洗这么久？

五

老干部科的李科长大概没想到宣传科放着那么多一线重点科室不宣传，竟然宣传到他这里来了。一方面激动，一方面可能也没个思想准备，一时就显得有些语无伦次，结结巴巴。

朱西昆不得不依着老经验，把所谓的全面工作，化作一些具体问题。虽然采访是装样子，是暗度陈仓。但不知咋的，最近他内心深处忽然对退休后的生活关注起来了。

李哥，我看单位每逢重大会议，都有退休老干部代表参加，好几十人呢！他们都是自愿来的吗？你们是怎么做到的？

李科长神秘地一笑：你算问对了。你这实际上问到了退休老干部的管理问题。别的单位，人一退休那就是秃子打伞无法无天，可难管了！咱们单位呢，不但不给组织上添乱，不给领导添堵，反而处处捧场。这里面有道道，首先，我们从政治上关心……

一个不合时宜的电话忽然抢进来了，李科长掏出手机一看，就皱起了眉头。他接起电话嗯呀了几声，就抱歉地一笑，道：王主任找我谈点事儿。这样，我把英才叫来，老干部工作他一本账。

刘英才显然不像一把手站位那么高，大大咧咧，油腔滑调地侃上了：

这老干部呀，都是闲得难受。刚退下来还觉得挺自由的。自由上两年，就开始着急了！没人搭理了嘛！一方面想见人，一方面还有点架子，都不好太主动。我们这一组织，正好给他们提供一个见面的机会。说好听点，这叫归属感嘛！再一方面，靠我们几个人哪能管得过来。我们给他们分成了十个党小组，选了十个党小组长。有事了，靠这些党小组长跑去，积极着呢⋯⋯

隔壁活动室两个老头的声调突然越拔越高，没个好声腔，显见地吵起来了。

一个说：老子1948年扛的枪！

一个说：老子1946年扛的枪！

头一个厉声质问：1946年扛枪你打的谁？！

你，你，你⋯⋯1946年扛枪的突然张口结舌气噎喉头，显然被对方捏住了七寸，而且捏得不轻，嘴里渐渐发出一种"呃⋯⋯呃⋯⋯"只见出气不见进气的呻吟。

坏了！刘英才脸色大变，丢下朱西昆就冲到隔壁去了。隔壁响起一片七嘴八舌的劝慰声。

他忽然觉得机会提前到了，不想再跟刘英才无谓地周旋下去。他利索地转移到一旁的办公桌前，开始在桌上的电脑里翻腾起来。他一个硬盘一个硬盘地仔细搜索着，边搜索，边克制着内心一波一波的失望和焦虑。突然，他在E盘里发现一个标着SWRY的文件夹。一种直觉抓住了他，觉得这个文件夹有点蹊跷。他点开一看，一股子成功的喜悦涌上心头。里面是一个文件夹，文件名是"去世老干部丧葬情况登记"。他食指颤抖着点开了文件夹，经过一番紧张焦虑的搜索，他终于看见了名为"刘智勇"的二级文件夹。他点进去，里面有张表格，他颤抖着手把表格点开一看，右上角有张照片，却压根不是他的那个刘智勇！他的脑袋一阵晕眩！完了！他起根上就弄错了！那人压根就不叫刘智勇！他坐电脑前愣了半天，难道，那个人还活着？他又想起了高马伐的叫嚣，他要揪出那些披着人皮的豺狼⋯⋯嘴里不禁一阵发苦⋯⋯

刘英才回来了，边扯了一片餐巾纸擦脑门上的汗，边苦笑着解释：两个杠精！为个干部病房的事抬上杠了，互相摆老资格。老张夸说是 1948 年扛的枪。老魏一急，就夸自己是 1946 年扛的枪。但他1946 年扛的是国民党的枪嘛，1949 年起义才过来的。让人家老张抓住把柄了，噎得够呛，差点要送医院……

六

朱西昆呆坐在办公室里，反复思索着一个问题：难道他真的起根儿上就弄错了？那个人压根儿就不叫刘智勇？他为什么会弄错？也许正因为他对那个人毫不关心，那个人除了在他需要时偶然充当一个发泄对象外，毫无价值。实际上，在多年令他厌倦的机关生涯中，除了本处室与他利害相关的这伙人之外，他对所有人都是这样的漠不关心。想起他们那一张张千篇一律的机关面孔，仿佛人人脖子上都长着个一模一样的公文包。他的心中，只有冷漠甚至厌倦……这是报应！这就是他妈的报应！他在心里诅咒着自己。

但过了一会儿，另一种念头浮上了心头。他固然对那个人漠不关心。可别人呢，别人难道就会对他体贴关心，印象深刻吗？他这一路调查下来，事实正相反……连个党小组组长都没混上，说明在退休干部里也是块边角料……那么希望来了，为什么就一定是他记错了，难道老干部科就不会搞错吗？

第二天一大早，他就来到了纪委。他横下一条心了，一切在此最后一搏。

关铁良照旧待他很热情，打听着他的小说创作的事。稍稍闲扯几句，他就开始问正事：以前有个告状油子叫刘智勇的，你认识吗？

认识啊。

听说，他已经……

他还没说完，关铁良就说：没错！他再也不会麻烦我们了。

他咬着嘴唇，带着一股豁出去的劲头掏出那张事先打印好的表格，指着那张照片问道：就是这个人吗？他手指有点发颤。关铁良瞟了一眼表格上的照片，朝他抬起了头。他紧张地盯着他的眼睛，只见关铁良开口说道：老干部科这帮肉头，这都能搞错！

这不是刘智勇？！他问道，声音有点发颤。

不是，这是另一个，也死了。张冠李戴嘛！

一阵激动的暖流涌上了心头，他有点冒进地从钱夹里掏出另一张打印的照片，指着那张折磨了他一个多月的脸，问道：那这个呢？这是刘智勇吧？声音里既有紧张和激动，又带着一丝循循善诱的味道，像是诱供。

关铁良又瞟了一眼他指着的那张脸，这回是定定地看了一回。再抬起脸的时候，脸上似有一丝警觉，看了他半天，警觉化作一丝诡笑：你要干啥？为啥对刘智勇这么感兴趣？

我……他一时张口结舌，没料到他会来这一手。突然灵光一现，他说，这个人，跟我要写的一篇小说有关系。你就直说吧，是不是？

关铁良今天却不好摆布，只见他依旧诡笑地望着他，诡笑了半天，忽然说：写小说？写小说最讲究悬念，对不？

他不知他是啥意思，只得茫然地点点头。

那我告诉你，这也不是刘智勇。

他盯着关铁良那张诡笑的脸，脑子里回响着他那带一丝诡笑的，真假难辨的话，真想给他一个耳光。可他立刻意识到是他在求别人，他只得强压下恼火，硬挤出一脸低三下四的笑容，道：哥们儿！我可是认真的，这到底是不是刘智勇？！

我也是认真的，这不是。脸依旧诡笑着，真假难辨。

七

喧嚣与骚动之中，光阴在静静流逝……

夜色深浓，人声喧哗。头顶上，那种小辣椒似的串串灯密如蛛网，宛如一条金光灿烂的星河，铺向街道远方，夜色深处。由近及远，一团团或浓白或淡蓝的烟雾腾空而起，先是弥散开来，裹挟了一桌一桌的食客，使一张张喝得酡红的头脸如神头鬼脸般若隐若现，渐渐就像敬神香火一般，袅袅升腾，隐入夜空。

这又是一个周末吧。也许不是，只是夜市上人挤人，有点像。朱西昆坐在烤肉摊前固定的位置上。两瓶啤酒下肚，周围环境那种由熟悉而越来越陌生，越来越新鲜，进而令人兴奋陶醉的感觉，逐渐上身了。也许这就是喝酒的魅力吧，总能把眼前烂熟生腻的环境陌生化，让人体味到一种重生似的新鲜和兴奋。他的眼睛直愣愣地凝视着前方的那座舞台，灯火辉煌的舞台从夜色中凸显出来，横梁、台柱和舞台背景都装饰得华丽繁复，悬浮在墨蓝的夜色之中，有种不真实感。仿佛海市蜃楼一般虚幻迷蒙。台上两个浓墨重彩的演员，正咿咿呀呀地唱着一出京戏。朱西昆渐渐看出，他们唱的是《霸王别姬》。他的注意力渐渐被那个虞姬所吸引。虞姬在台上妖娆舞动着，端庄而悲切地吟唱着。但他总觉得有什么地方不太对劲儿，他仔细地观察着，辨认着，终于发现，这虞姬的妖娆只可远观不堪细玩。她的身架子太大了，妖娆华丽的凤冠霞帔也遮掩不住，只让人觉得更加别扭。他不由得端起啤酒跑到离舞台最近的一张空桌上。这离近了一看，更看出了端倪。不但骨架子大，她的手也是一副骨节粗大的男人样儿。一唱起来，突出的喉结像只老鼠上下滑动。此时，他几乎断定，这是个男的。一旦断定是男的，她那举手投足、一颦一笑，总之浑身上下，都充满了一种扭捏作态的，说不出的别扭劲儿。肯定是个业余的，脸上的妆也化得粗糙。眼睛周围的墨线勾得好粗犷，脂粉太厚，似要扑簌掉落。她那硬捏细的嗓音，呜呜咽咽的，也是越听越难受。

旁边一酒客不知与他心灵感应还是咋的，突然说：真难听！这公鸭嗓！

不料他的酒肉朋友竟不懂装懂地抬上杠了：你懂个屄！程派就这个味儿！

然而，台上的虞姬并不知道她早倒了台下的胃口。依然以她那副粗大的骨架在那里妖娆舞动着，以她那副硬捏细变形的嗓音悲切呜咽着，一招一式极为认真投入。

他在下面看着看着，心里既倒胃口，却又夹杂着一丝奇怪的感动。虞姬仿佛也注意到台下只有他一直在盯着她看，竟回报知音似的一眼一眼瞟向他，与他眼神交流起来。他有种浑身起鸡皮疙瘩的感觉。突然，正是在这眼神的交流之间，那粗重墨线勾勒之中目光炯炯的一对儿眼睛，勾起了他一种似曾相识的记忆，只是一时还想不起来。

他一直盯着她不放，那熟悉的记忆渐渐从脑海深处上浮，就要呼之欲出了！他盯着她不放，一定要把那熟悉的记忆从脑海深处勾起来。当她终于下了场，片刻卸了装从后台走出来时，他一眼就认出来了，刘智勇！或者叫个别的什么……那一瞬间，他的心抽紧了，一种熟悉的惊恐和焦虑从心底翻涌上来……

不过，他脑子迅速回过神来，浑身一阵释然，就是那种噩梦醒来是早晨的感觉。因为他突然意识到，自己已经退休两年了，按三十年工龄退的。

原载《红豆》2022 年第 4 期

● **作者简介**

张弛，中国作家协会会员。多年从事文学创作，至今已在《当代》《十月》《北京文学》《花城》《上海文学》等杂志发表长、中、短篇小说一百五十余万字，作品曾被《小说月报》《小说选刊》《中篇小说选刊》等报纸杂志多次选载。中篇小说《鬼卡点》获公安部金盾文学奖、新疆"天山文艺奖"。中篇小说《爱辽阔》获《作品》杂志年度奖。电影剧本《鬼卡点》入选第三十三届金鸡电影节创投大会三十强。长篇小说《群氓》进入 2019 年度"中国好书"，入选文艺联合书单第 26 期。

猫 妻

◎ 尹德朝

一

正在负责调查一起坠亡案的曹警官因公殉职了。这位刑侦副科长毕生为民除害，积劳成疾，离他四十六岁生日只差一个月，令人惋惜。据说他死于三天前一个古董品评会后的案情分析，心肌梗死。而宋斌似乎并不这样看，他怀疑他的死有可能与一件出土文物有关，具体细节警方正在加紧调查之中。

曹警官本来要约他下周去一个酒吧谈话的，内容处于查案和收藏之间的半公半私。他们已不止一次在塞纳丽酒吧谈过话，最后一次时间定在星期五。对于此次约见宋斌做了诸多猜测，公与私究竟占了多少比例他拿捏不准，因为警察说那些藏品均为赝品，可能还需另案调查。古玩都是亡妻家人留下来的，他对此一窍不通。吉凶未卜之中，他甚至想爽约。可不幸的是曹警官挂了。这让宋斌一时五味杂陈，悲喜交加，冥冥之中莫非那蓄埋千年的藏品有了魔咒效应？他长吐一口郁气，一度飘浮于脑海的混沌思绪，瞬间晴空万里，花絮纷飞。

从事药剂师工作的宋斌是三班倒，出殡这天正好轮休。他在签到处取一朵纸质小花挂于胸前，领首埋入默哀的队伍，表情看似比别人更为凝重地沉浸于灾难无序的痛苦中。千篇一律的悼词和哀乐响过之后，他侧目亲属群体，却见遗孀泣声哽咽卓尔不群，恰似一株立于风涛浊流中的孤芳水草叫人爱怜。尽管她做了淡妆处理，却也压不住面颊蝴蝶斑那呼之欲出的巨大能量，一眼就能看出遗孀身已有孕。关乎生儿育女白头偕老皆为人生大事，唉，他和曹警官苦命相怜。

短短一个月的鳏夫生活让宋斌郁郁寡欢。"关乎"与"鳏夫"的发音如此接近，让他情不自禁地喜欢这两个闭合音。在他看来，单身汉一词带有大男子主义及不负责任的享乐色彩，而王老五、单身狗则含有自取其辱和被社会唾弃之嫌，唯有鳏夫与寡妇殊途同归，显示某种悲壮和忠贞不渝。

宋斌在神情游离间，仪式已进入慰问环节。他随哀乐移步至遗孀面前，伸出滚烫的大手把那冰凉湿润却很柔软的小手爪多握了几秒钟。走出来之后他觉得自己很无耻，似乎在传递着一个鳏夫的求助信号。

逝者至葬穴后，宋斌惊奇地发现，新穴竟离亡妻梅桀墓碑不足百米，不禁感慨天地再辽阔也走不出阴阳两界说不清理还乱的方寸之间。心里琢磨着等殡葬结束后，顺便过去看一下她，嘱咐几句，初来乍到一警察哥们可比我那情敌生猛得多，喜欢了就快出手，别让更有姿色的女鬼抢了先。

一个月前宋斌把妻送进土里后，只在"头七"来过一次，谈不上思念，只是过程而已，之后他再也没有来过，两个原因，一是两个偷情者竟然被埋在了一起，人家既然在地下彩蝶双飞你就不必再打扰了；二是坟茔上总蹲着一只猫，它洁白无瑕，性情温柔。起初他以嬉戏心态上前挑逗，突然发现，它的眼神隐含某种不甚明朗的哀怨，莫非亡妻附体于它，为之代言或传递着未瞑沉冤？内心不由一悚，落荒而逃。

曹警官入土为安后，他最终还是没有过去看一下亡妻，并不单纯怕见到那只猫，他依旧心积怨气，妻偷情而亡也就罢了，竟与殉情之人两墓挽臂相邻，太欺负人了，毕竟他还是她的合法丈夫。不过，死者为大，只要心随鬼愿，合法丈夫又算个屁呢？

上车前，他忍不住朝亡妻墓碑远远地看了一眼，没有看到那只猫。上车后，听到逝者家人张罗帮忙的人去吃答谢宴，要不要去呢？他犹豫了一下，还是跟着车队去了，不为别的，他肚子有点饿。

二

亡妻梅桀生前系市歌舞团舞蹈演员。业务水平一般，在没有嫁给宋斌之前，几次情感纠葛远远高出了她的演艺声誉，有两个人曾为她试图自杀，其中一个还成功了。那人是个古玩老板，梅桀父亲的朋友，论年龄应是她的长辈，可是这个被爱情冲昏了头的老头，从歌舞团对面的邮电大楼上纵身跳下。死者单从外表上看毫发无损，甚至显得很安详，内脏却摔得稀巴烂。

那天她没有在团里，她被借调到市电视台担任鉴宝栏目主持人。有人说梅死去的父亲欠了这个人一笔债，父债子还，梅桀试图用自己的身体结账，结果又背负人家的感情。殉情之事闹得小城一时甚嚣尘上，她把自己反锁在屋内，三天没有出门，怕死者的家人找她闹事，同时她又隐隐自得于浅薄的虚荣，负面炒作之功效促成名气的提升也是显而易见的。可是当这个年轻的小女子独自在家时，由于精神紧张幻觉频发，她会明显感到死者就坐在客厅的沙发上，目不转睛地看着她，毛骨悚然，那里曾是他们反复做爱的地方。这样下去，她会疯掉的，她想逃离，可是能逃到哪里去呢？最为现实的好办法就是尽快找一个男友，不管是谁，能陪她驱散恐惧释放郁闷打发寂寞就行。

通过网络，她认识了药剂师宋斌，此人除了准确无误地给病人抓药，摄影也不错，这符合梅桀的基本标准，青春不留白。他给她拍写真并自费为她出了一本写真集，这让她很满足。据说漂亮女人性激素分泌为常人的一百倍（美女易得卵巢癌亦是不争的事实），在一次沙漠拍摄中，她裸在浩渺无烟沙海里，流沙的粗粝对肌肤不可逆的抚摸撩拨；浓艳高远的蓝天金属般特质的炽热阳光，群雁高空的哀鸣，甲壳虫在皮肤上坚硬地行走……这一切，都使她渴望被征服被践踏："抱我……"她说。

宋斌放下相机战战兢兢地抱住她，她便如流沙一泻千里。女人渴望被"践踏"这一关,宋斌过得马马虎虎。

婚后,梅桀让他搬进自己的住处,这给了宋斌又一次精神抚慰,但梅桀的话音一转,让宋斌把自己的房子卖了买辆车:"……你看,这样一来,咱不是车房俱全了吗?还要装潢和买家具啥的。"宋斌的房子地处城乡接合部,面积小楼层高交通也不便,但那可是他节俭十年的汗水结晶,说卖就卖有如剜心割肉疼死人的。可是老婆的理由无懈可击。再说,彩礼和婚礼的钱他分文未出,娶老婆总不能一毛不拔,更别说老婆长得漂亮,多少双眼睛垂涎欲滴地盯着她,恨不得他这个貌相平庸"捡漏者"赶紧死掉。

最终让宋斌狠下心卖房的是梅桀的住所。那是梅家祖父遗留的老宅,祖辈曾为民国要员喜古玩收藏,民国时中原盗墓猖獗,官员借兵权之威渔翁得利,因而为梅家留下不少珍贵藏品。宋斌做梦也想不到,自己栖身于古腐棺椁一般的朽木老宅居然是一座金山宝窟,娶美妻聚财宝,宋斌被好运冲得晕头转向,一直都没有搞懂此生何时修得如此洪福大运?

卖了房,他把钱都给了妻子,车买了,装潢和买家具却搁下了。

"……装修我看就算了吧,就不要惊动陈放百年的老物件了,听说很多人装潢添置家具后都感身体不适,不如出门旅游合算,你说是不?"宋斌听着依旧在理,因甲醛落得家破人亡的事例不是传闻,旅游吧。可是梅桀太忙,旅游也搁下了。

古朴老宅的客厅西面,整个一堵墙都被一套晚清檀香木格式橱柜所占有,里面陈列着各种稀奇古怪的藏品,东面一堵墙则是一个顶天立地的时尚衣柜,里面挂满了梅桀春夏秋冬的各类衣物道具和演出服。她从不允许宋斌的任何衣物挂进自己的衣柜里,说女人衣服混合了男人的味道会产生出一段积怨的气味,这是什么逻辑?不挂就不挂,小事一桩,只要她开心一切均可忽略不计。在墙的另一面依旧还是一个镶有打磨玻璃门的博古橱柜,里面依旧还是摆满各类古玩。梅桀有时并不太珍惜它们,缺钱时她会拿出去贱卖,有时还会拿出来当普通器皿使用。梅桀爱喝酒，梅桀父亲生前留下不少中外名酒藏入柜中，原本为收藏，但都被梅桀一瓶瓶喝掉了。"酒是用来喝的，藏什么狗屁呀？"这小败家子如是说。

可笑的是，柜中有一对晋代酒樽和唐代夜壶，她会用其斟酒并将酒倒进夜壶中，吟曰："浸宫妃陈浆尿渍，嗅帝王唇迹呕液，醉梦于粉黛枕臀疑龙体压身，吾欲将千年恩宠一屁股坐进此夜，闷死狗日的帝王将相才子佳人！哈哈哈……"

梅桀放浪饮酒，让柔弱卑微的宋斌非常不适。但也只能在百般无奈中收拾桌上残局，以免这些珠光宝器被醉女子碎掉。那对名为珐琅爵樽的晋代酒杯，他也曾与梅桀对饮过一次，那是他们刚从沙漠拍摄回来，满足后的梅桀将铜器碰得叮当作响，但也仅此一次，之后它就被女主人封存。后来他发现，那仅仅是对他宋斌一个人所做的"封存"，只有让她"尽兴"的人才有资格享用它。她说。有时她自己也会拿出来，双双斟满，对空气中的假想人说话，却对宋斌没有丝毫邀请之意，孤赏独斟。

三

婚姻持续到第三年，梅桀对宋斌这个临时救场的人越来越没有感觉，她的情绪开始变得低落。那次沙漠之爱明显成为他们彼此的骗局，把他们骗进婚姻后，便是一个又一个的噩梦长眠不醒。本以为夫妻性事是消除冷漠的可口良药，可身为药剂师的宋斌却拿不出什么好药缓解爱人之苦，不是说他拿不出，而是她太具耐药性，尽管他在挥汗如雨中试图唤醒她并不断地推陈出新，爱人依旧坚不可摧，他和她都感到很难过，她似乎比他更难过。

"没有什么比这更痛苦了。"她说。那些曾被歌舞团解聘，那些随职业一同消失的蒸蒸日上的商演业务，那些追求者、闺密等等的离去她都可以忽略不计，唯独爱，必须尽善尽美，尽善尽美。她见宋斌黯然神伤，安慰道："我也没有办法，你的气息、身体都跟我不在一个地球上，对你的感觉总像是我哥或是儿子，那个跳楼的人也一样，只能做我的儿子……"

"不，我只想在丈夫和陌生人之间做选择。"宋斌沮丧到哽咽。他拼命抽烟，她也叼上一支拼命吸，两人依偎在一起就像患难狱友。

不过，梅桀从没有想过离婚，宋斌除了"不行"其他都太完美。他真诚本分聪明温柔，真心实意忠贞不贰地疼她爱她，对这样一个言听计从帅气又舍得为她花钱的"救场人"，倘若失去，她可能这辈子不会再找到了。宋斌也不想离开她，离了婚他住哪儿？这里的一切均为女方婚前财产，他会净身出户，此时恍悟卖房是他人生犯下的最大错误。

梅桀要在夹缝间寻找平衡，出轨是必然的，她跟一个比她大十五岁的健身教练偷情已达数月之久，那人是个有妇之夫并且一点也不打算离开老婆，这倒比宋斌和那个跳楼老鬼聪明多了。梅桀对这个体格健硕的老男人有感觉，"感觉"这个东西对宋斌和梅桀既苛刻又残忍，他们都是好人，都特别渴望彼此均有好的感觉，可是偏偏这个"感觉"分明就是一条养不熟的野狗，好吃好喝供着，胳膊肘还是要往外拐。

"80后"的梅桀，童年的大部分时间里没有人做伴，母亲在国外，父亲是个考古学者，一年四季总带着一股腐尸气味，他妻子受不了这股气味，断然离去。不久父亲因私吞古物入狱三年。出狱后就病了，一病又是三年，那年她只有十岁，她照顾不了他，父亲托人把她送进寄宿舞蹈学校。生命垂危那几天，学校老师把她送到医院去看父亲最后一眼，她没有看到父亲却看到妖艳的母亲，她想为孩子代管那套房产却被濒危者拒绝了，那是一段有亲人却比没有更糟糕的生活……父亲生前父女俩很亲近，父亲死后，她就从那个跳楼的老男人身上找父爱，那人却把她爱到生命里。现在，跟她亲的人都死了，活着的就剩宋斌一个人了，这样一想她就有些后怕，她的生命中不能没有宋斌。除了那事，宋斌是个完美的男人。

宋斌也不想离，梅桀太美丽了，在他心里，那美极为霸道地剥夺了这座城市所有异性存在，那美固若金汤地统治着他，他一旦离开她恰似天兵棒打牛郎，失去的不仅是织女还有天堂。宋斌很痛苦。

他时常坐在塞纳丽酒吧里和好友张喝闷酒。

"伟哥也不管用？"好友张问。

"不是生理方面的事，我很好。她却没感觉，但我有，这是关键。"

"她根本不爱你。这婚姻早散为好。"张一针见血，此人也酷爱老物件，他点烟，用一只壮硕的仿巴顿牌打火机，那砰砰的开盖声威武霸道。

宋斌回回醉得不省人事。好友张翻看宋斌桌边手机里储存的照片，赞不绝口："啧啧，真漂亮。"他看照片，看所有的信息。

健身教练让梅桀非常着迷，他不仅有一身肌肉，四肢还有浓密的毛。宋斌每时每刻都感到那教练就在自己身边。他在他们的大床上发现了一些粗壮浓黑的体毛，不是妻子的，当然也不是他的。他们为什么不开房不车震不野合偏偏对他的大床情有独钟？凭仗一身肌肉欺他瘦小文弱没有胆量没有人？他想他应该让这头"金刚兽"知道，猫的胸腔里始终跳动着一颗老虎的心脏……但冷静下来时，他确实感到自己就是一只猫，他的悲哀始于天性柔弱，终于忍气吞声，法律即便给他一个杀人名额，他也未必敢动人家一根毫毛，在这一点上，他们比宋斌自己知道得更加清楚，所以他们有恃无恐。完事之后两人总要交杯换盏喝一点，每次下班回家，他都会看到垃圾桶里的烟头和桌上的酒杯，不仅如此。屋内似乎还蔓延着一股淡淡的汽油味，这味道有点熟，却想不起来在哪里闻到过。

四

梅桀知道健身教练有家室，但是真遇见了又有些受不了。有一次，在购物中心遇见了教练夫妇，当时，她冲几步之外的教练微微一笑，但是后者并未理会，教练的眼睛明明看着她，但眼神空然，她就像一缕气体没有丝毫存在的意义，她明白他老婆就在身边，她感到受到了侮辱，她也不管宋斌在不在身边，孤零零地站在货架旁哭了起来。那天晚上，她主动要跟宋斌做爱，她唤着那人的名字，宋斌瞬间幻化成健身教练，他带了某种仇恨狂怒如兽，事后，宋斌觉得灵魂和肉体同时被践踏。

宋斌决定离开她。"你不能离开我。"他知道她会这样说，他是她天下最好的倾吐对象、按摩师、情同手足的哥哥、烹饪家、司机……样样堪称完美。

"不离可以，"宋斌说，"答应我和那个健身教练断绝来往。"

"我尽量。"她说。

"还有。"宋斌得寸进尺，"每星期我们必须保持一次。你觉得不爽，我很好，我很好你知道吗？"

"好吧。"

事后这两件事，她一样也没有做到。第一周她勉强履行了一下承诺，宋斌劳作的过程中，她会拨弄手机或拿过一张报纸来看，催促他："你快一点。"很像一个城管在驱赶正热心做生意的摊贩。这还不是最糟的，等不到把摊贩撵走，他"生意"的那盘菜已经凉了。

不能再受侮辱了，但绝非一离了之。他的房子搭进去了，她得翻倍还给他。对方有房产古董家具资金，若在分割判决上争取主动，就必须将他们捉奸在床，取像为证。

他购买了几个针孔摄像头，他让它们一个个小心翼翼地分别蹲守在客厅主卧浴室的缝隙内。然而一个月下来，镜头里空空如也。他哪里知道人家道高一丈，把车载电子狗带进来，"狗鼻子"将那些"地雷"逐一清除唯独留下客厅镜头，意在狂欢后，请宋斌一同观赏他们举珐琅爵樽良宵美景之盛况……

好，不是喜欢美酒助性吗？很好，如果加点佐料也许味道会更爽吧，宋斌恶胆萌生，他以职业之便取些剧毒"佐料"轻而易举。做起来也很简单，微量颗粒置入酒樽口少许即可。可人家偏偏就不再动那酒和酒杯了，殊不知他们反把他偷窥了个明明白白。

有一回他中途返家，门却被反锁，他已确定必将捉奸在床，正欲破门，门开了，只见妻子睡眼惺忪懈怠厌倦地站在门里："你敲啥，你没钥匙吗？"

他没时间废话，举着开启摄像功能的手机直冲卧室，无人，门后床下衣柜洗手间窗外……他都没放过，就连马桶盖他也掀起来看了一下，没有。可桌上明明一双碗筷，男人的体臭，人头马的死亡酒香，还有那熟悉又陌生的汽油味。他抓起碗筷狠狠摔在地上。

"神经病。我成全你，明天就去民政局。"

他大喊："不去！"没有证据怎么可以去。

"不去你就别胡闹！你不就是想要吗，我给你。"她温柔地说话。他凶猛地扑上去。他想做一个真正的强奸犯……

偷情者到底去哪了？四层楼他是不可能跳下去的，莫非他会飞檐走壁？他怀疑家里有暗道机关？老婆上班后，他请来开锁工，打开所有橱柜，清空里面东西，突然发现靠墙的柜面有一道裂缝，手指一抠，居然打开了一道小门，明亮的阳光射进来。原来衣柜背面还有一扇窗户。窗边有如小蛇一般盘着一圈拇指粗的尼龙绳。窗子离地面不高也不低，放下绳子刚好垂到底，暗自佩服这个偷情男一点不愧对他那身肌肉。地面放了石凳石桌，围在小区四周的矛式铁栅栏距离墙壁不过两米，此时，宋斌只要抽掉绳锁，偷情者便再无退路。细一想，就算捉奸在床，那个肌肉男对付他可能比弄死一只鸡困难不了多少，他又把那圈绳子放回原处，不过，一根用利器做了处理的绳子再放回去，当然就不是简单地放回了。

三天后，宋斌夜班，半夜返回家里，和往常一样，门照样被反扣了，不一样的是，他把门敲得心平气和，不急，我会给你充足的时间。他靠在门上抽起烟来。突然，门被屋里面人搜开。老婆满脸惊恐："救救他吧！"他故作惊恐："谁呀，怎么了？"他举着手机进屋。

"你就别录了。你想要的我都给你，救他一把吧。"梅桀在身后哭求。

只见柜门大开。宋斌轻车熟路地踏上柜门朝窗下张望，夜色中，一个男人悬于一米下的墙檐上，下身裸露。真是好身手呀，绳子断了他却没有掉下去。他不紧不慢地取证后，心想，把一对爱者逼上绝路没有一点必要。于是他抽出身上的皮带垂下去，"抓住！"男人很听话，抓住带了他体温的皮带，一米一米地攀上来，到了窗边，他伸出一只手握住对方的手，这时另一只手也被妻攥住，一使劲，男人的一张脸呈现在宋斌眼前，这是一张再熟悉不过的脸，那淡淡的汽油味和巴顿牌打火机终于联系在了一起，居然是好友张："对不起，宋斌。"他摇了摇头，松了手，男人的重量瞬间转移到妻的手里，两人的手死死扣在一起，他转身移到妻的身后，他仅仅做了一个弯腰起身的小动作，眼前的两个人便消失在窗前，之后呈现出几种声音的死亡组合，尖叫，扑哧，哗啦……后来得知，那个"扑哧"不是落地声，而是矛铁穿透胸前的声音，血液哗啦啦。天亮后，人们看到一对男女一仰一俯挂在栅栏的矛尖上，很惨，锐铁穿过梅桀的美丽的眼睛……

丈夫捉奸，逃避不及坠亡，这是警方的初步断定。但是负责此案的曹警官对那根绳子产生了兴趣：那整齐地切进三分之二的断口，似乎精心地埋下一个预谋。

"……先不谈绳索，从我们调出的马路对面的监控来看，影像在显示男死者悬于窗外时，窗里搭救他的人，除女死者外好像还有一个人，两个人的力量应该可以拽得起窗外人的，可是不知怎么，其中一个人突然松手离去了，之后，女人突然失控，那个人在女人身后似乎干了些什么？那个人是谁？"

警察很敬业，宋斌汗如泉涌，心中哀叹，该来的早晚来，也许这是命。然而就在他准备以沸水烫死猪的心态安然处之时。却发现警官的眼睛一刻也没有离开那巨大的檀香木橱柜里的古玩，似乎那对案情津津乐道的职业解析更像一个欲望的铺垫，仅此一眼，他便有望从那些老物件中寻找生机，他能否借此宝物逃脱过罪责。要看他对警察的判断是否准确，先听他往后怎么说。

"……当然，我们没有证据判定某人动手脚于这根绳子，他是否心存险恶也仅限于目前我个人的猜测，不足以构成证据。我们还需进一步调查，希望你认真协助配合调查。这两天，你暂时不要离开这座城市。"曹警官一边浏览着贵重物器一边说，"聪明的人当然不会在我们的案宗里再写进'潜逃'二字吧。这些老物件看上去不错哦。"

他笑得有些诡秘，宋斌喜欢这诡秘，这会使那冰冷无情的警察职业变得亲近可爱别有洞天。

"……你放心，我绝不会离开这间屋子半步。"

"这个案子，我很想听听你的看法。"警察面带微笑。

"自古玩火者必自焚，"宋斌说，"妻的偷情是多线条的，N个表演者同台竞技，观众只有我一个，她可以选择和我离婚嘛，但是她不离，因为她离不开观众，她需要演者和观众一同完成已成一场刺激而麻醉的人生大戏，可我不是观众，我是她丈夫……"

"不错。"警察一边听着一边瞅着琳琅满目的摆设，嘴上说的不错，当然并不是夸奖"无辜者"的精彩诉说，而是那些古玩。宋斌希望他的"不错"张冠李戴，把罪责都"戴"到这些陈腐古玩的脑袋上，他就解脱了。

"曹警官喜欢古玩收藏？"他小心翼翼地问。

"皮毛，不过，喜爱是不假。这东西应该是五代的。"他很识货。梅桀祖父的主研科目为五代十国。

宋斌打开橱柜。警官把一只酒杯拿在手里，连声称道："好东西，帝王室里的珐琅爵樽。品相好，包浆也到位。"他爱不释手。

"曹警官好眼力。"宋斌一旁吹捧。突然，警察说："绳子是你割的。"不是疑问，是肯定，"你希望他们死。"

这警察的思维跳得比鸟还快。急转直下的质问，让宋斌顿时张口结舌。之后他嘿嘿笑："警官您别逗了。"心想你的铺垫足够了。

"喜欢你就拿去吧，这些你都可以拿走。"话语一出，宋斌心里一扎，想起一句豪言，为有牺牲多壮志，敢教日月换新天。

"这怎么可以。公是公私是私。不过，它的真假有待于甄别，我倒是可以为你做一下鉴定的。"

"这个鉴定由警察叔叔来做，安全又准确，我放心。"

他迅速找来包装盒，打包装箱并打趣道："倘若欲重温远古帝王之糜烂，用其小酌一番的话……"说到这他停顿了一下，本想说，千年陈腐百年渣，你得刷洗一下才是，因为酒樽上尚有他点的烈性"佐料"，但见警官百看不厌地在屋里溜达，于是他改口道，"……瞬间会错乱了时空，做一次千年穿越此乃人间之大享乐……"

宋斌点头哈腰哈哈哈，警察也嗯嗯嗯。之后，橱窗里的唐彩宋青花瓷，明代砚台字画，咸丰鼻烟壶，光绪间青龙手刀，康熙酒柜，英王室座钟……一件件都被拿去"鉴定"，一来二往，他们成了"朋友"，时而小坐于塞纳丽酒吧。

五

殡仪馆附近有家不错的餐馆，参与出殡的宾客们被安排在这里吃饭。宋斌桌旁坐着一个干净利落的老太太，年老色衰的她尽量使自己胸部高挺，似乎在用尽一切办法，让人知道她年轻时也曾漂亮过，不过，她脸部涂抹得有些夸张，口红都抹到了唇外。这是张的母亲。

"唉，都死了。"老太太望着一群送葬后来此进餐的人自语道。她怀里抱着一只猫。居然是只独眼猫，他心一紧，他认得它，两次去祭扫，它都在妻的坟旁转悠。它目不转睛地看他，那眼神显得有些熟悉。"阿姨，您这猫好乖。"他试着摸了它一把。

"从坟地带下来的，每次去看儿子，它都趴在坟头上看着我，把我的心都看碎了，我觉得它就是我儿子，投胎转世成猫了。"

宋斌把它抱过来，让它仰面躺下，几个米粒大的小乳头整齐地排列在腹部，它是女的。之后，猫那仅有的一只大眼睛死死地盯着他，眼神特别熟悉。"梅桀？"他暗想，不由有点害怕。好像是证实了他的猜测似的，猫竟然冲他短促地叫了一声，哀怨且愤怒。

听到猫叫，老太太脸上闪过一个慈祥的微笑说："它有点认生，像我儿子小时候。"

猫的那只好眼还是一直盯着他，像是在说："我知道，我和他掉下去，并不是个意外。"

他抽了一小口烟，朝猫脸喷过去。然后冲老太太紧张地笑了笑。

"……我不怨你，"猫说，"我知道你爱我并不想杀死我，那只是个本能的反应是吗？我总是在追求一种过高的生活质量，是我的错，是吗？"他不由自主地点点头，显然，这也是个本能的反应。换作别人没这么坚强，可能早已泪水汪汪了。

"你现在过得开心吗？"那只猫眼继续问。

"还行吧。"他想说，只是有个警察挺惋惜的，他今天也去你那了，你别难为他，活着的人都迷色恋财。他却改了口："就是一个人太寂寞了。你呢？"

"还不错。"那只猫把嘴张成微笑的口型说，"我主人是个好人，对我很好，他们都对我挺好。咱家的那些古文物还有那衣柜，都是些老物件，您得好好保管，不能变卖噢。"

"它们都安然无恙。"他撒谎。

"太好了。"猫眯了眯它的瞎眼，说，"好好照顾自己，你好像有点浮肿，烟抽得太多了。"他伸手对老太太做出想抱一抱小猫的手势，老太太点了点头。

他把"梅桀"抱在怀里，从头到脚摸了个遍。又俯下身子亲了亲它："对不起。"他哽咽着说，"对不起，请原谅我吧。"

"它喜欢你。"老太太惊奇看着他们说，"瞧，它舔你脸的样子真亲，我从没见过它那样舔陌生人。"

回到家后，宋斌做的第一件事就是打电话给收藏者，叫他们过来拉走卧室里那个巨大的大衣柜，衣柜从门里走不出去，工人卸了窗户用绳子吊下去。邻居们都好奇地看着衣柜缓缓而下，他向邻居们解释，睹物伤情，衣柜老让他想起一些不愉快的事。邻居们为他叹息。一切都过去了，风平浪静了。没了衣柜，房间陡然变得宽敞，有半瓶酒从墙角显露出来。一瓶名副其实的外国好酒，酒给他的好心情带来某种仪式感，他斟满茶杯，一口喝下，洋酒劲大，一杯就把他打倒了。他躺在床上，突然感到腹部绞痛，这不是醉酒的征兆，他想站起来，找手机求救，可这一切都做不到了，他想不通，酒里怎么会有毒呢？可他哪里知道，妻曾把倒进酒樽的酒又倒进瓶里。

这时，他隐约听到门外有猫叫，叫得很凄凉，一声比一声大，一声比一声近。弥留之际，似乎有人粗鲁地敲门，他断定是警察……

原载《北京文学》2022 年第 11 期

● **作者简介**

尹德朝，新疆克拉玛依人，祖籍安徽桐城，1992 年开始从事文学创作。曾在《十月》《当代》《作家》《北京文学》《上海文学》《长江文艺·好小说》《小说月报》《中篇小说选刊》《北京文学中篇小说选刊》等多家文学刊物发表并转载中短篇小说二百余篇，著有长篇小说《沙潮骤至》《柳梭沟的春天》，长篇纪实文学《父辈的丰碑》，中短篇小说集《盐碱滩往事》《雪啸风城》《沙舐血》《轮回》等。曾获第三届、第四届中华铁人文学奖、新疆维吾尔自治区第四届天山文艺奖、《十月》杂志 2010 年度优秀中篇小说奖等。鲁迅文学院第十三届高研班学员，中国作家协会会员。

邢师傅，你好！

◎ 王天丽

一

每天凌晨五点就守在小区站点上，等市政清运车将垃圾运走，再将每栋楼前的垃圾桶倒干净。邢阳干完这些活儿，曙色变薄变淡，畅和园才开始苏醒，最先是几只鸟雀从高楼排风烟道里飞出，落在小区仅有的几棵老榆树上"叽喳"着，急促之声像是商量着要去哪里讨生活，接着楼房窗子推开，单元门打开，晨练的、逛早市的、上学的、上班打工的，行色匆匆的，步态悠闲的……

"早啊！邢师傅！"刚从北区一号楼走出的韩老师大声跟邢阳打招呼，同时将两只手在身体各部位拍打，又依次按摩花白的头发、耳朵、面颊、鼻翼……面容和声音都是睡眠充足之后的怡然爽朗，可不像上了七十岁的老人。还是城里人会保养，邢阳觉得韩老师健康得像个中年人哩。邢阳停下手里活儿，躬着身体，回答："韩老师好，夜里可睡得好？去早市啊？您走慢点——"

八点，邢阳在门口小摊上吃罢早饭又回到站点。北区六栋多层，南区四栋高层，东南花园区十二幢独立的小洋房，一共有六十四只垃圾桶，每只桶装满，一天下来上千斤，邢阳计算得清。如果活儿少大半天收拾得差不多，省出时间是自己的，活儿多时忙一天也不得闲。在畅和园快四年了，从最初的"外来户""盲流"，到现在，邢阳觉得自己也是园区里重要的成员。活儿虽不起眼，但凡稍有耽搁，垃圾四溢，臭气熏天，小区居民就会投诉。此外，他在畅和园赢得了"邢师傅"的名号，"邢师傅，我家马桶堵了，帮忙修一下。""邢师傅，我家水管跑水了！""邢师傅，看看我家怎么没电了？""邢师傅，到大门口看看我的快递到了没？""邢师傅，搭把手，把这个拎上楼……"这些活儿偶尔有报酬大多是白帮忙，邢阳并不计较，他觉得自己一个乡下人能在城里生活下去已经不易，所以他格外珍视别人叫他一声"邢师傅"。

上午，高楼缝隙里洒下不多点光线，匀出几缕照进了挤在角落里的垃圾站。腐烂的饭菜水果、长了虫的米面、婴儿纸尿裤、沾满口水的烟蒂、废弃的稿纸、成团的人畜毛发、动物尸体，在里面挑出啤酒瓶、饮料瓶、易拉罐、报纸、纸箱、废铜烂铁，再分出有毒害的废电池、废油漆、荧光灯管、过期药品……偶尔会有一些收获，一双牛皮靴子，高帮带绒，一侧有点开裂，大小正合脚，一只"熊猫牌"收录机，换上电池后能收到交通台、情感热线，还能听到老家的戏，让他干活时不寂寞。他还捡到过一只精美的礼品盒，装着彩色石头和羽毛做的手串、一只能听到涛声的海螺、几张过期的车票、电影票，几封信札和卡片，上面写着陈美娟收，能看出这些属于一个女孩的爱情信物。丢弃一段感情不容易，他幸好将盒子放在角落里舍不得扔，两天后真有个叫美娟的女孩红肿着眼睛将它要了回去。

并不是好物件就有人珍惜，比如这个看上去崭新的床，被拆成几部分，丢在花园区垃圾桶旁边。上好的木料，明亮的油漆下面露出木质本来的纹路，床头装饰着涡旋状的雕花，一起被扔出来了的还有个厚厚的乳胶床垫。邢阳知道这张床的价值，虽然他现在只是个蓬头垢面收垃圾的，但在这以前，他手好时是一名技术过硬的装潢木工，在公司木工组兄弟们叫他"邢头"或"邢工"。

下午，收废品的老曲开着"三蹦子"来了，因为中风留下了歪嘴的毛病，一条腿不利索，跟在副驾座上的哈巴狗是他捡来的，看默契程度像跟了他许多年，也是一副龅牙突嘴的面孔，脏兮兮的身上套着件截去袖子的红毛衣，邢阳看着心里暗笑这一人一犬像从马戏班跑出来的，就差个敲锣吆喝的角儿。老曲一边用那只不利落的脚下狠劲地踩塑料瓶一边数数，数一个漏一个，邢阳将捆好的废纸摞秤上，老曲扒拉秤砣说，使、使了水了？这、这么重？邢阳说你说多少就给多少吧，别埋汰人！一个旧电脑，老曲说这玩意儿不值钱，还不及旧电表里铜线圈值钱。老曲翻三拣四，提起一只鞋看了鞋里鞋面，伸手摸出几粒老鼠屎，又扔回垃圾堆，嘱咐邢阳如果有旧衣服千万记得掏掏兜。

"晨光小区刘麻子，"他望望四周，神秘地说，"知道吧？前两天从一件旧衣服里掏出个金戒指，还镶着块豆大的绿石头！"

"那不还了人家！"

"还，还啥？衣服扔在垃圾桶你晓得哪、哪个的？睁大眼睛仔细点，搞不好咱也能发一笔横财。"老曲突然指了角落里大卸八块的床，两眼放光，"这个也不要了？一百块钱，一百，我拉——走——，省、省得你费事。"

邢阳说："这个不卖。"

"不卖？为啥？"他走过去，敲了敲床头的木头，"扔、扔出来就不是个好物件，肯定染了、染了晦气，呸！一百二？不收你运费就不错了，留、留下做啥用？"老曲一着急嘴角像螃蟹似的溢出一堆白沫。

听着他啰唆，穿红毛衣的小狗"汪"了一声从座上跳下来，围着床绕圈，跷起腿准备撒泡尿，邢阳拎着空瓶子扔过去，吼道："去，去，说了不卖！"

晚些时，邢阳将垃圾房归置利落准备离开，又若有所思地瞧了会儿立在角落里与周围一切格格不入的床，他想起了睡过这张床的短命女人，幽暗中漆色厚实的红木床头泛出几片水波一样的光泽，像映了个人影似的晃动了一下，邢阳一惊，定睛凝神发现啥也没有，他摇头嘲笑自己胆小，转身将垃圾站锁好，不放心似的拽了拽锁。

二

邢阳租住的地方是南区一间地下室，朝外有个小气窗，偶尔能看见过往行人的脚，室内生了一只煤火炉，铁皮烟囱也从小窗探出去。大小有个十来平方米，角落里一张桌，几只箱子，自然都是捡来的，还有几只木箱拼成的"床"。

他捅开炉火，烤烤僵硬的手，活动过肿胀疼痛的指头，烧上水，等着水开下面吃，也盼望着阴冷的屋子快些暖和起来。往常这会儿，他把旧电视敲出人影或打开收录机听新闻，听家乡戏，今天没什么心情。他四处张望，发现"黑子"没有来，门洞边小碗里菜汤泡饭还在，有几日没见它了。"黑子"是只黑色流浪猫，是他刚来小区时遇到的，半夜在地下室窗前叫，打开窗子钻了进来，只见它尾巴少了一截，耳朵也撕开了口子，身上沾了泥巴和血迹，像个刚打完架的熊孩子。邢阳给它吃的喝的，还起了个名，后来它经常来，也经常离开，一走就是十天半月，邢阳就在门下开个洞，屋里备些食物，它也越来越放肆，有时大模大样住几天，有时吃了喝了连个招呼都不打就消失。邢阳觉得这很好，要说他真正羡慕过谁，就数《西游记》里从石头缝里蹦出来的"石猴子"，在这世上互不相欠两不牵挂，天地之间来去自由的。

火苗一会儿欢腾一会儿瞌睡，屋子有了温热，邢阳把饭扒入胃里，困乏难支和衣躺下了，这些日子他心里不踏实，甚至有些焦躁，身体翻腾了几个来回，始终没有瞌睡，从头上窗子望出去，对面楼房灯光依次熄灭，冰冷的月光下小区像陷入静默的林地，又像潜入水底的巨型轮船，高大怪异的影子长长短短，深深浅浅，整个世界仿佛换了一副和白天迥然不同的面孔。村庄也不一样，没有橙黄的圆月和深夜的犬吠，也没有土地和庄稼在深夜里散发出的睡意。这种时候，邢阳会陷入恍惚，醒时也像梦中，梦里又被惊醒，一时间不晓得自己身在何处，为什么蜗居在一座城市的地下室里？为什么像个流浪人睡在几只又冷又硬的木箱子上？离开家乡外出打工这几年里，命运像来来回回走了好几遭，让人晕头转向，不知所措。

"这是个发展变化的快节奏时代！"他听收音机和电视机上都这样说，那些平地而起的楼房和厂房林立的工地似乎都在佐证什么叫做"日新月异"，瞬间建起的港口、道路、桥梁、隧道，都是为了诱惑人们不断地奔向远方。远处不提，就说畅和园，原本是个有七十年历史的五金厂，成片的厂区、家属区，还有学校，被范朝晖的广大公司收购后瞬间变成了住宅区。这也是他离开家乡跟着范总进城建成的第一个项目，拆旧房、支模板、搭架子、绑钢筋、安门窗……魔术一样，砖块水泥搭成了一栋栋房子，高层、电梯房、别墅区，接着是泰和园、盛和园、诚和园，一个接一个，拆旧建新，从无到有，在这一点上范总说得不假，城里的房盖不完，新房起来，旧房就得拆，就像地里旧庄稼割了种新庄稼一个道理。虽然身处其中，仍然感到不可思议呀！邢阳打了个哈欠，困倦的眼睛渗出泪水，他抽出一只压麻的胳膊，身体下面"吱吱"作响，"黑子"一不在，老鼠就翻天了，它们偷食物、啃噬木箱和报纸做窝，繁殖出一窝一窝粉色的崽儿，他又使劲儿翻个身，伸出另一只胳膊……白桥村的黄昏像村口通往外界的路一样漫长，混着炊烟的空气温暖得总让人容易困乏，一家人在院子里围在一张矮桌上吃晚饭，看不清桌上的饭菜。只见媳妇怀里抱着刚长出一截牙齿的女儿朵朵，老母亲正将一筷子饭送到对面孙子军军的嘴里，一边喂一边哄孙子多吃点长高点，娘灰白如麻的头发遮着大半张脸。他叫了一声"娘"，娘就抬头看他，眼睛里满是关切地询问，突然娘的身影退进后面沼泽似的阴影，一点点吞没了，连同周围的人，连同那张桌子都不见了，他使劲伸出手要拉住什么，一阵撕扯的痛……他痛醒了，有人起夜正在用卫生间，"哗啦啦"头顶的下水管在深夜里咆哮，炉火也熄了，冷意渗入，邢阳把被子拉上头顶，想着那个可怕的梦，想着地面叠起的二十七层的高楼，每一层里都有人，他们或睡或醒，在这样孤独的夜里，在梦里梦外找寻着什么……

三

次日半晌，北区韩老师打电话叫他去修下水。韩老师、王老师夫妻俩都是老厂子弟学校的退休老师，七十多了，有一个独生子在外地工作，家里没人照顾。韩老师看上去身体还算硬朗，一副学究模样，对家务活儿一窍不通，王老师有风湿病，行动不便，出门都得靠轮椅。"您好呀，邢师傅！"韩老师每次在电话那头说"您好"，接电话的邢阳就会下意识地挺挺身体，毕竟很少有人如此客气，但他也能听出对方的口吻是真诚的，甚至"邢师傅"这个名号也是韩老师在小区叫开的。韩老师的这份尊重不只是邢阳用勤劳换来的，也是他用人品换来的。有一回，王老师将一包旧衣服当垃圾交给邢阳，邢阳发现里面有个党员证，证里还夹着几百元现金。物归原主时，韩老师大为感动，为了这个党员证，家里角角落落、墙砖地缝都被他寻了好几回。

畅和园北区曾是旧厂的家属区，开发商拆旧换新，唯独一号楼迟迟没有拿下。北区一号楼算是厂里创业之初的建筑，上面是住家下面是仓房，其间翻修过几次，有的老职工在这里住过两代人，他们算是旧厂的开拓者和继承者，自然无法接受厂子被开发商吞食的现实，老邻居也不愿意被拆得七零八落。如今四周全是新楼，北区一号楼像个衣衫褴褛、苟延残喘的老人，挤在贵气逼人的富人堆里。韩老师就住在这里。建筑老旧，管道淤堵也成了常事，好在邢阳总能手到"病除"。这回除了疏通管道，他顺手将王老师的轮椅检查加固了一番，接下来就洗手喝茶。干完活儿，韩老师留他喝茶，每逢此时，邢阳内心雀跃得像个孩子，举止却越发规矩得像个学生，他端坐在书桌一侧，一双大手在并拢的腿上反复擦拭，认真地看着韩老师的一招一式。

别看楼房破旧，韩老师的"陋室"别有洞天。面积不大的客厅直接改成了书房，原来阳台的部分被一张大桌子占去，桌上遍置笔墨纸砚，窗边一个两层花架，几只青花瓷盆分别种了水仙、文竹和紫珠草，文竹养成了一团绿云，水仙微微绽出黄蕊，半含半吐散发清香，剩余的墙面都是塞得满满当当的书架。屋里除了花香，又混了茶香、墨香，还有淡淡的草药味，引人猜想所谓"书香"便是这个味道。韩老师清出书桌一角，端出个古色茶托，拿出自己专用的紫砂壶、学生新送的普洱，将茶叶碎开闻了闻，倒进烫好的壶里，一边冲水一边给他讲着各种茶叶的不同，红茶、绿茶，发酵的、半发酵的，教他如何品茶，比如这款普洱最好用山泉水。以前韩老师腿脚好时大早上会去郊外山上取水，现在只好用瓶装矿泉水，这款茶叶耐冲，水的温度应该在 90 摄氏度以上，茶水入口先苦涩后甘甜……邢阳听得仔细，又打量茶壶，听韩老师介绍这叫竹节壶，从壶盖到壶身如三节竹子，壶身上刻饰的竹叶栩栩如生，壶把和壶嘴像竹组自然盘曲，茶杯也是一节竹筒的样子，捧在手里细润温暖，他一时分不清茶好茶坏，关键是这些复杂的过程和韩老师的讲解让他入迷。堪堪一杯，飘出淡淡雾气，邢阳急着往口中送，韩老师嘱咐，慢些了，慢些，让茶水在口中停留片刻，邢阳越发慌乱差点呛出一口。喝罢一盏待续水的工夫，邢阳眼睛又瞥向韩老师的书架、书桌。韩老师喜欢写写画画，按他自己的说法写得不够好画得也一般，只算是修身养性，等邢阳回老家时一定给他画一张，他知道邢阳是外地来打工的现在住地下室。桌子上摆着韩老师刚写完的字，一个个墨漆发亮如同一块块丑陋的石头，真看不出好看，甚至还有些丑陋。

"啥时候回家？又快过年了。我答应你画画，你想好要啥没？"韩老师往水杯里注了热茶，又把杯底擦净递给邢阳，邢阳接过茶憨憨地笑笨笨地说，啥都行，那还有啥挑的？

"我十八岁离开老家，求学，工作，后来再也没回去过，老家也没谁了……故乡虽然近在眼前，却不是想回就能回的。"老人有些哀伤，"古人云：人言落日是天涯，望极天涯不见家。已恨碧山相阻隔，碧山还被暮云遮……"每到此时，王老师也选一把椅子安静地坐下，不管是拿本书或摆弄些针线活，脸上却随着韩老师的话语或喜或忧地附和着。

邢阳似懂非懂，但在悠悠的吟诵中沉下气息静下心来，学着韩老师的样子送茶水缓缓入喉，一时间仿佛在诗词起伏的韵律和茶水汩汩的雾气间看到了白桥村的一个翠绿清澈的早晨，微微透明的天光，草木摇动，流水潺潺，嗅到了缕缕泥土的味道，醇厚芬芳真如茶香一般，湿润着他心里最柔软的一角……几分沉醉入迷，再要喝时，电话一阵惊响，南区有人火烧眉毛似的唤他帮忙抬个物件。

下午，阳光斜过高楼落在垃圾站门前，邢阳整理一堆家具的包装盒，看到黄有珍从小区外回来，两手拎得满满，面色涨得通红。黄有珍在畅和园做保姆，比邢阳晚来些时候，俩人年龄相仿。有珍个头不高，面容黄白干净，讲起话来声音清脆，走起路来脚步轻快。听说她早几年死了男人，因为没有孩子遭婆家嫌弃，刚好城里亲戚需要保姆，就来了，伺候个瘫痪的老人一直到去世。一来二去园区里人都知道她干活是把好手，老人没了后有几家抢着让她去，自然比在村里有收入，她就这样留了下来，有时做钟点工，有时住家，现在又有了新主家。时间长了，有珍和邢阳相识，经常唤邢阳帮她往楼上拎东西，往楼下捎垃圾，有了空闲也来站上和他说说话。

邢阳将一个马扎推在太阳底下让她坐，有珍看看马扎，放下物件，搓搓勒红的手指头，从口袋里掏出两片卫生纸铺上才款款地落了身体。

"一下买这些？"邢阳搭讪。

"三只狗，两只猫，每周光粮食就二十斤，狗是狗的，猫是猫的，都比主人吃得好，这个，荷兰进口，含有二十多种维生素，那个瑞士的。"有珍指了指花花绿绿的塑料袋，揉搓胳膊。

邢阳递给她一个康乐锤。有珍掂在手里看着，笑道："捡的？"

"我换了个把子，好使，给你用着。"

"都说你手巧，真的，你手要不坏，还不得多灵巧。"有珍摸索着，手握的地方打磨得油亮细腻，顶上雕了个佛手，还可以当个痒痒挠，可惜有珍并没有仔细看，只是试着在身上敲着。嗒、嗒。"也不能总捡破烂，让人瞧不起。好歹你也是个手艺人，干了些年头，不想想别的行当？在城里人和人差别大了去了，混不好了还没个狗值钱，别怪我说话难听，你知道前些天我家狗主子说啥吗？现在不光有宠物医院，宠物美容院，就连死了还有专门殡仪馆，有专门宠物，叫啥——记起来了，入——殓——师，想不到吧，比人都金贵。"

"那也得看谁家的狗。"邢阳咧嘴一笑，想起"黑子"和老曲的哈巴狗就没这个命。他忙碌着，将包装盒拆开，将钉子起下来，码得平整。相处下来有珍也是个痛快人，想啥说啥，不过邢阳也发现现在的有珍也不是才从乡下来的那个胆小朴实的有珍了，有了见识也有了胆量，不光见识了许多人，还见识了比人还体面的猫和狗。

"你傻笑啥？好像我说的不对？"

"对，有时候人真不如猫和狗，猫和狗讲良心。"邢阳继续打趣。

"喊！你就是嘴硬，说话噎人哩。"有珍一脸嫌弃，接着用康乐锤敲腿肚子，突然停了，说，"那个床，是乔小红的吧？"邢阳吓了一跳，见她指着垃圾房的角落里做出一副见了鬼的表情。

"你认得？"邢阳问。

"当然！"黄有珍上身猛地收了一下，瞳孔也大了一圈，"你说乔小红是不是死得不明白？"邢阳也点点头，但说不上哪儿不明白，有珍接着说，"我给她做钟点工那阵，一开始一周三次，做做饭，打扫打扫卫生，偶尔还能碰上几个人来看她，后来一周一次，只打扫房子，那个房子越来越没人味，大白天窗帘也拉得死死的，也不知道她吃啥，从来不见点火做饭。要说她也不容易，以前她心情好时也给我唠过，家里穷，有个弟弟有肾病，花钱多，她小小年纪出来打工，在一家地下赌场认识个男人，男人好像挺有钱，对她不错，买了房子让她住，还说要和老婆离婚娶她，我就嘲笑她，说这种话不能信，钱要拿手里，房子也要写到名下才算。后来被我说中了，男人来得越来越少，来一次俩人就干一仗，我总见她脸上有瘀青，问她，她说碰的。最后一次，我去了，屋子上上下下不见人，吓死人了。"黄有珍说着仿佛回到了现场，露出一脸惊恐，邢阳记起她是第一个发现乔小红死的人，也是报案人，"屋子窗帘拉得紧紧的，一股怪味道，只有浴室灯开着，水流了一地，我喊了两声，进去，不见人，一扭头，天呀，浴缸里全是头发，黑黑的一层，人在里面泡着，你想呀？我吓死了，腿软得挪不动，不知道怎么下的楼，打了110，警察来了从浴缸里捞出来说泡了两天了。"

"你还行呢，知道打110。"邢阳第一次听她说得这般详细。

"吓死，一段时间老做噩梦，梦见她一步一步从楼梯上往下走，头发上淌着水，那样子——咦——不说了。"有珍像起了一身鸡皮，把康乐锤死死抱在胸前，深深吸了口气，又说，"你说说，到现在警察也没查出个啥，快半年了吧，说是自杀，还说不小心自己淹死的，我怎么想都不对，那个男人再没见来过，一个大活人就这么不明不白地死了？咋也没见有人寻来。啧啧，真是，我说啥了，有的命连猫狗都不如！"停了一会儿，两人谁也不说话，阳光挪了地方，在阴影中黄有珍苍白的面孔恢复了正常，她用眼斜了斜垃圾房角落里的床，像是怕看到不好的东西会附体，说，"死人的东西不能留，晦气得很。"

手机提示铃响起，黄有珍拍腿说，该遛狗了。慌忙站起身拎了东西就走。邢阳喊她说，急啥呀，东西重，一会儿我去送，有珍头也不回，一边走一边说不用了，不用了。待人走后，邢阳发现自己做的康乐锤丢在马扎上。

四

腊八，吴小增来看他。邢阳抓紧时间忙完活儿，就着水龙头的冷水洗了手和脸，带着小增到园区附近寻饭馆。天空正下着灰扑扑的小雪粒，太阳仿佛提前下了班。小区里淘气的孩子将点燃的爆竹扔进垃圾桶，炸得破烂飞出好远。邢阳跺脚假装追赶，几个孩子一边跑一边唤他"破烂王""剪刀手"，小增也气得追几步，邢阳拦着说跟个孩子生啥气。俩人商量腊八节去粥饼店喝粥，结果不觉饱，又买了两瓶酒，一包卤肉、一袋花生米，回到地下室，接着喝酒聊天。

邢阳每次见小增都打心底高兴。当年范总从村里带出来打工的八九个年轻人，其中就有邢阳和吴小增。到了城里才知道，范总吹嘘的广大公司不过是个七拼八凑的建筑队，发达和壮大都是后面的事了。钱自然没有吹嘘的那么好挣，活更不好干，也没有什么木工组。头一年大伙都是抡着锤子拆旧房，后来承揽了畅和园的住宅项目，有了别墅区内装修，才成立了木工组，邢阳手艺好，又识些字还会看图纸，就成了木工组的领班。一个班组里除了吴小增，还有同村的林小有，时间长了，在邢阳眼里两人人品就分出个高下，小增老实也讲义气，邢阳就上心传给他木工手艺，还教他看图纸，林小有是个油浮不牢靠的人，爱耍小聪明，还有赌博的坏习惯。

事实证明邢阳没有看错人。他离开后小增成了公司木工组的负责人。难得是做人厚道，一直不忘师傅的恩情，一年总过来探望几回，特别是年根前要回老家了，跟师傅说说话告个别。小增知道师傅自从老娘去世，媳妇改嫁后好几年不回村了。

邢阳将炉火烧旺，找来碗碟盛熟食和花生米，又找了两只不太干净的玻璃杯，倒了酒，用右手残存的指头夹起来一只，递到小增面前。

当年邢阳在木工房里干活，手指头被电刨子打掉了两根半。那一幕就像昨天，小增自然忘不了，什么时候看到师傅的手，小增的肝儿都会突突地颤。小增连忙接过酒，抓起一双筷子递到师傅手里。邢阳换手捏起筷子，夹起一颗花生丢进嘴里。

两人聊得多的还是公司的事，算计着自从畅和园项目发迹后广大公司又在城里盖了六七个小区，楼房盖了上百幢几千户。今非昔比，世道变得快，人也变得快，小增说，如果按辈分，在村里范朝晖得唤他声叔，现在辈分算个屎，谁有钱谁是爷，范总再不是村里拖着鼻涕总受人欺负的范小四，也不是才打工那几年见谁都喊兄弟的范朝晖。

"如今的范总，范老板，可不是谁想见就能见上的，一年多了只在年底公司年会上露了一脸，一见吓一跳。"小增有意停了一会儿，邢阳心想肯定是更阔绰、更有气势了，小增像是知道师傅在想啥，说，"一下子瘦了，也老了，像个小老头，穿了件不僧不道的棉布袍子，手里拿了串念珠，说话也变了腔调，听说跟了什么高人在参禅学佛，四处放生。"

"怎么的？"邢阳想象不出来会是啥模样。

"好像是病了一场，好不容易保住了命，性格也变了。"小增说。

"兴许是好事。"邢阳意味深长地说。

"好事？未必！不过是又想保住财，又想保住命。盖的房子就在那儿，硬说不挣钱，今年工钱也只发了半年的，去年的也没结完，要不是大伙儿闹了几回，这点钱都发不下来。要说走背运也是自己造的孽，这些年花天酒地，瞒了老婆在外养了小，听说还是个大学生，还生了儿子，造孽不？"小增吐了口水。

"马秀秀能愿意？"村子就那么大，如果真按小增说的讲辈分，范总媳妇马秀秀还是自己表姐呢。

"不愿意又咋！也闹了几场，后来就睁一只眼闭一只眼了。有钱人，就这样，都是钱闹的。"小增摇摇头表示不理解。

几杯过后，邢阳身上也热了起来，望望半开的小窗，几片雪花打进来，屋里一股潮闷的煤炻味道。他想起什么来，起身搬开几块床板从箱子里掏出个铁盒子，打开了抽出一卷钱递给小增："过年，给俺爹妈上个坟，烧些纸钱，记住，别买面额太大的。上上月是俺娘忌日，俺在路口烧了钱，前几天又梦见俺娘，埋怨俺没去看他们，还说前几日烧的纸钱面额太大，没等到她手里，就被半道上的野鬼抢跑了。"

小增猛点头："哼，那边世道也不好过，大鬼也欺负小鬼哩。"

邢阳眼圈红了一会儿，抹一把脸，把泪忍回去，用指头夹着杯子和小增的酒杯碰碰，又说："剩下的，要能碰上小曼，给她，就说给孩子上学用。"

俩人又沉默着，喝酒吃肉，炉火"噼啪"响了一阵，外面又传来小孩子们打闹的声音和零星的爆竹声。

"嘿，又要过年了！咱们出来时候不短了，怎么干也成不了老板，成不了老总，明年还来？"邢阳嘲笑着，突然想起韩老师念的诗里好像有这一句"望极天涯不见家"，大概是想念家乡的意思，接着又说："我回不去了，爹妈没了，媳妇跟人跑了，俩孩子都成别人的了，钱也没挣下……混屁成啥了！你呢？这些日子我总想，城里没有咱们这种人待的地方，像范朝晖这样是几辈子出一个，把全村人的精明都用完了，心眼多，手段狠，你我能比？"说着环顾了阴暗的地下室，像在寻找什么看不见的东西。

小增"咕咚"一声咽了酒，辣得直咧嘴，脸涨成猪肝色："工钱拿不上，咋回？家里地也包出去了。就这点钱，回去都没脸见人，我爹妈年年都盼我多挣点，计划着翻盖老宅，娶媳妇抱孙子呢。"俩人对看着一时又不知说啥，小增自嘲着，"还孙子呢，媳妇的影子都没有！"

邢阳算算小增也小三十了，又倒了酒，说："快了，快了。"

"哥，小曼嫂子——"小增看了师傅的脸色，又说，"我说这事也别怪小曼姐，你不在家，果园一个女人守得了？二顺子天天去帮忙，日子久了也就那么回事儿，你妈病重去医院，还是二顺子开车送去的……小曼也尽心了，后来熬不住也正常，我看人家把两个孩子养得也不错，从这个理上说人家也不欠你的。哥，想通了，人生没有回头路，没有后悔药，只能咬着牙往前看。"

炉子上水烧开了，咕嘟嘟响，黑黢黢的灯光下俩人又沉默了，花生米丢进嘴里像是老鼠粪，嚼着也不是个味。小增又想起什么，说道："林小有'狗东西'上吊死了，我也是才听人说的。那个孽畜遭了报应，从工地上跑了也没敢回家，在外面混了几年，赌瘾犯了，为了还债卖了一只肾……听人说他死前还到你爹妈坟上磕头去了，管个屌用。谁都知道，那三万块钱是他偷了你的！要不，你能没了手指头！他这不是报应？！”

邢阳被这消息吓得不轻，手中杯子险些落地，脸上红一阵、白一阵，脖子上的血管"突突"地跳动，残疾的手指上疤痕红得发亮。

右手掌无名指和小指切得光溜溜的，中指只剩了一半。那一下子的痛又像闪电一样打在心上，几乎又嗅到了血腥味，嗓子眼烧痛，他翻肠倒肚想吐出点啥。出来打工的第三年，是个秋季，小曼突然来信要钱，说娘原本好好的，夏天肚子鼓出个大包，一查得了癌症，住医院这几个月花光了家里的积蓄，大哥今年腰上才做了个手术，把家底掏空了，亲戚朋友都借遍了。小曼信上说，医院各种治疗费用一天就两三千，知道治不好，也不能看着老人遭罪，医院天天催，交不上钱就让出院。信上还说，果园看着收成还不错，可是没钱雇人了，只好让村里二顺哥过来帮忙。他捧着信不知道咋办，他看到信上沾了小曼的泪水。

祸不单行。邢阳预支了后面两个月的工钱，还有先前攒的，总共三万元，他想着第二天寄出去，藏在小曼给他缝的被子里。在工棚里林小有睡在他右手处，钱被偷了去，小有跑得不见影了。他揣着信找范总媳妇马秀秀，磕头借钱，算是预支下一年的工钱，马秀秀很大方，给了他两千元，说看在老姑的分上不用还了，拿了给老人买些营养品。接着就出了事故，干活时电刨子跑偏了，邢阳五根指头削了两根半，拿了五万元的赔偿金，剩下的总算偿还了老娘治病拉下的饥荒，办了场丧事。有人说邢阳故意的，邢阳只知道那两天他神情恍惚，他也的确听到有人说过伤残补贴的事情。如果不是林小有偷了工钱，事情也许不会这么惨，这些年邢阳一心想着要再见这个"狗杂种"，就算不要他的狗命，也要他一只手。邢阳的仇恨在心里长了"牙"，这些"牙"总在夜里长出来，像电锯一样撕扯邢阳的身体，撕扯他的心肝。

"瞎说，我自己不小心。小有这孩子还是傻，过去的事了，谁还能真要了他的命，如今他死了，手指头还能回来？"半晌，邢阳像是对酒杯和残缺的手掌说了一句连自己都没想过的醉话。好像梗在心里仇恨的"牙"也就随这句醉话吐出来了。

小增不解，看着邢阳醉红的眼睛，想，他这是醉了。

两瓶酒都下肚了，小增啥时候走的，也记不得了。

邢阳躺在木箱上睡过去，他梦见在家里的热腾腾的火炕，自己就睡在自家女人的身旁。小曼把脸靠过来，头发和睫毛触在他脸上亲热着，小女儿朵朵也爬过来，用濡湿的嘴巴贴过来。小曼，他大叫了一声，醒了，在黑暗中惊了一身汗。"黑子"蹲在他脸边，呼噜着喘息，用胡须触着他，两只硕大的眼睛闪着莹莹绿光。

五

邢阳出了"工伤"后，范朝晖也吓得不轻，他拿着扎成砖头一般大小的钱丢在邢阳病床前，狠狠地盯了邢阳看，看到邢阳手上的纱布慢慢渗出血，才别过脸对着墙啐了一口唾沫。

邢阳出院后，范朝晖"甩包袱"，将他介绍到畅和园物业上干收垃圾的活儿。活儿不体面，物业公司一月才开一千来块钱，但不需要技术也不需要出大力气，还可以卖些废品补贴收入，勉强算是一条"活路"。几年下来，邢阳摸着门道，人又勤劳，手里还就攒下了几个钱。这真让他想过要不要在城里待下去，反正家里也没啥牵挂，老人走了，媳妇跑了，有点地他哥种着，自己"一人吃饱全家不饿"，在哪儿还不一样。只要要求不高，还是城里好活人呢。老话说林子大什么鸟都能养，喜鹊站高枝，老鸦喜欢树杈，燕子在崖壁上，麻雀藏在墙缝里。畅和园里也一样，有人住大户型、小别墅，有人住小户型、地下室。邢阳就是小区里的灰麻雀，乔小红是住在别墅里的金丝雀，黄有珍像个燕子借住在他人房梁上，好歹都有个藏身之处。

邢阳收拾垃圾之余，在小区单元门上、楼道里打小广告："疏通下水、修理电器、粉刷房屋、清洗油烟机……"省略号的意思是其他不太需要技术，只要掏把力气能解决的零活他都能干。两年前乔小红第一次给他打电话是个夏天，她家里卫生间水管爆裂，急得不行。地址是东区花园别墅二号院。

大中午，邢阳到时二号院大门自动敞开，院里安静得像没有人住，有几样植物在太阳下晒得蔫头耷脑，楼门口对称的两个石雕花坛早先种过植物也枯萎了。两层楼房，上二，下三，三室二厅两卫，三百二十平方米，外带一百平方米的小院，邢阳再清楚不过，楼房内装修木工活儿是他带人做的，一楼大客厅中式缠枝莲花的隔断还是他亲手打造的。其实，乔小红也不是他第一次见。

此时立在门廊上的乔小红身上裹了一件浴衣，头发湿漉漉贴在脸上，可能是没有化妆，一时间邢阳都没认出来。邢阳穿上她递过来的鞋套，带了钳子和扳手之类的工具上了二楼大卧室里面的卫生间。一地水，应该是包在墙里的一截水管爆裂，邢阳知道装修时为了节省成本材料用得不太好，邢阳关了总闸，把墙上木板卸了，把坏管子截去，再去五金店买了合适的安上，一来一去费了不少时间。卫生间很大，快有邢阳住的地下室大了，虽然做过基础装修，主家后来又装了带按摩的浴缸、日本马桶，墙面和地面换成了深蓝镶金边的玻璃马赛克，一面带防雾镜子的梳妆台摆满了各色洗浴用品，刚洗浴过后的水蒸气混杂着洗浴品的香气，让长年待在垃圾站干活的邢阳打了好几个喷嚏。

他打量这屋子，想起别墅区建成乔小红搬来时的光景。送家具的让他过来帮忙，虽然房子是他们建的，但主家布置得极尽豪华，让他很吃惊，他还记起屋内有好几面镜子，尤其是客厅，闪着波光的水晶灯映在另一面墙的大镜子里，闪闪烁烁得让人眼花，房间像个迷魂阵。邢阳吃惊地发现一个衣衫破烂、头发蓬乱、胡子拉碴的老男人，佝偻着身体正抱了一捆包装垃圾，好一阵子邢阳才意识那是镜子里的自己，他很久没有照过镜子，也不晓得自己显得如此苍老，按说也就三十出头的年纪，镜子里的男人说上五十了也有人信。他还记得当时的乔小红也比现在年轻许多，娇小的身子上穿着件绸缎旗袍，绣着水绿色荷叶和粉色的荷花，脚蹬一双金色闪光的高跟鞋，站在二楼楼梯颐指气使地安排工人搬家具。她一遍遍吩咐搬运的工人要小心，不要碰坏了屋子里其他摆设。那张床费了好大周折才摆进二楼卧室，邢阳帮助工人抬家具，顺便收拾包装盒。家具快搬完时，来了个男人，装扮得很有派头，年龄却不轻，叼着烟卷一直打手机，楼上楼下巡查了一番，乔小红跟着唧唧怪怪地抱怨床太大了好不容易才搬进来，男人很高兴，很阔绰地给工人结了账散了几支烟，又吩咐人去买了几挂鞭炮在门口放了。

从卫生间望出去，卧室厚厚的地毯上摆放带纱帐的床，透过纱帐一床粉色的锦被柔软凌乱，几件女人内衣也随意地搭在床边。

乔小红在楼下客厅打电话，高高低低的声音似乎在说屋子里跑水，好不容易找了人修，又说起寄去钱要省着用，上学、治病最重要，女人很哀怨柔软的声音，一会儿低下去，一会儿高上来，普通话里夹杂了地方口音。

女人一连打了好几个电话。有一个语气特别凶。"你死去，有事总打不通，少拿这套吓唬我……我死在这屋里也不用你管，好了好了，找人来修了，不然等着水淹了屋子，我成了淹死鬼……"

楼上楼下再没有什么人，女人声音都带回音。邢阳下楼时透过缠枝莲花的隔断瞥见客厅大镜子里，女人的薄薄的身影晃动着像纸一样，头发已经晾干了，蓬松着，发量巨多巨长，甩在腰部以下，显得身体更加瘦小玲珑。女人见邢阳干完活下楼，停了电话，递出二百元的票子，邢阳有些为难。

"一百四就够了，材料费八十，有单子，人工六十，我找不开。"

"不用找了，拿去吧！"女人两只纤细的指头夹了票子，递到邢阳脸前面。手苍白，指甲上镶着水滴似的亮片，手腕上一圈嵌着珠宝的链子在晃动。

邢阳犹豫了一下，说："一个小区的，没有零钱先欠了吧。"说着就走到门外换下那鞋套，女人用一只脚抵住门，邢阳看见那只裸露的脚踝上也系了一条明晃晃的金链子，女人说话口吻迟疑了一下，脸上也露出一丝笑意。"不巧，没零钱了，要不再烦你跑一趟，给我买包利群，你就说，软红长嘴的。"

邢阳将香烟和剩下的零钱卷在一起，按下门铃后放在台阶上。

乔小红在畅和园是个神秘人物，出事前很多人都不知道这里住着这样一个女人。邢阳知道她轻易不出门，偶尔出去也是下了地下车库，开着车进出。后来她又给他派过几次活儿，修马桶换灯泡，去药房拿药、取快递，相比小区其他人，邢阳倒觉得乔小红是个简单又好打交道的人，尤其是在付费上从不克扣，对干活的也不那么挑剔，似乎是源于信任，再后来她让他去邮局汇款。

地址是两个地方，一个是村里，一个是城里某学校，不写邮寄地址，只写邮寄人是乔小红。乔小红，一个简单朴素的名字，就像白桥村随便一个什么人家的女儿随便起的一个名字。她交代好，把写了地址的纸递给邢阳："认得字？会写吧？"

"会写几个。"邢阳接过来。乔小红注意到他的手，看了好一会儿，撇了下嘴没说什么，只是转身从冰箱里拿出几盒牛奶，"拿去，再不喝就过期了。"

邮寄完邢阳将回执放在门口信箱里，他打开瓶盖喝牛奶，又鲜又甜。寄钱时邢阳写收款地址，村子离自己老家并不远，邢阳小时候跟着父亲去那儿做过木工活儿，后来有一两次邢阳冲动着想认个老乡，话到嘴边又咽了，他知道有些话问不得，他也晓得有些人愿意在城里隐姓埋名，哪怕过得像个麻雀、老鼠，不光是为了面子和舒适的生活。不用黄有珍说，他早就猜着乔小红是因为什么原因藏在这儿，大概率是别人包养的小。长得漂亮，不用工作能住这种房子，出手又大方，从每次汇款的金额来看她不缺钱。他知道这种女人被人唤做"金丝雀"，就像范朝晖包养的女大学生，外面看上去光鲜亮丽，吃喝不愁，其实日子过得就像是坐牢，怕被男人的家人知道，更怕被自己家人知道。谁也不是生来就那么不值钱，都有自己的难言之隐。后来发生的事也证实了邢阳的猜测，搬家时见过的男人偶尔会来，什么时间来不清楚，走的那个点正赶上市政清运车收垃圾。

今年，男人一连几个月都没出现过，乔小红也几乎不出门，其间她又让邢阳买过几次药和烟，她买烟的频次越来越高，邢阳在她家门前垃圾桶里收到东西就只有各种的外卖的包装盒和大把的烟蒂。最后一次她交代邢阳去汇款，那个数额比以往大，似乎她知道那是最后一次。

警车、救护车闪着灯，怪声叫着闯进小区，停在别墅区二号楼前面，邢阳正在收拾垃圾，有几袋包装完好却已经腐烂的食物，被流浪的猫狗撕开散落一地。

不一会儿担架从院里抬出来，躺着的人全身蒙着白布单，几缕头发和两只苍白的脚露在外面，脚踝上的链子，在太阳下反射出刺眼的光，让人不由得闭上了眼。

又过了些时间，邢阳在垃圾箱旁看到了拆成几大块的床和那个乳胶床垫，伴在一旁还有那个拆得七零八落的莲花隔断，显然这里有了新住户。从二号楼里传出装修的电钻声，一阵阵凄惨地怪叫着，邢阳那只残了一半的手也奇怪地疼了一宿。

六

床被老曲收走了，邢阳寻思着搬进地下室也没地儿放，他留下了床垫。一个床垫的重量超出了他的预料，费了好大劲儿才搬进来，邢阳把简陋的木板"床"加宽了，把垫子放上去，于是在简陋的地下室，有了一张"奢华"的床。

邢阳小心翼翼地，试探地躺在上面，像是躺在柔软的草地上，其实也不像，应该是温暖的云朵里，他头一次把身体摆放得那么舒坦，伸展的手脚摆成一个"大"字，左右富余的地方还能躺下个人，他又使劲翻动身体，床垫颤颤悠悠的，身体飘忽忽的，像是醉了一样。他从来没有如此在意过床，从白桥村出来打工，在火车上睡在座位下面，臭脚丫子味让人喘不上气，进了工地工棚睡大通铺，人挨人，翻个身都困难，被窝里放个屁别人都能听见，住医院那些日子倒是睡在床上，每一天手疼得只有噩梦相伴，后来回村里给病逝的母亲送葬，他跪在墓穴前恨不能一头扎下去，那时他想过墓穴真是个好地方，能让人安安稳稳地睡下去。

舒坦暖和起来的身体像春天的土壤，梦像一粒种子生长起来，梦里他总会回到同一个地方，沿着曲折悠长的小路，池塘里的蛙鸣几乎把耳朵震聋，路边庄稼发芽、拔节、抽穗、成熟，一直生长，发着"呼呼"的声音，长过头顶、长过树顶，长过山顶、长到天上去了，庄稼腰间结出一个个硕大的果实，走近看那果实原来是一座座微型的房子，有门、有窗、窗里有灯光，有人影晃动，他怎么努力都看不清里面的人。他惊醒了，思绪却留在梦境里恍惚着，好长时间他才想起自己正在一个地下室，小窗子透出一方浅白像在黑夜里钻了个孔，他下意识地摸了摸身体下面的床垫，太软了，让身体无处着力。

小年下午，垃圾站收拾完，邢阳又接了两家擦洗油烟机的活儿。他一边干活一边盘算着小增应该回到白桥村赶上过节了。按家里的风俗，小年一到春节就算拉开了序幕，傍晚时分家家户户都要在灶前祷告一番，将旧灶王（画）换下送上天（烧了），再换个新灶王（画），放鞭炮，煮饺子，整个过程热热闹闹充满诚意和期待。他想起有一年旧灶王还没换下来，他就在院里燃了炮，军军嘴馋偷吃了还没上供的麦芽糖，气得小曼一边给灶王赔不是一边骂他们父子俩……如今城里人怎么祭灶？还真不知道。他把擦洗干净的油烟机装上去，按下强风键，风机"嗡嗡"运转起来也像把什么送到天上去了。

一收工，邢阳就回到地下室，糊弄饱肚子，又烧开一壶水烫烫脚，收音机电量不足，声音时有时无的，戏也唱得上气不接下气。躺在床垫上的邢阳翻个身，床垫又颤悠了一阵，他伸手摸到那只硌在腰上的康乐锤，想起有几日不见黄有珍了，应该是回乡下过年去了，她好像说过要向主家告假，虽然是个寡妇，家里还有父母双亲。黄有珍似乎对他有些意思，有空闲时喜欢和他说说话，问他多大了，家里有什么人，还给他送过一副套袖、一副鞋垫，意思却又不那么明显。毕竟是过来人心思重，自己是个男人应该主动些。物业上也有热心人给他介绍对象，外来打工的，要不就是残疾的，都不靠谱，实在推不掉见过两个，一上来就打听存款，打听户口，让他在城里买房子，要去商场买衣服，下馆子吃饭，说是相亲，其实和打劫行骗也没啥差别……不知是不是因为有了这张床垫，伸展身体的邢阳认真考虑着盘算着自己真该有个家了。一时间，伴随这个念头涌上心头的还有往日的苦涩。他又记起那年冬天范朝晖回村里招工，说得天花乱坠，包吃包住包路费，按时发工钱，年底有奖金，三年就能回村盖新房，把村里年轻人说得个个热血偾张，好像谁不出去谁就是孬种，是个大傻瓜。邢阳一开始不愿意，毕竟家里孩子小，老娘年纪大，伺候着几亩地，干点零活，日子过得也算有保障。可是架不住范朝晖媳妇马秀秀三天两头上家里做功课，鼓动着一条好舌头，硬把媳妇小曼说动了。临走的头一夜，两口子躺在炕上兴奋得睡不着，他们描绘的未来又远又近，又朦胧又清晰，他许给小曼一套带大晒台的两层楼，一套好看的金首饰，比马秀秀那套还要好看。一年一年地过去了，那竟成了噩梦的开端，现如今老家的旧房子也快塌了，园子也荒芜了，人也散了……收音机发出的声音越来越小，像个老人在喘息，他啥也听不清楚……无论如何，"年"是躲不过的，该来的总会来，其他先不管了，明天找韩老师讨副对联，贴在地下室门上也图个吉利……

后半夜手机响了好一阵才把邢阳从梦里唤醒。号码是韩老师的，打过电话的却是王老师，她声音颤得厉害，说韩老师心脏病发作，打了120，但她考虑还得有个人帮助一下，这个时间只好让邢阳过去帮忙。邢阳没多想，翻起身穿了衣服就奔到了北区，几乎同时，救护车也来了，他帮助医生把韩老师送上车，又把王老师带轮椅一起抬上车，王老师说不用邢阳跟着了，后面有事她会叫他。韩老师看上去已经没有生命迹象了，面色苍白平静，就连王老师枯黄的面容上也不似那么慌乱，他猜这俩老人一直独居似乎对一些突发的事情早就做了准备。第三日北区楼外就摆上了花圈，韩老师唯一的儿子也从外地赶了回来。有人说韩老师走是因为那日旧楼拆迁的事儿与人争执了一番，他一直坚持着把老楼保留下来建成一个五金厂的历史博物馆，他说这个厂子在建国初期为国家做过大贡献，甚至八十年代也辉煌过，应该让后人记住这段历史，不能让一切都烟消云散。但是楼里有几户已经不再坚持了，他们甚至抱怨韩老师阻碍大家住新楼，大过年了不是水管漏就是下水堵，孩子回家过年也不够宽敞，双方言语上激动了些，晚上就犯了心脏病，再加上前几日感冒一场，竟然没挺过去。让邢阳更没想到的是这几日前来吊丧的人络绎不绝，园区停车都找不到空地，光看那些车就知道来的人身份不低，小区里也有人愕然地说这不起眼的老韩竟然是个大画家，吊唁时来了许多大领导，分管文化的市长也来了，看到韩画家居然住在这么破旧的楼房里大发脾气，说我们的艺术家竟然这么清贫，让人寒心呀。又过两日一干人马将花圈抬走了，应该是去殡仪馆举办葬礼，韩老师黑白照洗了好大，扎着一圈黑纱，王老师也被几个人抬进抬出，邢阳远远望着老人家一身素服，头发都白了，越发瘦小憔悴，却不敢靠前，虽然韩老师生前拿自己不当外人，但自己毕竟是小区收垃圾的，考虑到这种身份，也只在心里默默行了礼。

一场葬礼过后并没有冲淡畅和园的年味，一切都被新年隆隆的鞭炮声和烟火味冲淡，厚厚的爆竹灰遮盖了送葬时撒下的几枚纸钱，家家户户都换了红艳艳的对联和福字，大人孩子装扮一新，一个个脚步轻快地撵着日子跑。

邢阳照旧一人过了年，他给自己放了三天假，搬出做木工时留下的工具和收集来的木料，闷头在地下室打了一把可以折叠的躺椅，他把扶手那儿打磨了好几遍，等着节日一过市场开门买好油漆涂好，再给王老师送去。韩老师一走，王老师得多孤单，她那个轮椅坐上去并不舒服，这个躺椅能调节弧度，中午可以支在阳台上晒太阳补钙。忙碌中还有"黑子"做伴，大约是害怕外面狂轰滥炸的鞭炮响，"黑子"老老实实地守在屋里不外出，邢阳摸摸它才发现它是"女娃"，肚子里鼓鼓竟然怀了崽。邢阳只好又花些时间，找来物料为它造了个窝。

初七下午，王老师来了电话，话也没多说只是让邢阳立马去一下，邢阳看看躺椅才上了头遍漆还没有晾干，便空手去了。进了屋大吃一惊，只见屋里家具都快搬空了，东西大都装了箱子，还有两个人正在整理韩老师的书籍。王老师面容清瘦，气色却恢复不少，银白的头发也梳理得很整齐，表情甚为严肃，她感谢邢阳那天帮助，说自己这段时间忙晕头了，又说这两天就要离开这儿随了儿子去深圳生活了，因为这栋楼终究要拆了，楼里各家都签了协议。邢阳愣了会儿，想起那把椅子还没上好二遍漆，再看一屋子打包好的行李，知道送来也是累赘，索性不提了，只笑说，听说过深圳，是个沿海的大城市，太好了。王老师说好不好对她一个坐轮椅的人也没啥意义，然后又指了墙上几幅没有摘下的字画说："老韩一直说要送你一幅字画，你挑吧？"

邢阳有些傻眼，他哪里配得上这些东西，王老师接着说："老韩的字这几年有些行情，我知道你也不指望拿它换钱，只当是个念想吧！"

邢阳看四周，昔日写字、喝茶的案儿也收掉了，狭窄的屋子空旷起来，不觉又忆起韩老师教他喝茶时的一招一式，包括当时好闻的"书香"，心头一阵阵激动，他迎着王老师认真的目光，指了一幅小画："这个可好？"图上简单几笔水彩，一只菜篮子里几样鲜蔬一尾鱼，旁边有只小黑猫守着，样子颇像"黑子"。几个憨拙的字：闲时有福。

王老师点头，说，我也觉得这个好。吩咐人取下卷好装进一个纸袋里，又让人将韩老师生前请邢阳喝茶的竹节壶也包了一并送给他，邢阳推托不掉，心里既感激也哀叹，感激这老两口平日对自己的关照，也哀叹一段缘分到此结束。

七

翻过年，小增回来接着打工。来看他时两人在饭馆吃了顿饺子，邢阳又带小增回到地下室喝茶。

邢阳把捡来的破桌子擦净，将茶壶和茶盏摆出来，拿出前日从店里买的武夷山"大红袍"，学着韩老师招式将茶具烫洗温热，将沸水放置片刻，茶叶洗了再焖上，小增边看边嘲笑，说范总，就是范朝晖，有一次心情大好带他们去市中心凯德大茶楼喝过一次茶，前面还装模作样要喝毛尖、龙井，又嚷嚷什么明前、雨后，真搞不懂啦，还让个女子弹古筝搞气氛，一道、两道地穷讲究，后来不过瘾还是换了啤酒和洋酒，再后来几个人言语不合就打了场架，差点让人报了警。邢阳笑说，喝茶不分贵贱，分心情，喝的就是清静和心境，有了好心境才能喝出茶香。邢阳搬了韩老师的话说得自己也不甚懂，小增更听了一头雾水，只是小心端了茶杯，端详半天说，这是好东西。

小增告诉他交代的几件事儿都办了，临走时去看了小曼，小曼和二顺过得还挺好，钱也捎到了。小增特意说："从小曼姐家出来，姐追出来让我给你捎个话，说两个孩子没有改姓，是邢家的，等你老了，她让孩子们来孝敬你。"说着递过照片，儿子军军个子拔得快，显得瘦，模样和邢阳小时一样，朵朵也有了姑娘模样，枪貌随了小曼。

"军军是个学习的料，每回都考第一，将来考个好高中、好大学，你这个当爹的得出学费。"小增补充。又说了邢阳大哥家，今年收成还可以，大哥一家靠邢阳接济去年又加盖了两间房，还说让邢阳回去有地方住，别在外头瞎混了。

邢阳嘴上没说啥，心里多少有些宽慰。

小增尽可能地说着村里的事，谁家娶媳妇了，谁家盖房子，谁家老人走了，谁家发财了，谁家招了灾。后来说自己，春节时定了一门亲，前村的姑娘，人不错自己也看上了，光定亲就要了六万六，但要成亲还得在县城买一套房。为啥？邢阳忍不住问。小增说，攀比呗，图面子呗，农村兴这个，看样子这些年挣的钱还远不够，还得再干几年。

小增说得对，日子盘算得再周密，总有个窟窿在前面等。军军、朵朵上学要花钱呢，要真问他自己什么时候能回去，他心里也没个底。

正月一过，北区一号楼上画了个大大的"拆"字，老住户全搬了，听说有市里领导的批示，拆迁速度要加快，开发商给的补偿也优厚，各家都欢天喜地的。邢阳这里除了要收的垃圾增加了不少，日子照旧，只是干活之余多了惆怅，畅和园里第一个喊他邢师傅的韩老师去了，王老师也去了外地，始终没有认老乡的乔小红也不明不白地死了，就连收废品的老曲也因为生了个不好的病被家人接回了乡下了，接替老曲的是个年轻人，不爱说话态度还蛮横。

黄有珍回来了，大概一个春节过得安泰，人有些白胖，身上还穿了一件大红羽绒服，显得精神饱满。有珍还给他捎了两条腊肉和几只咸鸭蛋。邢阳想起要"主动"的念头，连忙递给她马扎，又将自己平日的坐垫送上，看看有珍一身新衣服又将坐垫收回，这回有珍倒是笑笑就大方地落座了。

邢阳先问了她家里的情况，又讲起韩老师去世的经过。有珍听了，替韩老师不值，羡慕那些拆迁户。

"早些年要答应，他也能拿上钱，也能住上大房子，如今还把命搭上了，也没人念个好，不值得。我听说每家都拿了上百万的拆迁费，当个拆迁户顶我们辛苦好几辈子。"

邢阳虽然不赞成有珍的话，心里也感叹人生无常，谁都有自己的执念，又想韩老师总说要"心静"要"放得下"，到底"放下"没有也不知道？邢阳问她是否还在原来那家干活，不料有珍说她不想干住家保姆，想干钟点工。

"为啥，钟点工，不就是临时工？"

"钟点工像上下班的，有自由，下了班了就是自己的时间，有自己生活，做住家保姆没有自由，像个仆人，不光给人当保姆，还得给猫猫狗狗当'铲屎官'。"

邢阳没有想到这一层，也不知道啥叫"铲屎官"，本以为凭劳动挣钱没有什么不同，但又觉得有珍说得有道理，毕竟有珍越来越有见识。

"不住雇主家，你住哪儿？"邢阳问。

"租房呗，我可不住地下室，有阴气，对身体不好。"

"那倒是。"有珍说得对，地下室潮湿，最近他的一条腿一直疼。

"不过说长远还得自己买个房子，小一点二手房也行啊，郊区也行！你呢，打算一直住地下室？"

"房子？就是二手房也得几十万，如果地段好更贵，不敢想。"

"我打听了，金谷园，就是快到北郊那片，远是远，一套七十平方米，三十万出头。可没有房不行呀，没有房落不了户口。"

邢阳看了看黄有珍涨红的面孔，他不敢说出自己那点可怜的存款，只说："回乡下有啥不好，住自己的房，种自己的地。"

"我可不想回去了，冬天冻死，夏天热死，晚上上个茅房也得打上手电筒。人往高处走，出来混有几个还回去？难道你还想回乡下？你家里不是没谁了？"

邢阳不知道如何回答有珍一连串的反问句，心里有种不好的预感。

"你说你这些年了，手里也有点吧，如果你能出个二十万，我也凑个数，我们合伙过。"有珍说得一点弯都不带拐，着实让邢阳吃了一惊。

"我没那些钱，也没有打算在城里一直住下去，你如果愿意合伙，我们回村，我的钱够盖两间新房，我还有地。"邢阳也实打实地说。

"钱不够？不是还有韩老师的画？小区人说这几年你得了韩天林好几幅字画！"

"韩天林是谁？字画？谁说的？韩老师？就一幅，还让老鼠啃坏了。"

黄有珍愣了一会,像大冬天吃了个冰棍,面孔由红转白,由白转青,她那胖乎乎的面孔越拉越长,邢阳发现有珍脸上涂了粉,还画了浅浅的口红。"哼!姓邢的,没想到你心眼这么多,老鼠啃了?我可没时间跟你磨叽,你也别玩花花肠子,出得起就算,出不起就拉倒了。就你这条件,想咋样?"

邢阳吓一跳,他没有想到往日看上去性格温和的有珍,说话声音高起来像刀子一样锋利。

"你在人家家里做活时,人家叫你什么?"邢阳沉默了一会,问道。

有珍也愣一下,问道:"什么?叫我什么?"

"小区人怎么称呼你?"邢阳又说了一遍。

"黄妈、黄嫂、黄大姐,还能是啥?怎么叫你,收垃圾的?哼!"

"他们叫我邢师傅!"

"那又咋样?神经病!"

尾 声

春暖花开时,北区一号楼彻底拆除了,像一个巨树轰然倒地,巢没了,鸟儿去了不知道的地方。"轰隆,轰隆",才安静下来的园区又变成了喧闹的工地,垃圾多得收拾不过来。有人介绍从乡下来的小两口,在这边打工供孩子上学,想和邢阳一起承包垃圾站的活儿。邢阳借机去物业辞了工,园区各种维修的活儿就够他忙活,他盘算着再存点本钱,也去对面商业街租个柜台卖点家用五金件,这些东西虽然利润小但家家户户都用得上。他觉得黄有珍的话难听也不是没有道理,人努力经营着就为了活得体面些。

时间过得真快,新的北区一号楼拔地而起,比以前更高大,巍巍挺立,遮住了更多太阳,搬进了许多新面孔。初夏,"小黑"生了四只崽,邢阳硬了头皮向黄有珍讨教养小猫的办法,黄有珍瞒着主家给了他不少猫粮，还帮他给小猫找了新主人，然后她告诉邢阳她给自己也找了个归宿，亲戚介绍的，一个比自己大三十多岁的男人，没儿没女，但有退休金、一套房，还有一身病，邢阳听了很失落，但也想不出更好的办法挽留她，就像"小黑"也不得不将自己的崽送出去。后来邢阳将扶手椅送给有珍做了新婚礼物。

花园区别墅二号装修后又换了新主人，凑巧，他又去了一次。也是主人打过电话说是二楼下水不通，让维修。邢阳带了工具赶过去，院里屋里完全没有昔日模样，看得出新主人是个享受生活的人，院子收拾得别有洞天，种植各种花草，假山池水，还在一角建了个凉亭，室内更豪奢，客厅原来装莲花隔断的地方变成了一面墙的大鱼缸，一只尖嘴龇牙的蓝鲨在缸里左突右撞得怪吓人，原来装镜子的地方修了一个高大的气派的西洋壁炉。女主人有个四十上下，着装很时尚，梳着男人式短发。需要维修的仍是楼上的卫生间，新安了个整体浴室，才用了几日下水就不通了。邢阳匆忙间打量，屋子除了功能和大结构无法变化，很多细节都着意做了改变，原来的大卧房现在像是个茶室，以前放床的地方摆放了一张大茶台，上面琳琅满目各种茶具，一看就比韩老师的高级许多。邢阳忙了半天，从一处地漏里面掏出一窝头发，又黑又长，湿漉漉像海藻一样，女主人哎哟一声，捂了嘴，脸色煞白，像见了鬼。

没多久，沉寂多时的乔小红案子突然有了新进展。警察询问邢阳那张床去了哪儿，邢阳说床体让老曲收走了，他只留下了床垫。床垫里好多钱，人民币，还有外国钱，好几张银行卡。邢阳说"小黑"喜欢挠床垫，看不住就挠上了，生生掏出个洞，最后从洞里掏出钞票来。警察把钱和床垫都没收了，奖了邢阳两万元，说他给重大案件提供关键线索和有力的物证。

有一天邢阳忙碌完，吃着晚饭将旧电视调出人影，他看本地新闻报道破获一起案件，说某个上市公司财务总监贪污巨款，包养情妇，藏匿大量贪污财物，后因为财务纠纷将情妇溺死在浴缸里，伪造了自杀现场。电视里闪过那个装了现金的大床垫，被人用剪刀剖得七零八落，像一个人被开膛破肚，肚子里是花花绿绿的钞票。电视上几个人将床垫从地下室扛出来，邢阳也在镜头里闪了一下。

邢阳觉得床垫好可惜，想起自己大半年躺在百万元现金上浑然不觉，不禁哑然失笑，他嘲笑自己没有发财的命，也庆幸乔小红终究没有死得不明不白。

又一年要翻篇了，小增找邢阳喝茶，小增说他现在喝茶上瘾，几天不喝心里不清静。但他喝得猴急，烫得舌头乱滚，他问邢阳今年到底回不回？邢阳说，容他再想想。

原载《长江文艺》2023 年第 3 期

● **作者简介**

王天丽，女，现居新疆乌鲁木齐。在《十月》《天涯》《作品》《青年作家》《长江文艺》《清明》《星火》《滇池》《延河》《黄河文学》《西部》等文学刊物上发表中短篇小说，出版小说集《三色玛洛什》《银色月光》，荣获 2020 年西部文学小说奖。

冬 至

◎ 王新梅

颗粒状的雪花，在黎明时，窸窸窣窣地落下来。

六七点的时候，也和其他城市的黎明一样，清泉县城渐渐退去黑暗，明亮和响动起来。

照例地，灯先亮起来的总是那些人家。他们无外乎都是家里有当年要参加中高考的孩子，还有，这个城市做小生意的人家。

万芳七点二十起床，准备好一家人的早餐，随便吃了点儿，又简单收拾后，她开车向馕店赶去。

清泉人和所有新疆人一样，爱吃馕。大街小巷的馕店没有几个生意是太差的。所以，万芳再创业时，选择了开馕店。

"万芳的馕店"开在了老广场边。周围两个学校、一个幼儿园以及最大的超市都在附近。算是清泉的黄金地段。店铺原来就是卖早餐的，狭长简陋。馕店不用太注重门面，味道好才是关键。相比这世上太多的难事，找一个馕打得好的师傅并不算难，万芳找了几个星期后，就有人给她介绍了馕打得好的依萨克。

依萨克租住的房子离馕店不到半公里。一周前，面点师傅请假了，这些天，他和万芳都比以前早到半个小时。

万芳到馕店时，依萨克正听着音乐和面。和面机里，发酵粉、糖、盐、清油、温开水都按比例放好了。《十二木卡姆》的曲子夹杂着和面机搅拌时发出的轰鸣声回旋在屋内。面包机仓口上方面粉屑雾气般升起，在光晕下徘徊飞舞。

万芳拿了盆子，倒出一堆皮牙子，用小刀剥着。到处都是面，蹭来蹭去，舍不得穿好衣服来糟蹋，万芳穿的都是旧衣服，或者女儿淘汰的衣服，透着中年妇女的大咧劲。为此朋友笑话她越来越像"佟掌柜"（电视剧《武林外传》里的角色）。

依萨克像大多数维吾尔族男孩一样，浓眉深目高鼻梁，皮肤白，头发发点金色，万芳喜欢唤他"小王子"。

一个小时后，"小王子"依萨克将三袋子面和好放到案板上，罩了纱布醒。醒面的时候要干的事多了，皮牙子洗完、切碎，拌了前晚泡好的白芝麻……还有擦拭馕坑子四周和馕坑的预热，都是在这个时候完成的。

碎活干得差不多了，面也就快醒好了。接着就是分剂子和揉面。新疆人吃面食多，拉条子、汤饭什么的，女人大多都会揉面，万芳也是。左手团面，右手挤压揉搓，如是反复数次，面就有了韧性和筋骨。揉面是个技术活儿，也是个体力活儿。之前都是那个请假的面点师傅专门干这个工作。一时半会儿也不好招师傅，再说万芳并不打算换人。她和依萨克说好一起把活儿分担掉，等面点师傅回来。这几天，万芳有些吃不消了，累得哮喘病都快要发作了。万芳身体不行，这几年常常胸闷气短耳鸣，食欲也差。医院查不出具体病，除了慢性胃炎，心肝脾肺肾没啥大毛病。中医说是气血不足，不能生气，不能太累。

她硬撑着，心里盼着面点师傅早点儿回来。

依萨克总劝万芳多吃馕。依萨克奶奶年轻时胃也不好。依萨克爷爷就是因为他奶奶的胃病学会打馕的。依萨克的家在南疆库车，初中毕业打了好几年馕后去了深圳。家里人希望他能回来，继续打馕。依萨克的心思不在打馕上，能乖乖回来学打馕，是因为女朋友在二十公里外的学校上学。打馕工作也好找，尤其一个馕打得好的人。

依萨克会打几百种馕，芝麻馕、核桃馕、苞谷面馕——打得最多的就是皮牙子馕。新疆人吃了味道好的馕，就会盯着一家买。有人跑很远的路就是为了万芳家的皮牙子馕。一有顾客夸皮牙子馕味道好，万芳就学那个奶茶广告说:"我们依萨克打过的皮牙子馕可以把河滩路铺满。"——河滩路是清泉最长最宽的路。

万芳馕店的生意主要是靠给快餐店和米粉店供应皮牙子馕。米粉店的馕多半用来炒,馕要软,切成块后,下锅里才能吸收更多酱料。肠胃好的年轻人都很喜欢。好多米粉店,炒馕不亚于炒米粉的销量。快餐店的馕也是要再加工的。

大约一个小时的时间,第一批皮牙子馕的面剂子就揉好了。它们拳头大小,个个敦实、圆溜,整齐地摆满了案板。

这个时候,万芳可以缓口气了。

打馕是万芳的第几份工作,她自己也不知道。万芳能吃苦、聪明,对人实在,按说会是个好生意人,但家里人一直不看好。在他们看来,万芳运气不好,干啥啥不成。

万芳年轻时面相身材都有点儿像那个大明星张曼玉。父亲在世时,家里条件好,又会买衣服打扮自己,在村里,她是个令人羡慕的姑娘。她最早干过代课老师。如果不发生那次意外的事件,她现在应该就是个语文老师。

那年夏天,她教的班里两个男孩发生口角。一个头都被打烂了。万芳把其中有错的那个男孩狠狠批评了一顿,牛高马大的男孩不仅不认错,还拿眼瞪她。恼怒之下,性格倔强的万芳举起右手扇了过去。

二十世纪八十年代农村学校里,老师打学生不说是家常便饭,实在是也不鲜见。万芳平时并不怎么体罚学生。但那天,男孩的不屑和挑衅激怒了万芳。这孩子之前就因为欺负同学等错误挨过几个老师的训斥,屁股、手、脸上,也没少挨过体育老师的巴掌。但都没啥事。人要倒霉了,喝凉水都塞牙缝,万芳一个巴掌挥过去,碰巧那孩子梗了下脖子,结果万芳的小指尖就从他的眼睛上划拉了过去。孩子回家后,眼睛就充血了,一只眼睛红红的,家长拿着铁锹找来了……

事情闹得很大,校长也跟着又是处分又是检查。万芳只好辞了工作。离开学校后，她先是找了家工厂上班，后来离开工厂又学了裁缝、卖衣服——挣了点儿钱，几年前跟着亲戚把钱放了高利贷，最终，钱打了水漂。病了一场后，去年，四十三岁的她，开了这家馕店。

磕磕绊绊地活到了中年，就像摆在这案板上大小筋道相似的面剂子，她也和所有的中年人一模一样了：只想踏踏实实地挣点儿钱，让生活再好一点儿。做生意要和各种人打交道套近乎，察言观色，必要时，甜言蜜语甚至作揖打躬也是难免的。万芳是个倔性子，也为此吃过不少亏。对开馕店，家里人还是不抱希望，丈夫也是失去了耐心般冷嘲热讽过。

少顷，醒好的面差不多就能进行开馕环节了。"开馕"就是把面团压平，再用车轱辘一样的擀面杖擀，让中间变薄，成形后用馕戳子打上花纹。馕戳子是依萨克爷爷用杏树木头做的，上面的花纹是老人一点儿一点儿手绘出来的。这么多年，依萨克一直带在身边。等面开好了，往上一戳，面就好看了。是几个巴旦木花瓣的花纹，"像是穿了漂亮的衣服。"依萨克说。别家馕店的馕戳子都是市场上买的，圆环的花纹千篇一律。上次，一个米粉店老板在微信说她家的馕太干了。万芳微信上看了馕，说根本就不是她的馕。她拍了店里的馕给米粉店老板看，一比较馕上面的花纹，他才知道冤枉万芳了。

馕坑热了。依萨克拿起馕托，托住开好的馕，蘸了拌好的皮牙子和芝麻，俯身向馕坑，把馕一个个贴在馕坑四周壁上。贴满后，间隔几分钟翻一次。一会儿，香味就溢出来了。面加了皮牙子、芝麻、清油，简单的几样东西，经过火烤，散发出让人们腿走不动的味道。依萨克说他爷爷以前常会对着新烤的馕赞美，哈斯也提，哈斯也提（维吾尔语"神奇"的意思）。爷爷的意思是，馕是个神奇的食物。

街上行人多了起来。路过的人很快从清冽的空气里捕捉到新馕的香味。没几个人能拒绝得了新烤好的馕。热馕是最好吃的。馕不吃热的，还是馕吗？新疆人都是这样想的。没吃早餐的人都会选择皮牙子馕。咬一口热馕，身子也热乎了。有的馕跟着人去了对面2路、4路公共汽车站，有的去了学校、政府、菜市场、建筑工地——馕香味是新疆城市的标配。

为了开好馕店，从选材，到馕坑，到干活儿的师傅，万芳都是用了心的。面点师傅也是精心挑选的。她是宁夏来的女人，三十多岁，据说六七岁就跟着大人学揉面了。女人干活儿实在，不惜力，揉面能两手同时开工。面的筋骨也拿捏得好。每袋子面整整开出一百三十三个皮牙子馕，重量相差无几，依萨克能做到，宁夏女人也能做到。

依萨克上初中后就帮着家里打馕了。生意好时每天五袋子面，好多年了，爷孙三人打的馕"快有塔里木河那么长了"。依萨克比画时总学着他爷爷的样子，一条胳膊向后甩去，用来表示塔里木河那么长。

依萨克一开始没那么乖的。馕店才开业时，每天都有两千多的收入。他一得意就耍威风了：早晨也不按时来了，在宿舍和别人吵架——直到后来有一次，看到万芳那因为车祸残疾的老公，还有她老公醉酒后骂骂咧咧的样子——从那天起，他干什么都替店里的生意考虑，为万芳着想。他知道老板是个好人，是个有毅力的女人。万芳姐"太老到（厉害）了"。"有毅力的人，能从石堆里找出宝来。"爷爷活着时告诉他。

万芳一闲下来，依萨克就姐姐姐姐地和她说话。他说，馕又不说话，我要和姐姐多说话。依萨克想把普通话说得再好一些。

万芳当过老师，知道咋样由浅入深地教。依萨克学得也快，微信里之前只发个图片，现在可以编几句话。"馕"字笔画那么多，他现在能写得很熟练。

打包好50个馕，万芳去"李记米粉店"送馕。回来时顺便给依萨克买了一盒创可贴。馕坑温度高，往馕坑送馕，依萨克的胳膊一不小心就会被烫伤。依萨克不让她买，说："姐姐，这个嘛，不要，烫伤了，后天嘛，就好了，好了嘛，又烫坏了。"他的意思是让万芳不要再为他花钱。万芳学着他说："钱花完了嘛，咱们再挣。"她打算在淘宝上给他买副防晒用的冰袖护他的胳膊，不过，依萨克很臭美，万芳有点担心他不戴。

之前是三个人，没那么忙，打出几坑馕后，依萨克会休息十几分钟。休息的时候，除了玩手机，依萨克就对着两个姐姐说话。他最爱说的是女朋友、南方和他小时候的事儿。"女朋友是个让我感动的人。"他说。他们在网上认识的。女朋友在乌鲁木齐市一所职业学校幼师专业学习。女朋友条件太好了，但她从来不小看他。每次说起这个，依萨克眼里都是甜蜜。他俩商量好了，等钱挣够了，就去深圳。深圳，依萨克待过一段时间，他喜欢那个城市。那个城市很洋气，依萨克喜欢音乐。在深圳上班时，他在一个歌厅学会了 DJ。他的梦想是开个酒吧。酒吧，带音乐那种。说着他扭起身子。他甚至想好了酒吧的名字。万芳叫他小王子，说他像外国电影里的王子。他很喜欢这个名字。就叫"小王子"酒吧。说到尽兴时，手舞足蹈起来。那意气风发的样子，让万芳想起了年轻时的自己。

年轻时，以为活着是件漫长的事儿，她想着有一天会离开村子，去一个陌生的城市。比如，去内地哪个城市，找一个帅气的男人，穿美丽的裙子在海边吹风——像当时看的琼瑶书里的某个画面。后来嫁给丈夫，算是离开了村子。然后，其他梦想呢，个个和现实分道扬镳，消失得好像从来就没有过。她早就不再想什么远方，只想着家里人身体都健康，都平安，家里有余钱——依萨克要是问起她以前的事，她就会开玩笑说，年轻时候也教过一个像他这么调皮的学生。

面点师傅请假后，缺了一个劳力，馕打完之前，两个人得一直不停地干。累得连话也不想多说。

万芳注意到依萨克今天脸色不好，笑着说："小王子，今天脸不好看呀！"依萨克是有点儿沮丧，他干了件可笑的事：20 号考驾照最后一门，他满以为自己能过，就在前一天买了辆二手车。可第二天考试发挥得不好，竟然没考过去。再考就到 1 月中旬了。他原本想着年底开着车和女朋友去红山上跨年——红山上面年年都有跨年的演出活动——这是他们第一次在一起跨年，他们计划过好多次。现在没考过去，有车也开不了。元旦跨年的计划咋办？他多想和女朋友一起跨年呀！

女朋友刚才微信里说快放假了，也问跨年的事呢。他不知道咋回复女朋友，女朋友听上去心情很好，他越发不好意思说了——万芳理解他的沮丧，但让他给女朋友说实话。"古丽会原谅你的，她是个好女孩。"万芳说。

依萨克还在犹豫，他想满足女朋友的心愿。"办法会有的，"万芳说，"你嘛，不高兴，馕坑嘛，就不高兴。馕嘛，就不好吃。"万芳不开心的时候，依萨克就是这样逗她的。

中午时候，外面飘起了雪花，是比白砂糖大点儿的雪粒。落到脸上，有轻微的针刺感。万芳恍然想起，去年此时，雪也是从白天下到夜晚。父亲二十多年前去世后头七的日子也是冬至。那天也下了一天一夜的雪。那年，最疼爱她的父亲走了。为了父亲死之前能看到她结婚成家，她和认识一个多月的男人结了婚。结完婚没多长时间，父亲就走了。她后悔结婚了。想离婚的时候怀孕了——那个冬至的大雪似乎埋葬了她所有的希望和好运。

馕快打完了，案板上堆满了皮牙子馕、窝窝馕。馕店的每一个角落都有着好闻的馕香味。中午，辣子馕卖得快。万芳的辣子馕用了新疆最好的辣酱，辣子又多又香，吃起来很过瘾。附近学生、对面商场的员工买了配奶茶喝，就算解决了一顿午饭。

依萨克的午饭是美团上订的。饭送来后，依萨克听着歌吃饭。万芳要回一趟家，准备女儿的晚饭，之后还要睡会儿午觉。没有午觉，万芳很难撑到晚上。

车打着，热车的工夫，万芳想起宁夏女人：请假一周了，还没消息，也不知道她家里谁病了。要不要再打个电话问候一下？她犹豫着。接着想到了女人一家四口租住的那间窄小黑暗的房子。又想到了要给她和依萨克加工资的事。明年吧！她想，明年给他俩再加一点儿。她下定决心。

车热好，她一点点地从停满车辆的门口把车倒出去。车轮压过冰面覆盖的地方，发出冰层折断的咔嚓声。

路上才铺了芝麻馕那么厚的雪，清雪机就开始作业。有的雪还未落到地面就被清走。半个城市都响彻着清雪机的嗡嗡声，好像千万片雪花汇合时发出的碰撞声。

下午一进店里，依萨克就凑过来说话。太开心，又急于表达，说得有点儿结巴。意思是，刚才有个人买走了好多皮牙子馕，说我们馕好。万芳其实已经明白了，但依萨克坚持要说得再清楚一些：那人还订了三十个馕，明天一早来取，要寄给国外的朋友。"想得要命。"依萨克学那人说话。依萨克的情绪感染着万芳，记起前天也有一个老顾客订了二十个馕，说春节前要寄到国外去。女儿在国外，孩子回不来，想吃家乡的馕。她自语般咕哝着："连当了洋人的人也想馕呢，这生意能差吗？""我爷爷就说了，一个新疆人走得再远，都会想起馕的味道。"万芳跷起大拇指说："哈斯也提，哈斯也提。"万芳听依萨克讲过许多爷爷的故事。每每总会让万芳想起爸爸。

万芳用纱布盖了剩下的馕。在依萨克家乡，馕从来不盖，干馕湿馕都有自己的命运，像人一样。"你们城里人嘛，不行。"怕馕干了不好卖，依萨克现在默认了盖纱布的做法。

万芳又提了两袋子馕。她要去一个快餐店结账。这家快餐店对馕的要求高，本来要的是二百个馕，后街新开的那家馕店找了熟人把订单数量截了一半。生气也罢，已成事实。年底了，欠着一万多块钱迟迟不给。说好的年底结账，她计划今天去要一趟。

快餐店在城北沙河路。雪持续下着，雾蒙蒙的，无法朝前边看得更远。路上行人不多，都是急匆匆的脚步，低头避着扑面的雪。刚刚清完雪的路面又铺了层雪。车开过去时，两旁的雪像浪花一样翻滚到两边。

到了快餐店，老板不在，她去找财务负责人。据说是他家准儿媳妇。她坐在柜台边高脚凳上，是个眉眼秀丽的年轻女孩，一只腿伸直了支在地上，上身是个蕾丝质地的衬衣套着坎肩式的貂皮马甲，黑色的九分裤下露着白净的脚踝。女孩感冒了，正捂着嘴打喷嚏。万芳年轻时还不流行露脚踝，但三九天露着脖子是常有的事。等知道冬天捂住了脖子就相当于吃了一味中药的保健知识时，身体已经走下坡了。万芳怕传染，离得远一点儿，慈声细语地说："感冒了这样穿可不好。"女孩抬起眼瞥了万芳一眼，说："你们那都是旧一套。"万芳闭了嘴，顿了下，表达了来意。话还没说完，女孩就说："你也太着急了吧，我们家这么大店不会欠你们家的。"说完，继续拧着鼻子收拾鼻涕，一只手敲着计算器，手上的钻戒在计算器上跳来跳去。被年轻女孩抢白，万芳一时怔住。"钻戒"并没有停下的意思，好像眼前没她这个人。高脚凳下，穿得鼓鼓囊囊的万芳一动不动的样子像被罚站的学生。女孩脸上也长了好几颗青春痘。她估摸着女孩其实比女儿大不了几岁。万芳忍住了怒气。这家快餐店虽说现在把单子一半给了别人家做，但她相信，有一天他们家会回头的。她看见过那家的馕，烤得不好，面和得也不行。现在不是和这个黄毛丫头一般见识的时候。她安慰着自己。

出了门，寒意带着树梢上的雪末子袭来。每一粒雪末都带着一股寒风，几粒雪末子吹进了脖子里，让万芳打了个冷战后，融化在她身上。

她又去了另一家。这家也是快餐店，主打新疆特色餐饮。品种多、味道够辣够麻，许多人都喜欢，最近又在搞买赠活动，生意很是火爆，门前阔大的空地天天停满了车。

管事的人在后堂。经人指点，绕过高声喧哗的大厅，她往后堂走去。化掉的雪水、日积月累的油腻，脚下越来越黏湿，她踮着脚走。

路过卫生间，一只大桶在门口放着，盖子半盖着，她扫了一眼，是胶一样黏稠的油。联想到电视上曝光的画面，她脑子里蹦出"地沟油"三个字。

找到那个身形像扑克牌一样又矮又胖的女人时，她正在指挥后堂的人干活儿，炒菜的和面的洗菜的烤东西的——每个人都在她的视线中。除了指挥别人，她也不时撸起袖子帮忙翻几下菜、端个盘子。看见万芳，脸就绷紧了，说："我们家的账还没结呢，结了再给你，再说这事我也管不了，你找我们老板去。"

"那你们老板电话给一下。"万芳说。

"我不知道，他才换了电话。"女人面不改色地说着话，一刻不停地忙活着，从旁边袋子倒出一堆香菇，又从水槽边抓过一把菜。因为万芳站在那里，她还得绕着走，眼神里有了不耐烦。

谁信呢，她这身份哪有不知道老板电话的。但万芳又不能立即就说破。有个人从刚才那桶油里挖出来一勺油小跑着，经过万芳身边，她本能地向后躲了下。目光又跟着那勺油过去。油被塞到案板上的瓶子里，案板上摞了好多馕，他用刷子蘸了油一下一下抹在馕上面。万芳知道，那是要加工烤馕。抹好油，涂上辣子孜然盐拌成的作料，在电炉子上烤。像烤烤肉那样旋转着烤。烤得油光金黄了就送到顾客面前。辣子、孜然、盐和油会让馕变得口感香辣浓烈。吃起来很过瘾。许多人都喜欢这样吃。万芳身体好时也喜欢吃。

见她发怔，那女人说："你不用等了，等有了就告诉你。我们也够照顾你家生意了，别人家都想和我们合作呢，你先走吧！"说完自顾自忙起来。万芳知道自己该走开，身子却没动弹，原地僵立着。不能就这么白白来一趟吧，总得说些什么吧！羞耻、气愤，还有一点儿倔强此时攫住了她的心。"连个电话都没有，那你是吃屎的吗？你这样的人能把店管理好才怪，你看看这后堂像垃圾场一样。真恶心！"馕在电炉里翻滚着，油发出嗞嗞声，那是每一粒油分子加倍向馕里层渗去发出的声音。挤到嘴边震荡着嘴唇哆嗦起来的话终于还是被她咽了回去。

女人的手机响了，接着电话出了后堂。剩下万芳木头一般戳在后堂中间。洗菜切菜和面的人都扭头看她。有戴口罩的，也有没戴口罩的。木然、同情，还有假装不经意地瞥上一眼的。

还能怎么办，她只得向门口走去。忽然，她一个激灵，猛地想起，刚才看她的人里，有一双眼睛透着一丝慌张。她回转身寻找。那人在盘面。把面拉得手指粗后一圈一圈盘在碟子里，用油浸着。是做拌面用的。和面的人是背影，还戴着口罩，但一切都是她熟悉的：粗黑浓密的头发用黑色的大卡子盘得结结实实的，耳朵上戴着老气的金耳环，腰粗粗的，手指头也短粗，一看就是下过苦力的女人。就是她的面点师傅。她才恍然明白：怪不得这几天打电话过去不接，微信上问她也不回复。

为什么，为什么……万芳身体里充满了疑问和愤怒。空气里各种炒菜和烧烤的味道熏得她喘不过气来。她快要爆裂了。她克制着，任凭半空里飞舞的油烟降到身上。

万芳扶着墙，踉跄着出来。

周围全是兴致盎然的吃客，有个母亲为了让对面的孩子好好吃饭，站起身子，将一张失去耐心的脸凑到孩子面前大声重复着命令。孩子叛逆着，女人也不妥协，一声尖叫，惊得两腿发软的万芳差点儿瘫在他们身边。

爬上车，她重重地坐在车位上，用手捂着胸口。心脏突突突地跳着，双手也跟着颤抖。医生说她以后要避免动肝火，每天最好能大笑一次。不要说大笑，微笑多半也是故意笑给顾客的。她一直想问老中医，没有能大笑一顿的事儿，假装大笑的样子行不行。

所有不顺忽然涌上心头，分明只有哭一场才能平静下来。

电话响了。是丈夫打来的。她想骂人，骂快餐店的胖女人，骂背信弃义的面点师傅，也骂不会操心出力的丈夫。她必须发泄一下。只说了一句，那边男人压低声音说，老婆，厂子还有个会要开，回去再说。原来是他要加班，给她打招呼的。

她只好挂了电话。也许听出了万芳的气愤，丈夫罕见地喊了她一次"老婆"，这两个字让她的情绪似乎好了些。身体还未完全平静，她趴在方向盘上，四肢放松下来。

车正对着快餐店的窗户。落地窗附着浅浅的冰花，透出淡黄色的窗帘，风铃般的水晶灯，还有干净别致的衣服、精致的妆容——有人举着酒杯在说话。她能猜到那些人碰杯子之前的话，句式一般是：2020年就要过去了，祝愿我们新的一年……

她和丈夫已经很久没在一起出来吃过饭了。除了过年，她基本没有休过假期。如果像别人那样有富余的金钱和时间，吃一堆地沟油也是开心的吧！

天色更加暗了，不知什么时候，中午白砂糖似的雪粒变成羽绒样的了。漫天里飘呀飘，像一个好脾气的老人，轻手轻脚地来拥抱世界。万芳的心柔软下来，趴在方向盘上看着雪。居然从来没有这样仔细看过雪。她发着呆。

朋友圈里都是饺子，到处是"冬至吉祥""新年快乐"的祝福。有人晒新堆的雪人，有人晒雪景，还有人回忆以前冬至日子里的快乐。下雪的世界多么诗意和浪漫。女儿小时，他们还在下雪时堆过雪人，拍过照。那会儿……她叹了口气，想起年轻时曾经有过的幸福。真快呀！又是新的一年，2021年，小时候觉得那么遥远的年份，就要来了。

身心都镇定了，她发动车。要去弟弟家。行动不便的母亲二十多年来都在弟弟家住，她一直深感歉意，每次都买些东西过去，也会提几个馕过去。这次也是。

母亲和弟媳妇正在包饺子。侄子扑过来抱住她的腿，她蹲下来搂住孩子。两岁的孩子忽然说，姑妈身上有饺子。原来是她身上浓重的皮牙子味的缘故，大家哈哈笑了一通。弟媳妇的亲戚开过饭馆，她把重新找面点师傅的事情给弟媳妇说了。想起之前还把孩子不穿的衣服和一口锅给过这女人，一家人免不了骂这女人忘恩负义，又集体奚落了万芳的傻。还让万芳拿出合同去告她。弄得万芳还得解释宁夏女人家太可怜、娃娃多、大约那边工资高等等之类的话。

赶着回店，她顾不上吃饺子，母亲装了一盒让她拿上。

回到馕店，依萨克对着门外正吹着口琴。依萨克吹的是《泰坦尼克号》的主题曲。刚才在朋友圈里，他又发了那张在内地打工时的照片：他戴了格子鸭舌帽站在吧台边，神采奕奕地微笑着。依萨克发过好多次这张照片。依萨克说，那是他在鼓励自己：不要忘了自己的梦想。除了照片，依萨克还写了几个字：冬至吉祥！她点了个赞。

万芳想好了，等会儿告诉依萨克她想的办法，就是实现年底他和女朋友一起跨年的办法：她开车去接他女朋友，再拉上丈夫和孩子，他们一起去跨年。听说，今年红山上有冰雕展。女儿都还没见过真正的冰雕呢。

案板上还剩下十几个窝窝馕。加了更多的清油、牛奶，碗口大的窝窝馕个个金黄，散发着安详温暖的光泽。几个零星的晚归人停下急匆匆的脚步倒回来买馕。下雪的日子里，有碗热热的奶茶，配着松软甜香的窝窝馕，该多惬意呀！

馕坑尚有余温，万芳把饺子放在馕坑旁，拿了碗装了辣子，倒了醋，找出两双筷子。她等依萨克吹完和他一起吃饺子。

门口，几个穿着校服的学生推搡着打闹着。一个男孩哈哈哈地仰头笑着，响声很亮，路灯金黄色的光线下，张开的嘴哈出一股股白烟，有雪花掉进他嘴里。

一辆公交车带走了许多人，对面的车站一下空了。行人渐渐地少了，而半空里亮了的窗户一盏盏地密集起来。

雪一直在下，簌簌簌，簌簌簌，好似一场漫长的诉说。雪花绒毛一样地落到了高楼上、树梢上，也落到了平房上、巷道里——马路上，路灯黄色的光连成了一片，看上去，整个世界仿佛也是一个正在加热的大馕坑。

这将是一年中黑夜最长的一天。不过，也没什么，万芳想，因为，从明天开始，白昼将一天天变长。

原载《广州文艺》2022 年第 7 期

入选《长江文艺·好小说》2022 年第 11 期

● **作者简介**

王新梅，中国作家协会会员，鲁 44 高研班学员。乌鲁木齐市作协副主席。有中短篇小说发表在《中国作家》《长江文艺》《作品》《广州文艺》《芳草》等杂志。散文在《文艺报》《光明日报》《读者》《海外文摘》等报刊发表。有小说被《小说月报·大字版》《长江文艺·好小说》选用。《泰山石》入选中国小说学会 2022 年短篇小说年选《比时间更久》。获天山文艺奖、《西部》文学奖。出版小说集《夏天》《博格达峰下》。

冬 至

◎ 李颖超

一

　　浓浓的夜像幕布一样裹着柳沪云。黑暗中，两双眼睛亮晶晶的。不记得有多久了，在每个夜深人静的晚上，她都睁着一双大眼睛盯着窗外，花花也被她养得日夜颠倒，在柳沪云夜不能寐的时候，花花圆睁着蓝幽幽的眼睛卧在窗台边的篮子里，听着她叹气、翻身，然后点燃一支烟站在阳台上一明一暗地吸着。

　　洪柳这会儿应该早就下了飞机，回到家了。柳沪云不奢望女儿能给她这个当妈的报个平安，可整整一天，她又满心期待着。

　　吸完烟，仍旧躺回床上，直到光亮一点点透进屋子，直到能够看清屋顶那仿佛微晃着的水晶灯。像松了口气一般，她立即从床上爬起来，花花看见她下床，也跟着从篮子里跳出来，跑到她面前轻叫几声。花花是一只母猫，全身的毛都是花的。柳沪云把猫粮倒进碗里放在茶几旁，这是她给花花规定的餐桌，窗台旁的篮子是花花的卧室，柳沪云决不允许花花破了规矩乱卧乱躺。花花乖巧地享用早餐。她则慢慢踱向阳台，又点了支烟，在摇椅上坐下来。

　　柳沪云家住十八层。她记得自己从前不恐高的，可自打住了高层以后，一立在窗台前，腿就不受控制地发软，似乎外面有一股吸力会将自己卷了去。可就是这么害怕，她还是忍不住猜想，如果真掉下去了，会有飞翔的感觉吗？还会害怕吗？

柳沪云的失眠是从来到上海开始的。之前她还在西北边城的绿洲市绿洲日报社办公室工作。虽然不是一线的记者编辑，但报社这名头，在一个小城市是足以让一个女孩子骄傲的，她昂首挺胸的走路姿态就是那时候养成的。

　　长相清丽，工作也好，一进报社，就有小伙子开始打听。只是柳沪云在兵团农场时便早早嫁人了。当然，如果不进城的话，嫁了团政委的公子，又在广播站工作，那已经是一个高考失利的团场姑娘最好的出路了。

　　可母亲柳萍不这么觉得，她总是对女儿说："丫头，走出去，最好能去上海，嫁到上海，上海男人是天底下最好的。"

　　柳沪云知道，因为这个执念，母亲搭上了一生的幸福。

　　柳萍在花朵般的年纪，遇到了从上海下放到团场的知识青年邱平，也就是柳沪云的生父。年轻时的柳萍，真正是"芙蓉如面柳如眉"，是整个团场小伙子心目中的白月光，她的一颦一笑都牵动着小伙子们的心。可柳萍高傲得像个公主，当然用公主比喻她也不是很恰当，柳萍好像不把任何人、任何事往心上放似的，安静孤僻，默默地长成一个水灵灵的女孩子，吸引了很多的目光。谁都没有料到，公主会喜欢上一个只会读书连架都不会打的落难秀才。那年月，最不值钱的就是读书人。

　　柳萍最先注意到邱平，是因为他的名字。邱平、柳萍，听起来多顺口。邱平瘦弱文静，不爱说话，只喜欢读书。连队所有的小伙子中，他总是穿得最干净。收工时再累，也要在渠水中把腿脚洗干净，把裤子上的泥土拍干净。邱平衣服上的补丁居然比一些女人都补得平整，他从不像队里的男人那样说脏话。冬闲时，他总爱待在屋里靠着火墙看书，炉子上一大半地儿坐着个铁皮水壶，一小块地方烤着馍片，水汽加上馍片的香气，那情景一下就打动了去借书的柳萍。借书、还书，再借再还，再后来，他俩的对话就没有多少人能听懂了。

　　邱平虽然瘦得像麻秆似的，一双手却巧得不得了。别人家做家具剩下的边角料，他拼拼凑凑居然给柳萍做了个首饰盒，还是上下两层的，说让柳萍以后放首饰用。除了发卡、头绳，柳萍哪有啥首饰，那个精美的匣子，柳萍把它藏在了床底下的木箱子里。

柳父存了多年的木料，说好每个儿女一份，独柳萍把自己的那份给了邱平打桌子。柳萍不知道有多喜欢看邱平干活，女人的活他会干，打家具也那么在行，邱平干活从来不像别人那么大的阵仗，一天下来，总得一个人跟着打扫战场似的收拾东西，他总是干完一样活，家伙什就归位，手边脚边收拾得干干净净。邱平干活时，柳萍就在旁边呆呆地看着，心里时而甜蜜时而泛起酸楚。她不敢想，如果这辈子嫁的不是眼前这个男人，活着还有什么意思。

柳萍没有想到，邱平打桌子时，就已经在准备和她告别了。

那张餐桌，在杂物间，用床单和塑料布裹得严严实实。柳沪云一年只能看见一次全貌，还只能是母亲生日那天。两层的实木圆桌，漆着枣红色的油漆，上面那层小桌能手动转圈。那样精致的做工，当时的团场就没人见过这样的桌子。大家不明白，为什么好好一张大圆桌，上面还有一层，只不过圈小好多，还能转圈，干什么用呢？一整张大圆桌多好，能放多少东西，多实用。

这张餐桌是邱平送给柳萍的生日礼物，也是他回上海前的临别纪念。圆桌底部刻着年月日，是柳萍的生日。邱平临走时说，等他回上海征得父母同意，把一切都安排妥了，就回来接柳萍。

邱平走后两个月，柳萍才发现有了柳沪云，父亲的暴怒，母亲的眼泪，都没有让花骨朵般的柳沪云消失。不得已，在父母紧锣密鼓的安排下，柳沪云的继父王强像捡了宝贝似的接纳了柳萍和她肚子里的柳沪云。

王强明白他摘的这朵花不是被冰雹兜头打过，到不了他手里。可时间久了，他又贪心起来，想让那朵花忘却前尘往事，对自己死心塌地。求而不得，早先的那股子快活化成了一根刺，深深埋在心底。

在柳沪云的记忆中，继父最初也是疼她的，待妹妹出生后，一切都变了。柳沪云一直记得，那是三年级的暑假，妈妈像变戏法儿似的给了她和妹妹一人一颗大白兔奶糖，妹妹吃完了，还闹着要柳沪云舍不得吃的那块糖，柳沪云在妹妹的哭叫声中赶紧把糖塞进了口中，继父硬是把那颗大白兔奶糖从柳沪云嘴里抠出来，送进了妹妹嘴里。从此，只要一看见大白兔奶糖，柳沪云眼前便会出现妹妹高高鼓起的腮帮子。

王强曾经想要卖掉那张餐桌，可柳萍死死护住，那次，王强第一次动手打了柳萍，柳萍扑在桌子上，眼底闪着寒光，任他打骂。那情形，让王强彻底明白，这张桌子若没了，眼前这个女人也就没了。他悻悻地停了手，把自己灌得酩酊大醉。

谁都明白，柳萍一直守着这张桌子，等那个上海知青回来接她。

柳沪云进了城，在酒店包间看到两层餐桌，上一层放菜，下一层放碗碟，才知晓自己家里存了二十多年的桌子，竟是城里的时髦物件。原来，以前的自己是真正的井底之蛙。

柳沪云进报社是外聘人员，也就是临时工。平时干的活不比别人少，各种报表、讲话稿也有被领导揉成一团的时候，可她迎来送往的本事是有目共睹的。每到年节，那些在编人员都有一份单位发的大米、清油、西瓜等各种福利，她帮着又搬又拎，忙着分发，最终只能看着别人高高兴兴地往家里提东西。

柳沪云为这些事生过气，但都不会超过半小时。她暗地里使着狠劲儿，在业务上格外努力，在打扮上也开始上心了。工作方面倒是种瓜得瓜，种豆得豆。能干、有眼色，时间不长，柳沪云就成了办公室的骨干。可那脸上的妆容就有点一言难尽了。只是个浓，一张大白脸和脖子的颜色兵分两路，嘴巴硬是用大红唇膏点出个樱桃小口，眼皮上的眼影像被人拧了一块的瘀青。柳沪云把自己的一张脸画出了另起炉灶、重整山河的意味。

柳沪云的妆容持续了不到一周，就从那些记者编辑脸上先是愕然、再转头一笑的表情中咂摸出了味道。她在心里暗骂，你们这些四体不勤、五谷不分的人，笑我！你们知道百草枯是啥东西吗？你们知道啥叫砖包皮的屋子吗？气归气，到底还是有些气馁。柳沪云开始暗暗留意那些女记者、女编辑的穿着，果然，没有一个穿得花枝招展的，有洋气的有素气的，鲜有俗气的，打眼一看就舒服，带着点不一样的味道。那点味道，柳沪云后来慢慢品出来了，自己身上缺的，是那股子书卷气。之后，她养成了每晚睡前读书的习惯，并牢牢记住了一位作家的话："所有的痛苦都来自对自己无能的愤怒。"

不到一年，同事们发现柳沪云有了变化。不光是穿着越来越得体了，浑身还透着那么一股自信。女人一自信，就像上了精致的妆容，特别提气。大家开始夸她是天生的衣架子，穿什么都和别人透着不一样。

二

柳沪云的出挑，成功地引来了一个情场老手，她的顶头上司。

柳沪云进他办公室汇报工作，递文件时，上司的手"不小心"蹭到了她的胸，柳沪云心中一惊，不动声色。看到柳沪云若无其事的样子，上司胆子大了起来，继续试探，在柳沪云转身离去的那一刻，朝她的屁股上抓了一把。自打进报社，柳沪云就听说了这位上司的喜好。办公室女同事的办公桌抽屉里，都放着几瓣大蒜，只要上司让哪位美女同事加班，聪明的小姐姐就剥上一瓣大蒜去跟上司"交流"。上司也知道这种事情只能你情我愿才最保险，也不敢用强。日子长了，一闻到谁满嘴大蒜味，上司就像开车遇到了红灯一样，紧急刹车。

和青涩的柳沪云过招，上司深知打蛇要打七寸。他说，自己正在考虑是否把今年的招干名额给柳沪云。看着上司甩下的鱼饵，柳沪云不恼，还给自己打气，咬上去又怎么了？有一棵树为自己遮风挡雨，总好过一个人孤军奋战吧。这方面，她没有心理压力，她不比那些嘲笑过她的人差，顶头上司的撩拨更是激起了她的斗志，她进一步憧憬，如果嫁给了这个男人，年纪虽大了些，但自己就可以把户口迁到城里，招干考试一过，她不就成了这"无冕之王"中的一员了吗？

干柴，只需要一点火星就可以燃起，也能将生米做成熟饭。

除夕夜，柳沪云信心满满地到上司家去拜年。这时候的柳沪云，有着不撞南墙不死心的执拗。对，她就是逼宫去了，既然上司不开口，那她来撕开这个口子。上司的老婆虽然是个没读过多少书也没有工作的家属，心思却门儿清，谁会在大年三十来拜年？这不就是老话里说的，黄鼠狼给鸡拜年嘛。她知道柳沪云不是第一个也绝不是最后一个跟她比画的女人，虽然她们一个个年轻、新鲜、漂亮，可是，谁没有年轻过呢？自己示得了弱，咽得下委屈，顾得了家，生得了儿子，还赔得住笑脸，一顿晚宴，高下立见。但真正让上司下决心要甩了柳沪云这块烫手山芋的，是另外一件事。

一天，柳沪云鼻青脸肿地跟上司宣布，自己离婚了，三岁的女儿洪柳也给了前夫，她自由了。

上司隐隐嗅到了这个女人有可能带给他的危险，开始了攻心战。一段时间里无比耐心的安抚加励志，让柳沪云果真像打了鸡血一般，开始在各种刊物上登征婚启事。全国各地的信件居然不少，连办公室的公用电话，上司也放任她煲电话粥。半年后，柳沪云在众多的来信中选择了一个上海男人。虽然在此之前，她走过的最远的路就是从团场到这座城市。辞职之前，上司破费了些银子。柳沪云到底单纯，拿了钱，脑子里满是对未来新生活的憧憬，对上司的那丁点儿怨，一下子烟消云散了。

两天的火车晃到了上海，何宇飞在车站接了柳沪云，还好，跟照片上相差不是太大。坐上何宇飞的小车，眼见着从热闹走到凄清，从宽敞大道开到坑洼小道，这不是连自己抛下的小城都不如了吗？柳沪云眼中泛着的光一点点暗了。天快黑时进了一栋看不清颜色的楼，何宇飞打开屋门，简单的生活用品都有，只是，太简单了。柳沪云怒了，何宇飞很沉得住气，等她机关枪一样蹦完所有话，才慢悠悠告诉柳沪云，这就是以后的家了，如果柳沪云后悔，明天一早便给她买票，送她回去。

婚离了，职辞了，告别宴从小学、初中、高中同学一路告别到报社同事，回去？柳沪云心里风雨雷鸣，一口气梗在喉头，一点点往下压，压进心底后脸色缓和过来，柔声说，在这人生地不熟的地方，我只有你了，我哪也不去！

何宇飞像是老早就猜到了这个结果，对小鸟依人的柳沪云很是满意。在上海待了不到一周，柳沪云就知道自己太莽撞、太缺乏经验了。何宇飞和她通了半年电话、半年书信，对自己的家庭、单位甚至周遭好友一清二楚，而柳沪云对何宇飞的一切都如同雾里看花，仿佛是清楚的，想看仔细又啥都看不清楚。出门在外的人都讲究个衣锦还乡，她不能就这样丢人现眼地回去。

柳沪云忍了几个月，怀孕了。何宇飞欣喜极了，吃的喝的用的面面俱到。柳沪云欣慰，或许能够母凭子贵，自己生了他的孩子，那张纸他应该肯给自己了吧。

儿子被抱到她面前时，柳沪云的心居然像被刀子划了一下，她想起在团场医院里刚出生时的女儿，也是湿湿软软的一个小人儿，她的泪滴了下来。

柳沪云的奶水足极了，儿子吃完，还能挤出一些存在冰箱里供自己洗脸用。一个月子出来，整个人比初来上海时白嫩了不少，眉宇间那满足的笑意更为她增添了别样的妩媚。

何宇飞还是一周来两次，日子久了，柳沪云也看明白了，何宇飞没有跟她领证的打算。而且，拜托他打听生父的消息，何宇飞也是应付着，不然，怎么可能这么久都没有一点线索。这时候，柳沪云已经意识到何宇飞或许是有家的。可是，自己两眼一抹黑地来了，不顾一切地生了孩子，如果现在大吵大闹，跟何宇飞把话挑明了，自己怎么办？儿子怎么办？只好先装糊涂。装糊涂的柳沪云找到机会跟踪了何宇飞一回，知道了他家住哪里，后来她自己去过那小区几次，甚至看到了那个女人，那个她梦想成为的何夫人。都说上海女人婉约妩媚，可柳沪云看到的何夫人却浓眉大眼，人高马大，从她身边走过，带着一阵风去。柳沪云微微一怔，这个女人的气场太强了，看着她的背影，柳沪云恍惚了，相信了打听来的那些八卦，这位何夫人有个强大的后盾，她的娘家，而何宇飞的公司一直是靠老岳父扶持的。

柳沪云的眼泪一颗颗滴在儿子的襁褓上，这样的一个男人怎么会为了她离婚呢？何宇飞之所以找她，看来真如人们所说，是两口子不能生孩子的原因。

三

回到家的柳沪云变了，一味地开始示弱，何宇飞之前一说给她钱，她就如百爪挠心，涨红着脸，哪怕口袋里比脸还干净，也死撑着不愿从何宇飞手里接钱。现在她不了，就像一个表演小白一下子醍醐灌顶，变成了演技派，甜着脸柔着声顺着男人的意，将一沓沓的钞票揣进兜中，她知道这不够，太不够了。她开始买各种工具书，包括一本上海话速成。

儿子快一岁了，何宇飞看她的神色时而愧疚时而决绝，柳沪云知道那个可怕的日子快到了。可她手里的钱无论如何也买不到一套房，即使有了房，工作呢？户口呢？孩子的将来呢？

和儿子分别的日子其实是柳沪云自己选的，她就躲在花坛的树后，看着何宇飞偷偷把儿子抱下楼，看着他们上车，看着他们消失。眼泪无声地流着，呛得她咳个不停，她蜷成一团，心被掏空了似的。只好用双臂抱着自己，可冷风依然呼呼往里面灌。

一步一步挪上楼，挪进那个屋子，小小的房间变得异常空荡起来，除了儿子身上的那套衣服，其他东西何宇飞几乎都没有拿，饭桌显眼处，放着一张银行卡，她两年多的时光和她的儿子，换了男人的一张银行卡，只字片语都没再给她留下，连句"对不起"都没有，尽管她不需要。

柳沪云抱着儿子的衣服闻了一夜，等她再次站在阳光下，已是好几天以后的事了，整个人仿佛死过了一回。

刚开始，柳沪云拼命忍着去看儿子的冲动，可儿子的粮袋子不允许她忍，鼓胀着，憋得她生疼，胸前一会儿就湿一片。等她鼓足勇气到了那个小区，好巧不巧，赶上何宇飞搬家。

新小区比这边环境要好，附近的幼儿园更是她这个妈无法给予孩子的。最后抹了一把泪，柳沪云离开了。

在家待了两年多，又没有文凭，找工作不大容易。柳沪云买了报纸，一条街一条街晃晃悠悠地碰运气。找工作的同时她还在西北人的圈子中找寻父亲邱平的音讯。短期的端盘子、扫地、打字的工作她都做过，都过不了一个月。有一天，柳沪云蓦地看见街边一家商铺的牌匾上写着绿洲市毛纺织厂办事处，心里一阵激动。俗话说，老乡见老乡，两眼泪汪汪。在充满回忆式的樟脑气味中，屋里的两个北方大老爷们听完了柳沪云的哭诉，眼睛里都蒙上了雾气，再一听说柳沪云在绿洲日报社工作过，二话不说便招了她跑销售。

那年月，毛布毛线紧俏得很，只是在西北本地，大家都认那种又厚又挡风的双面华达呢，可在上海，新式的超薄毛布非常受欢迎。尤其是深灰、水红、大红、米色几种超薄款最是热销。干了大半年时间，办事处主任看柳沪云办事大方、口齿伶俐，就试着派她回绿洲毛纺织厂提货，再跟车押货回夹，也省了路费。

在绿洲毛纺织厂的招待所，柳沪云看见全国各地的销售员都窝在招待所等批条等发货，她咬了咬牙，去找了早已升为报社社长的上司。上司官运亨通，怕节外生枝，巴不得赶紧送走柳沪云，立刻找了专跑企业口的记者，一路绿灯办妥了柳沪云的货。

坐在大货车的副驾驶上，柳沪云眼前一会儿是满眼含泪的母亲，一会儿是对她怒目而视的女儿洪柳。

一路昏昏沉沉，车队过了武威，柳沪云还在打盹时，突然一阵急刹车将她惊醒。司机二话不说，拿起灭火器冲下车，柳沪云一看，车顶居然冒着浓烟，其他三辆车的师傅也立即停车拿起灭火器狂喷，火灭了，司机一拍脑壳，想起之前一辆货车在会车时，车里有人将烟头弹出了车窗，看来，那烟头被风一刮，正巧落在他们这辆车的货物上。

　　一行人灰头土脸坐在路边想不出办法，只好劝司机原路返回。几辆车先走了，因为送货的目的地不同，交货是有时间规定的。

　　柳沪云在大风地里上车看了看毛布，发现烧得严重些的也就着火点的几匹，扯上几米再看，那成卷的毛料烧得最多的都是边缘。这样的毛布当然卖不出去，但是，做出成品，便可以让出那些烧痕。柳沪云心里的小算盘一阵噼里啪啦后，声情并茂地跟师傅聊了自己的悲苦人生，把那师傅听得是一会儿怒目圆睁，一会儿不停地叹气。聊到最后，柳沪云话锋一转，聊起了这车毛布。商量妥了，柳沪云将身上的钱全给了司机，司机便将烧得最厉害的几捆毛布搬上车往回运，回到厂里的销售处抱怨，其他的毛布都是这样的，没有拉回来的必要，这些是拉回来取证定损的。

　　柳沪云这边重新雇车，将这批有瑕疵的毛布运到了上海，找了办事处主任，主任找了一家成衣作坊，将这批毛布全部做成了上海最流行的款式发回绿洲市，将没有烧痕的内芯处的毛料，仍然放在办事处售卖，只不过，钱是他和柳沪云的。这一通操作下来，加上何宇飞留给柳沪云的那张银行卡，柳沪云终于在上海租下了一间门面房，再后来，开了自己的服装店，自然，再也不用租房住了。

　　儿子已经成为别人家的心肝宝贝，柳沪云知道说破反而对孩子无益，多一个人爱儿子，她乐意。儿子从进幼儿园到小学，她都没有缺席，儿子每天上学放学她都默默地深情注视着。

　　柳沪云尝试过要回洪柳，前夫倒也痛快，说女儿只要愿意跟她在一起，自己举双手赞成。还在暑假时诚意十足地给洪柳买了张机票，送来上海与柳沪云小聚。

柳沪云没有想到，跟洪柳在一起的日子过得担惊受怕。

洪柳对她的称呼是"哎"，"哎，这儿有我睡衣吗？""哎，今天吃啥饭？""哎，这皮带谁的，野男人的吧？"……每天早晨，饭做好了，柳沪云喊一遍她不起，喊两遍还不起，到第三遍，洪柳一掀被子恼了："哎，你知不知道这里和我们那儿是有两小时时差的，脑子进水了吧？"柳沪云一句都不接，默默受着。

女儿从头到脚都散发着怒气和怨气，整个人和她的爆炸式发型非常契合。

柳沪云只能怪自己，一个不称职的妈硬是将贴身小棉袄变成了刺猬。

柳沪云抹着眼泪送洪柳去机场，洪柳斜着眼瞅着她，丢了句："哎，你扔下我和我爸的时候，哭了吗？"

四

柳沪云之后的生活除了疯狂挣钱就是在赴各种相亲局。

讲实话，从何宇飞之后，柳沪云对婚姻早就不抱任何奢望了。可白天再忙，总要有什么人或什么事来填补回家后的空落寂寥吧。柳沪云相亲，不求相守一生，就只是个伴而已，那张纸她早就不介意了。

一个特别喜欢读书的男人走进了柳沪云的生活。男人很斯文，也很讲风度，外出吃饭，总是先给柳沪云拉开椅子，柳沪云坐下他才落座。上车前也是先为柳沪云拉开车门，自己随后上车。柳沪云很享受这种照顾，尤其喜欢男人说不完的情话和难分难舍的亲密。

有人给做早餐，时不时发短信问安，记得在大小节日里送花，还会在她逛街买东西时，主动拎包。柳沪云这边熬夜看电视剧，他默默跑去给煮个泡面，还不忘卧个荷包蛋，贴心到爆炸。出门旅游，永远是柳沪云扮弱智，男人做一切攻略。还有那些碎碎念，喝水了吗？吃维生素了没？……

柳沪云的日子有爱情的温度，有甜言蜜语的滋养，幸福像溢满了似的从脸上身上往外冒。

柳沪云终于知道母亲为何念念不忘她从未谋面的上海爸爸了。

她享受着男人无微不至的关心，但半生积累的斗争经验，也让柳沪云做好了图穷匕见的心理建设，可她多希望是自己想多了。

但是，该来的还是来了，还来得那么快，只一年。

男人在跟柳沪云借钱之前，铺垫了很多，比如，某某外国著名作家就是靠女人供养，完成一部部杰作的。男人说，如果有人愿意养着他，他也完全可以写出锦绣文章，但想来想去，还是自己创业比较好，他希望柳沪云能拿出百八十万来支持他。

男人笑着跟柳沪云说着这番话，仿佛不经意地聊天，柳沪云微笑着有一搭没一搭地应着，在友好和谐的气氛中，男人完成了他的表达，柳沪云风轻云淡地回答，给她时间，好好考虑一下。

隔日，男人再来，一楼保安叫住了他，将一个大行李箱交给他，说业主吩咐了，今后他再也不能进入这栋住宅楼。行李箱中是男人放在柳沪云这边所有的衣服、书籍及日用品，连刮胡刀、牙刷都没忘记给他放进去，男人看着箱子，脸上那得体的微笑胎死腹中，他扶了扶眼镜架，冷笑着吐出一句：乡巴佬。便拎着箱子走了。

柳沪云站在窗帘后目睹了整个过程，真的有点舍不得。浓浓的夜，跟这个男人缠绵在一起时，她说，你的皮肤像黄金一般灿烂。男人立刻能接上，你的皮肤像丝一样柔滑。都是杜拉斯的粉，都看过《情人》，两情相悦时，多美好。有一次，男人感冒，力不从心，她笑，"银样镴枪头。"男人也笑，"来颗冷香丸就好了。"这样的默契，今后到哪里去寻。柳沪云原本给了男人三年时间，若这三年中，他能真的把自己放在心上，柳沪云不吝惜拿一笔钱换他开心，可是，男人太着急了。

分手后，柳沪云知晓了文艺男的可怕，她知道今后自己还是乐意跟文人啊艺术家啥的交朋友，听他们谈作品谈人生谈理想，但绝不会对他们再生一丝丝的情意。

后来，柳沪云接受了好友的介绍，认识了一位大她七八岁的男人，有正经单位，铁饭碗，老了以后按月领养老金，后顾无忧。女友劝她说，再不想结婚也该有个伴儿，万一有个头疼脑热的，还有个端水递药的呢。况且，人家带着工资呢，又有单位这道紧箍咒套在头上，还会顾些脸面也更保险些。不比你养只猫做伴强吗。人家虽然没有你柳沪云挣得多，但胜在安稳呀。

安稳，这个词打动了柳沪云，这么多年的个体户，必须不停地去经营，因为没有基本的保障，一颗心永远是没着没落的，感情也是一样的，哪个女人不想求一个安稳呢？

约好见面的时间，柳沪云化了精致的妆容，着一袭华衣在店里候着。男人是带着司机去店里接她的，一见面，愣了片刻，眼前人衣服有品、人够吸睛，笑容便荡漾开来。柳沪云习惯了这种场面，大大方方迎上前，只是还没看清男人的长相，便瞥到他脖子上挂着一个红牌子，轻飘飘地又极显眼地随着男人的步伐在他胸前左右翻飞。见柳沪云注意到了胸牌，男人得意地解释说，自己晚上要参加一个顶顶重要的活动，要凭脖子上这张贵宾证才能进门，末了，还将贵宾证上的几行字给柳沪云念了一遍，说今晚全上海能有这张证的人是很有数的。

多年打点生意的历练，让柳沪云将脸上的表情管理得很到位，随着男人的介绍很配合地由惊讶到敬佩。一路上，男人对自己的司机吆五喝六，坐在一旁的柳沪云开始觉得别扭了，原本介绍人说好是两个人见面吃顿饭，怎么还外加一个司机呢。到了饭店，司机一路小跑在前引路，男人迈着二五八万的步子，红牌子在白衬衣的映衬下更是抢眼，柳沪云走在他身后觉得很丢脸，突然失去了捧着脸演戏的兴致。生意场上的男人大都开门见山，用票子说话。柳沪云最怵的就是这种男人，一根草给你聊出一座花园来，柳沪云还得捧着脸，扮陶醉状倾听。讲真，相亲这种事，太考验演技了。柳沪云左忍右忍，忍不了那块红牌子。原来，不是所有上海男人都跟母亲眼中的邱平似的。一根绑在大闸蟹上的草绳，怎么就愣能把自己当海鲜呢？

饭菜精致可口，可看一眼对面的人，就觉得气味不对了。饭桌上，男人侃侃而谈，先是说推了某局长的饭局来的，上次他约我就没去；接着大谈自己的出国经历……尬笑着勉强吃完饭，柳沪云找了个借口匆匆逃掉了。

再想不到，男人居然没有觉察到初次见面的尴尬，意气风发地给介绍人讲述了自己的成功经验，还对柳沪云提出了希望和要求。大概意思是，双方也都老大不小了，像他这么优秀的上海男人所剩无几，让介绍人劝柳沪云索性速战速决，过一个月就把证给领了，这样，柳沪云的服装店他的女儿以后也能帮着打理。

柳沪云听完介绍人的转述，一时蒙了，原来，这个男人这么迷之自信。他嘴里不屑与商人为伍，可身体却诚实地倒向沾有铜臭味的地方。在一切场合装优秀、装体面、装见多识广、装高深莫测，人品却不在及格线上。柳沪云心想，别说这人自己没有看上，即使像小说中写的，一见钟情了，她也只打算跟男人搭伴过日子，根本没想过领证那么麻烦的事。柳沪云不指望男人的钱，也不希望他们觊觎自己的钱袋子，她挣的钱是要留给女儿和儿子的。

兜兜转转几年下来，柳沪云没遇到心仪的男人，手机里却多了一串黑名单。在柳沪云看来，如果对一个男人印象比较好，那是因为相处的时间还不够久。都说男人那句"我养你"是砒霜，女人听了中毒，男人说完失忆，可柳沪云却连这句带砒霜的话都没有听到过。本就抱着一颗无所谓的心，如今连这相亲游戏也觉着倦了。

柳沪云觉得，自己这样一个既没文凭又没有任何关系的女人，能在大上海有一个立足之地，能靠自己的双手体体面面地活着，应该知足了。前半生遇到的那些沟沟坎坎，算是得到了补偿，她已然被家乡人贴上了励志的标签。

爱情这样的奢侈品，她老早就断了念想，这把年纪再进围城，怎么对得起在男人身上吃过的苦。

柳沪云抱着枕头深深叹口气，对花花说，还是咱俩互相做伴吧，人有时候还真不如你。

<h1 style="text-align:center">五</h1>

柳沪云决定立刻订机票回家接母亲来上海，是因为店里来的一位客人。

那是一个清秀瘦削的小伙子，进店就跟售货员打问，这里卖的是西北绿洲市的毛料吗？一旁的柳沪云闻听，打量了小伙子一眼，不知为什么，竟有种似曾相识的感觉。没想到小伙子接下来的一番话，让柳沪云如雷轰顶。

他叫邱阳，他家老爷子病重，躺在重症监护室，时间不多了。老人曾经在西北绿洲市的兵团当过知青，家人给他准备老衣时，老人坚持要有一套西北产的毛料服……

柳沪云问邱阳："请问你父亲叫什么名字？"小伙子回答："邱平。"柳沪云尽量控制住自己的情绪："我母亲有个老朋友也叫邱平，她就是你刚才说的那个兵团农场的职工。"

邱阳惊喜："名字时间地点都对，那你母亲的老朋友一定是我父亲了。"

柳沪云一时觉得气仿佛都不够用了，她一边深呼吸，一边问："我可不可以替我母亲去医院看看你父亲，就看一眼，绝不打扰。"

邱阳点点头。临出店门时，柳沪云安排店员，给邱阳备最好的料子、最好的手工，以最快的速度送货上门。她还说因为缘分，所以一定要加送老人一套纯棉里衣。邱阳感激得连声道谢。

柳沪云是为自己和母亲做这一切的，她想，生父无论如何要穿着女儿做的里衣走。

一路往车库去，柳沪云浑身微微发抖，车子发动了半天也不动。邱阳一看，手刹都没有拉起来，他拍拍柳沪云的肩说："不介意的话，我来开。"

进了医院，柳沪云一步一步挪上楼，整个人迷迷瞪瞪跟在邱阳身后。邱阳给柳沪云指了指父亲，柳沪云看到白被子里露出的花白脑袋，嘴巴上扣着氧气罩，鼻子里插着鼻饲管，被子下面还挂着尿袋……柳沪云眼前一黑，她像虾米一样弓起身，还是重心不稳，赶紧蹲下，眼泪鼻涕恣意横流，邱阳还没有搞明白怎么回事，就看到柳沪云已经哭得蜷缩成一团，嘴里喃喃地念叨着："爸爸、爸爸、爸爸呀——"

走上飞机的那一刻，柳沪云还觉得自己的脚步是虚的，一步一步像踩着棉花。

冬至了，只有中午这一阵儿，阳光依然洒满院落，三三两两的老人围坐在花园四周，或发呆或有一搭没一搭地聊着天。柳萍早已不参与其中了，她总是仰着脸、闭着眼，仿佛全心全意享受着阳光。她在这里待了一年，已经太久了，别人家的、自己家的，那些长长短短的车轱辘话既不想听也不想说了。每天按时吃饭，按时睡觉，甚至按时晒太阳。一个人的老，不单单表现在外貌上，而是每天做的事、接收的信息、接触的人和世界，都已经毫无变化。

进了养老院，柳萍才知道，能出楼晒晒太阳的老人都是被人羡慕的，老人们最怕的，是对很多事不知所措和力不从心。他们被迫天天看着一楼那些失智失能的老人，不得不靠着鼻饲管、尿管和护工活着。

人老了，似乎特别喜欢晒太阳，仿佛想抓住一切的尾巴，怎么敢不珍惜阳光呢？冬至过后，寒风就会吹来，这样暖洋洋的好日子转瞬即逝，冰冻三尺的日子将度日如年。

柳萍耳边传来老人们最流行的一句话：慢慢活，快快死，才是福气。

最喜欢夸耀儿女的顾阿姨和赵大姐又相互攀比上了。这些古稀之年的老人，是一路比着活过来的。小时候，比谁的铅笔盒漂亮；再大些，比谁的衣服漂亮，谁家房子大，谁爸妈有本事；之后，比谁工作好，谁的婚姻幸福；半生过去，开始比儿女，谁家的孩子在国外，谁家的孩子在北上广；等聚到了这个院子，开始比谁家的孩子来得勤，多看了自己一次；一路走到头，还要比谁离开时遭的罪少……

都说人老了会活得松弛通透，真正通透的人却不多。但凡有人的地方就得比个高低。

柳萍长长地叹了一口气，冬至这个节气，简直成了她心头的一个梗。邱平是这一天离开她的，小女儿也是去年冬至时，把她送进养老院的。沪云倒是常打电话来，但柳萍不敢给她透露自己的现状。手心手背都是肉，两个女儿吵架，她的心就像被一把刀绞着似的。来这里也好，至少不用再面对王强了。在这里想发呆就发呆，想发愣就发愣，愿意想谁就想谁，再没有一双阴沉沉的眼刀扫过来，问，你这又是在想谁呢？

柳沪云在门外立了很久，一进大门，所有老人都像得到了某种指令似的，齐刷刷看向她，眼神随着她的脚步缓缓移动，柳沪云一个个看过去，在闭目养神的母亲身旁站住了，轻轻叫了一声"妈"。柳萍睁开眼，像梦呓般看着她，清醒过来，满脸幸福地看看周围的同伴，笑着问柳沪云："你怎么还从上海来看我呢？耽误了工作可怎么办呢？"

柳沪云摩挲着母亲的白发，带点哽咽地问："妈，你在这里还好吗？你是自己愿意待在这里的吗？"

柳萍显然吃了一惊，可又不知道怎么回答才是正确答案，只好嗫嚅着点头，那一瞬间，柳沪云仿佛看到了二十年后的自己。

母亲当年那么鲜亮，因为心里揣着个梦，一言不合就与王强吵个昏天黑地。岁月把她的委屈和她的梦抹得一点不剩，让她慢慢熬成了好脾气，如今，莫说跟人吵架，跟女儿说话都赔着小心。

柳萍也看着女儿，看着酷似邱平的眼睛、鼻子、嘴，女儿像爹，真好。怎么能够忘记那个男人呢？那是刻在她心上的人呀。

柳沪云看着母亲瞅着自己的样子，一阵心酸袭来，柳沪云搂住母亲，看看其他老人，成心给母亲争个面子，她大声说："妈，我来接你回家，咱们回上海的家，今后我陪着你。"

柳萍一迭声应着，皱纹中盛满了泪水。

六

久不联系的妹妹打电话来问柳沪云，为什么把老妈领出养老院？柳沪云气急说，妈拖着一双老风湿腿，给你做饭洗衣带娃，现在，妈走路靠拐杖了，你就给送去养老院了。妹妹振振有词，我还要管我爸，你管妈有错吗？

柳沪云眼前又现出妹妹含着大白兔奶糖，高高鼓起的腮帮子。

掸掸烟灰，她对着电话说，你说得对，今后，妈归我管。然后，挂断。

回上海之前，柳沪云试着给洪柳打了电话，做好了迎接所有难听话的准备。不料，洪柳听说她回来了，下班后直接到宾馆接她去吃晚饭。

进了包厢，坐下，默默地喝了口茶，和女儿眼神一对，柳沪云就赶紧看向别处，她已经很久没有这样紧张了。

洪柳拿过菜单推给她："爱吃什么，自己点。"

虽然是硬撅撅的一句话，却透着亲近。

柳沪云受宠若惊地看向洪柳，嗫嚅道："你，不恨妈妈了？"

洪柳垂下眼帘，过了好久才轻声说："我生宝宝时，肚子疼了一天一夜，我又哭又闹又骂，身边的护士给我打气，说女儿生孩子随妈，你妈生你时肚子疼了多久，你生孩子差不多也疼多久。那一刻，我想起了你，想着你当年，大概也是这样煎熬着生下了我。再后来，看着宝宝一岁岁长大，有些事也能理解了。"

柳沪云能留给女儿的，也是一张银行卡，临别时，她告诉女儿，少任性，多存钱。好好过日子，但别委屈自己，妈妈这儿，永远给你托着底。

柳沪云没看见，洪柳仰着脸，把眼泪逼了回去。

下了飞机，坐进车里，柳沪云跟母亲说，咱先去接你外孙女。

柳萍显然有些疑惑，动了动嘴唇却什么都没问。直到把花花从宠物店接出来，柳萍才恍然大悟。原来，自己的"外孙女"叫花花。

晚饭后，柳沪云和柳萍窝在沙发里，电视开着，谁也没看，仿佛只为了听声音。看着柳沪云点燃一支细长的香烟，熟稔地吐着烟圈，柳萍没有显出吃惊或者不悦的神色。柳沪云瞟着窗外，柳萍捧着一杯热茶，也看向窗外闪烁的霓虹，说了句："上海什么都好，就是没暖气，冷，钻心地冷。"

柳沪云看着母亲，"可算说话了，你怎么就想到没暖气的事呢？从接你回来，我的事你怎么一句都没问？"

柳萍轻声说："我这一生最大的理想，你都替我实现了，还问啥呢。"

柳沪云狡黠一笑："真的不问了？"

柳萍问："还是一个人？"

柳沪云答："一个人不行吗？我没有遇到能够让我比现在过得更好的人，干吗非得找个人彼此折磨呢？你们这代人就是什么都相信，相信找个好男人能改变命运。倒也是，你不就被男人改变了命运吗？"

柳萍沉默了一会儿，说："其实，到头来终究都是一个人。"

柳沪云吐出一口烟圈，说："我找到他了。"

柳萍闻言，笑问："你又找到谁了，他是啥样一个人？"

柳沪云定定地看着母亲，咬了咬后槽牙，说："柳萍同志，那个叫邱平的男人，我找到他了。"

一声脆响后，花花跑出去老远。

柳萍看都没看打碎的杯子，怔怔地重复着："邱——平、邱——

平、邱——平。"

第二天，柳沪云陪母亲折腾了一上午，烫头、买衣服，从头到脚焕然一新，柳萍却像穿着别人的衣服似的，从坐到车里，整个人就一直在哆嗦，喃喃自语着："不知道我现在老成啥样了，他应该一眼能认出来吧。"

柳沪云回头看柳萍一眼，心疼得不行，她没有告诉母亲，邱平在重症监护室熬日子，她搂了搂柳萍说："深呼吸，多做几个。"

到了病房门口，一报姓名，只听护士疑惑地问："你们不知道老人家昨天晚上已经去世了吗？"

柳沪云奔向母亲的时候，晚了一步，柳萍一下子瘫软在地。

好不容易扶起母亲，柳萍哆嗦着嘴唇吩咐女儿："去问问他哪天出殡，咱俩去送送他。"

母女俩一起去参加邱平的追悼会，光滑的大理石地面，柳萍走得磕磕绊绊，哭得比站立一旁的家属还伤心。

那些管子终于都不在了，柳沪云第一次看清了父亲的面容，却也是最后一次。她用力搀扶着母亲，缓缓走出了殡仪馆。

"柳经理——哦，姐，请等一下。"

柳沪云转头，邱阳大步走上前，先是给柳萍深深鞠了一躬，叫了声："柳阿姨，您多保重。"

柳萍疑惑地看向邱阳，邱阳说："整理父亲遗物时，我看到了父亲珍藏的一个旧日记本，知道了他和阿姨的故事。柳阿姨，谢谢您今天来送我父亲最后一程，他老人家在天有灵，一定会很高兴的。还有——就是，阿姨，我爸他不知道有姐姐，从来都不知道，您、您别怪他，他有太多的不得已……"

柳萍泪眼婆娑地抚着邱阳的肩膀，哽咽着说："我懂、懂，好孩子，好孩子，那个日记本能借我看看吗？"

柳沪云从来没见过母亲这样伤心又这样幸福的模样，饭桌上，柳萍一边往嘴里扒拉着米粒，眼睛还离不开那本日记，柳沪云把菜盘往柳萍碗边挪挪："妈，我咋就遇不上靠谱的呢？"

柳萍深深地看向女儿："你怎么没有遇上过，洪柳她爸当年多疼你，那么迁就你，你呢，硬是踩着小板凳够你够不到的东西呀。"

柳沪云黑了脸，转念一想，妈说的那个人，当真是这一路走过来，对她最好的男人。可是，年轻时，几个人肯认命呢？

"你恨过我爸吗？"

柳萍虚弱地摇头："不恨。"

"就因为他给你留了张桌子吗？"

柳萍更用力地摇头："你不懂，我谢他，给了我盼头，还给我留下了你。这辈子，我知足了。"

原载《长江文艺》2024 年第 2 期

● **作者简介**

李颖超，中国作家协会会员，编审。作品见于《花城》《长江文艺》《散文》《湖南文学》《文学界》《朔方》《飞天》《绿洲》《草原》等，曾获首届西部文学奖、第十届新疆新闻奖、第十五届北方十五省市·文艺图书奖等。已版散文、长篇小说十四部。

巴尔鲁克山上有条蛇

◎ 流瓶儿

疫情结束，全面解封了。一帮朋友约好了自驾去裕民县，说去芍药谷看山花，去吃巴什拜的羊羔肉，大家都带媳妇去。蒋耀北犹豫了一番还是问了李瑞芬，如他所料，也如他所盼，她不去。李瑞芬要说的话都在他意料中，说宁可在家里蒸花卷，说他母亲和他妹妹都爱吃她蒸的花卷。他是喜欢吃馕的，可惜她没那本事，打不出馕来。

李瑞芬把面粉买回来，怕他看不见似的都放在了客厅里，她看不出他才把客厅全都归置整齐了。她用那张面团似的大白脸挤出歉意的笑，提醒他，等你这次回来，咱们去把结婚证领了吧。他没听见似的四下找车钥匙，放钥匙的小篮子又被李瑞芬乱放的东西埋了起来。当他发现钥匙就在自己手里时，偏过头定定地望了李瑞芬两秒，然后一句话都不说，摔门出去了。李瑞芬略有些迟钝，但几分钟后会觉着被冤枉了，那她也得受着，她总得受点气吧！

蒋耀北手里拿着手机，那是他和女儿最接近的方式。

几天前，防疫部门来抽查，两个穿着白色防护服的人站在门口。有一个抱着个塑料夹子的人，问日常垃圾都是怎么处理的，他听着耳熟，随后看到了透明面罩后一双熟悉的眼睛，是他女儿，她当了志愿者。他立刻被不知所措包裹了起来，他女儿倒是淡定，不认识他似的扫视了屋里一圈。他也跟着重新看了看，客厅里混乱而邋遢，到处都乱七八糟地堆放着东西。只有他才躺过的长沙发是空着的，可是之前米色的纯羊毛垫子，被李瑞芬淘汰去了她娘家，换上了崭新的总给他一身静电的化纤垫子，上面粉红的花朵图案像是伤疤下的新肉，透出一种淫秽的肮脏感，他急切地想说两句转移一下女儿的注意力，李瑞芬却迷迷瞪瞪地从卧室里出来了，稀疏的头发贴在皱成一团的大白脸上，绿条睡衣包在圆鼓鼓的身上，活像是颗大号的莲花白。她嘟囔着问，是来测体温的吗？他女儿转头走向了另一边。

半夜，他女儿发来一串哭脸表情，说爸爸你怎么把日子过成那样了？随后她发来一张他们曾经一家三口的合影，是十二年前拍的。女儿穿着高中校服，居中站着，一只手紧挽着前妻莫清月，一只手试图把他从身边推开。他们都笑过了头，三张大嘴，三排大牙。他脚上穿着黑布鞋，背着手向前伸着头，像个贸然入镜的大货车司机。那时他们的家，比装修公司的样板房还漂亮干净。现在则相反，住在狗窝一样的家里，出门却是穿名牌皮鞋的，他那口气全吊在了脸面上。

他和前妻离婚已经十年了。

和李瑞芬相亲是在年初。在一家普通的小饭馆，等着上菜的时候，李瑞芬用餐巾纸把桌子重新擦过，又利落地把碗筷用热茶冲洗了。她倒不是装样子，是习惯于照顾人。她是个面点师，矮胖结实。她的丈夫患癌症死了，有一个女儿。家庭状况可想而知，还好债还清了。蒋耀北仰着年轻时候显老，老了之后反倒显年轻的肿脸，他的小眼睛不再使人想起黑社会，相反显得像是憨厚老实过了头。他撒谎说自己搞工程赔光了钱，就一空壳。李瑞芬一扬下巴笑道，只要有手，现今社会饿不死人。她在蒋耀北的相亲对象里实在是不起眼，毕竟他相了十年的亲，但是，远走他乡的前妻莫清月回来了，而且是一个人。

李瑞芬到他家，第一件事就是挽起袖子进厨房，丝毫不见外。蒋耀北的母亲和妹妹对这样一个朴素而实在的人，很感意外。吃过饭，他去送李瑞芬，出去不过十来分钟，回来就感觉气氛不大对了。之前，他先给母亲买了套别墅，然后自己搬进了母亲的老房子里，把市中心自己那套大房子过户给了女儿，最后把钱也转进了母亲的账户。这娘俩以为他要领回来个精明的狐狸精，没料到这样逊色。他看着她们一副霜打了的神情，倔强地说，二婚，能不防吗？他妹妹泄气地呵呵了两声说，人家该防着你才对。他却突然发了怒，说，我有错吗？他知道她们惦记着莫清月，他偏不。

李瑞芬很快就融入了他家。她像个坚固的皮球，由他这边滚到他母亲家的别墅那边，从抽油烟机下滚到小菜园里。一家人坐着闲聊时，她会突然收起笑容站起身，或是去看才泡上的酸菜，或是要去晒棉被。甚至在外请客，众人举杯结束语还没说完，她已开始打包剩菜了。蒋耀北尴尬地圆场打趣她，是急着要去逃难吗？她会一边羞涩地笑，一边把没用完的餐巾纸装进口袋。

蒋耀北没想到自己有一天，会跟这样的人，过这样的日子。

李瑞芬一来就大张旗鼓地把客厅占领了，和拉条子面、包饺子、腌马肉、染头发，甚至是拔鸡毛。而且她不是安静地独自干活，总有人在她手机视频的另一端，跟她在聊天。她很少看电视，更不看书，不听音乐。她从没问过，蒋耀北以前过的是什么样的日子。

蒋耀北的女儿从小就能歌善舞，莫清月母女俩组合跳新疆舞拿过很多次奖，他也一起上过几次舞台。他的看家节目是演库尔班大叔，戴着小花帽，贴着大八字胡，单膝跪地舞动莫清月为他画的黑眉毛。他的舞跳得极其幽默，一出场就博得全场喝彩。他那个家里书橱占了一面墙，莫清月爱看书；还有架钢琴，女儿喜欢弹。

新冠疫情来了，突然就把他和李瑞芬封在了家里。

没法四处滚动的李瑞芬彻底躺倒不动了，蒋耀北想跟她聊聊天，才没说几句，她的鼾声就响了起来。无聊的蒋耀北去了厨房，翻箱倒柜找葡萄干，预备做顿抓饭露一手时，发现家里很多东西都不见了。灶上放着的旧高压锅是妹妹家淘汰的，家里新买的不见了。在口岸买的哈萨克斯坦的奶茶壶，两只少了一只；铸铁炖肉锅有一大一小，小的不见了。冰柜里，他托人带的伊犁熏马肠子才吃过两回，只剩下了三根，储备的一整只羊少了一条腿。李瑞芬入住了两个月，什么都不让他干，但家里有什么，他并不糊涂。

蒋耀北这一夜都没睡好，那张旧照片一次次把他叫醒。

第二天一起来，他就开始收拾整理家里。他发现还有很多东西都不见了，他们这个年纪的二婚，都藏着私心，他之前惦记着要防，却没料到细微到这些小东西上。整理衣柜时，他意外地发现了母亲多年前为他做的黑布鞋，他穿到脚上试了试，随后就听到李瑞芬的笑声。她斜倚在墙上说，你不会真想穿吧，太土了。他忍不住打量了一下李瑞芬，觉着真是讽刺。他脱下鞋重新放回衣柜，说，你可以把这个家都搬空了，但这双鞋绝不许动。李瑞芬窘红了脸，片刻后挤出那专属于她的，略带歉意的，满是谄媚意味的笑容。他忙扭过头去不看，发狠说，我是想穿这鞋，但是没底气，不配穿了。他说得咬牙切齿，说完的一瞬间心头却是一颤。十年前他以为，人的底气全是钱给的，现今他早已还清了债务翻了身，为什么还是没有底气呢？

女儿在那张照片之后说，爸爸，我想回到从前，我想要曾经那个完整的家。

他不知道该怎么回复，数次打出了"不可能"三个字，又数次删除。他们离婚已满十年了，从第一年起，每增加一年他都觉着是一种胜利。可是女儿一句话，就使这胜利颤抖得几乎要倒掉。他希望曾经那股让他身不由己的力量能指导自己做点什么，或者说点什么。可是，他只是想起了女理发师，他们也有十年没见了。

蒋耀北是在债台高筑濒临破产的时候，有了这个外遇。

理发店离他家不远，门脸小而不起眼。女理发师仍活在三十年前的琼瑶故事里，齐腰的长发远看使人想起在水一方的旧佳人。走近了细看是真的旧了，瓜子脸肿了也垮了，嘴巴很大，很巧妙地只在唇尖上抹了口红。只是普通客人不会看得太仔细。小店里有两把理发椅，黑白相间的装修风格已过了时。

蒋耀北坐在那里全没了戒备心，把没对外人说的事业上遭受的重创都对女理发师说了。包括妻子莫清月都毫不知情，在被一圈小灯照亮的镜子前，是他一个人的世界，女理发师站在他身后的暗影里，手底下有节奏地剪着他的头发。女理发师不懂，只是安静地听着。她用温暖的手抚摸着他的头，他的颈，他的耳朵。她扯开他的衣领用嘴吹去头发楂，那口气也是温暖的。

女理发师也讲起了她的失败，蹩脚的小生意。跟小孩子玩游戏似的，蒋耀北忍不住提了点小建议，她就像发现了新大陆似的开了窍。她的确是发现了新大陆，一个衣着讲究阴郁的丑男人，会给人一种肯为情赴汤蹈火的错觉，是独具魅力的。他的失败也只是暂时失手的城池，可重新收复，她对他是仰慕的。

女理发师说话的鼻音很重，一问，两人的老家竟在同一个黄土高坡。老乡见老乡，格外亲切。蒋耀北又重拾乡音，几句话就把女理发师逗乐了。他无意中瞄见了眼镜子，却差点吓掉了魂。女理发师搽得粉白的脸，笑着张开嘴后便不见了，就像是科幻影片里披着人皮的兽现了形，只剩下一嘴野蛮的龅牙大张着。看得出她的嘴确比旁人大，但没想到如此惊人。他怀疑是自己看花了眼。过了些日子再次去理发时，他又故意逗乐，在女理发师大笑着抬手遮脸的一瞬间，他看真切了。

于是，他便有了瘾，总是想去。

有一天女理发师给他洗头时，说起了她想离婚。她是个要强的女人，当年要不是为了给她哥娶媳妇，她是绝不同意换亲嫁给那种没出息的窝囊男人的，她倔强地偏过脸，冷冷地散发出遗世独立的傲气，可终究没底气，很快就一撇嘴流起了泪。他急忙闭眼不看，她索性哭出了声。于是，他不得不安慰她。于是，他拥抱了她。于是，她每天发信息嘘寒问暖。

这一年，蒋耀北的女儿准备参加艺考，莫清月领着到内地找专职老师上课去了。家里没人，蒋耀北懒得洗澡，躺在沙发上闻到自己身上的汗臭时，就想到了女理发师。他常坐的那张椅子前，有个放工具的小柜子，坐在那里可以看到柜子深处，混着发屑的灰尘被粗糙地擦成扇形。柜子下的角落和墙镜的边框也都是混着发屑的灰尘。女理发师只打扫她能看见的地方，他偏要去看那些背着人的地方。他还看到她扯开衣领向一侧去闻腋下，猜她可能有狐臭。

　　天知道，蒋耀北每一秒都行走在即将崩溃的边缘，他在无底的深渊里挣扎，还要在亲朋好友面前装现世安稳。他莫名地想去看那些脏的、丑的、阴暗的、倒霉的、遭人恨的东西。他想到了女理发师不同凡响的大嘴，她是静若淑女，笑如野兽。这巨大的反差所具有的刺激令他兴奋。而且，"野兽"这个词一闪现，他就觉着身体里躁动无主的东西找到了家。

　　莫清月与女理发师完全不相同。她在一家校外培训学校教英语，每天早起两个小时健身、读书、打扫。说起来她也是个要强的女人，什么都力求做到最好，只是她毫不费劲又不声张。相比较，女理发师的要强就很有些虚张声势。论相貌，女理发师比不上莫清月。论身材就不大好说了，统一的海绵垫出天下统一的胸脯，谁知道里面有没有。可是那又怎么样？他知道好坏，知道什么该做，什么不该做，可就是有一股力量推着他去找女理发师。他的一个信用良好的朋友，投资失败后变成了个无赖，有一天在公交车站，突然把一个陌生人推下了站台。他听说后，只觉着自己早晚会干出同样的事来，他简直要认真花些力气，管住自己。

　　那时，他的身体也奇怪地出现了许多问题。在家里闻不得花香，他不许莫清月在家里插鲜花，没有香味的鲜花也不行；也听不得噪声，所以他不让莫清月弹琴、听音乐，或者跳什么健身操；他在家的时间里，也不许使用吸尘器、吹风机，甚至禁用了几天厨房的吸油烟机。接着，他开始对莫清月买的衣服过起敏来，穿上后浑身发痒难受。他像是产妇得了月子病，手脚冰冷又大汗淋漓，吹一点凉风就会浑身酸疼。所以，莫清月不能在他面前打开冰箱，家里和车上的空调全都禁止使用。他不是有意要针对莫清月，只是心底里有一团焦躁的火，不由自主地往她身上烧过去。

　　终于他抓到了妻子莫清月出轨的证据。是从酒店的窗外拍到的，是个文友聚会，一个男人坐在莫清月旁边，但看上去像是她坐在那个男人的怀里。这毫无说服力的照片，让他发了疯。他逼着莫清月把朋友圈里的男人们都拉黑删除，之后对家里进行了好一通打砸。他妹妹接到邻居打去的电话，风风火火赶来时，莫清月已被他折磨疯了，光着脚站在一地玻璃碎屑里哭。

他趁乱跑了出去。女理发师正预备给顾客染头发。他站在门口打电话给她，命令她立刻关门跟他走，她才说了个等字，他就歇斯底里地咆哮了起来，说一秒钟都等不了。然后，他拉着她去了城郊路边的小旅馆，像个野兽一样攻占她狐臭味的肉体。他们的第一次，像第一百次。女理发师狼狈不堪地重新穿起衣服时，整个脸抖动着不知道该用什么神情对他。他低声说了句，对不起，急匆匆地先走了。他不是去做爱的，是去做恨的。他原是想狠狠扇自己几记耳光，或者捶胸顿足地大哭一场。

女儿没能考上期望中的大学，他对这个宝贝小棉袄也没了耐心，大发脾气说绝不会给垃圾学校交一分钱。莫清月独自操办好了一切，把女儿送去了学校。她一向话不多，现在连眼泪也不肯流了，只是说让他去看看心理医生。就为这一句话，他打断了她的两根肋骨。

他变了，他看着自己在变，看着自己对这辆失速的车子束手无策。他最早开过老解放车，从跑货运开始起家。如果人真能像司机一样掌控自己，刹车和油门只管换着踩，没有不管用的。可是这具肉身和那个核桃仁一样的大脑，没有一天不在自顾自地背离自己。

他们协议离婚了。莫清月提出的，自愿净身出户。

办离婚手续的那天，他们在民政局院子里等时间，莫清月戴着大墨镜在一棵沙枣树下站着。他努力沉住气对她说，我带你去个地方吧，你一定喜欢。莫清月在墨镜后不说话。他又重复说了两遍，她像战争电影里坚定的地下党员一样，不说话。

他已设计好了：他无意中走进附近的一片白杨林，踢地上的杂草时，发现了烂草叶下有杨树菇。说，他们可以去挖蘑菇，可以录视频给女儿看。很久以前他们常去城郊挖野蘑菇，还会带上烤肉架子，买几个热馕和一些卤鸡爪，来一顿野餐。怎么都忘了呢？是他前一晚灵光乍现想到的。只要莫清月肯跟他去，他就告诉她，全都是因为那几百万的债务压垮了他，让他变成了浑蛋。

幻想莫清月知道债务后的反应，已成了他的对抗焦虑的办法。她会惭愧，会后悔，甚至会跪下来，流着眼泪求他原谅吧。他想到自己在独自受苦，眼泪不由得都要流出来了，所以他做什么都不为过吧。他设想过用什么样的语气讲出来，要像一道晴天霹雳，怒吼出来；或者一步一步反问，逼她去想。时机就选在莫清月忍无可忍向他扑过来，哭喊着要讨公道的时候。可是，他没等到那样的时候。

莫清月一言不发地站在那里，好像他们不在同一个空间。他终于再次失控了，冲过去举起了手。他恨透了她不屈不挠的样子。他身后有人失声惊叫了一声，而莫清月没有丝毫躲闪之意。她藏在墨镜后面，镜片里只有他的脸，丑得连他自己都吓了一跳。

他该庆幸没有说出债务吧，他唯一活命的底牌。

女理发师在同一时间消失了。

女理发师一开始以为蒋耀北是因为爱自己而痛苦发疯，攒了一肚子的柔情要温暖他。他却像发了毒瘾似的，折磨得她丑态百出。她觉着耻辱又可怕，可是肉欲里的刺激和一点对爱情的渴望，仍然让她没有底线地接纳他。一段时间后，她总觉着那不像是真正的爱情。

男人们似乎有一个共识，可以在外有私情，但绝不能动摇家庭。可是，身为女人的她，想法却正好相反，不动摇家庭的私情无异于被嫖。她不是个随便的女人，从别人身上得到的最重要的经验，是男人若是真爱一个女人，首先是会为她花钱，其次是给她家庭。最后一次给小旅馆结账时，她发现，蒋耀北从来没为自己花过一分钱，连上床的房费都不出。她没想到自己竟然能上这种低级的当，羞臊得无地自容，果断地搬走了。她仅有的一点安慰，是有一天下着雨，蒋耀北给她送了一枝大团的碎白花，说是稠李花。

蒋耀北和莫清月的家窗下种了一丛稠李，在花开得最盛的几年里，他们的家分崩离析了。当莫清月又闻到空气里的稠李花的香味时，仍旧会揪起心来。她不想回来，只是父母年龄大了需要她照顾，女儿毕业后闯荡了几年也想回来发展。

十年，街面上已发生了巨大的变化，像是一个村妇变成了时尚姑娘。认真看看才想起来，零零碎碎的小棚小摊都没有了，乱七八糟的旧楼房也都拆了，多出了许多整洁的停车场，道路也都拓宽了。

他们是在一个葬礼上，见了十年后的第一面。

就怕会遇见，莫清月特意选在烈日炎炎的下午过去。没想到与蒋耀北的车面对面，都停在了空旷的停车场。他们一起下了车，先是一惊，继而尴尬地互相点了点头。六月热辣的太阳光贴着头顶照射下来，水泥地面白亮得要刺瞎人的眼，他们像站在了世界末日，在光和热的聚焦中，一起顽强地走向遥远的殡仪馆大楼。他们不约而同地向四下望了望，发现大楼侧墙下有一片阴凉，多数车都躲到了那边。他们都极短地愣了愣，都动了去挪车的念头，然后又一起倔强地对抗了这个默契，结果成就了另一个默契，一起走去了灵堂。

蒋耀北一只手拿着车钥匙，一只手拿着手机，仰着脸平视前方。神情里是一片荒凉的戈壁荒滩。他感觉到一边T恤衣领没翻出来，抬起了手又忘了要干什么。他一早就等在必经之路的一个小岔道里，定好了计划。当他下车，看到莫清月的大墨镜微微一怔的瞬间，大脑又回归了空白，他什么都做不了。

莫清月把自己藏在了墨镜后面，原本带了太阳伞，看到蒋耀北后又忘了拿下车。她闻到了沙枣花的清香，随即看到他车窗内有几枝，那是她的最爱。她心头一热，随后又变得更加冰凉。她知道蒋耀北没变，一切都是设计好的。这一场失败的婚姻告诉她，没有付出是不想要回报的，爱情和婚姻就是由付出与回报的牵绊维系着，一旦不对等，失去了平衡，就会崩溃。虽然不对等有不同的标准，付出有不同的定义。但最可怕的是有人背地里自我感动式的牺牲，另一方在毫不知情的状况下被迫成为罪人，被迫接受惩罚。

不出所料，他们的同时出现让熟人们都怀疑他们要复婚。朋友询问蒋耀北，他不动声色地说，没错，是准备复婚了。随后，他就把李瑞芬带回了家。

去裕民县，朋友们都是拖家带口，只有蒋耀北独自一人。

这帮朋友有二三十年的友情了，莫清月曾是他们共同的追求对象，最终是相貌最丑的他拼尽全力感动了她。离婚后不久，他的公司就宣布破产了。朋友们都替他寒心，说莫清月不能与他同患难，这似乎具有天经地义的必然性。的确，原因似乎是那个原因，结果也似乎是那个结果，可是这中间隔着九曲十八弯。他觉着多少冤枉了莫清月，却也不想解释。那段倒霉的日子，全世界都在背叛他，包括朋友们，要么同样有一屁股债，要么玩失踪。后来，他承认是自己打走了莫清月，却没人相信，认为他是死要面子嘴硬。他女儿辗转听说了，也愤怒地打来电话质问他，为什么要那么说？他自认是勇于承担了罪责，他女儿却认为羞辱了她妈妈。站在不同的角度，连因果关系都是不相通的。

有段时间他想起女理发师会不安，觉着她是自己痛苦的牺牲品，但又觉着是她主动勾引自己，只是她以为是她的美色，却不知道是因为她的那张异于常人的大嘴。他认真告诉过女理发师，只是她以为他是在揭她的短，当场就跟他翻了脸。女理发师不知道，在她兴奋到忘我的时候，总是不由自主地大张开嘴，那画面有几分像某个小游戏的食人花。丑到极致，骇人到极致，她的那头长发披散开来，《射雕英雄传》里的梅超风都不及她。蒋耀北疯狂地撞击着冲入失去理智的黑暗里，他只想摧毁自己。

后来有次蒋耀北在街上看到了女理发师，她穿着红裙子挽着一个大个子男人。他猜她是离了婚又再婚了，那个男人不像是没出息。他相信那男人一定没见识过女理发师的大嘴，她再不会给人看到那一面了。

女人们聊天说，想不通有些男人明明老婆漂亮又贤惠，却在外面找了不像样的女人。他听了，自然地想到了自己和女理发师。他想或许是应了那句话，驴找驴，虾找虾，乌龟配王八。那时的他正配女理发师，那么现在的他，是与李瑞芬正相配吗？

人的一生实在太长了，总有好的那么一段，坏的那么一段。

在蒋耀北早年的记忆里，有那么一段是他最喜欢的。

他歪戴着安全帽，满是灰土的工作服敞开着，站在一棵挂满了海棠果的树下。他从工地上下来，心血来潮跑去接刚上中学的女儿。他对着夕阳扬起焦黄的脸，热切地连声大叫，爸爸在这里啊。他女儿在吵吵闹闹的学生群中，气恼地向他翻去一个白眼，转头混进了人流。他没有受到伤害，反倒逢人就要重现那精彩一刻。第一要把手叉在腰上，然后露出圆鼓鼓的肚子，还一定要把脸笑开花。很多人都说他长得像日本电影里的寅次郎，四方肿脸上一对小眼睛，不笑时像黑社会大哥，笑起来就变成最甜蜜可亲的喜剧人。他在笑声中强调，里面本命年的大红色秋衣是真正的精髓所在。他的笑声在他引发的笑声里最响亮。他母亲骂他，出洋相不知道分个场合。他喜滋滋地听不见，他的小棉袄知道嫌弃他了，他觉着值得炫耀。过春节，家里坐了十多个亲戚，他又学那天女儿翻白眼，女儿扑上来用手蒙住他的脸，不许他学。于是，他就学妻子莫清月翻他的白眼，说是祖师奶奶级别的。他先郑重地叫一声莫老师，然后翻出一个长达数秒的白眼。众人都笑翻了，他继续向莫清月飞去一个媚眼，问，我学得怎么样？

蒋耀北不好的一段，是从几笔大额工程垫资开始的。

他早年运气好也一直比较顺，谁想到后来运势转了弯，因为政策变化和一些意外，一边是结不回来的账，一边是必须要付的欠款，高额的贷款利息和债务使他开始变了。

首先，是他没了穿黑布鞋的勇气。说大丈夫能屈能伸，在他来看，只有钱能使他像个大丈夫。钱没了，他就得要脸面了。过春节，亲友们发现，从来不讲究的他认真穿戴了起来。他让莫清月给自己置办了一身正经的名牌商务装，开始讲起了礼仪尊卑。亲友们习惯了跟他逗乐，都憋住笑等着他上演好戏。他解释说是姑娘的个头都超过了他，该有个父亲样了。他们不信，仍只当是在讲笑话。他实在解释不清，只能咧嘴苦笑。可是，他八字眉下的那对小眼睛，无奈的样子就是最大的笑点，引得一片爆笑。

人是会变的。他去楼道里吸烟，隔着门恨里面的热闹，恨自己像个小丑。亲友们身上的缺点和毛病，他忽然觉得难以忍受了，还有藏在背后的功利心和虚情假意，他一目了然。他故意只穿了件单衬衣，并没有人在意，都不当回事，他不过是个挣钱机器。他明白了为什么说，人到落魄时能体会到世态炎凉。虽然除了财务公司，没人知道他已陷入债务危机，没人给他脸色看，可是当一个人站得足够低，就什么都能看透。

蒋耀北一个人爬上了巴尔鲁克山。

五月初的太阳刺得他睁不开眼，但山风清凉。

他走在被千年的风切割成碎石的一条小径上，一丛丛矮壮的绣线菊在石头缝里，坚韧地开出茸密若雪的白色花团，半个裕民县城都散发着这花的清香。他的手背在身后，向山谷下朋友们的车队张望时，看到一条银灰色的蛇横在面前的小路上，其实只露出了一米长的后半身。他能看到它，是因为它像一把来自天外的长剑，笔直而熠熠生辉。在粗石沙土杂草中，它太过完美，太过精致，太过耀眼。一瞬间，他和身后古老的岩画一起跳到了时间之外。他混乱的脑子一时想把它带入某个逻辑里，四下里的石堆墓，远古时期持弓的猎手，族群的征战、繁衍、迁徙，天地一片混沌。蓝天就贴在他的额头上，终于他一个激灵，重回到用了近五十年的旧皮囊里。他想到该拿出手机拍张照，但他真正能做的只是退后，再退后，然后仓皇地绕道逃下山去。

回到车上后，他发现自己拿毛机的手在颤抖。蛇在新疆虽不常见，但他也见过几次。他是怕成这样了吗？并不是。他相信这是他等待已久的启示，他心里冒出抑制不住的快乐，一个希望的火苗燃烧了起来。他看到自己脚上重又穿上了黑布鞋。

黑布鞋是他母亲手工做的，他小时候家穷穿过，上了中学后要脸面不肯穿了，经过多年努力奋斗过上了富足的日子后，他又重新穿上了。他母亲虽然看着喜欢却也心虚，问，真没人笑话吗？他女儿说，他穿着那双鞋像个土包子。他索性像得更彻底些，五短身材松垮地穿上件圆领衫，配上大短裤。一家三口走出去完全不像是一家人，他不在乎，反倒喜欢被误解。在必要的时候，他会突然搂住妻子莫清月的腰，来个喜剧大反转。人不可貌相的道理从古讲到今，他要给某些人上上课，他就是个活生生的例子。

　　他在多年以后想起那些快乐的日子，忍不住要叹人之渺小无用。没有人能真正地做自己的主。即便是微不足道的心胸和气量，也是由口袋里的钱说了算的。然后，整个人会一寸寸地活成另外一个样子。

　　走 219 国道，可以看到国境线外的哈萨克斯坦，看到阿拉湖的水蓝与天蓝融为一体。相传，唐代诗人李白的出生地就在阿拉湖湖畔。要是莫清月也能来看看就好了，他想。看到漫山遍野的野芍药花时，他的心从山坡向山谷无限伸展，嘴里不由得叹道真好，心里想要是莫清月也能来看看就好了。只要看到好的风景或是好的东西，他都忍不住这样想，习惯性这样想，这十年一直如此。

　　他让女儿要莫清月的银行账号，说有笔钱是离婚时该分给她的。他女儿回说，她妈不要。又过了片刻回说，她妈什么都知道。看到这句话他并不觉着很惊讶，他早就怀疑以莫清月的聪明不会什么都不知道。可是，当初他们为什么都不肯明说呢？他不知道，也想不明白。但至少，他们之间始终保持着某种默契，想到这里，他莫名地觉着一身轻松。

　　他下了巴尔鲁克山，没有告诉旁人自己看到那条蛇，脑海里却一直在组织语言描述那一刻。穿皮鞋太累了，回去他就换回黑布鞋。他要告诉莫清月，在巴尔鲁克山上有条蛇。

原载《湖南文学》2022 年第 10 期

● 作者简介

流瓶儿，本名：刘爱萍，女，中国作家协会会员，获第三届西部文学奖小说奖。作品见《西部》《清明》《绿洲》《中篇小说选刊》《文艺报》《雨花》《伊犁河》《湖南文学》等。江苏文艺出版社出版长篇小说《这一次，我不会先走》。

快 递

◎ 冉也

"我们奔五十岁的人……帕丽扎提，这样的好日子少得很了。"叶尔肯这会儿躺在干硬的板床上，直喘粗气，像一块正在融化的冰。

窗外，乌鸫鸟的叫声像突然划亮的火柴，在静沉沉的院子里闪了几下，消失了。屋里黑洞洞的，透过窗帘的缝隙，他看到一颗孤独的星子挤在月亮边上，几抹黑色的云在下面快速擦过。

女人没有说话，窸窸窣窣的声音在他的腋窝下响起，那是她在拨弄枕头。

"你听到我说的话了吗，帕丽扎提？"他又问。他能感觉到女人粗大的膝盖骨顶着他的小腹，让他有点儿不自在。他把左手从脑袋下抽出来，摸到她的膝盖，轻轻按在上面。

女人翻过身，面对着墙躺下了。她的身体被汗液浸透，散发着那种牛奶被烧开的味道。

过了一会儿，她问："你不睡吗？"

叶尔肯应了一声，跟着侧转过身，把女人搂在怀里。同时，他用脚把厚实的驼毛被子钩到半空，右手扯过来搭在她的肩膀上。

"后半夜天冷。"他在她的耳边说，"别感冒了。"

女人在被子里伸出左手，用劲按上叶尔肯的手。

"你这双手呀……"女人幽幽地说，听不出是开心还是叹息。

叶尔肯的下巴在她的头顶上来回摩挲。

"明天……"女人顿了顿说，"明天达娜回来。"

"啊？"叶尔肯睁大眼睛，紧盯着挂在墙上的花毡，等着帕丽扎提接下来的话。

女人再次沉默了。

一道钻过两片窗帘缝隙的光照在花毡上，像斜挂其上的银色长刀。叶尔肯想凑近点儿，把上面变形的羊角花纹看得更仔细一些。这些图案，都是那个叫达娜的女人绣上去的。"她真是有一双巧手呀。"他在心里想。

过了一会儿，他问："明天，我还要把你的快递送过来吗？"

"你今晚就应该带过来的。"她说。

"我下午去了蒙根布哈村，回来已经太晚了……我原本打算今晚送过来的。"

"睡吧，你。"帕丽扎提把脖子从被窝里探出来，深吸了一口气。

很快，他听到了她轻微的鼾声。那鼾声碰到墙上，在屋子里散开了。

他知道她没有睡着。他也突然没了困意。

叶尔肯从被子里挪出来，移到床边，摸索着把脚踩进牛皮靴子。棉袜上的脚汗没有干透，贴上去冰冰凉凉的，寒气像是能从脚底渗到血管里去。他坐在床沿上，弯下腰穿好靴子，从地上捡起不锈钢火钳夹，往炉膛里多添了几块炭。

帕丽扎提没有动，好像根本听不到他掀开炉盖的声音。

叶尔肯从木头衣架上取下皮夹克，这是他四五年前在奇台工农兵商场里买的，早已跟他发福变胖的身子不太相配。拉链发涩，他仰起脖子，试探性地往上拉了拉。他急于走出门去，大口呼吸外面的空气。他拧动门把手，斜过头朝着床上她的方向，说："我带了些牛肉，挂在院子里的苹果树上。"

女人还睡在那里，身子不易察觉地动了动，像是在低声啜泣。他犹豫了下，终于下定决心，走进十二月清冷的月色里。

这是一排建在牛圈里的平房，这样说不算过分。帕丽扎提养了七头奶牛，后院用白杨檩子围起来的牛圈太过窄小，她干脆把靠大门的这边打开，奶牛就可以悠闲地在前院后院活动了。院子里随处可见冻硬了的牛粪，像散落一地的黑色盘子。前院栽着三五棵苹果树，光秃秃的，中间的两棵树之间拉着一根拇指粗的尼龙绳子，上面挂着围裙、擦手的毛巾和几件洗过忘记收回的衣服。衣服已经结了冰。吐虎玛克镇的冬天太冷了，洗完的衣服一定要在傍晚拿回房子，否则会冻得干硬，生出一条条弯弯曲曲的白碱。要是晚上有大风的话更糟，风会把衣服吹断吹裂。

丈夫去世后的这些年，帕丽扎提的记性越来越差。这个冬天，除了每天早晨或者傍晚挤牛奶，其他时间她总是习惯一个人坐在窗前发呆。她经常忘记吃饭，忘记把牛奶送到镇上收奶子的金顺商店。

晚上，她经常是失眠的，即使入睡也会在后半夜猛然惊醒，全身燥热流汗。有时醒来，她想找一个人说话。她的眼睛在无光的屋子里巡睃，感受自己正坐在阴天、无边际的戈壁上。她习惯披上丈夫生前穿过的那件驼绒絮做的大衣，走到院子里数牛，从一数到七，然后再数一遍，再数一遍……后来，她发现自己可以跟牛对话。她说上几句长长的话，离她近些的牛会低哞一声，算是回应。她就笑了，心满意足地回到房子里睡觉。

帕丽扎提越来越孤僻，甚至去金顺商店送牛奶的时候也不愿意跟人说话，别人问她什么话，她要么摇摇头，要么作势笑一下。有一次，商店老板正在上小学的儿子当着她的面问他爸爸："这个阿姨是不是哑巴呀？"

商店老板快速看她一眼，重重地在小孩的胳膊上打了一巴掌。

帕丽扎提一把揽过小孩，紧紧护在怀里，好像被打的是她的孩子。小孩却没有哭，揉着被打疼的胳膊，抬起头看着她咯咯地笑，说："原来你不是哑巴呀？嘿嘿。"

那天以后，帕丽扎提开始改用"嗯"和"不"这种简短的词跟人交流了。

帕丽扎提的生活很简单，每天让牛有足够的草料，给后院的石槽里倒上水，把牛粪晾到墙上，挤好奶子送到金顺商店，再捏着换来的钱回家。早上天还没有完全放亮，她就起床了。先是到前后院转一圈，跟每一头牛对视，相互问好。她看到街上"回民饭馆"那里有烟升起来，那对回族夫妇已经在做早餐了。接着，她听到镇小学校园广播的声音，断断续续的音乐在冬天干冷的空气里浮动。她在后院的墙上拿些晾干的牛粪和木柴，回到房子里。

　　炭火已经败了。她用火钩把没完全烧化的石头一下下戳碎，让那些碎渣从炉梯的缝隙间掉下去，再把炉灰全都倒在屋外的雪堆上。她把堆在窗户下的快递纸盒撕成碎片生火，引燃木柴，木柴燃起后，再把牛粪放到上面。等屋子里稍暖和些，她用铝制水壶烧水。她把被褥叠整齐，用掸子清理板床上的灰尘，再把家里不多的家具都擦一遍。扫完地，烧水壶咕嘟咕嘟冒着热气，像是要把壶盖子掀翻，壶嘴发出尖厉的嘶叫。帕丽扎提有时候会想，是不是水里沉睡着什么灵魔精怪，水被烧开的时候它们会苏醒，急着从水壶里跳出来。

　　她脱光衣服，把绾在脑后的头发散开，站在火炉旁擦拭身体，洗头发，最后再洗脸。她找到达娜寄给她的那件浅棕色绒衣，下身换上新洗过的浅绿色竖褶裙子。今天达娜要回来。她已经很久没有回这个家了。帕丽扎提跟丈夫没有自己的孩子，这间房子里没有男人的声音，没有孩子的声音。

　　丈夫的葬礼后，达娜陪着她住了半个月时间就被喊回乌鲁木齐了。那段时间，不管她是坐在板床上发呆还是在院子里走动，总能听到丈夫咳嗽的声音，有时看到他的身影从院子的苹果树下闪过，有时看到他掀起门帘正要进来，但当她想要看得更仔细一些时，他的身影又消失了。空气像是被挖了一个人形的洞，又很快被弥补平整。

　　八点钟，她走出门看到院子里的牛，才想起今天还没有挤奶子。她退回屋内，换上平日的衣服，系上围裙，提着桶走向奶牛。这不是一件很容易干的活儿，好在她和她的牛已经熟悉，挤奶子的手法足够老练。奶量很少，她慢吞吞地提进厨房。再次回到院子里，她先是清理牛圈，牛粪都堆到墙角，把奶牛全部赶回牛圈，用那根原先被她拆掉的白杨檩子把牛圈别起来，再把前院的牛粪捡到后院的墙上，然后用芨芨草束扎的扫帚扫一遍院子。

出门前，她换回衣服，打开窗户，听到马路上传来摩托车的轰鸣声。她关上大门，提着新挤的奶子送到金顺商店去。随着变老，生命中的温暖逐日减少，那些疼她爱她的人已离她而去，五十三岁去世的爸爸、四十六岁去世的妈妈、四十一岁去世的丈夫支撑着她如今不太牢靠的记忆，那些温暖却又冰冷的面孔，让她慢慢看清生命无常的真相。

达娜是她在这个世界上唯一的亲人了。她嫁给了乌鲁木齐大饭店的做饭师傅，她自己在社区谋了份差事，生活还算平稳，就是两个人都太忙了。达娜记挂着她，经常从乌鲁木齐寄东西过来，护手霜、搽脸油，偶尔还会寄衣服给她。她需要护手霜，挤奶子的手总是皲裂。

要不是达娜从乌鲁木齐寄快递过来，帕丽扎提绝不会走进镇子西边的邮政所。

冬宰节后的某个早晨，她去金顺商店送完牛奶，临走的时候商店老板突然叫住她，说："帕丽扎提，邮政所有个乌鲁木齐寄过来的包裹，叶尔肯说让你有时间过去拿一下呢。"

她愣了下，立刻想到了一直生活在乌鲁木齐的达娜。她嗯了一声，对老板笑笑，揭开商店厚重的门帘走到街上。她看到街道两侧原本光秃秃的树枝凝满了晶莹的冰挂，太阳看上去也雾蒙蒙的。她知道叶尔肯白天在各村送信，傍晚会回镇邮政所。她心底某种坚硬的情绪似乎在期待被敲碎，让她忍不住在寒风中打了个哆嗦。她跟叶尔肯已经二十多年不说话了，因为达娜。

十七岁那年，她就意识到妹妹达娜比自己漂亮迷人。那个时候，叶尔肯经常往她家跑，请达娜帮他把信件分出来，他骑着镇邮政所配发的自行车带着达娜往各村送信。那个时候，达娜已经上初中了，她辍学在家，跟妈妈学着挤奶子、擀毡、做刺绣。叶尔肯每次从奇台县城回来，都会带来各种新奇的玩意儿，花纹精美的瓶子、蓝色的电子手表、有好闻香味的搽脸油……这些东西很快出现在达娜的桌子上、背包里。每次看到达娜坐在镜子前搽油，她的心里就会涌出一股羡慕甚至嫉妒的情绪来。她还从没有收到过男孩子送的礼物呢。

妈妈跟她们说，不要轻易接受男人的礼物，除非你在心里完全接受他。达娜听到这里总会不耐烦地皱起眉头，说："妈妈，我们同学都搽这个油呢。再说了，我帮叶尔肯那么多的忙，他感谢我不是应该的吗？"

妈妈摇摇头，回到厨房忙碌去了。帕丽扎提不知道达娜那个时候是否知道叶尔肯的心思，她是知道的。她跟达娜说："事情没有那么简单啊，达娜，叶尔肯可能喜欢你呀。"

达娜听完笑得弯下了腰，笑够了，蹲在地上抱着笑疼的肚子看她，问："姐姐，你已经跟人谈过恋爱了吗？你怎么能知道叶尔肯喜欢我呢，他跟你说过吗？"

恋爱，这对帕丽扎提来说是个新词。她当然没法回答达娜的问题，只得摇摇头，说："达娜，你是我的妹妹，我是为你好啊。"

达娜站起来，在自己的背包里一通翻找，魔法师一样掏出搽脸油、耳钉之类的东西，说："姐，你用这个搽脸吧，你把这个戴在耳朵上吧，我的同学都用这个……"

达娜上中专以后就很少回家了，她在学校里的事情多得很，她忙得很。叶尔肯每次从奇台县城回来都会来帕丽扎提家，告诉她们达娜在学校一切都好，吃得饱、睡得好，跟同学们相处也很好。叶尔肯一脸兴奋，还说："关键是达娜的学习好得很啊，老师经常表扬她呢。"

有一天，帕丽扎提终于忍不住了，问他："叶尔肯，你实话告诉我吧，你和达娜是不是……"她想说出"恋爱"这个词语，到嘴边又实在别扭，说不出口。

叶尔肯脸上的笑僵住了，愣愣地看着她。过了会儿，他一遍遍抓摸着车把上的铃铛，说："姐，不是你想的那个样子，达娜没有答应我什么事情呢……"

"那你说，你是不是喜欢达娜？"帕丽扎提的语气很不和善，好像叶尔肯的答案如果不能让她满意，她接下来就要把这个男人从自行车上推下来，狠狠地踢上几脚。

叶尔肯狐疑地看向她，问："姐，就算我喜欢达娜，这个事情，不犯法吧？再说……"

"你别说了。"帕丽扎提粗暴地打断他的话，"是，你们年龄差不多，能玩到一起。可是叶尔肯，你不要忘了，达娜还在读书，她以后肯定会离开吐虎玛克镇，到更远的地方去，去乌鲁木齐，去内地……"

叶尔肯低着头不说话。

"你说话呀！"她催促道。

"说啥？"叶尔肯对帕丽扎提没来由的怒火很是疑惑。他不知道平时说话温声细气的帕丽扎提姐姐为什么今天这么激动。

"我问你，你送信能送到乌鲁木齐去吗？能送到内地去吗？你要是跟达娜好上了，怎么照顾她？"帕丽扎提又是一连串的提问。

"姐，我还没想那么多。"叶尔肯从自行车上下来，胳膊倚着车座。

帕丽扎提几乎忍不住骂他了："你就是想得少，你眼睛也小，只能看到一点点的事情。"

那天以后，叶尔肯就很少来帕丽扎提家了，路上远远地看到帕丽扎提就把车子拐到别的路口上去。

他越是这样，帕丽扎提就越是生气。挤奶子的时候，叶尔肯那副木讷的样子总是浮现在她脑袋里。她手里挤奶的劲儿不由得加重，好几次弄得家里的奶牛挣脱她的控制，再看到她提着铁桶出现在院子里时撒腿就跑。

"咋，你也想跟叶尔肯一样躲着我吗？"她恨恨地咒骂一句，"笨牛！"

达娜中专毕业后真去了乌鲁木齐。当时乌鲁木齐饭店还是国营的，她被分配到那里上班，认识了在饭店做饭的大师傅，也是她现在的丈夫。

叶尔肯呢，还是在吐虎玛克镇邮政所上班。只不过，他除了给各村送信，还送快递包裹了。

她打心眼里觉得叶尔肯的工作真好！每天把那么多的信件和包裹送到村民手里，每封信都维系着距离没法阻断的关心，每个包裹都承载着另一个地方来的爱意。多好啊！用达娜以前的话说，叶尔肯就是"爱心使者"。想到这里，帕丽扎提就忍不住笑："还使者，天底下有他这么笨的使者吗？"

她上学那会儿，语文老师讲过一个很久以前的人，她记不清楚名字了，好像是姓张。老师说，那个姓张的"口里人"就是使者，不怕困难，很勇敢，从陕西走了很远的路来到新疆，踩出了一条从内地到这里的大路。老师还说，张使者走出来的那条路，到今天中国人已经走了几千年了。帕丽扎提心想，像他那样的人才是使者嘛，是厉害的大使者，肯定比叶尔肯聪明多了，说不定他走那条路的时候，连几千年后今天的事情都想到了。

"叶尔肯，你真应该好好跟那个姓张的使者学习下，眼睛看得宽阔一些、长远一些……你的眼睛，难道连我都看不到吗？"她嘴里叨咕。

妈妈问她："帕丽扎提，你在说谁呢？哪个姓张的，叶尔肯来新同事了吗？"

她猛然清醒，对自己内心的想法暗自感到羞愧。她抬头迎上妈妈疑惑的目光，站起来拍了拍牛的脑袋，说："没有，妈妈，那个姓张的人你不认识，是书上的人。"

妈妈不说话了。她在清理牛圈，一遍遍用力擦洗着给牛喝水的石槽。妈妈在低声地哭。

帕丽扎提放下手里挤奶的桶子，走过去，问："妈妈，你怎么了？"

"没事。"妈妈拿头巾沾了沾眼睛，接着说，"帕丽扎提，你要是也能在学校读书就好了，我不想你跟妈妈一样，一辈子都是擀毡、挤奶子，这些劳动太辛苦了。"

"我也想读书呀，书里面精彩的故事太多了。"帕丽扎提心想，"可是，我要是跟达娜一样去读书了，这些苦不是全让妈妈一个人吃吗？"

帕丽扎提的爸爸常年在宽沟的山上放牧，家里的事情全靠她和妈妈。每隔一段时间，妈妈就要去一趟山上，陪爸爸在毡房里住上几天，打上能吃十几天的馕，再回到吐虎玛克镇。妈妈说："咋办呢，帕丽扎提，你爸爸的毡房里没有一个女人是不行的啊。"

那天，妈妈还说："帕丽扎提，我已经开始给你准备嫁妆了。"

帕丽扎提根本不愿意想嫁人的事情，她还不知道那个人的心思呢。她也不知道达娜心里的想法，她们已经太久没有见面了。

那年国庆节假期，达娜从乌鲁木齐回来了，那是她工作后第一次回家。她是从乌鲁木齐坐班车到奇台县城，再转大班车回来的。她扛着一只草绿色编织袋走进大门的时候，帕丽扎提在做酸奶子，妈妈在后院把草料堆到大棚里去。达娜把编织袋靠在厨房的墙上，拥抱了帕丽扎提。她们一起去后院，达娜抱着妈妈的时候，帕丽扎提看到妈妈的眼睛红了。妈妈总是容易难过，她习惯用眼泪抵抗生活的艰难。

晚饭后，达娜把编织袋里面的东西全都拿出来给妈妈和帕丽扎提展示，主要是一些乌鲁木齐人正流行穿的衣服。妈妈说她想不通，为什么乌鲁木齐的女人要穿牛仔裤和够不到膝盖的裙子。达娜告诉她，吐虎玛克镇外面的世界正在快速变化，女孩子喜欢穿上牛仔裤逛街，但是参加聚会的时候会穿上长裙和黑色或者红色的皮鞋。帕丽扎提希望达娜在吐虎玛克镇不要穿紧身牛仔裤，因为有人会在她走过的时候说闲话。达娜对此不屑一顾。她们因为能不能在吐虎玛克镇穿紧身牛仔裤而发生争执。

半夜，达娜来到帕丽扎提的房间，她穿着一件印着卡通人的粉色睡衣。达娜为自己对姐姐的顶撞道歉，她躺在帕丽扎提的胳膊上，告诉她乌鲁木齐有三十层的楼房，公交车在街上穿梭到晚上十一点，巴扎上的灯一直亮到第二天太阳升起。她说，乌鲁木齐随处可见披着长头发的男人，他们背着吉他唱歌，整夜喝酒。凌晨，达娜请求姐姐穿上牛仔裤。她们趁妈妈睡着溜出家门，穿过吐虎玛克镇的街道，走过蒙根布哈村汉族人的庄稼地。帕丽扎提告诉达娜，这几年镇子周边的戈壁被大量开垦，一口深井可供上百亩的土地灌溉，妈妈花钱从农民那里买来麦草喂牛。

月光下，达娜的裙子在风中飘摆。她们走累了，坐在水井房后面的水泥墩上。她们看见天上密密麻麻的星星像镶嵌在坎肩上的银色扣子，狐狸在离她们不远的灌溉浅渠里喝水。达娜说乌鲁木齐见不到狐狸，人们都喜欢养小狗。一阵风吹过来，达娜说："姐姐，我和叶尔肯彻底断了。"

帕丽扎提心里跑过很多只狐狸，警惕的、怀疑的、自私的。

爱情就是心里有很多只狐狸。

这里很安静，只有风吹动矮草声和浅渠里细微的流水声。她嗯了一声，几乎听不到。

达娜告诉她叶尔肯怎样地对她好，她又如何面露难色地拒绝了他；告诉她其实古诗里说的青梅竹马和现实中的爱情是两码事；还告诉她，她早就知道她的心思了。达娜拉起她的手，问："姐姐，你不喜欢我了，对吗？因为他。"

帕丽扎提生气了，甩开达娜的手，大喊："达娜，你在说什么胡话！你是我的妹妹……"

第二年夏天，帕丽扎提姐妹俩先后结婚了。帕丽扎提的婚礼是在吐虎玛克镇办的，丈夫是镇兽医站的兽医。达娜的婚礼是在乌鲁木齐办的，丈夫是乌鲁木齐大饭店的厨师。七月，叶尔肯先是参加了帕丽扎提的婚礼，半个月后又特意请假去乌鲁木齐参加了达娜的婚礼。八月，叶尔肯参加了她们妈妈的葬礼。葬礼上，人们说她们的妈妈再没有放心不下的事情了，说她们的妈妈是个好人，善良的人。

"祝她升入天堂，愿她安息！"

冬天到来前，叶尔肯的自行车换成了摩托车，车子在吐虎玛克镇的街上和沙石路上飞驰。他照旧每天给人送信，好像他的生活从来就是这个样子。

晚上十点，叶尔肯骑着摩托车回镇邮政所。路过供电所的时候，他看到几个电力工人抬着梯子放进皮卡的后车斗。全镇停电，不知道是哪个地方的故障，电力工人们要去抢修电路。

叶尔肯把摩托车停在邮政所的窗户下面，从屋子里拿出干毛巾，细心地擦拭掉沾染在车身上的灰尘。天色渐晚，天山上最后一点红光消尽后，黛色的天幕罩住了小镇。

他返回屋内生火，把炉灰倒在门外的浅渠旁。天气冷得厉害，风把天上的黑云都吹散了，寡白的月亮吊在天上。他往炉膛里添了几铲煤，浓烟冒了几下后，火舌猛然蹿起，屋内的墙壁被映得通红。他快速洗脸刷牙，他太累了，打算好好睡一觉。

他最后一次拉开墨绿色铁门，探出头向外看，街上一个人都没有，风把塑料袋、易拉罐吹到下街去了。他正要关上门，一双肉乎乎的手摁到了门框上。

"等一下。"有人说。

"啊！"他受惊地看向来人，"姐……"

是帕丽扎提。她是从什么地方突然冒出来的呢？

帕丽扎提站在门口，似乎没有进来的意思。

"商店老板说，你这里……有个包裹，我的。"她说。

"啊……"他意识到自己跟她说话的时候还是不由自主地慌张，"是有一个你的包裹，从乌鲁木齐寄过来的，我打算明早送过去的。"

"我自己来取。"她站在那儿，说话的时候没有看他。

"我需要找一下，姐，包裹在仓库，你进来吧。"他说，"外面冷。"

帕丽扎提略一犹豫，走进去。

他打开桌子上的充电台灯，电量似乎不足，有些昏暗。他转身在几乎占满整面墙的文件柜旁提过来不锈钢折叠椅子，示意帕丽扎提在炉边烤火。

"喝点儿茶吧。"他往茶壶里添水，"你习惯晚上喝茶吗？有的人晚上喝茶睡不着觉。"

理性告诉她应该快点儿拿到快递包裹离开，但她的手仍然拢在炉子周围。她心里有动物作怪，像一匹马在围着毡房前的马桩踱步、打转。

她很想告诉他不管有没有喝茶，自己都会在晚上失眠。不，她不允许自己说这样的话，所以只是坐在那里，看他从整块的砖茶上面捣下一小部分托在手心里。他坐在她的对面，他们盯着水壶，等待水温升高。水烧开前，他把茶叶扔进壶里，水沸腾的时候用长柄的铜色勺子反复搅动，加一点儿盐进去。茶香在屋里散开。他用茶水冲洗两只白色的茶碗，倒上茶汤。

"没有电……"她突然说话，"快递好找吗？"

"我本来挑出来了，下午来了新的快递，可能又混到一起了……姐，需要一点儿时间。"

她低头看炉子里烧得发红的炭，那炭能把她的心烧化。

"姐，喝茶。"他说，"是达娜寄来的吧，她还好吗？"

"叶尔肯……"她打断他的话，心底涌出莫名的火气。

台灯微弱的黄光下，他像个屡次犯错的孩子，比她更局促不安。她突然就心软了。

她知道，叶尔肯这些年过得不开心得很。他独来独往，从没见他在人前笑过。

她和达娜结婚的那个夏天，妈妈的眼睛几乎失明，红肿的眼睛疼痛难忍，眼球凸出，像是急于把没看完的人和事全部看完。县医院的医生诊断妈妈是视网膜肿瘤。妈妈自知来日无多，她最放心不下的是两个女儿，她还没看到她们结婚呢。

那会儿，达娜已经跟乌鲁木齐大饭店的厨师好了两年了，他们的婚礼更早地提上日程。妈妈问帕丽扎提："我的女儿，那你呢？"

因为家里养牛，镇兽医站的兽医经常来帕丽扎提家。那会儿他还是个二十出头的小伙子，才从八一农学院畜牧系毕业。他喜欢把自己黄色偏红的头发背到后面，露出宽阔的额头。他笑起来让人感觉很大方。他几乎每天都要来她家一次，总是问妈妈："牛好吗？家里好吗？"妈妈回答一切都好。他又问："帕丽扎提呢？"

妈妈当然看得出他的心思，妈妈说兽医是个热心的巴郎子，还是个给国家做事的人。她用各种理由和说辞有意无意地暗示帕丽扎提："多好的巴郎子啊，以后会娶谁家的姑娘呢？"

帕丽扎提也看得出来。可是，叶尔肯还在她的脑袋里，叫她如何去接受另一个男人呢？那晚跟达娜聊天后，她也开始避着叶尔肯。他们相互避着，一年到头也碰不上面。时间久了，她先是觉得他们的关系越来越生疏，后来好像习惯了。

妈妈眼睛里的病把她的身体耗得干瘦。帕丽扎提没有时间去考虑太多了。和兽医在一起，这是妈妈给她办的最后一件事情了。家里的奶牛是她的嫁妆，达娜因为在乌鲁木齐，嫁妆是家里剩下的一点点积蓄。其实，为了给妈妈治病，家里的积蓄早已消耗殆尽。

人们说，妈妈生前看到姐妹俩结婚了，心里最牵挂的事情就了了，她没什么要留下的话了。人们说，再多的眼泪也不会让死者复活，对待不幸应该比钢铁还要坚强。人们说，你们的妈妈是个好人，善良的人。

"祝她升入天堂，愿她安息！"

"我希望他们说的是真的。就是从那个时候开始，我再也不害怕走夜路，不害怕一个人睡觉。相反，我希望世上真的有鬼、有神，有一个乐园让妈妈永居其中。我希望妈妈在另一个世界里眼明心亮，没有任何病痛折磨，感冒都不要有。我还想再见到她，我的妈妈。"

帕丽扎提的终身大事就是如此仓促，她自己都来不及反应。她还没意识到自己已经成为兽医的妻子，但一切都发生了，像十月份一阵微风吹过后树上掉落的苹果。

兽医说："帕丽扎提，你是我的老婆了。"

帕丽扎提说："我是你的老婆了。"

兽医说："你可再不能想那个男人了，你知道我说的是谁。"

帕丽扎提的心被针尖样的东西戳了一下。叶尔肯不喜欢她，她对他不该心怀愧疚。

她和兽医丈夫喝了一斤多白酒。帕丽扎提想喝醉，她想在过去和今后之间插入一段空白。只一点点空白，分开过去和将来，那空白会抚慰她的。这是个新的开始，她也是这样做的。

镇上的人们惯于将叶尔肯的终身不娶归为他对达娜的痴情不忘。刚开始这么说时，叶尔肯会站出来解释，告诉所有人他和达娜只有发小、朋友的情谊。可他很快发现，他越是这样解释，大家对他们自己说的话便更加确信，也更加同情他。

叶尔肯当时的确有赌气的原因，但更多的是再没遇到一个让他心动的女人。帕丽扎提的丈夫，就是那个兽医，他去世的这些年里，叶尔肯眼睁睁看着帕丽扎提身材日渐臃肿，变得沉默寡言。有很多次，他总是想起二十七年前的那个下午，那个伶牙俐齿、一脸羞嗔的帕丽扎提，她骂他眼睛小，只看到一点点的事情。时间把那个帕丽扎提留在过去了。眼前的帕丽扎提正双腿并拢，两手端着茶碗，头发松松散散地披着，她的眼睛时不时扫过他。他在心里骂自己："叶尔肯啊，你把多好的仙女错过了……"

叶尔肯让帕丽扎提在炉子前烤火，自己拿着台灯去仓库里找她的快递。帕丽扎提非要一起去。她在堆成小山的快递中翻找，顺便帮叶尔肯把各村的包裹分出来。他看着她倒映在墙上的影子，想到达娜曾经就是这样帮自己把信件分出来的……

"姐。"他试探性地叫了声。

帕丽扎提没有说话，但翻找快递的动作停下来了。

"姐，我不想躲着你走路了……"叶尔肯一屁股蹲坐在地上，抬头看她，又说，"你的快递，我明天晚上送家里去，可以吗？"

他们暂时放弃翻找快递。

他们用台灯微弱的光照着回去的小路。回到火炉前，他们可劲儿喝茶，决定在今晚失眠。

原载《人民文学》2024 年第 7 期

● **作者简介**

冉也，新疆昌吉人。新疆作家协会会员，鲁迅文学院第四十六届高研班学员，有作品发表在《人民文学》《青年文学》《绿洲》等刊物。

我们与沙漠到底有多远

◎ 蔡淼

杀死父亲这个念头第一次出现在我的脑海里是十二岁那年的某个下午。那天天气出奇地好，蝉鸣聒噪，母亲染病躺在里屋的床上，那些疼痛随着呼吸艰难排出，我知道这是母亲害怕我担心才隐忍不发。而我父亲和我仅一墙之隔，此刻他正在邻居家的牌桌上面临着四面楚歌的境地。整个上午，我已经过去喊了他三次，他每次都说，过一会儿就回来，连表情都一模一样。屋檐下太阳留下的阴影也已经往前移动了三次，我心中有一股烈焰无法抑制，就像是我用手指去按住没有开关的水管一样，一旦有一丝的空气漏进来，势必会火山迸发一般喷涌。我承认十来岁的年龄还无法掌控自己的情绪，我不知道父亲在心里面是真的没有我们娘俩，还是抹不开面子，抑或他天生就是一个赌徒。一个手气极臭的赌徒。

我从厨房的案板上拿起一把菜刀，走动的步子比平时更加用劲，双脚踩在地面像是踏在一面羊皮鼓上。我故意把邻居家的大门搡开，门轴颤抖，发出咯吱的声音，希望以此造成声势，让父亲有所警觉，放下手中的牌。我一面发起战争却又迫不及待走漏风声。我提着菜刀站在房屋的门口，遗憾的是他们并没有发现我，他们沉湎于另一场战争而无暇其他。彼此陷入紧张的思考和繁复的推演之中，炉子上的火光在皱纹深处摇曳。我没有说什么话，他们似乎也没有觉察到我的存在。啪的一声，我以为我会朝着父亲砍去，可实际上刀却落在桌子的正中央，刀锋的底端扎住了一沓扑克牌和一把油腻的纸钞。接着就是刀在桌子上像一个怨妇一样喋喋不休，这个过程其实很短，但我却觉得十分漫长，回到了那些虚假而温暖的从前。时间在那一刻静止不前，凝固了。我不知道该怎么收场，或者说我只想到了把心中的情绪发泄出来，却没有想到接下来该怎么做。如果这件事发生在现在的话，我想我会毫不犹豫地拔刀向着父亲砍去。我还没有来得及思考，又是啪的一声，再次让在场的人一惊，融化的时间像液体极速朝周边喷射。他们反应过来，迅速逃离。是的，你没猜错。父亲一巴掌拍在了我的脸上，我开始反抗，握紧拳头朝父亲的脸上挥去。父亲没有想到我会还手，他应该能想到的，毕竟我都拿菜刀了，很快我们就扭打在一起，像是两股拧不紧的草绳。邻居过来把我们扯开。从此父亲再也没有在邻居家打过牌，你不要以为他会改邪归正，而是将据点越选越远，而且逢人就说，我要杀死他。似乎这样说就能在真正死去以后也能把我拖下水去似的，不过有一点他却是说得没错，我真的是想杀死他。从小到大，我就在他和母亲的争吵中长大，而矛头永远只有一个，那就是打牌。我自己都数不清楚，有多少次他跪在母亲的脚下，一次又一次发誓，再要赌博就要砍掉自己的手指之类。我都不相信他的鬼话，那时我非常不理解母亲为什么会一再相信他的谎言。他一边在外面赌博，十赌九输，不断地欠账，借钱赌，越借越输，雪球不断膨胀。他整宿整宿地不回家，沉迷于在井中捞月的游戏。小时候，他在夜里回来总是敲我的窗户，因为母亲是不会给他开门的。可能连他自己都没有想到，他的儿子早就长大了，而且敢提刀跟他拼命，再也不是当年那个哄骗着给一块钱就能起来给他开门的孩子了，这一点是他始料未及的。

当母亲病好以后，她把我大骂一顿。我说那天我真的有要杀死他的心，她说他不管再怎么浑蛋，他都是你的父亲，你的身体里流淌着他的血液，你们是父子，这一点是逃不掉的。我问母亲，你怎么能忍受得了父亲的种种，怎么不跟他离婚呢？母亲说，离不了，或许这就是宿命吧。又不是没有闹过离婚，你父亲的保证书堆满了满满一抽屉。我无法理解父亲，更无法理解母亲。

我不明白我为什么会出现在这个家庭，我似乎以一种错误或悖论的形式存在。而我存在的意义就是为了不断地向世人证明：这是一段失败的婚姻。

从十二岁那次事件以后，我能明显感觉到父亲有点开始怕我了。我在家的时候，我们一起在堂屋里吃饭，彼此不敢言语，但是父亲从来不会夹我面前的菜，更不会在家里大声跟母亲说话。但他别以为这样就可以瞒住我，只有男人最了解男人。我时常看见母亲一个人躲在灶屋里偷偷地抹眼泪，我走进去问她怎么了，她总是装出一副若无其事的样子，然后顺手将本就燃烧得正旺的木柴左右一晃，一股青烟便笼罩在屋子里，她借坡下驴，说是被烟雾给熏着了。我知道我在家的时候，父亲并不敢出去打牌，他所做的一切不过是在我面前演戏罢了，他是一个什么样的人，在我人生的前十二年里我早就看清楚了。我不相信他会有任何的改变，他已经停止了生长。我记得五六岁的时候，那会儿我们还住在山上，父亲要外出打工，我和母亲天不亮就起来，母亲给他煮面条，面条里卧着两个荷包蛋，这是平时家里用来招待贵客的标准。他表现得很惊讶，要把蛋拨给我和母亲吃。母亲说，你就要出门去挣钱去了，一个人要照顾好自己，今天你就是家里最尊贵的客人。我听得有点莫名其妙，搞不清父亲怎么就成了客人。天露鱼肚白的时候，我们送父亲下山赶到县上的班车。我们走到公路上的时候天还没有完全亮透，群山笼罩在一团又一团浓稠的黑点之中。我们等了很长时间，一辆破旧的班车才从镇上的方向慢慢爬过来，班车停下，似乎在宣告一段未知的旅程。他紧紧地把母亲抱住，眼角还挂满了泪水，像是初恋情人要分开很久一样，顺手摸了摸我的头，告诉我要好好听母亲的话，快快长大。车里的司机用方言不耐烦地发出催促之意，他从母亲手中接过背包，朝车子内部走去，像是钻进一只巨型甲壳虫的腹内。我看见车子里面已经坐满了人，这时，一个女售票员一手拿着一大把钱，我第一次看见这么多的钱，一手不知道从哪里掏出一个小板凳来。很快，车门就关上了，父亲侧着身体，很艰难地把头从窗户里顶出来，朝我们挥手，我和母亲沿着车子的方向快步跑去，尘土落满了我们的衣服，我们成了灰头灰脸的泥人。我们一直追到车子转弯，它粗野的歌声很快消逝在群山之中，只留下一串异常难闻的味道。这时，太阳，才浅浅地从云层里露出一角来。我和母亲一直沿着山路往回走，走到半山腰的一户人家时，那人正好扛着一把锄头要下地，见到母亲异常热情。那人告诉母亲，父亲前几天在他们家和邻村的几个小伙子打牌打输了，他劝过父亲让他收手，别玩了。可是父亲非但不听，还坚信自己一定翻身，不但能回本还能小赚一笔。他拗不过父亲，只好借了几百块钱给他。如今父亲已经出门打工去了，连我都听出了他的话外之音，何况是母亲。母亲把口袋里的钱全拿出来给了他，那人小心地赔着笑说，还差五十八。母亲说，我只有这么多，剩下的等我卖了鸡蛋再还你。他叔，请你以后再也不要给他借钱打牌了，那人一边数钱一边笑呵呵地点着头。走出去几十米，我回头看他仍在蘸着口水数钱。那样子既滑稽又让人憎恶。

再往上走了不到十分钟，太阳已经盖过头顶，我感到浑身发烫。路过一片竹林，母亲和我随手捡起一根木棍，握在手心里。我们像小偷一样，眼观六路，耳听八方，小心行进。这户人家养着一条狗，绕路又行不通，不得不防。我们过了竹林以后，沿着一排石阶而上，拐角的一个妇人正在喂猪，一边咒骂猪光吃粮食不长膘，一边随手撒出一把苞谷粒喂鸡，鸡一下子围到她的跟前，抢个呀，又不赶着投胎。狗的耳朵竖起来，很快就发现了我们，狗吠声尚未落地，四蹄已经奔涌而至。我赶紧躲在母亲的身后，母亲像我们玩的游戏老鹰捉小鸡一样护在我的身前。狗死死地盯住母亲手中的棍子，喉咙里不时发出呼噜呼噜声响，好似脖子上挂着一壶滚烫的开水。妇人很快也被狗声所吸引，唤了一声狗名，狗便撤至她的身旁。接着就是和母亲简短地寒暄，都是一些无关紧要的话，有一句没一句地搭着，眼看我们就要从院坝里离开。她终于说出了她的意图，父亲上个月在他们家和几个年轻的小伙子一起打牌，父亲手气不太好，那天像是沾了霉运似的，总是抓到一把乱牌。母亲说，多少？妇人没有想到母亲会这么直接，反倒有点不好意思地说道，妹子，你别急嘛？你听我跟你讲……多少？他借了你们家多少钱？母亲的语气掩盖着一丝愤怒。妇人只好说，其实也没多少钱？三百二。你管三百二叫没多少钱？我们一年能挣下几个钱。母亲说，钱我现在没有，我会想办法尽快还给你的，以后你们要再给他借钱打牌，我可不认账。说完，母亲牵着我的手继续往上走去。到屋里喝一口水哈。那妇人故意把声音抬高了几个度。我忍不住对母亲说，你把我弄疼了，母亲转过头来松开手，擦去眼角的泪水，瘫坐大路的中央，抱着我开始痛哭起来。泪水打湿了我的衣服，一股滚烫的气流在我的背部流淌，一股无名的火焰在逃窜。母亲捂住我细小的臂膀，认认真真地跟我说，你长大了以后，千万别学你老子，打牌赌博，碰都不要碰。我郑重地点了点头。一张硕大而无形的契约在心底生成。很快，我们走到一条岔路上，阳坡的路近，会路过一个大院子；阴坡的路远，不好走，也无人居住。母亲毫不犹豫地选择了阴坡那条路，那时我虽然年龄小，但是朦胧中已经隐约明白了母亲的选择。

再往后的日子里，我开始到镇上读书，而父亲一年大部分的时间在外面务工。我在学校外面租房子，把家里米面粮油扛到镇上自己做饭。日子过得紧促而充实，以至于我暂时忘却了和父亲的仇恨。一个炎热的夏日，我回到屋里，却看见桌椅斜躺在地面上，碗筷连同食物破碎了一地。我知道，那个人现在又回来了。从此在我的心里，父亲从他变成了那个人。母亲一个人睡在里屋，头发被扯得异常散乱，胳膊上有不规则的瘀青。那个人不知踪影，我只好收拾着眼前的狼藉。那些过往岁月的阴影也接踵而至，我感觉到自己的眼眶在发热，手收不住地颤抖，我尽量让自己的呼吸变得均匀一些，尽管它依旧粗重，胸腔上仿佛立着一架正在工作的机关枪。我做好了晚饭，叫母亲起来吃饭，她没有响应，我只好把一碗汤饭放在了她床头旁的木箱子上。

这个木箱已经足够破败，但是从山上搬家的时候，母亲还是坚持把它带下来，里面装的是家里的各种票据、户口本、证件之类的重要物件。刚开始的时候，母亲也把钱放在里面，自从被那个人偷偷拿了两次之后，母亲每次都把钱藏在不同的位置上。每次父亲要钱，母亲便让我守在门口看着那个人。那个人也曾贿赂过我，给我几块钱让我告诉他母亲藏钱的位置，那个人不知道的是，我在告诉他之前会先告诉母亲。当然，那个人也会打着各种各样的旗号，试着从母亲的手里骗钱去打牌，真真假假，母亲有时也懒得跟那个人争论，一旦造成误会让那个人抢得了先机，便会在人多的时候说出诋毁母亲的话语，他不知道女人的嘴太长，他说过的话还会原原本本地传回母亲的耳中。反倒是母亲在人群中极力维护那个人，母亲跟我说过他们的故事。

母亲十九岁就嫁给了那个人，说媒的是母亲的邻居，也就是我后来的婶娘。婶娘他们一大家人把母亲和那个人喊到家里面来侃大山，说到关键的时候就使眼色，各自找个借口渐渐地从房子里出来，最后还不忘把门带上。屋子里就只留下母亲和那个人了，我想年轻的母亲自然是无法逃过那个人的甜言蜜语，那个人哄女孩子肯定很有一套，口袋里装上了各种颜色的水果糖，从山上下来的时候还摘了一大把林中的山花，说只有这样的花才配得上母亲。山中闭塞，除了和那个人以外，母亲并没有和其他男性接触过，她自然没有辨别和对比的意识，加上婶娘那张巧舌如簧的嘴，她也就在半推半就中应允了此事。我偷偷翻出过他们的结婚证，大红本子，蓝色墨水手写的钢笔字，尽管是黑白照片，依然能看出两人满眼的幸福，年轻的时候他们确实般配。只是那会儿的母亲怎么也没有想到那个人会染上赌瘾，她没有料到事情完全会朝着另一个方向发展。那些年那个人每次回来我的身高都会高出一截来，甚至不敢相信对面的人就是他的儿子。我相信在最初的时候，那个人也一定和普普通通的大多数人一样，娶妻生子，把生活过得有滋有味，从没有想到在纸牌和麻将之中会有一只手把他拽向深渊。母亲聪慧，小时候为了教我，竟然自己看着数学书上的例题，教会了我解方程。她跟我说起过，她在学校的时候回回都是第一名，奈何外公名下子女众多，非要搞平均主义，没有一个孩子是因为读书而改变了命运，而那个人时常逃学，被老师罚站在门外。我上学的时候，成绩也非常差，快到毕业时经常被数学老师挖苦，那个时候我就在想，我是不是继承了他身上某种说不清道不明的东西，我被罚站在国旗杆下，顶着炎炎烈日，昏厥在地上，把数学老师吓了一大跳。因而初一刚开学报名的那天，别人都高高兴兴地往镇上的中学跑，只有那个人表现出一副满不在乎的样子，他领着我到小学去找校长，问我考上了没有？生怕他到镇上去报名时找不见我的名字，扫了他的面子。抑或是他能就此省下一笔支出。我站在校门口，死活不愿意进去，实在是太丢人了。我都能想到那个人在校长面前是怎样被打发了的，说白了，其实还是对我动手的事情耿耿于怀，希望能够在学业上拿捏我，逼我低头向他求饶，以此增添作为父亲的筹码，从而在尊严上扳回一局，赢得属于他自己的光彩。他出校门的时候，只是悻悻地说了句，现在考初中都没有门槛了吗？倒数第一也能进。我并不想接他的话，从初一第二学期开始，我就再也没有让他给我报过名。我似乎不再需要那个人，他在我的生活中消失了很长一段时间。

母亲躺在床上一直没有起来过，连翻身的动作都没有。我坐在门口的石墩子上，眼里恶狠狠地望着远方。我很是期盼那个人出现在我的眼前，又有点害怕他出现。我在矛盾中变得焦急，天色如黑纱落地很快就盖下来。鸡鸭归笼，我关上大门，没有插上木闩，站在一扇大门的背后，我知道那个人迟早是要回来的。我就在这里守株待兔，我又去柴房里找了一根木柴，手掌正好能握住。我关掉了房子里所有的灯，我在黑色深处潜伏下来。时间一分一秒地流逝，一切变得漫长起来。你说，那个人有过对你好的时候吗？我吃了一惊，怎么会在这个关头有这样的想法呢，我摇摇头劝自己不要多想。必须坚定立场，绝不能动摇。邻居家电视机里的声音透过土墙传过来，接着是一阵广告，吝啬的老头子关掉了电视机，过了一会儿他又打开了，准确地接上了续集的内容。老头子年轻的时候干过大队会计，做什么事情都精打细算，你说那个人打牌能算得过他吗？续集也放完了，老头子出门上厕所，回到房子后把大门口的灯拉灭了。不知道又过去了多久，老头子的呼声如响雷一般把我从迷糊中拉了出来。我感觉到我的双腿已经不受控制，大脑的指令在它们面前是滞后的，酥麻感从下往上传递。我扭动脖子，发出一声清脆的响声，嘘。听！有一个声音在靠近，月光下，黑色的阴影被拉得很长，像是鬼影一般，接着是脚步声，我知道是那个人终于要回来了。我看不清那个人的脸，嘴上的烟发出光亮，我看到了嘴角那个熟悉的标志，一滴墨水大小的黑痣。我的心跳开始加快，我握了握手中的木柴，把木柴举到肩膀上。我告诉自己，别害怕，就像是电视机里放映的打高尔夫球一样，用力一挥，一切就得到解脱了。脚步声越来越近，那个人正一步一步向我走来。他在门口站了一会儿，我的心脏快要跳出来了，不知怎的，一滴汗水竟然从额头上流了下来，脸上痒痒的，我忍不住想要伸手去碰，可是我并没有这样做，我知道一旦错过这次，或许就再也没有机会了。那个人转身离开，难道有透视眼不成，莫非是知道了我潜伏在这里？他一旦离开，可能就再也没有机会了。我在心里告诉自己不要慌，默念十二个数字，当我数到十二他还没有进来，我就冲出去。我刚数到五，那个人就反身而回，他轻轻地推了推门，没有想到门竟然没有锁。没有什么可以预料的，那个人先是迈进一只脚来，紧接着是另一只脚，当整个人站在屋子里的时候，我再也没有犹豫。我双手拽住木棒奋力地朝着那个人身上砸去，他大喊了一声，被这突如其来的袭击弄得有点错愕，黑暗中他没有看清我是谁。我闭着眼睛又往地面上捶打了三棍子，我不知道那个人伤得怎么样。我唯一确认的是，每一棍子都没有虚打，我乘着夜色迅速逃离，过了河，就朝马路上跑去，一个快闪，钻进了玉米林里。我静静地观察着周围的一切，我知道很有可能我就杀死了那个人。然而，大门前的一盏灯亮了。我搞不清楚，是那个人站起来了，还是邻居会计老爷子起夜，因为很快，灯又灭了。我浑身发抖，不知道该怎么办，眼泪和汗水混杂在一起，我不知道我的眼里为什么会有泪水，我甚至不知道我该去哪里？也许，天亮以后就会有警察找到我，然后双手被他们铐上，装进警车，接着我要接受他们的讯问，交代整个犯罪过程，这些刚刚邻居的电视里不都放了吗？我从玉米林里钻出来，除了河水的声音，一切都像是安装上消音器似的。我感觉自己已经戴上了镣铐，可是我却歌舞不起来。我沿着公路，双脚笨重地走着，走到通往镇子上的岔路口时，一辆大货车疾驰而下，他疯狂地按着喇叭，生怕把我给撞上了，我发出一阵瘆人的哈哈哈大笑，司机脸上的怒气变成了莫名的惊恐，轰隆隆的油门加大了嗓门，货车很快消失在夜色中……

他说，我们离沙漠到底还有多远？

远处红色的山体在大地氤氲的气流中变得若隐若现，车子飞速奔驰在无人区。黑色的戈壁，滚烫的戈壁就在眼前，绝望与荒凉就在眼前，傲慢的气息慢慢散开。

我说，前面就是沙漠了。

他抠动车门把手，取下墨镜，下车。背着背包独自一人往前走去，背影落在荒漠化的盐碱地上。

我喊道，你不怕我把你一个人丢在沙漠吗？

他转过身来说，那不是你一直想做的事情吗？

他戴上墨镜，继续补充道，你要知道我是一个赌徒，对于一个赌徒来说，我从来不会为明天着想，戈壁和沙漠才是一个男人应该钟爱的事物。它会让你和过去的世界暂时分开，没有什么事情是我所放不下的，包括生死。

我说，祝你好运，希望你这次的手气不要太臭。

他说，不重要了，你回去好好生活，好好上班。我有点诧异，这不像他说的话，三天以后还是这个时间点在这里等我，如果你愿意来的话，假如到太阳落山后我还没有出来，你就回去吧，说不定我就从另一个方向出去了。

我挥挥手，不知道算是送别还是告别。

他转过身来，说，其实我知道那晚躲在门后面的是你。

我说，我一直以为那只是一个梦境，是我想象出来的。

他说，嘿，小子，我们离沙漠到底还有多远？

他说完，哈哈大笑，直到笑声被沙漠所吞噬。

仿佛一切都是虚影，什么也没有发生似的。

他和母亲离婚以后，我们之间已经有十多年没有联系了。我不太相信他能够活着从沙漠里走出来，虽然我一直想要杀死他，但随着时间的沉淀，我已经不再是当年那个只会拿菜刀和木棍想要他命的少年了。因为我也已经成为一名父亲，这个远超职业终身的称谓具有千钧之力，虽然我还没有做好准备，但他的突然造访让我不得不重新审视我们之间的关系。

望着他的背影，我再次想到我们上次见面的画面。那个时候他已经决定不再把挣来的钱交给母亲，后来母亲才知道原来是他在外面有一个女人。母亲没有和他大吵大闹，表现得异常冷静，头一天晚上母亲让我写好离婚协议书。当母亲把离婚协议甩在他的脸上的时候，他表现出前所未有的惊恐？或许他没有想到忍气吞声多年的母亲会这么决绝，虽然母亲已经多次在嘴上说要离婚，甚至不惜坐火车跑到四川的乡下，但是父亲总有办法会让母亲回心转意，把母亲给接回来。母亲或许也不是回心转意，现在看来她更多的顾虑在我。可是他终究还是低估了母亲，他似乎已经忘了母亲最重要的身份不是妻子和母亲，她首先是一个女人。母亲有着自己的底线，他早就准备好的一套说辞在一纸离婚协议上显得苍白而无力。

母亲表现得很平静，对他的一切不再干涉，也没有什么可干涉的了。她照常操持家里的一切，好像什么事情都没有发生过。她很麻利地就将他的一切东西整理好，吩咐我把它们搬到另一间房屋。我遵照母亲的指示，也能感觉到这平静之下的波涛。母亲还是做三个人的饭菜，只是到了吃饭时间，再也不喊他吃饭，但桌子上依旧三副碗筷，我们彼此沉默不语，只有咀嚼的声音在饭桌周围来回摇荡。吃完饭以后，我把碗筷收拾到厨房，母亲只洗我们俩的，单把他的留置在一边，像是弃儿。母亲已经在离婚协议上签字，捺了手指印，并给父亲下了最后的期限，隔天就要到镇上去办理离婚手续。

这一晚，绵绵的小雨逐渐变成瓢泼大雨，一夜之间百花落地，河流肥胖，清洗了人间诸多尘埃。这一晚，他们应该都没有睡着，每过一阵儿就有人开门。狂风扫进屋子里，让农具开始唱歌，一排锄头、镰刀发出丁零之音，我闭着眼睛想象着编钟的样子。风雨未停，在黑夜中呼呼而过。

我再一次坠入梦境深处，又是那个相同的梦。我站在门后面，用木棍朝着父亲的头部击打，像是打高尔夫一样。他倒在地上，月光漏进屋子里，一摊黑色的液体在地面上扩散开来。我落荒而逃，双脚却使不上力气。我感觉我的双腿长在了土里面，黑色的液体中伸出一只大手来，手掌中心是父亲狰狞的面孔，他的手卡在了我的脖子上，我双脚不能动弹，喘不上气来。我被这巨大的手掌推到桌子旁边，我情急之下，右手摸到了母亲剁猪草的刀，我用手指钩过来，刀把在我手里，朝着父亲的肚子划去。我终于杀死了父亲，然而我却没有想象中的那般开心，接踵而来的是惶恐。我还没有来得及熟悉这种感受，便被母亲从梦中推醒。窗外仍然是细雨绵绵，潮湿的味道在房子里漫漶开。那梦境似乎过于真实，脖子上的疼痛与窒息的余温感还在，我感到浑身疲惫不堪。

母亲说，你父亲走了。这个臭不要脸的，他又把我丢下了。

母亲没有料到他会来这一出，天刚麻麻亮的时候，她就起来打扫卫生，伺候家禽。等把家中的一切安排妥当之后，她准备要薅出父亲一块去镇上办手续。我有点怀疑其中的真假，毕竟当时还是阴雨绵绵。当她推开父亲房屋的门时，发现他早已离开。于是，这才有了母亲喊醒我的这一幕。母亲一面让我赶紧穿好衣服，收拾好起来，一面回到自己的房中寻摸着什么。过了一会儿，她焦急地跟我说，父亲卷走了家中所有的钱，连零钱一分都没有给我们留下。我能从母亲颤抖的语音中听到些许慌张。这个挨千刀的，你不得好死。

母亲说，今早我一起来，右眼就一直跳。你赶紧去镇上看看，你父亲是不是在镇上，如果没在就去市里火车站找找。老天爷呀，可千万不要出什么事。

过了会儿她又说，你要把他找回来，就是出事，也不能是今天。临了，临了，他还要给我扣一屎盆子，老娘不接！

我出门上了个厕所，山岚中已经起雾，但头顶仍然是乌云重重。这是大雨来前的征兆，我回到屋里开始找雨伞，母亲在里屋打了好几通电话，她是在给我找摩托车。只是这个鬼天气，公路两旁容易落下巨石，公路常有塌陷的危险，更有潜藏的泥石流。一般人并不想冒这个风险，我不知道母亲是怎样说服了那个摩托车司机。片刻的工夫，河对面就有鸣笛的声音传过来，母亲往我的口袋里塞了一些钱，并嘱咐我注意安全，不管有没有结果都要第一时间给她打电话。

我看着口袋里的钱，狐疑地望着母亲。

母亲说，早上起来太着急了，一下子没有想起来上次藏钱的地方。他总算是做了件人干的事情，没有把我们娘俩的养命钱卷走。

风雨斜立，像是一把把透明的刀子冲过来，剔在我的脸上。沿途有被连根拔起的树木倒在地里头，司机沉默不语，把我放在镇上就往回走了。镇子上就两条主街，由于大雨大多都关门插锁了，我想父亲大概率不会出现在这里。我绕了两圈，果然毫无收获，我从口袋里掏出手机给母亲打电话，发现打不出去，母亲那头无法接通。我只好发了几个字的短信：他不在镇上，我去市里火车站看看。

开往市区的班车一天三趟，镇上的车站工作人员告诉我，早上两趟都已经出发了，下午的要到四点才走。

从车站出来的时候，碰到一个摩托车司机问，你要去哪里？

我总感觉这人非常熟悉，却又想不起来在哪里见过。或许是因为这个原因，多了一层信任感。

我说，到市里。

他说，班车已经走了。

我说，你这车往市里跑不？

他说，太远了，回来没人，划不来。再说时间太长，人也受不了。

我说，给你双倍的钱。

他说，这样吧，我把你拉到陵县。你从那往市里走，车子就多了。

我很纳闷，为什么雨天在车站门口还有摩托车司机？一般来说，下雨天是难得的休息天，既不用下地也不用跑车，在家里睡觉或打牌多自在。

可是眼下，我并不想过多地跟外人有所交流，似乎一言不慎就把心中的秘密给泄露了出来。

我为雨天而感到庆幸，没有谁会在这么糟糕的天气里问东问西，打破砂锅问到底。而我又不善言辞，能用半句打发绝不用一句。

陵县果然有很多到市区的面包车，那人专门跑到火车站的专线。面包车从陵县往市区走，穿过一片阴云过后，天气竟然晴朗了起来，到市区的时候太阳异常耀眼，从车里下来，地面上的热气一股一股地往上涌。

刚走到站前广场，我还没有开始寻找，就发现了父亲。

他一个人坐在台阶上吸烟，我决定暗自观察一下，看母亲口中的那个女人是否会在这里出现。

然而并没有出现，他的注意力涣散，双眼空洞，但是很快又有新的东西出现。我站在他的身边，他都没有发现我。

我故意咳嗽了一声，他才慢慢抬起头来，从欢喜到冷漠不过眨眼之间。

我说，你准备到哪里去？

他说，去太原，已经买好了车票，坐班车下来的时候碰到一个熟人，他们那边还缺人，我就跟着一块去，顺便有个伴儿。他一边说一边朝餐馆里指了指。

我说，你怎么不一起去吃饭？

他说，我不饿，我在这里给他看行李。

我说，他们说的是真的吗？你知道我说的哪件事。

他不再接话，只是从上衣口袋里掏出烟盒，继续点燃，烟雾笼罩在他的眼前，我看不清他的脸。

我说，你身上的钱够不够？

他默默点了点头，像个犯错的小孩子。

我说，母亲害怕你出事，所以让我沿途找你。

他只是笑笑。

那个同乡的人从餐馆里走出来，一面用牙签剔牙，一面用手抹去嘴角的油腻。我似乎没有见过这个人，对他的底细一无所知。我相信父亲知道的并不一定比我要多，他却把命运托付他人之手，这符合他的风格。

广场上有播音员提醒旅客进站检票，不断地播报着车次。他掏出红色的车票，我看到"无座"两个字，心里感觉被什么扎了一下。

我把他们送进车站，这时母亲的电话打过来。回去的路上，我终于想起那个摩托车司机是我初中同桌的爸爸。有一次，摩托车带了两个人，在一面山的拐角处，远远就看见交警，他让我们赶紧下车，然后掉转车头就准备逃走。交警过来，一手抓住他的头盔，一手抓住车座后面的铁架，尽管他已经将油门轰得很大，终究还是被拽下车来。我一直觉得是我们动作慢了，耽误了他逃离，我们亲眼看见他被罚款，消失在风中。为此，我愧疚了好长一段时间。

我把车子里的音乐放到最大，四扇窗户摇下来，让戈壁上的热浪进入到车子的内部，变成了一只胖乎乎的银色甲壳虫。我把油门踩到底。我感觉到车子长出了翅膀。那白色的光近乎诅咒一直笼罩，炽烈的光芒下大地早已满目疮痍。车子与风并排齐驱，想起父亲最后那句话，我忽然意识到什么，准备掉转车头，朝着沙漠的方向驶去，方向盘像是失灵了一样……

原载《作家》2024 年第 10 期

● **作者简介**

蔡淼，"90 后"，中国作家协会会员。作品见于《当代》《十月》《诗刊》《作家》《青年文学》等。获第八届扬子江诗刊年度青年诗人奖、首届杨万里诗歌奖提名奖等。著有《诗从新疆来》《南疆木器》等六本。

镜 听

◎ 陈湘涛

鞭炮噼噼啪啪地响着，文楚贻仿佛蹚过了地雷阵。

彩珠筒都是冲着天上打的，小蜜蜂等花炮也只是在原地打转，唯有二踢脚和窜天猴，一个声音粗野，像是埋伏在前方的劫匪；一个行动诡异，如同长途奔袭而来的流寇，让文楚贻时时提防，以致步履蹒跚。

走过了洋井，鞭炮声渐渐稀少。这是基建连的西北角，也是最早的居民点，如今早已破败不堪，只有两排房子毫无生气地躺在那里，默默倾听着远处的炮声。

老班长家就在第二排房子的第二家。掀起厚重的棉布门帘，推开木门，酒味扑面而来。

老班长李先辉坐在炉子跟前，一边烤着洋芋，一边喝着酒。

火炉连同火墙是连队人家的中央空调。铁炉形似水塔，两头粗中间细。下面四四方方，装着一个盛炉灰的方形抽屉。中间部分细长如同小蛮腰，里面担着炉条。炉条下部开有方形孔，火钩通灰、架鼓风机都要用到这个小口。上面是圆形炉灶，平时放着一圈套一圈的炉盘，烧水做饭时根据锅的大小，用火钩从中间依次取下合适的炉盘。烤馍馍片用全副炉盘，烧开水取中间两个炉盘，炒菜用铁锅取三个炉盘，蒸馒头用大铁锅需要取出全部的炉盘，只有这样才能最高效地利用火力。烤洋芋、烤红薯最简单，直接撂到盛炉灰的抽屉里，过十几分钟就可以取出来吃了。

李先辉家的铁炉平常，只是他烤洋芋的方法奇特——直接把带皮的洋芋放在炉盘上，一边烤一边翻身。见到文楚贻，他仰起头，让山羊胡子高高翘起来，漫不经心地问，吃了没？文楚贻注意到他根本没有用眼睛看自己，仿佛在跟铁炉上方的顶棚说话。

我爸不行了！文楚贻说。

李先辉仿佛没听到，自言自语地说，以前放炉灰里烤洋芋，是挺香，但四周烤面了，洋芋心却不面。等洋芋心面了，四周又烤干了。我今天换一种烤法试试。

我爸快不行了！文楚贻又说。

你在老家还有哥哥姐姐，有人埋就行。

文楚贻说，我想回老家。

李先辉嬉皮笑脸说，回呗，我批准了。

没跟你开玩笑。我算了一下，来回要花一千块路费。如果人活着，这一千块还不如直接寄给他，比人回去更管用。

我也没钱借给你。

我想让你告诉我，我爸还能活多久。

你爸能活多久，去问老家的人啊。

邮局初五才上班，我发不了电报，也收不到老家的电报。这几天我的左眼皮老跳……文楚贻一边说，一边哽咽着。

我自己什么时候死都不知道，怎么知道你爸能活多久？

我不管，你有文化，看书多，一定有办法。

你赖上我了？李先辉瞪着眼睛。

就赖上你了。前年夏天，我在打土块，你拍过我屁股，别以为我什么都忘记了。

你撅着个"勾子"，我以为是黄麻子呢。

我不管，拍了我屁股就是流氓。现在我不是要翻旧账，就是要你帮帮我。都说你是百事通，知天文晓地理，你给我指条路吧。

李先辉说，我自己都不信这个，骗你我不是人。

文楚贻咬着下嘴唇，迟疑了一会儿，突然跪到地上。李先辉"哎呀"一声，伸手去拉，不知有意还是无意碰到文楚贻的胸部，又忙把手缩回去。

我以前在书上看到过一个方子，准不准不知道。你等着，我去找本书。李先辉说。

他慢吞吞地从里屋床下拖出一只木头书箱，再从五斗橱里翻到老花镜，又颤抖着手，从书箱底部找出一本泛黄的线装书，翻到了其中一页，指给文楚贻看。书上写的是繁体字，文楚贻勉强能辨认出来：元旦之夕，洒扫置香灯于灶门，注水满铛，置勺于水，虔礼拜祝。拨勺使旋，随柄所指之方，抱镜出门，密听人言……她将书还给李先辉，瞪大眼睛看着他。李先辉解释说，这种方法，古人称之为"镜听"，也叫"听镜""听响卜"，就是在除夕或岁首的夜里，抱着镜子偷听路人的无意之言，以此来占卜吉凶祸福。具体方法是将勺子放入盛满水的锅中——文中说的铛就是古人用的锅，跪拜许愿后拨勺旋转，然后按勺柄所指方向抱着一面镜子出门偷听，比如你听人在打麻将，有人说和了，那取谐音就是活了，说明你爸能活。

文楚贻眼睛一亮，说那你快帮我弄。

李先辉说，我家锅碗瓢盆都有，就是没镜子，我好几年都没照过镜子了。

文楚贻说，你等着。说完就急匆匆地往家赶。

李先辉望着她的背影，苦笑着摇摇头。

到了家门口，文楚贻听到炭池子里有声音。她大声喊了一声谁，却没人答应。她心怀忐忑地打手电照进去，看见老二祥云正在里面叮叮咚咚地敲煤。

祥云是个半聋子，只能听得到凑到他耳边说的话。

家里平时做饭取暖都用碎煤，碎煤中常常夹杂着泥土，火烧不旺。晚上盖着被子睡觉，不需要太高的室内温度，用碎煤仍有些奢侈，于是家家户户都会用细碎的煤渣"压炉子"，让炉火在燃与灭的临界点寂静地氧化，缓慢地释放出少许热量。过年时，文楚贻天天洗床单洗被套洗衣服，黄文楚天天炒瓜子炒花生炸萝卜丸子，都需要利火，就要用大块的煤了。

大块的煤都堆在炭池子深处，需要一手拎着榔头，一手提着煤桶，弓腰钻进炭池子深处，将里面乌黑发亮的大块煤砸成能够塞进煤桶的小块煤。烧这种煤块，铁炉最"利"。如果再配上鼓风机，还能够听到噼里啪啦的燃烧声。家里的煤用完了，三兄弟谁碰上谁去装，可是到了年三十晚上，老大祥雷晚饭都没吃就不知去向了，老三祥雨也在饭后跟着几个同龄的孩子串门去了，只有孤僻的祥云留在家里干一些杂活。文楚贻给祥云照着亮，看着他叮叮咚咚砸了一通，然后满面尘灰地从炭池子里钻出来，心里替他鸣不平——一个家就是个小连队，总有人会吃老实亏。

跟着祥云进了家，文楚贻看见黄文楚一边看电视，一边包着饺子。电视机里，一个来自台湾的歌手正在春节联欢晚会上唱歌：归来吧，归来哟，浪迹天涯的游子……文楚贻正想找个机会跟黄文楚吵架，就毫无征兆地关了电视。黄文楚看了她一眼，继续包饺子。文楚贻看祥云正在炉子旁敲煤，就用祥云察觉不到的音量跟黄文楚吵起来。

什么时候去办手续？

黄文楚包着饺子，一声不吭。

你放个屁行不行？

黄文楚放下手里的饺子皮，还是一声不吭。

文楚贻抓起面板上的饺子皮，用力揉成一团，像是打砖坯一样重重地拍在面板上。她从写字台上拿了镜子，匆匆往外走，突然看见祥云不知道什么时候站在了黄文楚的身旁，一副惶恐的神情。

文楚贻忍着不哭，可走出家门终于落了泪。她心疼祥云，每次他们吵架，无辜的祥云总认为战争的根源是自己，常躲在一边偷偷淌眼泪。她也心疼黄文楚，无论受多大的委屈，总是一副天高云淡的样子，任由她撒泼。可是她又有什么办法？这样的男人，不逼着他去借钱，怎么能凑够这一千块钱呢！

她借着窗户透出的灯光，对着镜子龇了龇牙，看到一副狰狞的面目。和连队里其他妇女不一样，她凶过之后总爱自责，总要想办法去弥补。看来，有自省能力也不见得是好事。

折回李先辉家的路上，她东张西望，盼着能遇到祥雷和祥雨。小小的连队，四十多排房子，藏不住两个半大小子。只要他们跑出来玩，大概率会遇上。文楚贻想好了训他们的狠话，要训得他们抬不起头，乖乖地回家去和祥云玩。

果然，在俱乐部跟前，她看到了祥雨。祥雨夹在一群半大孩子中，麻雀一样群飞群落。看到文楚贻，祥雨兴奋地跑了过来。还没等文楚贻发火，祥雨就递过来一颗剥好的大白兔奶糖，蹦着跳着塞进了文楚贻的嘴里。

文楚贻含着糖，咬字不清地喝问，你在干什么？

祥雨兴奋地说，我们在等着换糖呢。

原来他们挨家挨户地串门拜年，转上一圈，棉衣棉裤的口袋里就塞满了牛奶糖、花生糖、水果糖、话梅糖、薄荷糖、高粱饴……糖果一多，交易就产生了。每种糖果都有身价和行情。最好的当然是大白兔奶糖，一颗可以换三颗普通奶糖。石河子产的高粱饴也是好糖，最少能换五颗水果糖。

一颗糖软化了一切，文楚贻也没有了骂人的心情，叮嘱说，早点回去吧，帮着家里干点活。

我今天才倒过污水桶。祥雨邀功说。

你爸在包饺子，你去帮他擀饺子皮。要是家里没啥活了，你也跟祥云一起玩一会儿。

祥雨嘴上答应着，可是转头又冲进换糖的队伍中去了。

李先辉酒已经喝好了，洋芋也吃美了，正坐在火炉旁打盹儿。看到文楚贻进来，他慢腾腾地用火钩钩下三个炉盘，又慢腾腾地将铁锅放到灶膛上，接着从碗柜里取出一个大海碗倒扣在锅里。他又取出一个白瓷调羹，放到海碗底上，一个简易的"司南"就制作好了。文楚贻见调羹和海碗上油光光的，就麻利地取出来，用清水洗净了，然后又毕恭毕敬地放入锅中。

李先辉用食指拨动调羹柄，文楚贻紧张地闭紧了双眼。调羹划动着锅里漫上来的水，哗的一声，停住了。文楚贻睁开眼，看见调羹柄指向西面。李先辉用干枯的手指指了指西面，说这是去小渠道的方向。文楚贻点了点头，又问镜子要怎么装。李先辉说，揣怀里就行。

文楚贻走在去小渠道的路上，想起刚才李先辉直愣愣地看着自己解开棉衣揣镜子的神情，觉得好笑。这个老头连动手的力气都没有了，现在只剩一双眼睛了。

在连队里，听墙根儿最好的位置就是后窗。连队的住房设计过于简单，后窗下就是卧室床铺，一些无聊的光棍汉，晚上就喜欢在人家后窗溜达，即使被人看见也无妨，谁还不能走个夜路了？

虽然是瓷勺指路，但文楚贻还是有具体目标的，那就是李四宝家。

李四宝是连队的二流子，天天在家里摆桌子打麻将，将小渠道东西两边的闲散青年都吸纳了过去。文楚贻记得李先辉提示的那句"和了"，打麻将总有人和牌，听到"和了"就等同于"活了"。

李四宝家的后窗竟然没有钉塑料布，果然如人所说——恶人火气壮。刚走到窗下，文楚贻就听见李四宝正在训骂另外一个人。

快死去！

文楚贻心里默默地说，刚才那句没听清，后面听到的才算。

对方默不作声。

你少给老子来这一套。

对方仍然不吭声。

现在就滚。

接着叮叮咚咚几声，李四宝往地上扔东西，或者用东西砸对方。

文楚贻正要转身离开，隐隐约约听到李四宝说到了黄雷子，具体说了什么没听清楚。在连队里，祥雷的绰号就是黄雷子。这个绰号部分继承自黄文楚，因为黄文楚绰号黄麻子，祥雷就被人叫作黄雷子。

文楚贻从后窗绕到前门，发了疯一样拍打着李四宝的房门。门自然是从里面顶着的，过了好一会儿才打开。文楚贻压住火，说我来找祥雷。李四宝冷冷地说，他不在。文楚贻推开李四宝就往里面闯，李四宝跟在身后也不说话。客厅里摆了两桌麻将，因为听到敲门声，桌上的钱都收起来了。这些人一看是文楚贻，纷纷把怀里的钱掏回到桌面上。

文楚贻又进了里屋，看见一个小伙子直挺挺地跪在地上，脸颊红肿，神情悲壮——这张脸很陌生，不像是周边连队的。

见挨打的不是祥雷，文楚贻松了口气，板着脸说，你告诉我祥雷在哪儿？

连队里的混混虽然好勇斗狠，但对长辈都挺有礼貌的。李四宝客气地叫了声阿姨，说我好几天都没见到祥雷了。

文楚贻因为刚才拍门用力过大，推人闯入过猛，现在不好轻飘飘地就走，只能再纠缠一会儿。她说，我听人说，他经常来这里。

听到这话，李四宝的耐心消磨殆尽，不客气地说，我正想找他呢。不瞒你说，上个月黄雷子打牌输了钱，在我家跪了半个晚上，一把鼻涕一把泪的。我看他可怜，又是从小一起玩到大的，就给了他一百四。他得了便宜还卖乖，还到处宣扬，现在全团玩牌的人都学会了，输了钱就去跪，玩苦肉计，以后谁还能赢钱？

文楚贻气得浑身颤抖，问祥雷输了多少钱。李四宝知道说漏了嘴，支支吾吾说没输多少，都还给他了。祥雷后面也没再来玩了。

文楚贻知道祥雷有时跟李四宝混在一起，又抽烟又喝酒，但因为他已经十七岁了，到了这个岁数的子女，连队里都不怎么管了，她也只好装聋作哑。现在祥雷干了这样丢人的事，带坏赌风这事她可以不计较，但他赌博的钱是从哪里来的？能跪一晚上要回一百多，输掉的不知道有多少。在连队，这么大的孩子突然有了钱，那只有一种途径——肯定是去偷了。

出了李四宝家，文楚贻告诉自己要冷静，先把老家的事情搞清楚再说。

左眼皮突然又开始跳了，一下催着一下，催得她心脏也打起了鼓。她仿佛看见父亲正躺在早已准备好的棺材里，面色发白，手脚冰冷——这副楠木棺材是前年春节她带祥雨回老家时和哥哥姐姐一起凑钱买的。

她从小到大不知道看过多少场葬礼。并不是她喜欢看，而是送葬时鞭炮不停地炸响，让村里每个人都不能置身事外。

老家的葬礼有几个重要的环节：先是"赶龙"，一路人浩浩荡荡，穿麻挂白，锣鼓喧天地去村东头的菩萨庙祭神，让死者的灵魂进入庙里，不致成为孤魂野鬼。"赶龙"回来之后还要"走九州"。专门请来的师傅用石灰在坪上画好"九州"，亲属抬着棺材走完画在地上的纵横交错的"九州"，师傅会拿来扫帚与一壶水，边洒边扫，名曰"扫井"。之后兵分两路，这边吊唁还礼，那边送葬，全过程都得放鞭炮。

如果父亲真的走了，送葬时家中的儿女不全，会成为全家人的耻辱。可是回去又谈何容易？现在连队的效益不好，五年才能有一次探亲假。

进了李先辉家，文楚贻看见李先辉正坐在火炉边炒瓜子，一把锅铲上下翻飞，锅里焦香四溢。

你听见了什么？李先辉问。

你刚才教的方法不对。

怎么不对？

我现在说不好，你把那书找出来再读一遍给我听。

李先辉指了指里屋，说你自己翻去。

里屋只点了盏十五瓦的灯泡，昏黄暗淡。一张单人床，一张写字台，写字台上堆满了书。文楚贻闻到一股酸臭味，那是鞋垫在火墙上烤的味道。

这个懒鬼，过年也没有打扫过房屋。文楚贻暗暗许愿，如果这次真的听到好消息，如果老家那边应验无误，一定过来帮李先辉把床单被套都洗一遍。

文楚贻翻出那本泛黄的书，低头看了一会儿，说刚才没有洒扫，也没有置香灯于灶门，难怪听得不准。

李先辉苦笑了一下，说我今天扫过地了，家里也有马灯，只是没香。

文楚贻说，洒扫必须我亲自来，这样才灵验，再说你也扫不干净。你等着，我回家去取香。

她一路小跑回家，看见祥云已经睡了，安静得像个女孩子一样。黄文楚正在点钱，桌上放了一堆大大小小的票子。看见文楚贻，他说过年期间不好借钱，人家嫌不吉利，我先把班上的公款凑给你，等开了工，我再借钱填上，你别去借钱了。黄文楚是连队里的记分员，也兼管出纳，能接触公家的钱。他以为文楚贻是四处借钱去了。文楚贻眼睛湿润地说，我现在没想着借钱，只想知道我爸的死活。你先别管我，现在去把祥雷找到，别让他干浑蛋事。

没等黄文楚追问干什么浑蛋事，文楚贻就急匆匆地跑出了家门。

到了李先辉家，文楚贻先扫地后洒水，又在火炉旁点了香放了灯。李先辉家没有香炉，就找了一个碗，装了半碗炉灰，当作香炉。马灯也没处挂，就放在一个板凳上。她还在里屋火墙的缝隙里插了几支香，想冲淡李先辉鞋垫袜子的臭味。

这次是文楚贻亲自转的白瓷调羹，调羹柄指向了南面。

文楚贻问，如果打牌的人一直不说和牌，怎么办？

李先辉说，你听见谁家说"火"这个字也可以，"火"与"活"同音。谁家喊小孩用火钩通火，让你听到了也算。

基建连的南面是一大片杨树林。杨树林那端就是水电连了。文楚贻志忐地走过洋井，向着不远处密集的灯光走去，一边走一边想着老家的父亲。父亲有文化，在乡里是赤脚医生，擅长治肝病。家中的四个子女，虽然都没有上高中，但在父亲的调教下，个个都懂事。可自己到了团场，照着父亲的方法去管教孩子，祥雷却成了教育的失败品。在团场几乎有一条铁律——上梁不正下梁歪，不知道祥云、祥雨以后会怎样。

正胡思乱想着，突然听到水塔后面有人窃窃私语。走近一听，竟然是祥雷。文楚贻正要尖着嗓子叫喊，又听到一个女孩子的声音，带着哭腔说，你要逼死我吗？

文楚贻顾不上判断这句话是凶是吉，只想听听是哪个姑娘。

祥雷说，我为了你命都可以不要，可你总看不起我。

那女孩说，是我爸妈看不上你，你说着说着又说到我头上了。

文楚贻听出这是顾老鸭的二丫头，和祥雷是初中同学。祥雷初中毕业后没有考上高中，只上了职高。这个丫头比祥雷有出息，上了高中，只是没有考上大学，进了省城一家培训学校学理发。说起来也可笑，她去省城一两个月，回来过年就进不了连队的旱厕了。一个大姑娘家，竟然跑进树林里方便。本来行踪挺隐蔽，但去的次数多了，终于让人撞见，成了全连妇女的谈资。这个姑娘长得挺秀气，见人也有礼貌，不知道什么时候跟祥雷谈起了恋爱。

祥雷说，你爸妈势利眼，现在什么年代了，还不让自由恋爱？

顾家二丫头说，我家不反对自由恋爱，但只能和上海人谈。

祥雷说，屁，我老家还是湖南湘潭的呢。

文楚贻心里骂道，这小子为了压上海人一头，故意把老家说错。他们的老家在湖南耒阳，离湘潭还远着呢。

顾家二丫头说，你懂个屁。

祥雷说，早晚有一天，你会后悔的。

顾家二丫头又说，废话少说，你先把借我的国库券还给我，万一我爸发现少了，非抽我筋剥我皮不可。

祥雷说我在做生意，需要抵押。等赚了钱就还回来。

想到祥雷输的钱应该是用顾家二丫头给的国库券换的，文楚贻心里踏实了些。但这笔国库券，早晚是要还给人家的。她看不起祥雷这种软饭硬吃的样子，就打算替祥雷解个围。就算家里的国库券不够还，也可以再想别的办法。

她悄悄绕到水塔背面，先咳嗽一声，故意问是祥雷吗？

祥雷听到后魂飞魄散，竟然撒腿就跑。

顾家二丫头也一声不吭地跑了，生怕被文楚贻认出来。

文楚贻知道祥雷注定要失恋。上海人家从不与连队其他省份的人家通婚，因为他们以后都是要返城的。虽然当时还没有任何落实返城政策的风声，但他们凭借着近乎偏执的信仰，成了"八千里外的守望者"。

文楚贻又来到了李先辉家。李先辉正在嗑瓜子。他腿上放着盛放瓜子的簸箕，右手递瓜子，左手接瓜子皮。等攒够一把，就扔进火炉里。看到文楚贻沉着脸回来，他说，这种封建迷信，还是别信了。

文楚贻说，不信，那我爸怎么办？

李先辉说，你信不信，你爸该怎样还会怎样。

文楚贻从怀里掏出镜子，摔在地上，哭着说，我两次听到的都不是好话。

李先辉看文楚贻一副哭丧样，突然心软了，只好说，你刚才别的都做了，好像没有虔礼拜祝。你看书上既然写这四个字，就必须有这个程序。你要对着灶下跪许愿，嘴上还要念念有词。文楚贻问，念什么词？李先辉说，当然是古人的词。他挪开腿上的簸箕，慢吞吞地站起来进了里屋。文楚贻跟过去，看见他伏在床下翻腾了一会儿，拿出另一本线装书。来到外屋，他翻开书给文楚贻看，是一首名为《镜听词》的诗，作者李廓，词下有一行小注：古之镜听，犹今之瓢卦也。

文楚贻说，要我背下来吗？

李先辉说，你转调羹前先读一遍，等出门时，就默念最后两句吧。

文楚贻跪在火炉前，前胸被烤炙得滚烫。她默默许愿：父亲平安无事，祥雷心想事成，祥云高高兴兴，祥雨快快长大。然后她接过李先辉递来的书，照着念了起来：匣中取镜辞灶王，罗衣掩尽明月光。昔时长著照容色，今夜潜冷听消息。门前地黑人来稀，无人错道朝夕归。更深弱体冷如铁，绣带菱花怀里热。铜片铜片如有灵，愿照得见家人千里形⋯⋯

文楚贻跪在地上，手捧着书，大声读了一遍。

李先辉说，可以了。

文楚贻又读了一遍⋯⋯

李先辉明白了，她想把这首诗背下来。

不知道跪了多久，文楚贻只觉得脸和前胸快被烤化了。李先辉搀起她时，她的手脚僵硬。她看到李先辉的手紧紧箍着自己的胸，只是自己毫无感觉。她扬起手，转动起白瓷调羹。调羹在水中掀起一朵朵小水花，最终停下。

这次指向的是东面，是连队居民最集中的区域。

文楚贻推开李先辉，又从八仙桌上取了李先辉家的火柴。李先辉警觉地问，你拿火柴干什么？

文楚贻说，放火！我要让全连队的人都喊"着火了"。

李先辉扯着她的袖子说，你疯了，家家门口都有麦草，风一吹会烧一片的。

文楚贻说，我爸都快死了，我还管得了这么多！

李先辉说，你爸死了，你烧房子也没用。

文楚贻哭着说，我这个当女儿的，总要做点啥吧？

她一边说，一边推开了李先辉。见他又扑过来，她敏捷地闪到一旁，拉开了门，用脸顶着门帘子冲了出去。

李先辉伏在地上，喘着气。

门合上不到一分钟，又被撞开了。文楚贻携带着寒风涌进来。她指着门外，对李先辉喊，你听！

李先辉什么也没听到。

文楚贻抓住他的手，将他拖到门跟前，又掀起了门帘，说你再仔细听。

李先辉听到连队里一群年轻人正在唱歌，好像还有吉他的伴奏。

过了好久，李先辉才听清两句歌词："你就像那冬天里的一把火，熊熊火焰燃烧了我的心窝……"

原载《清明》2023 年第 2 期

● **作者简介**

陈湘涛，2001 年 6 月毕业于新疆师范大学中文系，现在乌鲁木齐从事教育工作。曾在《人民日报》（海外版）、《南方周末》、《光明日报》、《都市》、《清明》、《西部》、《读者》（原创版）、《三联生活周刊》、《四川文学》等报刊发表散文、小说若干。系新疆作家协会会员、乌鲁木齐市作家协会副秘书长。

疯狂的石头

◎ 胡马尔别克·壮汗（哈萨克族）/ 著

　　哈那提古丽·木哈什（哈萨克族）/ 译

　　这一天，赛力克把带有"杰楞哈甫"[1]的母山羊和它的双生羔一并牵到了后坡上吃草，在往回走的时候一不留神被什么东西绊了一下，仔细一瞧，草皮下露出一块青色的大石头，看起来时间久远，反正也是空手回去，赛力克就把石头抱回了家，随手扔在大门口，没想到在院子里打馕的老婆进来时被绊了一下，差点儿摔倒。

　　"哎哟，老天啊，这是什么东西，我的脚啊，疼死了。"听到女人的叫骂声，正在卷烟的赛力克蒙着头嘟囔了一声："是我，我从坡上抱过来的石头。"

　　——"什么，有出息了，怎么捡石头呢，净会整没用的。"

　　——"回来路上看到的，和别的石头不太一样，就拿回来了嘛！"

　　——"原来是你找来的宝石啊，哎哟，做美梦去吧，整天就知道抽你的烟，搞得到处都乌烟瘴气，你认玉吗？玉石能躺在草堆里吗，去，把那挡路的石头扔掉。"

　　女人的气还没撒完呢，邻居家的小伙子推开大门进来了："赛大哥，您在家呢？"还没等主人招呼，小伙子口若悬河地说开了，"我瞧着，怎么，您是让嫂子跳舞，自个儿在一边儿欣赏呢。"

　　——"哼，还跳舞呢，他是想让我把腿摔断了才好欣赏呢。"

　　萨丽哈狠狠地剜了自个儿丈夫一眼，一瘸一拐地进了屋子。

　　小伙子走过去仔细瞅了瞅放在门口的石头，"赛开，您从哪儿找

1　杰楞哈甫：哈萨克语中为防止小羊吃奶特为母羊用布或毡缝制的"乳袋"。

到的，是不是玉石啊！"赛力克却像做错事的孩子，一声不吭地坐在那儿，低头继续抽烟，小伙子凑过去，要了根烟，继续说道，"还真看不出来，赛大哥，您还有寻宝的本事儿哪。"萨丽哈听到后，大声说道："啥玉石啊，真要是宝贝，能随便找到，这就是块破石头，就该在垃圾堆里躺着。"

——"哎呀，嫂子，你怎么就看不出来，这明明是块宝贝石头。"小伙子急得一下子站了起来。

——"哎哟，上次你们几个说我家枣红马产下的小马驹绝对是个会走舞步的骏马，哄着我们给你们摆了一次喜宴，今天，又想故技重演，骗我们家老头儿再给你们摆一桌。"

"嫂子，我说的是真的。"他用大拇指搓了搓泥巴，吐了几口水。仔细擦去石头上的泥，"看，这上面的蓝色，这可不是随便哪个石头就有的，这是玉石，是宝贝啊！你们俩要是认石头的话，我也不会站在这儿。赛大哥，你还记得吧，上次城里来的那个玩石头的老板（人们对玉石商人的叫法），他租了我的马，我和他一起去找玉石，当时他们找的就是这样带蓝色的石头，要不这样，你们把这石头卖给我，我给五百块。"

萨丽哈的小眼睛转动了一下，扑哧笑出声来，她不动声色地收拾手里的活儿。赛力克却是激动地问道："你说真的，你想买下来？"听到丈夫的回话，萨丽哈放下手中的活，盯着小伙子说："既然这石头是个宝贝，我们自己也可以找老板去卖。就别随便把宝石放在门口，我刚被碰了脚，说的都是气话。"她边说边从里屋拿出水壶和抹布，"你们俩也别傻站着，好好洗洗这石头，看它脏兮兮的，老板怎么能看上？"赛力克和邻家小伙子看到女人一百八十度的变化，赶紧开始清洗石头，不一会儿工夫，一块漂亮的石头便被萨丽哈摆放在了茶几上。

从那天起，"赛力克家找到宝石了"的消息就在村里炸开了，甚至周围的几个村也在流传赛力克找到玉石的消息。为了一睹"宝石"

的风采，从邻居开始，到村里的老老少少都跑过来看赛力克家的"宝石"，连平时不打招呼的同村人都来了。人们好奇的盯着"宝石"，嘴里发出啧啧的声音，左摸摸，右摸摸，甚至拿手电筒往石头透光。他们的眼睛显示着孩子般的惊奇，也透露出暗暗的嫉妒心。老人们摸着花白的胡须，点头称赞："嗯，是孩子们的福气到了，好运到了，好事儿啊！"亲戚们还给孩子们发糖果和红包，几个邻居家的女人起劲地喊道："赛力克两口子发财了，一定要摆一桌宴请我们几个邻居才像话，否则，我们不会放过赛力克家的。"没办法，赛力克家宰了一只羊，特意宴请了周围的几个邻居，大家喜气洋洋地坐在一起恭贺赛力克家交了好运。

村子里有几个经常找玉石，也算是玩玉石的小伙子。他们给赛力克两口子出主意："赛大哥、嫂子，这个石头应该好好洗洗，现在这个脏样子，会影响卖出的价格，我们一起想办法把石头上的点点去掉，抹上一层油，显得亮亮的，到时，老板们见了才喜欢呢。"萨丽哈一听，急切地问道："那，石头上的点点怎么才能洗掉，又咋抹油呢？"有个叫塔斯肯的小伙子提议道："一般的法子肯定不行，听说有专门洗石头的肥皂，不知从哪儿能买到，这种皂也不是随便能找到的。再说，洗石头也麻烦得很，要用洗洁精搓着洗，绝不能用84消毒液，要用刷子刷一刷，实在不行，再用汽油抹一遍，之后用菜籽油上油，最后用旧的人造革包两天，肯定能把石头变得油亮油亮的。"萨丽哈低头抚摸着手上的银镯子，似乎在下决心似的，睁大那双栗色的眼睛："大兄弟，你们说，这石头到底能卖多少钱？"塔斯肯为首的几个年轻人，相互望了望，慢慢地回答："石头也要分好多种类，按成色来说价格都不等，要是真的玉石，像这样的，能出一百万呢。"萨丽哈用手托起尖尖的下巴，指了指自个儿的丈夫："你们赛大哥他这辈子就是个老实人，还算老天眷顾这个可怜的人，给他带来一块玉石，他整天白吃白喝的，还捡了个大便宜，不像那些整天辛辛苦苦挖石头的人。至于石头怎样才能卖出个好价钱，你们几个机灵鬼得给我们出主意，等石头卖了大钱，嫂子也不会亏待你们的。"塔斯肯一听这话，激动地说："嫂子，我还真认识一个大老板，最近因为一笔大生意去内地了，附近这些跑石头生意的都听他的，等大老板从内地回来，我亲自把他领到您家来看看。"萨丽哈喜笑颜开，双手抓住比自己年龄还小些的塔斯肯："哎哟，我的大兄弟，真是太好了，你的大恩大德我们两世都不会忘记的，希望那个大老板早点回来。"

接下来的日子，萨丽哈和赛力克忙活了几天，不仅把石头洗得干干净净，还上了油，石头被他们拾掇得干净漂亮。

关于"赛力克家发现了宝石头"的消息被传得沸沸扬扬，特别是那些喜欢"玩石头"的人得知后纷纷登门拜访，一睹石头的风采。一时间，赛力克家的门口挤满了各式各样的小汽车、摩托车，甚是热闹。只是，人们都是看看，没有一个出高价来买走。有的出价又有些低。萨丽哈夫妇不懂石头的真正价值，又觉得不能卖太便宜了。有些人过来看石头，认为一文不值，萨丽哈没听进去，反而认为是这些人把钱看得比命还重要，小气得不愿出大价钱罢了。"宝石"接受着各色人群的"瞻仰"，一阵阵热闹过后，"宝石"依旧没被人买走，一动不动地看着赛力克夫妇俩。可怜的萨丽哈天天像念经一样地念叨："哎呀呀，塔斯肯说的那个大老板到底啥时候来啊？"老实的赛力克只能低语："嗯，那个，谁知道啊！"萨丽哈一听就来气儿："你呀，就是个穷鬼的命，就不会说句好话？"赛力克猛抽着烟："我咋知道呢，那个，大老板啥时候来？"萨丽哈一把夺过丈夫手中的烟："再别抽了，唉声叹气有啥用，挺起胸，抬起头，像个男人一样，别跟斗败的公鸡一样垂头丧气，我们不比别人矮一截子。那个暴发户哈特什平日里下巴颏儿快翘到天上去了，每逢村里办喜事或丧事的时候，她连招呼都不会打。可是就在昨天，她竟然亲自跑过来送贺喜的糖果，恭喜我家要发大财了。"正当萨丽哈说得带劲儿时，听到有人在敲大门，"会不会是大老板啊！赛开，快去开门。"进门来的却是村里的一个小伙子，他很有礼貌地和赛力克夫妇问候，开口道："大哥、嫂子，我打算给过世的母亲办年祭。去年老人家去世后，头七祭，四十天祭日多亏你们俩帮助，办得很顺利，今年的年祭也真心希望你们能再次帮我们。"老实巴交的赛力克刚要张口答应，没料到被老婆拦住了，萨丽哈客气地回绝了来客的请求："兄弟啊，我们这个村，大大小小婚事丧事我们都去帮过忙，所以无论是活人还是死人都对我们很满意。如今，我们也老了，身体不如从前，手脚也不利索了，还请你和你的家人不要见怪，我们帮不上什么忙了。"小伙子只好回去了。

这么多年，赛力克夫妇就是靠着一双手过日子，凡是遇到村里有婚丧嫁娶的大事，他们俩都去帮忙。他们天没亮就赶往别人家，赛力克宰牲畜，煮一大锅肉，准备一个个肉盘；萨丽哈做包尔萨克（哈萨克传统油炸面食），烧一壶接一壶的奶茶，直到天黑，还要洗好成堆的碗盆，一一摆好。辛苦一整天，只能收点儿布料，剩下的熟肉什么的摸黑回家。今天，是萨丽哈第一次拒绝同村人。萨丽哈看着丈夫不知所措地站在那里："赛开，以前，我们俩成天到晚给别人家烧火、做饭、收拾残余，没白天没黑夜的，辛苦不说，还总觉得低人一等。如今，老天保佑，让你捡到能带来财运的宝石头，我们也可以像别人那样挺胸做人了。以后，我们再也别去干那低人一头的差事儿了，别再随便答应帮忙。"萨丽哈一点一点地给丈夫灌输她认为正确的道理。

"宝石"给赛力克夫妇俩的生活带来前所未有的变化，慢慢地渗透他们的思想和日常生活。

现在，只要从远处看见豪华轿车，萨丽哈就会耸耸肩得意起来："哎哟喂，看看，又是到我家看宝石头的老板来了，我得赶紧招呼人家去。"以前那个爱到邻居家串门喝茶，一坐就是一下午的萨丽哈，现在都没时间和邻居打招呼。连平日里走得近的几个家境差不多的好姐妹家，她都不去了。上次，萨丽哈给邻居们摆喜宴，邻家大姐帮忙倒茶，招待客人，忙上忙下。萨丽哈却转眼不怎么理会人家，邻家大姐也没再来她家。而萨丽哈却认为："我和邻家大姐的交情已经过去了，那是以前大家都是穷邻居，现如今，我家马上要发大财了，她能跟我们家比吗？我怎么能再和她来往呢？"而且，萨丽哈已经不愿意村里人来看石头，她关起大门："我们家又不是在开展览会，大家都别来了。"萨丽哈只欢迎坐小车的大老板。

再说说赛力克，平时一个老实巴交的人，现在看人的眼睛也有些飘了。他在村头小商店喝酒时，给同村的小伙子们吹嘘："你们不知道，在家里摆的那个石头是小的，我找到一个大的，藏在山里了，等先把小的卖掉，我再去把大石头搬回来。只要卖掉宝石头，我一定会给全村人摆宴席，我还要给村里人发无利息贷款，我还要做好多事……"常拿他开涮的几个人，多少被赛力克的"豪言壮语"给唬住了，他们将信将疑，不再像以前那样肆意地和赛力克开玩笑。萨丽哈看到丈夫喝高后开始吹牛的样子，非常生气，她好好地教训了一番，赛力克答应再也不去小商店喝酒了。从此，夫妻俩的心思全都放在了那块"宝石"上。

一夜，夫妻俩正要休息，突然听到有人进来，是两个身强力壮的男子要看石头。夫妻俩感到又惊又怕，他们在睡觉前把大门锁得好好的，这两个人是怎么进来的，天啊，会不会是专门来偷"宝石"的。这天起，夫妇俩开始白天盯着石头，晚上把石头放在俩人中间睡觉，时不时醒来，在黑夜里用手摸一摸石头还在不在，生怕被人偷走，唉，养大几个孩子也没这么辛苦过。偏偏这两天，邻居家唯一的马被盗了，夫妻俩更是心惊胆战，连那么大一匹活马都能偷走，偷不动的石头岂不是更容易？两口子整夜整夜仿佛躺在荨麻草上被蜇得无法入睡。总觉得半夜有人在挖墙脚，出门一看是一群被铁链锁着的马，被马棚里的蚊子叮咬得在蹭墙。连风的声音都被他们以为是小偷在锯门。夫妻俩觉得来往的每个人似乎都在冒着炉火，希望"他们的石头一文不值！"甚至可能全村的人都在黑夜中盯着他们，稍有机会就会有人偷走宝石。一个个来观看宝石的人，同时会仔细地观察屋里的一切，包括门窗是否结实。总之，夫妻俩觉得和村里的乡亲们之间出现了一种提防和隔阂。萨丽哈满脑子想着如何对付小偷，她在半夜拽醒熟睡的丈夫，告诉迷糊的丈夫："把宝石藏在箱子里！"赛力克爬起来，和老婆一起找箱子，家里有几个箱子，一个箱子结实但锁子不行，另一个箱子板子太薄，还有一个箱子太小，要是有个乡里办公室会计放票据那样的铁箱子就好了，买一个又太贵了。突然，萨丽哈想起去世的公公有一个放书籍的大黄箱子，他们立马跳起来，拉好窗帘，在手电筒的微光下仔细检查门闩，把叠放在箱子上的所有被褥拿开，好不容易找到箱子的钥匙，打开了自从公公去世后就没动过的箱子，把书拿出来放在一个大鞋盒子里，再把石头放进黄色铁皮箱里，这才安心地睡去。

第二天夜里，赛力克睡得格外香甜，忽然被敲击的声响惊醒。他马上想到箱子里的石头，急忙开灯，竟然看见那个装有石头的黄色铁皮箱子在地上像一个青蛙一样跳着，后来撞到门上。"我的天啊，我就说，这不是一般的石头，是个有灵气的宝石。它这是要逃跑了吗？"赛力克赶紧弯腰抱住了箱子。一番折腾，筋疲力尽地睡过去了，突然又被"砰"的声音惊醒，装宝石的箱子竟然从炕上"跳"下去，飞出窗外。惊醒的赛力克立马跳下炕，从窗外一看，黄色箱子在柏油路上"跳"动呢，他激动地喊道："快起来快起来，老婆，宝石飞走了。"萨丽哈立刻爬起来跑出院子追宝石，赛力克看见妻子只穿着睡裙，赶紧喊："老婆，你的衣服。"萨丽哈哪顾得到这个，赛力克自己也是只穿着短裤就追出去了。看见宝石一会儿顺着窄窄的柏油路滚动，一会儿又"跳"起来，赛力克使出吃奶的劲儿追，跨过屋后长满刺的铁栏杆时，疼得大叫一声，惊醒了。哦，原来这是一场梦，幸好，是一场梦！赛力克感到一阵刺眼的光，他揉了揉眼睛，原来是早晨的阳光，他再看看身边，老婆还在睡梦当中。

第二天，邻家小伙子总算带来了传说中的大老板。老板用验光灯把石头里里外外照了个遍，又是看，又是摸，几经仔细查看，最后摇摇头对小伙子说："我不是给你看过真正的玉石吗？这哪是玉，分明是一文不值的石头，我这么忙，你把我大老远拉来，瞎折腾。"说完就把石头放回箱子，箱子门没关，石头也不跳了。萨丽哈哭着对丈夫喊道："我说嘛，我们怎么会有玉石的福气，这下，我们怎么见人？"赛力克像个罪人一样低下头，女人捂住脸，号啕大哭。赛力克茫然地看着地面，说不出一句话，他捂着胸口，看向天空。

原载《民族文学》2023 年第 8 期

● **作者简介**

胡马尔别克·壮汗，男，哈萨克族，新疆阿勒泰哈巴河县高级中学教师。1986 年开始文学创作，作品发表在《民族文学》（哈文版）、《曙光》、《伊犁河》、《阿勒泰春光》等文学杂志上，部分作品译成汉文发表在《民族文学》《西部》《民族文汇》等杂志上。著有《无眠的长夜》（汉、哈文版）、《明月漂移》小说集，《额尔齐斯河岸》《石人》等长篇小说。2006 年荣获新疆作家协会优秀作品奖。2007 年、2016 年荣获新疆哈萨克－柯尔克孜文学飞马奖，2014 年荣获"首届阿克塞哈萨克文学创作奖"。系中国作家协会会员。

● **译者简介**

胡哈那提古丽·木哈什，女，哈萨克族，少数民族翻译专业一级翻译，译作在《民族文学》《中国作家》《西部》《民族文汇》等文学刊物上等文学刊物上。部分汉译作品被选入《中国少数民族文学 2011 年度作品选》、《中国当代少数民族文学翻译作品选粹》（哈萨克卷）、《新时期中国少数民族文学作品选集》。汉译哈儿童文学《军魂》（青少年出版社出版 2023 年出版）；哈译汉小说集《明月飘逸时》（作家出版社 2023 年出版）。系中国作协会员、鲁迅文学院第十届高研班、十六届高研班（新疆中青年翻译培训班）学员、第十三期上海创意写作新疆作家培训班学员。

自由的倒影

◎ 穆克代斯·海拉（维吾尔族）

房间里充斥着水晶容器碎裂的声音和女人的嘶吼声，而那个刚出生不久的孩子却毫无知觉地熟睡着。因为刚出生的孩子听力都还没有完全发育，所以，准确说来那些巨响对于这个孩子来讲也只是苍蝇的嗡嗡声。此刻，那个婴儿也许并不知道他的父母正在激烈争吵着，但他应该明白自己的未来就掌握在这两个成年人的手中。这两个愚蠢的大人，他们认定孩子什么都听不到，什么都不懂，但其实他们错了。对这宇宙来讲，孩子也许初来乍到什么都不懂，但他的的确确能够精确地感受到，他的父母，他们并不爱他。

从他出生的那一刻起，他就被抱到了重症监护室，一直到第十一天，他才回到这个家里。他的手臂上全是瘀青，他的鼻子周围因为插管还留有一些血痂。他躺在他妈妈身边一直都在睡觉，就好像一个疲惫不堪的小老头。他的皮肤是咖啡色的（因为黄疸），因为被穿刺头皮针注射液体，他被重症监护室的护士们剃成了秃顶，她们为什么不把他所有的头发都剃光呢？如果剃光了他也不会是这副模样，至少那样他可以是个光头，可现在他的形象简直和他爸爸一模一样——"聪明绝顶"。他很少哭，有时候他妈妈觉得他就像个懂事的小大人，他也许知道他的妈妈非常讨厌爱哭的小孩，所以他几乎从来不哭，他也不主动要奶喝，因为他好像知道他的妈妈还没有学会怎样给一个小孩哺乳。

今天是他出生的第二十七天，几天前，他的奶奶爷爷已经来给他起过名字了，他的爸爸答应过他妈妈孩子的名字要由妈妈来取，但是他没有履行承诺，他本来应该有个更好听的名字，更不平凡的名字，但是现在他只能叫"爱泽"。他的起名仪式是由他爸爸和爷爷完成的，他们用了调虎离山计，把小爱泽的妈妈支到了客厅。这样，他们才可以在她不知情的情况下，定下孩子的名字。他们以为小爱泽的妈妈什么都不知道，然而，他们不知道的是她早有预感，只是她对她的丈夫海碧夫抱有一丝希望和一丝侥幸，希望海碧夫能够不令自己失望，然而，他们还是那么做了。

"小爱泽的起名礼成了，妈妈。"女人的丈夫自豪地望着自己的母亲，说道，他似乎有种趾高气扬。

她望着自己的丈夫，冷冷地笑着，重复道："小爱泽？"心想自己辛辛苦苦怀胎十月，最后连孩子的名字都做不了主。"爱泽"。在她心里孩子的名字应该叫"爱里玛斯"，这个名字有钻石的意思，她想过很多稀有而好听的名字，那么多意义非凡的名字，为什么要叫"爱泽"？她望向海碧夫，在他的眼中遇见了某种捉摸不透的神情，那好像在说：你能怎么样？最后还不得听我们家的。她对他的怨恨就是这样一点一滴开始积累的。

政府给所有初为人父的男人准了十五天的陪产假，这半个月的时间，她的丈夫都用来陪着自己的父母和他的侄女，他不在意孩子在重症监护室的安危，不，也许他在意，只是没有那么在乎。也不顾妻子焦灼悲伤的心情，把她扔在她的外婆家，带着自己的父母侄女去逛大巴扎，去新开的瑞达顶层品尝美食，去水上乐园玩儿过山车。他永远都不会认为，也许下一秒，他那在重症监护室和死神和病魔战斗的孩子会离开人世，他孤独的妻子会自杀，即便发生那样的不幸，他也会认为那是命中注定，是他的妻子得了精神病。幸运的是，他的孩子战胜了病魔和死神，回到了他们的身边，只是此时海碧夫的妻子已然一脚踏入了抑郁的领地。

"你想不想抱抱孩子。"爱黎雅把孩子抱到海碧夫面前，有点羞耻于孩子的模样，他实在算不上一个可爱的孩子。她为没能生出一个漂亮的小王子而感到羞耻，她初为人母，根本不知道孩子刚出生其实都长得很丑，长得都像小老头和小老太婆。

海碧夫摇了摇头，说道："还是算了吧！"

爱黎雅不可思议地望着自己的丈夫，她在他的眼中没有找到一丝父爱，他的目光里，就连对自己的爱也一并消失得无影无踪。她失望透了，对自己，对孩子，对她的爱人。他们两个因为爱而结婚，走过了千辛万苦才结了婚，这个孩子更是来之不易。可是，他们之间的爱却消失得如此之快。

海碧夫抬起手看了看时间，爱黎雅知道他又要离开了，那些没有孩子在身边的日子，海碧夫也从来不肯多留一分钟。现在，孩子回家了，他也不愿意多逗留。太可怕了，爱黎雅心想，我要成为一个弃妇了，我什么都没有了，身边还多了一个累赘？我用了仅仅一年时间，从一个姑娘蜕变成母亲！最终成了弃妇！

"你和孩子好好休息，我先回去了。"海碧夫站起身，拍了拍爱黎雅的肩膀，像一个相识不久的人。

爱黎雅点了点头，站起身把她的丈夫送到了门口。她关上门，问自己究竟还能坚持多久，这种隐忍下的温柔和善解人意还能够坚持多久，她已经快要爆破了，像一个随时爆发的海底火山那样，她不是这样的，谁都知道她在压制自己，而海碧夫却觉得这是爱黎雅升级为母亲后的一种温和，他不清楚爱黎雅已经快到忍无可忍的程度。他也许听过"一孕傻三年"，却忘了爱黎雅的暴脾气和敏感度超越了很多他过去认识的其他女人。

爱黎雅回到卧室，面对阳台倾泻而入的玫瑰色夕阳，她想起小时候，在植物园的那栋房子卖掉以前。在梦中，她时常站在昏暗的楼道里，听桑葚叶沙沙作响。她会拾级而上，经过走廊，走进客厅，看着历经磨损的羊毛地毯和褪色的窗帘，还有那罐被外婆藏在窗户缝的玫瑰花酱，那罐玫瑰花酱的颜色就比现在的夕阳深那么一点，她永远也忘不了它的味道，永远也忘不了偷吃一口以后的那种满足感。她渐渐想起这些天来海碧夫的表现和他说过的话，心里的那根刺渐渐浮现出来，像剥开了一层皮，隐隐发痛，现在，她得把那根刺挑出来。

"我觉得家里有甲醛，不适合孩子住。"

"我觉得你可以等孩子两岁了再回家，等孩子会跑会跳会说话的时候。"海碧夫说这话时，感觉自己很幽默。

"你是准备孩子满四十天就回家吗？我觉得不太好，我们家的那些盆栽，就是那些我们买的绿萝，你记得吗？最近全都枯萎了，我听说孩子在这样的环境下容易得白血病。"

"你听说了吗？最近报道了一篇孩子因为住进刚装修的房子，得白血病的新闻，太可怕了。"爱黎雅终于明白了，海碧夫说了这么多，原来是在拒绝她和孩子，他不希望他们回家，他希望他们能够一直住在爱黎雅的外婆家。她笑了，歇斯底里地笑着，生完孩子以后，她反倒连自己的家都回不去了。她把这些天海碧夫对她说的话告诉了妈妈，她的妈妈帮她分析了这些话，还有海碧夫的那些小动作，那些肢体语言，爱黎雅是学过心理学的呀，她再傻也看得出海碧夫的小动作，他不停地抖腿，不断地抬起手看时间，他分明就是很着急，他在爱黎雅和孩子身边竟觉得度日如年。何况他连半天都没有陪过她，他是如此焦急地想要摆脱爱黎雅，看望爱黎雅只是每天的责任和义务而已，它就像是一份差事，海碧夫不愿意这么做，却又不得不这么做。而这四十天很快就要到了，所以海碧夫在担忧，担心爱黎雅和小爱泽会叨扰他的单身生活，叨扰他的清净，叨扰他能够为所欲为的这段时光，所以他在拖延，他狡辩说家里有甲醛，希望爱黎雅知难而退，希望她可以打消带着孩子回家的念头，他不希望他们回家，他害怕他们回来。没有了她和孩子对他的梗阻，他可以逍遥自在过从前的日子，他还可以轻松地来看望一下他们，施舍他们数十分钟，假装来陪陪他们，又不需要参与到孩子的抚养当中。

"爱黎雅，明天是你的生日，海碧夫一定会来看你和孩子，我会带着你外婆出门去，你可以有充足的时间和海碧夫谈谈，他究竟想做什么？有什么打算，你问清楚，如果他不想和你继续生活，你也可以早做打算。"

爱黎雅彻夜未眠，自从小爱泽出院回家，她没有睡过一个完整的觉，这种习惯更是增添了她的焦虑，熬夜使她的精神越来越差，她的神经时刻紧绷着，有时候，她生怕那些神经会突然崩开，像一个即将崩开的缝合切口。

凌晨三点，爱黎雅打开了床头灯，按例拿出电动吸奶器吸奶，是的，她仍然没能让小爱泽吸吮一口乳汁，她总是习惯把母乳吸出来，然后再通过奶瓶喂给他，而爱泽似乎也早已习惯如此，爱黎雅甚至连怎么抱他都没有学会，又怎么习惯让他直接吸吮自己的乳汁。

"爱黎雅，你应该直接抱着爱泽，你这样会得病的，你可以躺下来哺乳，不需要端坐在这里辛苦地用吸奶器吸奶，难道你宁愿让这台机器吸吮你的乳汁，也不愿意抱着孩子让他自己吃奶吗？"妈妈已经说过无数次，但是爱黎雅对此固执而生疏，无论是作为一个母亲对待孩子的心理或是行为，都让她感到陌生，她不懂得该如何适应这一切，她就是不甘心这些无声的变化，这些可怕的改变，她打从心底无法接受。

"真是不可思议，现在的孩子怎么都这样？我们那时候什么都会，没有人教过我们，你最清楚不过我和你外婆的关系，她没有教过我，一次都没有，我和你之间一切发生得那样自然。要知道你出生后也在重症监护室待过几天，但是后来你出院了，我就抱着你，喂你吃奶，你怎么就不会抱孩子呢？哺乳是一个母亲的天性，你是爱泽的母亲。"

没有用，爱黎雅根本听不进去这些话，她不认为这是一种天性，她现在越来越觉得这些她经受的一切都是外力强加给自己的负担，她不该这样草率成为一个母亲，但是怎么办呢？她无法让孩子消失，她也无法让生活回归过去那些没有孩子的日子，这才是最可怕的。

现在，孩子的存在成为一种无法改变的事实。她无法为其负责，却又不得不为其负责，她将他带到了这个星球，这些都不是爱泽自愿的，是她爱黎雅的选择，让他降临。所以，无论她多么痛苦，多么无法接受，她也必须要和他一同面对现在和未来。

在过去的十个月里，是她默许这个孩子在她的子宫里生长，让他有了心跳，有了人形。现在，他出生了，成了一个独立的个体，他和她的母体分开了，他离开了她的子宫，这一切都是她允许的。所以，她要像过去那样，为她这一选择而负责，像曾对她所做出的所有选择负责那样，这一次，也没有例外。

清晨，咖啡的香气和明亮的窗户并没有改善屋里的气氛，一种凝重弥漫在空气中，所有人都默契地沉默着，似乎预感到即将发生的事情。早茶过后，妈妈就带着外婆出门了，爱黎雅吃了一小块金黄色的萨其马后，又冲了一杯蛋白粉，然后一口气喝掉了它，她心想：一会儿，我得有力气和那个浑蛋争论才行，我要问问那个浑蛋，他到底想不想和我过了！他忘了自己是怎么求我嫁给他的！最重要的是，他竟然忘了我的暴脾气！

这时，屋外传来了敲门声，是海碧夫，他的敲门声一直如此，很轻，轻到你不仔细听便无法辨认。

"生日快乐！"爱黎雅以为海碧夫会面带微笑，然后祝贺她生日快乐，她以为他的手中至少有那枝他们之间约定好的玫瑰。然而，他的手是空的，他什么都没为她带来，即便是在她拼了命，为他生下一个儿子以后。即便是在新婚时，他们就已经约定好，要在爱黎雅的每一个生日里送给她一枝玫瑰。一枝啊！不是一束，也不是一整个后花园的玫瑰丛，爱黎雅要的不过只有一枝玫瑰而已，而不在意你的人，却连你这么小的愿望都无法满足，他也记不住你曾向他许过什么愿望，因为那都不重要。

她想起帕赫尔丁姐夫为星星表姐种下的玫瑰，一夜间，她的后花园里被种满了玫瑰，满满一花园，在她推开窗就能够看到的视野里，他为她种下了一片芬芳。那样的爱情，甚至在星星与帕赫尔丁多年后的婚姻生活里仍然在持续。有好几次，爱黎雅都想问问星星：姐，你幸福吗？你和姐夫，你们现在也幸福吗？她想要否认那样的存在，这世上不存在完整的幸福，每个人都在忍受一部分的命运与不幸，只有这样，她才能继续接受现在的海碧夫以及他们之间日渐淡薄的爱，以及他们日复一日的平淡生活，像没有添盐的一道无味的菜，色香味什么都没有。只有星星告诉她，她也没有得到完整的幸福，爱黎雅才能满足于这个答案，并且继续忍受这些感受和这种生活。然而，她又不得不承认，人的命运是如此截然不同，如此不公平，婚姻、事业与幸运之间的联系，如此悬殊。她曾坚信她以为的坚持，会换来变化，然而厄运的爆裂声在她近三十年的生命里不断发出巨响，让她清醒。她度过了一段又一段赤手空拳与困境斗争的生命的阶段，而每一次，她都充满希望地以为命运会在她下一段生命的初始施舍些运气给她。然而，这样的幸运却从不属于她。她望着自己的世界渐渐从某个缺口消失，被迫去接受一个不受欢迎的孩子和一个永远拒绝成长的男人，被迫去见证她所向往的婚后生活的破灭和那个从未现身的灵魂伴侣。她和海碧夫从来都不是什么灵魂伴侣，如果说他们初相识时有过那样的假象，现在想来那也是海碧夫的伪装。为了得到她，海碧夫做过一切她所憧憬的浪漫而美好的事，他曾是一位不折不扣的绅士。然而，有一天，爱黎雅却发现他再也装不下去了，抑或，他早就不想再装下去了，因为"绅士"这个身份，的确很难扮演，而他的的确确辛苦扮演了那么长时间。

谁会给一条上了钩的蠢鱼投食？而如今，爱黎雅甚至连鱼缸里的金鱼都算不上，她甚至都失去了被观赏的价值。下垂的脸颊，肚子上的赘肉，胖到变形的大腿和失去星光的那双空洞的大眼。此刻，她终于明白，总有一天，她的一切将会被海碧夫耗尽，她会像一朵晴天里的小麦花那样，在数十分钟的花期后，开尽、散落，而后坠入泥土。她的热情、她对浪漫和美好的憧憬、她深刻的情感和她的时间还有生命，都将被耗尽，在死亡来临以前就会被耗尽。

"你妈妈呢？"结婚两年余，海碧夫仍然称爱黎雅的妈妈为：你的妈妈。这也是他们之间的约定，海碧夫知道爱黎雅没有办法称呼自己婆婆为"妈"，所以，他们约定不勉强彼此称呼对方的父母为"爸妈"。

"他们出门去了。"海碧夫依然没有去看孩子。

有时，爱黎雅的敏锐会触动海碧夫的心，让他真切地看到她的痛楚，可有时却不行。

如果对现状不满，便会对过去产生思念，而这种思念令爱黎雅再一次接近回忆，她坐在海碧夫对面，望着他那颗冰冷而理智的脑袋，回想起婚礼。那时，她的肩膀上没有背负责任和债务，她和海碧夫之间只有爱，一份纯粹的爱。在这段婚姻起始的那一天，那是唯一的、无比浪漫的一天，只有一天。人们唱歌、跳传统舞、跳华尔兹。人们感动、感激，相互拥抱、流泪。然后，在几个小时以后，婚礼结束。新婚夫妇会被送进一扇门里，丈夫抱着妻子迈入门槛，那扇门里是散落遍地的玫瑰花瓣和气球，现在，这个星球上就只剩下他们两个人，没有人能够插足，没有人再去评论，去阻挠，爱会抵达巅峰。

第二天早晨，最现实也是最可笑的一件事便是没有人会替妻子把过了夜的花瓣和干瘪的气球清理出去，这些都要她自己来做，亲自做。她早起，收拾完屋子，还要赔着笑脸，换一身红裙去给公公婆婆问早安。那枝红色的玫瑰代表她的清白，婆婆竟然没有主动拿出来把它放到众人面前。不是一束啊！那根本花不了多少钱，只是一枝玫瑰而已。然而，无论是玫瑰还是情感他们都是那样吝啬给予她，他们根本什么都不想给爱黎雅，难道她真的不值得拿到那枝玫瑰吗？那个令人羞耻的早晨，是大姨开口去问她婆婆要的花。

"花呢？这些规矩应该在哪儿都是一样的吧？难道你们沙雅没这规矩？"大姨的情绪不高，但始终在克制自己，没有表露出来。爱黎雅坐在沙发上开始焦虑起来，她不希望再发生任何不愉快的事。为了能让这场婚礼顺利举行，她和海碧夫付出得够多了，而在这以前，她和海碧夫之间已经决裂过太多回，现在，不能再出状况了。

"有，有，有，您看我这记性。"

"忘了什么，都不能忘了这个呀！"

那朵花是一个标记，意味着将爱黎雅是处子之身这个事实公布在众人面前。但是，这个事实却只有海碧夫心知肚明，他比谁都清楚爱黎雅的清白，这枝玫瑰应该由海碧夫递到爱黎雅手中。

从爱泽回家以后，在海碧夫至今为止的行为记录里，问候孩子，拥抱他，甚至是去多看一眼爱泽，都没有，什么都没有，他不像一个正常的父亲，他的一切行为都在表明一件事情，那就是：他根本不在意他们之间的这个孩子，以及他所带给她的糟糕感受。

"昨天不是说好一起去乌拉泊的那个烧烤店给你过生日？他们怎么就先出去了？"

"嗯。"爱黎雅指了指沙发，说道，"你坐，我有话和你说。"

海碧夫似笑非笑地坐在了沙发上，然后下意识地抬起手看了看时间。

"他又在看时间了，他究竟有什么事如此着急？"爱黎雅心想。

"怎么？你很着急吗？"爱黎雅压抑着心中的怒火，那熊熊烈火，一不小心便会烧了整栋房子，烧掉他和她之间的一切，将它们化为灰烬。

"不着急，你说。"

"今天是还款日，过了凌晨我就会被逾期。"她望着海碧夫，忽然觉得很陌生。她意识到，这些年，她似乎做错的不只是稀里糊涂做了母亲这件事，而是这整件事，都是一个错误。她迈出的第一步便是错误，于是，她步步错。

"我的工资还没有发下来。"

债务是从孩子出生后第一晚开始的，一开始这个家里只有三张信用卡，后来随着越来越多的负债，信用卡从三张增加到了四张，再后来，所有的信用卡都被透支空了。为了能还上信用卡里的债务，爱黎雅又申请了网贷，但很快她便发现这是一个巨大的陷阱。海碧夫的收入只够支付家里的车贷，而爱黎雅因为产假，暂时没了收入。她不知道该如何在既不伤体面又不会让自己以无法忍受的方式放弃舒适的前提下减少开支。结婚以来，她和海碧夫没有存过一分钱，她性情中的大方和慷慨，使她日益深陷债务，她做不到节俭持家。"这不是九十年代。"她安慰自己说，"现在，从大街上随便找一个人来问都有贷款。更何况这个家一直以来都是我一个人在支撑着，所以我会负债是能够被理解的事儿。"而海碧夫对此是无权过问的，每当爱黎雅提到钱，海碧夫总是一副无能为力又很抱歉的表情。有时，爱黎雅反倒觉得欣慰，因为至少海碧夫不是那种恬不知耻，觉得没钱是理所当然的男人，爱黎雅知道那种男人，她表妹的前夫就是这类人。

"你说有话要说，是信用卡的事儿？"海碧夫端起茶杯说道。

"不是。"周围的空气犹如从空调里吹出来的冷风一样令她心寒，爱黎雅凝视着眼前这个男人，发现此刻她要化解的烦忧，消除的不安，以及她人生图景中的单调与精彩、优雅与平凡、成功和失意竟都和她眼前这个男人有关。

起初，她以为她和海碧夫在如流星般难得的偶然中相遇相知是多么难能可贵的一件事。她以为他们只要相爱，海碧夫就会在某一天做出让步。然而，海碧夫却从未向她让步半点他的过往和天性，他从未改变过。他是自私的，自始至终他都不允许自己为了爱黎雅做出任何改变，他的大男子主义决定了这一切。而这一刻，她和他面无表情地坐在客厅里，她终于明白了，她明白从一开始，从她出车祸认识他开始就是一个错误，她不该认识他，不该答应做他的女朋友，不该答应他的求婚，不该在他羡慕地望着自己的朋友拥有孩子之后，萌生出想要拼命为他生孩子的念头和冲动。

"我们离婚吧！我听说等哺乳期过了，就可以去民政局登记，从明天开始，你就不用来看我们了，我会交代家里人，他们也不会为你开门，你下了班就直接回家，不用为了义务而来看望我和爱泽，你也不必担忧那些我怀着孕时就不存在的甲醛，会伤害我们的孩子，也不用费力说谎说那些可怜的绿萝都枯死了，你没必要这样，因为你了解我，我不是那种死缠烂打的女人，这一点，对于你来说是比较幸运的，因为我不会纠缠你，求你把我和孩子带回家，你记住，不是你不想让我们回家，是我们要抛弃你！是我们不要你！我的儿子不需要你这种冷血的父亲，我会一个人抚养他，我会拟一份离婚协议书，还有财产分割，你放心，我不会占你一分钱便宜，但我也不能让孩子和自己吃亏！"

"我听不懂你在说什么？你又在发什么神经？"海碧夫过去也是如此，只要有一个问题被抬上台面，他就会表现出他什么都没有听懂、看懂的态度，而这种逃避的态度的确保佑他渡过了很多难关。

"你以为我傻吗？孩子在ICU（重症监护室）的那十一天里，你带着你爸你妈都在干什么？一个正常的丈夫不会对自己的妻子和孩子不管不顾，那是我生命里最艰难的一段日子，我度日如年，你却一分钟都不愿意陪我。是，你一大早会带着我的乳汁，提着冷藏包把母乳送到医院，然后呢？你回来看过我一眼吗？每一天，我脑海里会出现一万种可怕的念头，我害怕电话声响起，我害怕是医院在通知我孩子又报病危了，告诉我孩子没救了，我们可以把孩子带回去了，不用治了。而你呢？你倒是能抓紧时间，带着你的父母出去吃喝玩乐！这些我还是从你不经意间说出的话中得知的。十五天陪产假，你用了十一天陪着你爸你妈还有你那个侄女！她来干什么？她不在你老家老老实实待着，她来凑什么热闹！你觉得这是儿戏吗？孩子在重症监护室，我在这个家里受着怎样的煎熬，那些天，我每天都像是在地狱里，而你呢？"

"爱黎雅。"

"你闭嘴，听我把话说完！你作为丈夫，你什么都不愿意为我们做。七月的最后一天，你们带着孩子回家了，我以为你之前是因为孩子不在我身边，所以才不愿意多陪我，以后不会了。可后来我才渐渐发现，问题根本不在孩子在与不在，无论孩子在不在我身边，你都不愿意和我们待在一起，是因为你根本不爱这个孩子，也不爱我了。你记不记得，我有几次把孩子抱到你身前，我问你要不要抱一抱孩子，因为我发现从孩子出院回家以来，你一次都没有抱过他，我安慰自己你只不过是因为初为人父，还不适应，但我抬起头却发现你的眼中没有一点爱，一丝一毫都没有，你根本不爱他，我没有见过你这样的丈夫，也没有见过这样的父亲，因为我从小就能够在我的父亲眼中找到爱和关注，但在你的眼中，我没有找到，一点也没有。你不要否认，也不要说这些都是我凭空想象出来的，还有，起名仪式。"

"我就知道你要说这个，你终于还是忍不住了。"海碧夫站了起来。

"你坐下，我没有讲完。"爱黎雅试图平静地说着，但她的声音却在颤抖，她发现自己已经无法掌控局面，因为没有办法再心平气和地继续谈话，因为海碧夫不想再听了。这些对他的指控是事实，所以他坐不住了，他本该怀着愧疚坐在这里，至少听她把话讲完，但是他连这都做不到。

"我不想听这些空话。爱黎雅，你回过头照照那面镜子，你看看你自己现在的模样，你从不放弃任何一次旧事重提的机会，只要你有一点不满，你那张嘴就和上了膛的机关枪那样说个不停，你反反复复、喋喋不休数落我的劣行，列举我的罪状，我就这么十恶不赦吗？我现在听你的声音就像听一台坏掉的唱片机，让我难以忍受。"海碧夫顿了顿，他的声音变得更加铿锵有力，"但是，即便这样我也还是没有想过和你离婚，你每一次都要离婚，怀孕期间你说过无数遍的离婚，哪一次是真的，离婚是那么容易的事吗？好了别说了，我真的一句都不想再听了。"在他眼里，爱黎雅的话从来都是空话。

海碧夫说完便绕过茶几想走出去，却被爱黎雅一把拉了回来，他们拉扯着。"起名仪式，你这个畜生。你答应我，孩子的名字由我来定，到最后呢？你见到你爸妈你就变了，你以为我不知道你的调虎离山计吗？你说你妈妈叫我，你把我骗去客厅里坐着，好顺利剥夺我给孩子起名字的权利，你以为别人都是傻子。"海碧夫紧紧地抓住爱黎雅的手臂，阻止她推他、打他，爱黎雅还是推开了他，她转过身掀翻了茶几，桌上的水晶花瓶和那些装着坚果的容器掉在了地上，发出清脆的声响，它们全碎了，碎片溅到了沙发上和爱黎雅的身上，她的手也被玻璃碴划破了，此刻正在流血。

"你是疯子吗？"

"对，我是疯子！我连我儿子的名字都没权利做主吗？你答应我什么！你答应我，孩子的名字由我来定！你却让你妈把我支开，你和你爸跟强盗似的闯进我的卧室，给我的孩子命名，你们算什么东西！我怀胎十月，我拼着性命生下来的孩子，凭什么你说叫什么就叫什么！你想走？你要去哪儿？你待在这里，你自己照顾你的儿子，他不是我一个人的孩子，我凭什么要待在这令人窒息的屋子里，帮你这种浑蛋照顾孩子！"

爱黎雅推开门跑了出去，她的身上穿着一件松垮的睡衣，睡衣的胸前还有奶渍。她的头顶是一轮毒辣的太阳，它毫不留情地冲破白云照射在爱黎雅通红的脸颊上，将她胸前肮脏的奶渍照得更加清晰。八月，午时花灿烂地绽放在花园里，和此刻爱黎雅的狼狈有了鲜明的对比。过去，她是那样在意自己的形象，即便是在她怀着小爱泽的那段孕期，她也是化着淡妆，穿着可爱的衣服。从前，她是绝对不会允许自己这样披头散发，穿着肮脏的睡衣出现在院子里，这样的自己邋遢而不堪，她像是疯了似的一路狂奔。

海碧夫追上了她，他气喘吁吁，一把将爱黎雅拉住了，他连拖带拉地把爱黎雅带回了她外婆家。

"我知道你讨厌我的父母，好了，你已经发泄完了，你回家再发疯吧！不要在这里丢人现眼，孩子一个人，你放心吗？你太狠心了。"

"我有什么不放心的！"她被海碧夫用力拉扯着，"我有什么不放心的？我狠心？对，我不配做妈妈，你更不配。"爱黎雅很想吐一口痰在海碧夫脸上，他应该被她这样羞辱。但是她发现自己做不到，即便再难堪，她也不允许自己变成那样的市井泼妇，即便愤怒已然冲昏了她的脑袋，她仍然无法丢弃自己内心深处的教养，那些教养没有办法被突破去使她做出这样令人瞠目结舌的举动。那不是她，如果她吐了这口痰在海碧夫脸上，出了这口恶气，那便不是爱黎雅。

"还好没人看见，你这个疯子。我晚点再来看你！"海碧夫像逃命似的推开门出去了。爱黎雅甚至都来不及看他的背影，那可恶而冷漠的背影，那不值得再留恋的背影。那背影曾是爱黎雅的依靠，她曾那样迷恋着他宽厚的背影，怜悯地从身后拥抱失败时的他，给予他安慰，然而现在，在爱黎雅最需要陪伴和安慰的时候，这个背影却仓皇而逃，像一个捉不住的影子。

"你滚吧！浑球！以后都不用来看我们了，就按我说的，哺乳期过了，我们就离婚。"她颤抖着站立在门边，以一种安静的疯狂倾听着他远去的脚步声，最后的几个字仿佛是对她自己说的，她多么希望海碧夫能够听到它们，又害怕他已经听到了它们。

刚才的一切都发生得太快了，她还来不及去作出反应，从海碧夫进门到他们之间的谈话，接着是一场突如其来的场面的失控，爱黎雅疯了似的跑出门，他们把孩子独自留在屋里，海碧夫粗鲁地把爱黎雅拉回家里，最后是海碧夫的离去。爱黎雅感到后怕，她想不明白海碧夫怎么能把孩子一个人留在屋里，出来追她？这太可怕了，那孩子只要动一下就有可能掉在满是碎玻璃的地毯上，下一秒，他的眼睛可能会受伤，也许会发生更可怕的事情，她不敢再往下想了，她越想越害怕，越想就越觉得海碧夫不可原谅。是的，他还没有学会怎样做人，他怎么会知道怎样去做一个合格的丈夫和父亲，现在，这一切就都可以解释了。

海碧夫走后，屋里又恢复了平静。爱黎雅无力地走到小爱泽身边，想把他从沙发上抱到小床边，他是什么时候被抱到沙发上去的，她一点印象也没有。她抱起他，发现他躺的位置上散落着那么多的水晶碎片和玻璃碴，那些碎片差点就伤到了爱泽。她抱着孩子，愧疚地哭起来。

"对不起，我差点伤到你，对不起，你在医院受了那么多苦回来，我们就让你经历这些。对不起，对不起，我从来都没想过让你在这种恶劣的环境里成长，对不起，是我没有控制好情绪。"她望着小床里熟睡的爱泽，此刻，一缕阳光正轻抚着他黄色的小脸。这些天，爱黎雅发现他的黄疸似乎褪了一些。他的发色和爱黎雅一样是金黄色的，她期待着等到黄疸褪去，他白皙的皮肤就会呈现出来，他会是个漂亮的小王子，她对他有信心。她拉起他的小手，看着他纤细的指头和修长的指甲，心想自己许的愿望竟都实现了，她希望孩子的皮肤和发色能够像她，也许愿孩子的耳朵能像海碧夫的那样，有一对弥勒佛那样的耳朵，许愿孩子的指甲能够也像海碧夫的那样修长。她又想起那段时光，那些时光里，海碧夫深爱着她，在她眼里，海碧夫是个音乐天才。他的指尖拨弄着一把杧果色吉他的弦，为她弹奏出美妙的弗拉明戈曲，他的声音是那样浑厚而富有磁性，像那些男主播的声音，她曾迷恋海碧夫的声音和关于他的一切，在他深爱着她的那些时光里，她也同样真挚地爱着他，他们曾许诺共度余生，他们也曾翻山越岭、斩妖除魔，一路艰辛才好不容易组建了家庭，有了那个小家，海碧夫不再是被人嫌弃的"外地人"，他不用再忍受房主的欺压，他不用再担心冬日里会被房主驱逐。是爱黎雅给了他一个家，还有这个不那么可爱的孩子，即便小爱泽长得没有那么惹人爱，但每一天他都在变化，爱黎雅相信他会成为一个可爱的小家伙，只是这需要时间。然而，她自己也没有心情去期待这一切。未来，对于她和这个孩子来讲，似乎都掌握在海碧夫的手中，这一次，由不得爱黎雅。她可以选择要不要和海碧夫恋爱，可以选择要不要嫁给这个男人，却无法将这个已然降临的孩子塞回子宫深处，让他消失。现在，海碧夫对待她和孩子还不如一个路过的陌生人热情，他躲在家里，待在幸福的宁静中，待得越久，他就会越不想迎接爱黎雅和这个孩子回家，或许，他早就决定要抛下他们，他后悔默许这个孩子的到来，后悔和爱黎雅结婚、生子。

八月一个令人燥热的午后，爱黎雅从沉重得透不过气来的梦中惊醒，在那个可怕的梦里：她看见海碧夫手里拿着一把黑色的大剪刀，站在玫瑰花丛中，剪下几株玫瑰，在他身后，玫瑰花红色的花朵随风起落，叶子纷乱摇摆，仿佛也变成了一片血色汪洋，在那个梦里，海碧夫手里的玫瑰花刺扎进了爱黎雅的手指。

她忆起方才的梦，开始自言自语。她开始发问，然后回答，仿佛一个走错了路的孩子，在自己的人生道路中迷失，这样的错，她还要经历几回。

从孩子出生到孩子回家，短短十一天的时间里，她瘦了十一公斤，她忍受着巨大的心理压力和加重的自卑感，生怕会遭到丈夫的遗弃。每一天清晨，她都会早起化上淡妆等着他来看她，即便那些天她没有那个心情。她的自卑导致了这一系列的反应，她却还在坚持，之后她花了仅仅半个月的时间恢复到了怀孕前的体重，二十公斤，这不是一个小数字，这一切不过是为了不遭到海碧夫的嫌弃，不过是为了不要在丈夫的脸上看到嫌恶的表情。然而，到最后，她还是遭到了他的嫌弃，现在，海碧夫甚至都懒得再看她一眼，即便她已经那样努力去维持她在他心中的形象，也无济于事。究竟为什么？这一切是如何变成现在这幅景象的，她无从得知。一想到自己也许再也无法激起他的温情就感到一种窒息的难过，难道她和海碧夫之间真的结束了吗？还是产后的抑郁令她突然变得多愁善感，变得更加敏感？对，这是产后抑郁，是她体内的雌孕激素水平在捣鬼，她和海碧夫之间根本就没问题，是她太过敏感，让他感到胆怯，所以他才会短暂地远离她，为了避免更多的不愉快，所以他才会丢开她仓皇而逃，他必须离开才能避免更大的纠纷，才能避免一场恶战。

渐渐地，爱黎雅会失去先前的坚决。她会告诉自己，作为一个母亲，无论她愿意与否，她都得学会将一些创伤深锁在内心里，准备好埋葬自己的情绪。她不再是那个任性的女孩，穿过金色麦田，在炫目的蓝天下奔跑的那个女孩。现在，她是一个母亲，一个伟大的母亲是不会这样自私的，她得时刻为孩子而战，为了孩子，她可以暂且丢弃自己和感受，一切的一切，她都可以暂且放下、丢开。因为追根究底，她不愿意让小爱泽失去父亲，她不愿意让他在一个不完整的家庭里成长，她希望他健康、快乐、自由地成长，无论是身体还是心理，她都希望他能够健康。于是，她问自己究竟想要什么？答案是：她的丈夫能够做出改变，能够成熟一点，做一个父亲该做的，努力爱上这个孩子，然后重新爱上自己，她希望他能够敞开胸怀接纳他们，迎接她和小爱泽回家。

忧伤从紧闭的蓝色大门下渗进门里，爱黎雅望着窗外怀念起海碧夫开车把她载入夕阳的那些黄昏。也是在这间屋子里，他们永不满足地亲吻彼此，恋恋不舍地相拥，似乎再甜蜜也不足以表达对彼此的感情，也是在这扇门里，海碧夫牵着爱黎雅的手走向门外，让她从这个温暖的、充满宠溺的原生家庭踏入另一种生活，步入另一段生命。

原载《青年作家》2024 年第 7 期

● **作者简介**

穆克代斯·海拉，维吾尔族。笔名：瑞朵·海瑞拉，女，1989 年出生于新疆乌鲁木齐。2005 年开始国语文学创作，系中国作家协会会员，新疆作家协会会员，鲁迅文学院第四十五届中青年作家高级研讨班学员。主要创作有小说、散文。2016 年出版小说《在格蕾梅镇遇见你》，发表作品见《青年作家》《朔方》《民族文学》《西部》《民族文汇》《塔里木》等杂志。2022 年《绿灯和钱箱子》收录于人民文学出版社年度青年作家选本。2023 年 11 月小说集《永恒的刻度》入选"筑牢中华民族共同体意识·中国少数民族文学之星丛书"，2024 年该作品进入骏马奖初选行列。

雪莲花

◎ 柳金虎

一

张世全怎么也没想到，好不容易穿上军装，满以为从此可以逃离了那些犹如牢笼一般将他的人生禁锢了十八个春秋的群山，到一个平原世界或者即使不够平坦但没有高山和那些藤蔓缠绕的丘陵地带，从此幸福安生地过自己的生活，但就在下了火车的刹那，他清楚地意识到，自己的这种向往彻底破灭了。

列车是在天亮时停在小站上的。这是一座小县城，小得实在有些可怜。新疆的县城差不多都有一个共性，就是小。张世全从地理课上早就知道了，新疆的面积很大，占了全国的六分之一，但人口不多，许多县也就十几万人，零零散散地散在一块大地盘上，往往走半天碰不到一个村落。县城可数的几条街道加上错落杂乱的楼房，规模也就像家乡的一个小镇子。此刻，张世全站在简陋的站台上，一眼就望到了县城的边缘。如芒刺一般刺激着他眼球的，倒不是县城的小，却是那些仿佛冬眠的巨兽一般僵卧在县城周围的连绵群山。山已经被厚实的积雪严严裹住，不知道山上的积雪究竟有多深，竟然没有冬眠的植株从雪里探出头来。山上的雪倒也光滑，当然也白得刺目，张世全想到了一个词：雪被。的确，仿佛那连绵群山上披的不是雪，而是雪色的棉被。

已经有新兵开始跺着脚嘀咕起来。这个鬼地方，咋这么冷呢？说话的时候，嘴巴里飘出一团乳白色的雾气，将那个新兵的脸衬托得若有若无。张世全也感到了冷，但他感觉到的冷是有生以来从未体验过的。那冷并不是首先附着在他的肌肤表面，而后慢慢渗透下去，而是从心底的某处漫上来，渐渐扩散到全身，然后从每个汗毛孔里冒出来，与外面的酷寒连成一体。就在这个初入兵营的早晨，新兵张世全被这种从未经历过的寒冷围困着，眼泪鼻涕不由自主地流了出来。

事实上，张世全并不是一个怕冷的人。他在大别山里长大，从十几岁时开始锻炼冷水浴，即便隆冬季节也从未停止过。大别山里冬天的寒冷，也是别有一番滋味的。尽管气温少有零度以下，但是那种湿漉漉的仿佛能拧出冰水一般的阴冷，还是很让人厌恶的。尤其是没有阳光的日子里，阴冷就更像抽在身上的柔软的鞭梢，又似万千把小刀在肌肤上胡乱刻画。但张世全不怕，照样能够脱得光溜溜的，躲在房子里擦他的冷水澡，每每擦得浑身毛孔偾张，血流提速，通体舒坦。

然而此刻，十八岁的张世全站在新疆的一个小县城的简陋火车站站台上，开始冷得哆嗦起来了。先是牙齿"嘚嘚嘚"地叩响，接着手脚不停地抖动，最后全身都在筛糠一样地晃悠了。新兵连连长是个大个子，生着一张红脸盘子，一见张世全那副模样，二话不说，扯下自己的羊毛大衣就扣在了张世全的身上。大衣足有十来斤重，已经很旧了，胸前和两个袖口都油晃晃的。张世全闻到了一股浓烈的羊膻味。

运兵车在山路上缓缓爬动。篷布罩着的车厢里很暗。张世全缩在最里面的角落里，身上压着羊毛大衣，依旧感觉冷。他知道，他的冷不仅仅是自然环境带来的生理反应，更多的是心冷。随着运兵车渐渐驶离小站台，渐渐把县城抛在无边雪野里，渐渐靠近那些冬眠一样的巨大雪山，最后像只甲壳虫一样缓缓爬进了群山里，张世全的眼泪一直没干。完了，他想，刚跑出山，又进了山。命苦啊！

汽车在山脚的雪路上爬了好半天，才驶进了一个院落。

同车的一个老兵说，到了，这就是咱们仓库。

二

仓库在群山合围之中。最初，张世全有些想不通，不知道当初人们是出于什么目的，跑到这个破地方盖仓库。后来才明白，不仅仅是出于当时战备形势需要，更是为了利用那些山。那些石头山被掏空后，里头冬暖夏凉，气候干燥，实在是老天赐予的天然洞库。

但张世全的这种彻悟，是在他成为老兵以后了。眼下，刚刚成为一名新兵的张世全，实在没有心情去洞察别的事情。

新兵连总共六十个兵，训成后，仓库留一半，另一半给十几公里外的油库。张世全被分到二班。十个新兵。主要是四川和甘肃籍。还有两个是新疆兵。其中一个兵长着大鼻子，活像老外。

当天晚上点名，张世全就知道了，大鼻子新兵叫吐尔江，是维吾尔族。他出生那地方挺有些名气，叫达坂城。张世全很早就从歌里知道了那地方，知道那里有许多长辫子的大姑娘，还有又大又圆的西瓜。但初到新兵连的这个晚上，维吾尔族新兵吐尔江并没有令张世全引起过多联想。他的心情，都被这些光秃秃的雪山破坏了。

张世全做梦都想着离开山。其实，家乡的山，清秀葱茏，吸引了不少外地人费力花钱跑过去游览，还有不少外国人不远万里也跑到这山里来，挂着根拐棍看得大呼小叫。可张世全实在生不出什么好感，他记得初中时曾看过一本书，里面有个词挺适合他，叫审美疲劳。他从落生就与那些群山相伴，出门就是穿山路，进门还得穿山路，可能真的就是疲劳了，那些清秀的山体，在他眼睛里再也看不出丝毫美感。从上高一那年起，他就有了这个念头，一定要好好上学，将来考出这个破地方，考到一个没有山的地方，每天都有开阔的蓝天，每天都有开阔的视野，每天都有开阔的心情，这样的日子过起来才叫带劲。怎是张世全的梦想随着那年高考像肥皂泡一样破了。当兵，是他离开群山的又一通道。可如今，这条通道却把他再次抛进了大山里。

张世全这种懊丧的心情，几乎伴随了他新兵训练的整个过程。只是，随着兵龄的渐长，他的情绪不再像初下火车的那个清晨那样无限外露了，而是变得内敛起来。训练间隙，十八九岁的新兵们喜欢扎堆说笑欢闹，张世全却很老成的样子，经常一个人待在一边发呆。

吐尔江就是这时候主动找张世全的。那天训练结束，张世全照旧坐在透明的太阳光下发呆。吐尔江走过去说，你的家，听说是大别山的？吐尔江的汉语说得不错，只是个别字的发音还有些生硬。张世全说，是大别山没错，可我从小就特烦那些山。吐尔江表示不理解。张世全说，从我出生睁开眼，看到的就是山，我很想看看山外的光景，可是看不到，全被山挡死了。吐尔江说，大别山是个好地方呢，我从书上看到的，我很想去看看大别山。张世全往四周指了指说，你们新疆这么多山，还不够看吗？吐尔江很认真，不一样，新疆的山就像个小伙子，大别山么，像个大姑娘，山上到处都是花花草草，好看得很。张世全说，得了吧，你住在山里试试？你要是生在那里，也早就厌倦了。吐尔江有些着急，瑭说呢，就像在画里住着呢，喜欢都来不及呢。张世全不吭声了。他知道，自己对山的厌倦只是自己的认识，别人的看法也只是别人的见解，或许互相很难说服对方，但老祖宗说的仁者见仁智者见智，随他怎么看吧。

偏偏吐尔江挺喜欢山这个话题。此后的日子，围绕着山的话题，吐尔江又好几次找到张世全理论。有一次甚至差点吵起来。起因是吐尔江说的一句话。吐尔江说，有山多好，你不喜欢山，那就是你不会审美。张世全嗤了一下鼻子，就你会审美，那你给我审审这些山美在哪里？张世全张开双臂，向周围画出一个圆弧。吐尔江说，这些山么，主要是由山岩组成的，山岩么硬得很，就像男人的骨头，软骨头是当不了男人的。听到这里，张世全的脸上开始变颜色了，他觉得吐尔江是在暗指他不是男人。一个大男人，听到如此的评价，恐怕没有几个不会来气的。张世全的气开始膨胀，但他清楚以他这副身板，两个他也不是吐尔江的对手。所以动手不划算，于是他扔下一句话，就你骨头硬，就你是男人，说完气腾腾地走了。

吐尔江站在那里发愣，他感到很纳闷，不知道张世全这是怎么了，两个人本来说得好好的么，怎么扔下他就走了呢？

此后的日子，张世全尽量躲着吐尔江。他觉得这个新疆战友的思维方式令他难以接受。当然，张世全也清楚，平心而论，吐尔江说的那些话不无道理，山么，本来就是地球表面的装饰品，要是没有这些起伏错落的东西装点着，地表该成什么样子呢？尽管他明白这个道理，但他不愿意去生发这样的联想。毕竟，他不是生存在虚幻中的空想家，他是个活生生的有血有肉的人，他的喜怒哀乐都实实在在存在于现实生活之中。他烦那些山，他骗不了自己。

张世全的苦恼就这样延续着，直到新兵连结束。

三

分兵那天，张世全的情绪又有些糟。这拨新兵按最初的计划被一分为二，三十个去油库的，爬上汽车被拉到了更深的山里。还有三十个留在了仓库，张世全是其中之一。令他别扭的是，吐尔江也被留在了仓库，而且还跟他分在一个班——勤务队警卫班。实际上分到勤务队的共有十个兵，而被分到警卫班的就只有他们两个。

分兵完毕，吐尔江显得极兴奋，他跑到张世全身边，一把拉住他的手说，张世全，我们俩分在了一个班呢，我这个地方么特别特别地高兴。吐尔江指了指自己的胸口，毫不掩饰自己的兴奋。

张世全没吭气。三个月的新兵生活，使他对这个即将同班相处的新疆战友，多多少少还是有了一些了解。怎么说呢？吐尔江是挺不错的一个人，仗义，热情，也很活跃，跳得一身好舞。张世全很喜欢看吐尔江跳新疆舞，训练间隙，吐尔江往那一站，身上就跟启动了开关似的，摇头，摆手，踢腿，一套动作跳得很流畅。张世全知道这舞叫作麦西热音，是维吾尔族舞蹈。当兵到新疆后，他从电视上看了不少这样的舞蹈表演，私下里还偷偷练习过好几次，但总不得要领，跳得像个砸了脚的笨鸭子。吐尔江喜欢跳舞，只要有人提出要求，他都会愉快地接受，并且极其投入地跳起来。但吐尔江也有不招人喜欢的一面，用张世全的话说，很没有眼力见儿，也就是说不会看人脸色说话。张世全不愿跟他说话，这是其中最重要的一个原因。

刘班长来接他们俩了。刘班长是警卫班班长，可能跟职业有关系，他的脸比别的班长要黑得多。脸一黑，人就显老相。张世全猜不透班长到底有多大，但感觉班长往跟前一站，就像个长辈似的。

见了他们俩，刘班长很兴奋，笑得眼都眯缝起来了。刘班长先看了看吐尔江，嘿嘿一笑说，这块头，是当警卫兵的好料。

吐尔江听了班长的夸奖，站得愈加有精神了。

相比之下，张世全就显得单薄了些。不过，他脚下的一大包书还是引起了刘班长的兴趣。他俯下身子扒拉着书看了看，又盯着张世全看了看，这才说，一看这些书，就知道有文化，咱警卫兵不但能来武，来文的也不能差。班长嘟囔着，像是说给张世全和吐尔江听，又像是说给他自己听。但不管怎么着，张世全还是很高兴。

警卫班睡的是大通铺。连刘班长算上共十二个人，十二张床板靠墙根一溜儿排开。部队的老传统，班长睡在最外边，靠着门口，掌管着墙上吊着的电灯绳。最里面的两块空床板，就是张世全和吐尔江的，这里凉风吹不着，是宿舍的最佳位置。

铺床的时候，吐尔江对张世全说，你喜欢学习，里边么安静着呢，你就在最里边吧。说着，不容他表态，就把张世全的背包放在了最里面那张床上。张世全的心底漫上了一丝感觉，他的确很想睡在最里边那张床上，安静是一个因素，最主要的是自由度高，不用像加塞一样被两边战友挤着。但他不能表现得太直接太露骨，大家都是革命战友，起码的风格还是要发扬的。想到这里，他谦让了一下。但吐尔江坚持说，你么是秀才，最好的地方当然你住，我么，浪费。

这个位置，张世全感到确实称心。新兵连里，也是住的这样的大通铺，他就是像加塞一样睡在中间。最初的几个晚上，张世全怎么也睡不着，不管往哪边翻身都很别扭。后来习惯了，觉得睡在大通铺中间其实挺好，也挺温暖的，他经常是伴着两边战友的呼噜声和此起彼伏的梦话沉到自己的梦乡里，一梦便到了大天亮。

但是，初到警卫班的这个夜，张世全却失眠了。旁边的吐尔江已经睡熟，他的呼噜声就像一串连着一串的响雷，始终在张世全的耳朵边转悠。不管他怎么翻身折腾，也赶不走那些"雷声"。

吐尔江的呼噜还是别有些特点的。它不像新兵连战友的轻微鼾声，像催眠的音乐一般引诱着你的睡眠。吐尔江的呼噜简直就是一辆正在发动的拖拉机吐出的声音，轰隆轰隆的，床板似乎都在动，就连张世全面对的那面墙壁，似乎也在轰隆中微微发抖。

下到班里的第一个夜，张世全硬是折腾到天亮也没睡着。早上起床时，他很不客气地说，吐尔江，你的呼噜太吓人了。

吐尔江正在认真整理内务，一听忙停下手里的活儿，脸上堆满了歉意，一个劲地道歉，你咋不推醒我呢，太对不起了。

旁边的老兵说，其实这事怪不得人家吐尔江，张世全你兵还嫩了点，等你成为老兵的时候，就是屋里打雷也不会惊醒你。

张世全有些不好意思起来，说，其实我也不是怪吐尔江，我就是刚换了个地方，还不大习惯。

老兵说，你个新兵蛋子，看不出，毛病还真不少。

张世全不敢吭声了。

倒是吐尔江不依了。他对老兵说，哎班长，咋说话呢。

老兵翻了吐尔江两眼，没理他。

四

警卫班的任务是在洞库门口值勤。洞库在营区东侧的一座大山里，门口有个岗亭。张世全背着一支半自动步枪，往亭子里一站，守着铁门紧锁的洞库。其实也不需要总是站着，多数时间都可以坐着，只要看住山前几条小路，别让外人靠近就行。值勤是按顺序轮流上岗，到时间自动来交班替换。

这天，像往常一样，吐尔江又来接他下哨。张世全不止一次劝过他，但吐尔江似乎在宿舍里待不住，经常跟着站下一个岗哨的人溜达过来了，找下哨的张世全聊天。张世全不太喜欢聊天，尤其是不太喜欢跟吐尔江聊，因为吐尔江总缠着他问大别山。张世全不愿意聊这个话题，尤其是他家乡的那些山。

吐尔江对山似乎有着天生的兴趣，本来是随意聊着，可每次聊着聊着，他就会说到山。吐尔江说，我们维吾尔族有句话，叫苍鹰恋蓝天，好汉攀险山。爬山的滋味么，就像吃馕包肉，真是越吃越有味。吐尔江的这个比喻，张世全觉得很不贴切，连队会餐时，他吃过那道叫作馕包肉的食物，味道确实好极，但爬山怎能与它相提并论，应该说是风马牛不相及的。吐尔江继续说，天山么有个博格达峰，你听说过吧，好几千米高呢，我就爬过它。见张世全没有回应，吐尔江撩起自己的裤腿说，你看这个地方么，就是那次爬博格达留下的。张世全扫了一眼，心中一凛，他看到一条半拃长的疤，明晃晃地趴在吐尔江的小腿上，像附着的一条蚯蚓。吐尔江说，我爬到那么高了，谁想到一下子就滑了下来，结果就把腿摔断了。张世全觉得应该说点什么了，但他又不知该说些什么，对山他实在没有多少言谈的兴致，只好说，你闲着没事，爬哪门子山呢？不料吐尔江说，那些山上有好东西呢，你知不知道？张世全心想，新疆的山都光秃秃的，山上除了雪，能有什么好东西。吐尔江有些神秘地盯着他，故意憋了小半天，才吐出那两个字——

雪莲。

没错，就是雪莲。张世全自然知道这种有名的植物。也是从中学的地理课上，他知道新疆的雪山上生长着一种神奇的植物：雪莲。在人迹罕至的雪山之巅，雪莲生长在嶙峋的怪石之间，奇寒、缺氧、孤独，时时与之相伴，可它们毫不畏惧，生得茂盛，且在极其恶劣的条件下，葳蕤挺拔，开出艳丽花朵。

不过张世全还知道，雪莲是珍贵的野生植物，就像长白山里的野生人参，数量稀少，有缘一见者恐怕也没有多少人。

吐尔江说，我采到了雪莲，我和雪莲一起滑了下来。

说到这里，吐尔江脸上挂满了幸福。

张世全一直蛰伏在心底的好奇开始萌动起来，他很想更清楚地知道那些常人难得一见的雪莲花生长时的模样。那应该是真正了不起的植物，不像大别山中的那些肆意缠绕的藤条枝蔓，它们随意地生长着，因为随意便也普通，因为普通便也没有多少可供赏识的价值。张世全讨厌那些杂乱的藤蔓。

吐尔江尽量搜索着肚子里的词语，比画着说，雪莲么，不像地上的花，一嘟噜一嘟噜的，雪莲不合群，都是独生独长。就在那些雪堆里，它们悄悄地长出小小的叶子，悄悄地开出大大的花。

但吐尔江的描述，显然不能令张世全满足。不过，张世全善于想象，他的脑子里已经浮现出那幅画面。他看到在博格达峰的悬崖峭壁上，在山巅终年不化的积雪中，一株嫩芽于酷寒中孕育拔节，葱绿的叶片犹如翡翠一般，盛开的花朵恰似一颗瑰丽的宝石。

张世全突然说，等着吧，看哪一天我也去采一朵雪莲花。

吐尔江连忙晃着手说，不行的不行的，现在受保护了。

张世全尽管早就听说过，雪莲花不让随意采摘，但是亲手采一朵雪莲花的念头，还是像生了根一样扎在了他的心里。

五

初夏的时候，仓库周围的群山变了模样。其时，山上的积雪已经化尽，草芽开始变绿。张世全感到，这真是些奇怪的山。山上栽不成树，因为整座山几乎就是一块完整的大石头，也找不出一棵像样的植物。漫山遍野，长满了一种叫不出名字的带刺的矮草，高不过二三十厘米，叶片细碎，间杂着米粒一样的小花。

吐尔江很喜欢这个季节。晚饭后，他拽着张世全散步，总要去爬那座洞库山。洞库山不陡，却很高，难得的是，山顶是圆弧形的，很平坦。那些刺儿草仿佛被谁撒下了种子，均匀地铺满山顶。

这时候，太阳还高高悬在西天。阳光纯净、微风清凉。张世全顿然觉得心胸开阔了。从小生长在大山里，无数次爬山，他从没生出过这样的感觉。他知道，都是那些潮湿的乱七八糟的藤条枝蔓搅和的。他不喜欢那些植物，是它们把家乡的山变得阴飕飕的。

吐尔江站在山顶上，一手叉腰，一手往远处一指。世全你看到了没，那个高高的雪山，就是博格达峰。顺他指的方向，张世全看到了那座傲立的雪峰。高耸无比，积雪蓝幽幽的，很神秘，也很壮观。吐尔江说，我爬的么就是那个山，那一年我才十二岁。

接下来，吐尔江就讲起了他的那个故事。

这个故事完全出乎张世全的意料。他本来以为会是一个动人的爱情故事。一个维吾尔族少年，为了心爱的姑娘，一股英雄豪气勃然喷发，只身攀上了陡峭的博格达峰，去采摘爱的见证。

风轻轻吹着。张世全坐在一小片空地上，耳听着吐尔江委婉的述说，他嗅到了身边那些米色小花的淡淡的香味。

吐尔江说，我么去采雪莲么，是给我的汉族妈妈的。妈妈有很重的关节炎，我们维吾尔人都知道，雪莲花泡酒治这个病呢。吐尔江在张世全对面坐下来，继续说，妈妈是我们达坂城里唯一的汉族人。我不知道她是从哪里来的，反正我出生的时候，汉族妈妈就在镇里居住了。她的儿子，后来当兵去了昆仑山，在一次巡逻的时候遇到雪崩，牺牲了。妈妈的儿子，并不是汉族人，是她收养的一个维吾尔族的弃婴。她儿子牺牲后，汉族妈妈一夜间白了头发。我的妈妈想把她接到家里，我们伺候她。可汉族妈妈却不同意，她说自己浑身都是病，怕给我们家添麻烦。她儿子牺牲那年，我刚好满了十二岁，我就是从那时起想当兵的，我要当一个像他那样的兵。

山脚下，夜色轻轻漫起来。吐尔江的故事讲完了。张世全看到吐尔江背过身去，悄悄揩了一下眼角。

张世全也擦了一下眼睛，说，吐尔江，你是好人。

吐尔江腼腆地一笑，我么不算啥，我爸爸么，他是医生，他这辈子救了不少人的命，有两次差点死在给人看病的路上。

张世全的崇敬，真真切切由心底升起来。参军来到新疆后，他听说过不少民族互助的故事，但那些故事没有多少在他的心底留下过深的痕迹。但发生在吐尔江身上的故事，无疑深深打动了他。

那个夜，张世全又是辗转难眠。

吐尔江的呼噜又均匀地响了起来。张世全早已经习惯了他的节奏分明的呼噜声。他睁着眼睛，望着黑沉沉的房顶。

夜色在张世全的面前幻化着，变成了一望无际的白，巍峨错落的山峦被那些白色裹束起来。张世全突然看到，在一块更加陡峭的山岩上，一株雪莲于凌寒中探出葱茏的身姿，将散放着光环的雪莲花绽放在雪中。那真是一株极其特别的雪莲花，因为张世全看到的是并蒂开放的两朵花，相同的根脉，相同的枝干，挑出两朵相同的雪莲花。张世全努力睁大眼，想更仔细地看清那朵神圣的并蒂之花，然而他没有成功。雪莲花似乎悬浮在雪山之上，无论他怎么努力，看到的始终是一个梦幻般的轮廓。突然，他发现一个瘦小的身影，像大别山丛林中跃动的灵猴，在那些突兀的山岩上跳动飞跃。那个瘦小的身影渐渐靠近了那株并蒂雪莲花，然而正当他伸手采摘之时，脚下的山岩松动了，灵猴连同那朵雪莲花，在雪空中飘然坠下。张世全正要惊呼的时候，镜头突然切换，他看到了戈壁深处的一条小道上，一位年长的维吾尔族老人正蹒跚行进。老人肩上背了一个药箱，能清晰地看到药箱上的红色十字。夜色降临，暴风席卷，黄沙扯动着雪粒在老人身边肆虐。张世全的心揪了起来，他真替那个行医路上的老人捏了一把汗。紧接着，他眼前的画面再次转换。张世全又看到了一位白发苍苍的汉族老妈妈，她枯瘦的手紧紧拉住一个维吾尔族小男孩的手，一老一少在雪地上执着前行。

这是张世全做的一个梦。许多年以后，他还清晰地记着梦中的一切。他说，他的真正的人生，这个梦应该是个发端。

六

电报是在张世全值勤时送到班里的。二指宽的电报纸上落着可数的几个字：父病危盼归。刘班长捧着电报，正在发愣。他清楚张世全的家境，警卫班的每个兵他都清楚。张世全的父亲得的是肺气肿，天气一变化就犯病，一犯病就得打针，一打针就得花钱。刘班长知道，张世全的津贴费，一分也没乱花，全都寄回了家。

当晚，勤务队为张世全捐了款，共捐了三百一十二元钱。这些钱在二十世纪八十年代末期，是一笔不小的款项。勤务队领导还为张世全批了一个月的探亲假，第二天张世全就心急火燎登上了回乡的列车。

这时候已经是夏末了。大别山里，树绿得可怕，藤照样杂乱无序地缠绕。张世全走在山间便道上，第一次对这些山生发出了一种别样的情愫。他很快想起了那个词：亲切。是的，亲切。这才多半年的别离，曾经那么令他反感生厌的这山这树这乱藤，原来是那么令他魂牵梦萦。到底是他当初年少性情善变，还是他压根就不曾真的生出过厌恶？张世全觉得都不是。应该归功于他的半年多的当兵经历，归功于那些植被稀少的男人一样的群山，当然也归功于他的维吾尔族战友吐尔江。应该说，是他们造就了眼前的张世全。

那个破败的小门楼就在眼前。张世全感到眼眶有些热。十八年了，他从这里进出，丝毫没有认真看过它一眼，从未体味过它的亲切。他想起多病的父亲，他佝偻着身子，为着这个家，为着他们兄妹五人，在岁月的田垄上艰难耕耘，四季劳作，永不知倦。

他突然觉得自己参军之前很傻。真的，从他厌倦这些山的那天起，他的精力和热情就仿佛被冻结了，父亲的咳嗽，母亲的白发，都没能唤醒他。他的心仿佛跳到了大山外面，留下的只是一具空壳。他披着这具空壳，浑浑噩噩虚度了十八载光阴。

现在，他要做的第一件事就是想对父亲说，爸爸，您的儿子长大了。他还要跟父亲说说山，说说他对山的最新感悟。

然而，他怎么也想不到，父亲却再也听不到他的话了。

父亲的遗像就挂在堂屋正中。那还是张世全参军走前，用借来的相机亲手给父亲照的一张半身像，想不到却成了父亲的遗像。

照片上，父亲没笑，看上去有些紧张。张世全回想起，父亲坐在堂屋前的长条板凳上，双手扣着膝盖规规矩矩照相的样子。张世全让父亲笑一笑。父亲说，笑不来，一看到那个玻璃眼就怪紧张。

屋里静悄悄的。母亲正躺在床上。大妹领着弟弟妹妹在灶房做饭。一见到他，母亲惊得摔到了床下，抱着张世全就哭。

弟弟妹妹们也伏在他身边哭作一团。

悲痛笼罩着这个暗旧的农家院落。

十六岁的大妹哭着说，哥呀，你可算回来了。

从大妹含泪的述说中，张世全这才知道，父亲早在半年前就已经去世了。那时刚开春，父亲上山挖草药换钱，失足从山上滚落下来。在镇医院躺了十多天，最终没能救过来。父亲住院时，母亲想拍电报叫他回来，但父亲死活不依。父亲说，全子现在是部队上的人，咱当个兵不容易，千万别拖了他的后腿，叫他好生出息吧。父亲去世后，母亲也得了一场大病，时好时坏。邻家的婶子大娘实在看不下去了，都劝母亲把实情告诉部队，让世全早点退伍回来。但母亲只是摇头。最后是大妹偷偷瞒着母亲，给哥发去了电报。

这个夜，张世全守在父亲遗像前，流了整整一夜泪。

父亲去世的时候，正是新兵连结束时。那时，张世全正沉浸在从这片群山坠落到另一片群山的无尽烦恼之中难以自拔。而就在他为这些毫无意义的烦恼自我折磨时，父亲却已经被命运推到了生的尽头。而即便是在父亲弥留关头，还对他这个长子寄予着莫大的厚望。张世全突然又想到一件小事，在镇上参加高考那天，父亲佝偻着身子，一直等在学校门外，终于盼到他走出校门，父亲捧着两根冰棍跑过来。张世全没有望一眼父亲脸上的汗水，也没有问父亲渴不渴，他抓过冰棍一顿风卷残云。父亲脸上挂着笑容，一边用手掌揩着自己脸上的汗，一边挥舞着草帽为儿子扇着凉风。张世全觉得自己浑蛋透了，他曾多少次无视过父亲的望子成龙的朴素希望，他觉得那是最无聊的加压，是对他的肉体和精神的双重摧残，犹如脚下这阴冷潮湿的山体令他时时生厌。如今，父亲走了，再也看不到儿子出息的那一天，再也看不到他洒下的这些满含着重生意味的泪滴。

七

按照家乡习俗，亲人亡故，子女须戴孝一年。张世全的左臂上戴着黑纱，上面一个刺绣的白色孝字，时时刺痛着他的心。

刘班长见到张世全的第一眼，眼圈就红了，他感叹道，咱当兵的爹娘呀，多不容易哪，咱在部队上一定得好好干，否则，对不起咱的爹娘二老哇。吐尔江没说话，他非常义气地走到张世全的身边，一把将他揽进怀里，用力抱了抱，还在他后背上拍了两下。

张世全归队半个月后，吐尔江的父亲也来了一趟部队，说是想儿子了，来看看当兵的儿子。像众多维吾尔族老人一样，吐尔江的父亲头上扣着一顶暗旧的小花帽，下巴蓄着花白的胡须，一看就是个勤劳干练的老人。那天，在警卫班的宿舍里，老人将特意带来的干果、奶酪和一大盘炸馓子，摊开在桌子上，不停地催大家吃。看到吐尔江和战友们有说有笑的，老人特别高兴，说，看到你们这个样子么，我就都放心了，你们么都是离开爸爸妈妈的孩子，在部队上么要好好地团结，就像一家人的样子么，好得很。老人的汉话不如吐尔江说得溜，个别词嘟儿一下就过去了，逗得大家都笑起来。

吐尔江的父亲在部队仅住了一夜。第二天一早，老人就要返回达坂城。老人说，家里事情多呢，不敢耽误。吐尔江陪父亲在县城逛了逛，之后把父亲送上汽车，赶在午饭前回到了仓库。

日子照旧平静地过着。吐尔江依然提前好长时间到洞库接张世全的哨。两人依旧要聊一会天，山已经成了他们的主题。张世全说，等我复员回去了，我在大别山欢迎你。吐尔江说，我一定会去的，我还要去爬大别山最高的峰呢。张世全说，复员后，我也想去爬一次博格达，在雪峰上亲手采一朵雪莲花，最好是一朵并蒂的雪莲花。吐尔江兴奋地说，博格达可是我的脚下败将，我十二岁的时候就把它给征服了，到时我一定会当你的向导，我们采那么多那么多的雪莲，带回你的老家去。张世全连忙摇手，雪莲乃灵性之花，岂敢贪多，一朵足矣。吐尔江似懂非懂，眨巴着眼睛说，你是说，你要当成爱情信物，送给心爱的姑娘吗？张世全突然脸红起来。

其实，这时候已经有一个叫芹的姑娘走进了张世全心里。

芹是张世全同村的女孩。尽管同村，两人却没说过几句话。世全父亲出事后，芹开始主动往他们家跑，宽慰张世全母亲，帮着家里干这干那，芹还主动提出来要嫁给张世全。也多亏了芹，张世全的母亲才得以在巨大的丧夫悲痛中感受到一丝宽慰。张世全探家后，两家人曾聚在一起吃了一顿定亲饭，两人的关系便这样定下来了。

对于芹，张世全说不上喜欢，更多的还是出于感激。也正是有了芹，张世全才能够把牵挂放下，放心回到新疆的群山之中。

又到了周末。晚饭后，队里安排自由活动。

吐尔江拉着张世全，两人又爬上了洞库山顶。

这时候已经临近中秋了，天阴着，依旧闷热。两人爬到山顶时都气喘吁吁了。吐尔江说，怪得很，过去这季节该下雪了。张世全想到了唐代边塞诗人岑参的两句诗："北风卷地白草折，胡天八月即飞雪。"于是说，都进阴历八月了，看不出要下雪的迹象哪。吐尔江说，我们新疆么，冬天来得早早的，春天来得晚晚的，我小的时候就是这个样子的，有一年阴历的七月底就开始下大雪了。张世全说，七月在我们老家，穿一个裤头还嫌热得慌呢，不过我不喜欢那种天气，就像在蒸笼里蒸，又潮又闷。新疆这边的气候好，就算是很热的夏天，身上也是干爽爽的，永远都不潮湿。听到这里，吐尔江有些自豪起来，新疆就是这个样子的，适合人类居住呢。

两人聊着天气，在圆弧形的山顶上散着步。

吐尔江说，世全，你们家的事，我这里很难过。吐尔江认真地指了指心口，说，不过你一定要坚强，坚强才是男子汉。

张世全有些感动，他知道在吐尔江心目中，他一定还是当初那个只知道一味抱怨命运的熊人。殊不知，他已经开始变了。

如果人生有分水岭，他觉得，父亲去世就是他告别蒙昧的那道分水岭，也是他甩脱幼稚走向成熟的开始。那个夜，在故乡暗旧的堂屋里，他守着父亲的遗像，觉得自己真的成熟了。张世全的心中开始装进了一种沉重的感受，那是一份沉甸甸的责任感。作为父母的儿子，作为弟妹的长兄，作为兵，他清楚自己肩头的分量。

这时，大滴的雨点开始砸落下来。

最初，雨点子稀稀落落的。不过都挺大，砸在人脸上麻飕飕地疼。吐尔江兴奋地叫起来，在雨地里摇头摆尾地舞蹈起来。张世全心想，土生土长的新疆人，看来都对雨有着天生的好感，这可能缘于新疆是干燥地区的缘故吧。张世全不太喜欢雨水，跟他在潮湿的大别山里的生长经历有关。他觉得雨水是潮湿的罪魁祸首。

新疆秋天的雨水已经很凉了。

雨点密实地贴到张世全的脸上，有的还顺着领口滑到他的脖颈的肌肤上，张世全觉得一阵阵寒气从心底涌出来。

天渐渐暗了。张世全抬头看天，云层低垂，狰狞诡异。气象台的天气预报已经准确捕捉到了这场秋雨，电视上的漂亮女气象员播报说是中雨。不知为何，张世全的心里隐隐涌上一些不安。

八

这场雨接连下了两天两夜，仍未有止歇的意思。

新疆的山，质地多是岩石，尽管干燥，吸水性能却差，雨水浇下来，多又从山上冲刷而下，在山坳里聚集汇合，最终形成了波涛滚滚的浊流，裹挟着杂草和泥沙，向东山水库奔涌而去。

东山水库就坐落在群山入口东侧。水库往西，散落着几个自然村庄，再往西便是县城东郊，人口密集。东山水库原是一座天然蓄水河，承载着炎炎盛夏群山上融化的雪水，后来县水利部门几次进行改建扩容，把水库建成了一座中型蓄水大坝，灌溉着县城周边数千亩农田，也成为县城的饮用水源，故有母亲河之称。

如今，连续两天降雨，雨水源源不绝注入河中，东山水库水位急剧暴涨。尽管泄洪闸门已经昼夜大开，然而与源源不断汇聚而入的雨水相比，泄洪量太小，远远不能缓解急剧增容的压力。当地县委已经拉响了抢险救灾的红色警报。部队接到驻地政府紧急求援，迅速组织了百人突击队，准备冒雨冲出群山，赶赴东山水库帮助加固河堤，应对随时可能发生的险情。

张世全和吐尔江同时报名参加了突击队。突击队员们身穿雨衣，分乘三辆解放卡车，在泥泞的山路上冒雨疾速行进。路上，刘班长攥着拳头，声音激昂地说，弟兄们，咱当兵几年，能参加一次抗洪战斗，值了。吐尔江也显得很激动，我的血么，早就突突地滚起来了呢。而张世全只有一种感觉：紧张。他感到自己的心脏就像被一双无形巨手给牢牢攥住了，他觉出了一种前所未有的紧张。

突击队赶到河堤时，已近傍晚。雨仍在下着。东山水库那道二里长的大堤上，已经有数百人投入战斗。张世全扫了一眼波翻浪滚的河面，不由心里一紧。他看见污浊的河水仿佛一头困在牢笼里的野兽，正狂躁地挣扎着，咆哮着，一次次向高耸的河堤发起冲击。一旦河堤被撕开一道口子，困兽一般的河水便会汹涌而下。张世全不敢往下想了，他知道，洪水荡涤之处，村庄房舍必将一扫而空。

险情就是命令。河堤上，人们紧张地忙碌着。栽木桩，垒沙袋，加固河堤。突击队员们也迅速投入了激烈的战斗。

吐尔江抱起两袋沙土向河堤奔去，他身上的雨衣早已不知被甩到哪里，湿透的迷彩服上沾满了泥巴。张世全紧随其后，他的体质虽然比不上吐尔江，也照样负载了两袋沙土的重量，在泥泞的河堤上艰难地前行。河堤在渐渐变高加厚。暴怒的河水仿佛被人们驯服了，乖乖地待在河床里，仿佛再也掀不起什么波澜了。

险情就是在这时候发生了。

最初，只是河堤底部出现了小面积渗水，但渗水面积不断扩大，很快，一股水柱从河堤的基础部位咕嘟咕嘟冒了出来。

河堤发生了管涌。略有水利常识的人都知道，河堤渗漏危害极大，故有千里长堤毁于蚁穴的古训，而一旦形成了管涌，若不能及时堵塞漏洞，后果会变得非常可怕。整个河堤仿佛被从要害部位给捅开了一个洞，水柱会喷涌而出，而且在巨大压力之下，漏洞还会逐渐扩大，直至将整个河堤冲垮。情势已经万分危急了。

张世全看见，在靠近管涌位置的河面上，污浊的河水已经形成了一个巨大的漩涡。漩涡仿佛一个高速运转的飞轮，正挟带着呼呼的风声，在波涛荡漾的河面上张牙舞爪地舞蹈着。

人们开始向漩涡处倾掷沙袋石块，然而无济于事。此刻，这些分量不轻的物品在漩涡里显得轻于鸿毛，很快变得无影无踪了。

管涌正在不断扩大，粗大的水柱宛如一条巨蟒，轰隆隆钻破河堤，向西奔去。张世全感到堤在晃，似乎随时会被撕裂。

只有打桩了。县水利局的一位副局长说，底下已经形成了巨大空洞，沙袋和石头投进去就会被冲跑，眼下没有别的办法，只好打桩固定。副局长说完，抄起一根钢钎，腾地跳进了波涛中。

紧随其后，吐尔江跳了下去，接着又有十几个人跳进河里。

张世全入水的刹那，感到整个人仿佛一下子跌进了浑浊迷蒙的深渊，失去了方向。又像被一只巨掌拨弄着，头朝下，向十几米深的河底插去。他已经喝了好几口污水，嗓子眼里又苦又涩。

终于摸到了河底的淤泥，张世全想睁开眼睛，但他眼前一片浊黄，什么也看不到。他不知道吐尔江他们在什么位置。

突然，他感到有一只巨手倏地伸了过来，他像被一股巨大磁力牵拉着，向着一个无边的深渊里跌进去。

完了。张世全脑子里冒出这两个字。

九

房间里静悄悄的。一股幽香钻进了张世全的鼻孔里。

张世全睁开眼睛，发现自己正躺在洁白的病房里，床头的吊杆上悬着一瓶液体，一根细长的透明胶管连到了他的手背上。

天已经晴了。阳光从窗户照进来，投到床头的一篮鲜花上。

刘班长坐在床尾，脸上挂着倦容，正发着呆。见张世全睁开眼睛，刘班长扑上来抱住他。世全哪，哎呀，你可算是醒啦！刘班长哭起来。

张世全突然想起了那只恐怖的巨手。他倏地紧张起来，一把抓住刘班长的胳膊，连声音都变了调，班长班长，那、那河堤……？

刘班长说，被你们堵住了，河堤保住了。

张世全感到全身像被卸了劲的弹簧，一下子变得软绵绵的。

床头摆着一封信。是家信，大妹写来的。

刘班长说，队长和指导员给你带过来的，他们刚走。

当兵后，张世全最喜欢的就是看信。他经常把大妹写来的家信揣在口袋里，有时间就拿出来读一遍，每次与吐尔江一起爬到洞库山顶，张世全都要看一会儿信。微风中，家信在他面前缓缓展开，就像家乡的亲人坐在对面跟他聊天。吐尔江的信不多，为此他非常羡慕张世全。张世全曾宽慰他说，将来我退伍了，一定给你写信。

大妹的信开头照旧会说，哥哥见字如面。每次读到这里，张世全都会有一种奇异的感觉，他感到自己的眼前果真出现了母亲和弟弟妹妹们的面容，看上去那么亲切。大妹继续说，你寄回来的一千块钱收到了。他心里一咯噔，一千块钱？他感到脑子有些乱。大妹又说，你在汇款单上留言说是部队同志们给捐的款，一下子捐了这么多，咱娘心里很不安，咱家虽穷，可也不能光靠部队上。

　　信看完了，张世全仿佛陷进了一个迷阵里。

　　到底是谁寄的？张世全的脑子在飞速运转着，仔细搜寻与此有关的任何信息。

　　吐尔江！张世全不由大叫了起来。

　　刘班长被这突如其来的叫喊吓了一跳。

　　见班长迷惑地盯着自己，张世全将家信递给他，说，吐尔江给我们家寄的。没错，就是吐尔江，一千块钱就是他寄的。

　　刘班长读着张世全的家信，眼泪啪啦啪啦掉了出来。

　　张世全猜得没错。那一千元钱正是吐尔江寄的。张世全家里穷，他跟吐尔江讲过。张世全探家归队后，吐尔江为战友的家庭变故深感伤悲。他很想帮帮张世全，于是给父亲去了一封信，让父亲卖掉了家里的几只羊，凑了一千元钱带到部队来。那天上午，吐尔江利用到县城送父亲回达坂城的机会，按张世全经常写信的地址，到邮局把钱寄给了大别山深处那个小村庄。在汇款单留言栏上，吐尔江工工整整地写了一句话：战友们捐款，祝妈妈身体健康。

　　张世全一把抓住刘班长胳膊，吐尔江呢，我要找他。

　　刘班长的眼泪流得更凶了，最后蹲在地上号啕大哭。

　　吐尔江牺牲了！刘班长哽咽着说，他在水里一口气干了半个多小时，管涌被堵住以后，他和水利局副局长都不见了人影，最后在河边找到了他们的遗体，吐尔江的嘴巴鼻子里全是淤泥。

　　刘班长还在悲戚地述说，张世全却突然什么也听不到了。

　　实际上，他已经忘记了自己身在何处。他突然看到，巍峨耸立的博格达雪峰正横亘在眼前，山风号叫，寒冷撕扯肺腑，孤独漫天沉重，他在一块陡峭的崖壁上攀登。突然，脚下的一块岩石松动了，他的身体划出一道悠缓的弧线，坠向无边的深渊。一只大手突然温暖地握住了他，那只手多么有力量，那只手传递出的温暖多么令人感动。他看到了那只手的主人，一双明眸，一脸热情灿烂的笑容。吐尔江，你好！他被那笑容点燃了，他的周身顿然充满了力量。他和吐尔江携手，最终登上了那座生命罕至的博格达险峰。

两朵雪莲花，正在千年雪峰上粲然绽放。

这花，也在张世全流泪的眼眶里定格成永恒。

十

清明时节，我又一次来到了那片群山之中。

二十多年过去了，每个清明，我都会回到这里，去县城的烈士陵园看望我的战友吐尔江。在他的墓碑前坐一坐，到洞库山顶站一站，陪他说说话，一如二十年前我们在深山仓库的每一次聊天。

烈士陵园坐落在县城西郊。傍山而建。园内苍松翠柏，碧草茵茵。一队红领巾少年高擎着少先队旗，满怀敬仰走进这清幽肃穆的园中，把少年的感动和崇敬，送给每一位长眠的英雄。

吐尔江烈士之墓。

我看到，深深凹陷在大理石墓碑上的一行大字，在更迭岁月的剥蚀中依然苍劲雄浑。墓碑的上方，雕刻着两朵并蒂盛开的雪莲花。枝叶茂盛，花容尽展，香气馥郁，年年岁岁，常开不败。

那年，吐尔江的追悼会结束后，我跟随仓库领导去了一趟达坂城，看望和慰问烈士亲人。秋风已经很凉了，吐尔江的父母亲在他们简陋的小院里很盛情地款待了我们。那天，按照维吾尔族的习俗，小院里举行了一个隆重的认亲仪式。从此，在这遥远的塞外小镇，我的维吾尔族爸爸妈妈成了我时刻的牵挂。我像他们的儿子吐尔江一样孝敬他们，给他们养老送终。我就是他们的儿子。

张政委，天不早了。同行的仓库干部小声提醒我。

走了，吐尔江兄弟。我在心里说，明年，我再来看你。

原载《解放军文艺》2023 年第 12 期

● **作者简介**

柳金虎，山东高密人，中国作家协会会员。1986 年 10 月参军到新疆，2017 年自军中退休。1988 年开始发表文学作品，迄今发表各类作品二百余万字。著有长篇小说《城市的屋檐》，出版有中篇小说集《父亲的河流》、散文集《四季如歌》、纪实作品集《托起生命的太阳》。小说曾获解放军文艺优秀作品奖、解放军报长征文艺奖、兰州军区昆仑文艺奖、"文华杯"全国短篇小说比赛二等奖等。有中篇小说入选《中国军事文学年选》。

爱的回响

◎ 孔立文

一

不知为什么，宋国琪见到武亚力第一眼就有一种似曾相识的感觉。那天他从线路车上下来，背上背着背囊，脖子上挂着吉他，左手拎着大号皮箱，可能是关车门时用力过猛，抱在怀里的足球忽地就滚了出去。足球越滚越远，一眨眼便滚到对面马路牙子那边去了。

线路车径直开走了，宋国琪有些失望，却见一个黑衣少年跑到足球跟前，一脚把球踢了过来。少年的力道正好，足球不偏不倚落在宋国琪脚边。宋国琪把球踏在脚下，冲少年回以微笑。少年目光清澈，鼻梁高耸，却面无表情，宋国琪忽然就想到一个人。这无端而至的恍惚，让宋国琪半晌没回过神来。这时一个中年女人跑过来，一把把少年拽走了。

宋国琪望着他们离开，这才把球钩起来抱在怀里，然后掏出手机拨号，转身向村委会大门口走。于光远从路那边急匆匆赶来，老远就喊："宋国琪，我来了。"

宋国琪停下来，笑嘻嘻地看着他说："正要打电话给你呢，怎么，来接我呀？"

"当然了，不好意思啊老兄，刚才校长找我有点事，耽误了一下。"于光远边说边接过宋国琪背上的行李。

宋国琪和于光远是大学舍友，都刚参加工作没两年。前不久，在江苏镇江一所小学任教的于光远，参加了当地的援疆工作队，到宋国琪所在城市的格尼达村支教，而宋国琪他们市文旅局新近调整的驻村点，正好也在格尼达村。格尼达村是市里乡村振兴的重点帮扶村，建档立卡的贫困户和低保户不少。格尼达村离宋国琪的家乡不远，冥冥中他早就心驰神往，于是主动申请，参加了新一轮的下沉驻村。

就这样两个年轻人再次当起了舍友。宋国琪把吉他和足球放在墙角，打开背囊取出被褥铺床。因为刚才出了不少汗，宋国琪索性把上衣脱了。

看着宋国琪胸前轻轻晃动的子弹头吊坠，于光远忽然想起了什么，他问宋国琪："咱们上学的时候，你说的那个救命恩人，后来找到了吗？"

"没有。"宋国琪回应里带着几分黯然。

"一看到你这个吊坠，我就想起你曾经说过的，你要一直找下去吗？"

"当然，你知道的，这是我的一个心结。"

宋国琪从小在福利院长大，是一场地震让他成了孤儿。宋国琪至今忘不了那个可怕的夜晚，地震无征兆地降临，就像一场猝不及防的噩梦。即便前几年，宋国琪还经常做着这个充满恐惧的梦。暗夜中天摇地晃，若隐若无。他恍然听到父亲惊慌失措的声音，那个声音急促而恐慌，多少年挥之不去。破碎与混乱中，他还听到了母亲惊恐得变了声调的嘶叫。那时候他的眼睛虽是闭着的，但能感受到心脏剧烈地跳动。他睁开眼睛，阵阵尘土糊住了他的脸庞。顷刻之间，房墙在晃动中坍塌。

醒来时他已经成了土人，身上还挂着一道道凝结了的血。他躺在一个军人的臂弯里。他至今仍记得那个军人当时的模样，他脸庞黑红，眉毛粗重，鼻子阔大，头上戴了一顶迷彩帽。

"他醒了，这孩子醒了！"军人巨大的惊喜刻在了脸上。

"你是谁？"他看着他，轻轻地问。

"我是解放军。"军人面露微笑，一脸柔和地说，"知道解放军吗？"

"知道。"他说，"老师说过的。"

"那就好。"军人目光亲和，始终洋溢着温暖。

"你放我下来。"他说。

军人抱紧了他，轻声说："你受伤了，需要治疗。"

"我没受伤，我要找爸爸妈妈。"说着说着他就哭开了。映入他眼帘的，是一片废墟。他家的房子已经没了，全都垮了，塌了。一堆房子的残骸摊在地上，折断的土墙，斜插出来的檩木，破损的瓦砾，还有随风飘动的布缕，仿佛另一个世界。

军人不说话，大步向前走。他开始拼了命地挣脱，这时候他才感觉到身体的异样与疼痛。他的两条腿使不上劲，胳膊一动就疼，直到他看见一缕缕鲜血顺着自己手臂滑下来，一滴滴滚落到军人的迷彩服上。

军人也看到了，他捂住他冒血的伤口，厉声说："再不要动了，不然血止不住了。"

他看见鲜红鲜红的血从军人手指缝里蚯蚓一样钻出来。他感到一阵晕眩，然后再次失去了知觉。

是这个不知名的军人挽回了他的一条命。这是宋国琪后来才知道的，他多处软组织挫伤，下肢多处骨折，右上臂被砸伤。他在医院住了两个多月。他们告诉他，他的父母在地震中罹难，他成了孤儿。

那时他躺在病床上，双腿打了石膏，右臂缠了绷带，身上布满了纱布。每天都要换药，夜里常常哭醒。虽然只有十岁，但其实他什么都懂了，他觉得自己已经没有未来，眼神里充满了无助和迷惘。唯一能给他带来心灵慰藉的，就是曾经救过他命的军人。对他来说，军人就是一种精神依托，还能让他感受到残存的希望。在医院里，他除了哭喊着要找爸爸妈妈，还有就是要找解放军叔叔。爸爸妈妈是不可能了，解放军叔叔倒是真的来了。仿佛心有灵犀，他是专门请了假来看他的。知道了他的心思后，军人便每个周六都来看他。这成了他们两个无言的约定。

他听不进去医生护士的话，军人的话反倒让他深信不疑。那时候，他心里已经把军人当作亲人，他是那么渴望看到他，做梦都盼着星期六的早日降临。一次军人还给他带来了一只足球。他问军人：

"你怎么知道我喜欢足球？"

军人告诉他，当抗震救灾小分队赶到他家时，他在探出来的门板下面发现一只足球，而宋国琪就蜷在足球的光影下面。是他发现门板下面被压住大腿的宋国琪。几个人跑过来，有人撑起门板，有人按住足球，军人把宋国琪拉了出来。

宋国琪从小就喜欢足球，睡觉的时候都把足球放在身边。没想到这一次是足球救了他。他哭泣着说："可是现在，我还能踢足球吗？"

"当然能，医生说了，你的伤不重，没问题的。"

"我不信。"宋国琪眼泪汪汪地说。

军人灿烂地笑了，指着自己胸前的徽章说："看见了吗，我是解放军，解放军的话，你还不相信吗？"

宋国琪点了点头。他真的就相信了，郁结许久的心扉也就此打开。他的耳朵听见了窗外啾啾啾的鸟叫声，眼睛看到了病房里那些彩线一样纯净又漂亮的阳光，他的梦境里很少再出现那些眩晕的摇晃、凄厉的嘶叫和黑不见底的画面了。他可以一觉睡到大天亮了。

有一次他对军人说："叔叔，我喜欢解放军，我也想当像你这样的解放军。"

"好啊，喜欢就好，等你长大了，就可以当兵了。"军人说，"不过，你若想以后成为一名军人，那就要从现在开始，以一名军人的标准要求自己，这样你绝对能够心想事成。"

他从胸前取下一枚子弹头吊坠。吊坠悬在宋国琪眼前，闪烁着亮泽的光。

"怎么样，纯铜的，子弹头。"

"这个是真的子弹头吗？"

"当然，我自己磨的，92式，百分百纯铜。"

宋国琪接过吊坠，拿在手上小心翼翼地摩挲。军人爽快地说："你要是喜欢，这个就送你了。"

"叔叔那你没有了怎么办？"

"没关系，我还有一个呢。这个吊坠，叔叔就送给你了。"

宋国琪面露惊喜，紧紧地抓着军人的手。军人把他拥在怀里，轻轻地抚摸着他的头。

二

宋国琪怎么都没想到，驻村工作队分给他的一对一结对亲戚，竟是帮自己踢球的黑衣少年一家。黑衣少年名叫武亚力，十一岁，在读小学六年级。武亚力父亲早逝，母亲叫楚艳丽，患有高血压，干不了重体力活。武亚力还有个姐姐，在省城读大学。武亚力家的房子跟村里其他人家的一样，都是抗震安居房。天蓝色的屋顶，看着分外清爽。

周末第一次认门，宋国琪就带上了自己的足球。在大学时，他和于光远都是校队主力。虽然离开了校园，但踢足球这个爱好一直保持着。躲在楚艳丽怀里的武亚力，看着宋国琪手上的足球，沉郁的脸上闪过一丝光亮。

宋国琪说，武亚力弟弟，你喜欢踢足球吗？武亚力没说话，只是轻轻点了一下头。宋国琪把球递向他，他身子向后缩，没有要接的意思。宋国琪说，那我们一会儿去踢球好不好？武亚力又轻轻点了一下头。

老旧的茶壶在铁皮炉子上嗞嗞地叫着，一缕缕热气飘荡着家的温馨。木制长方桌上，摆满果盘点心，还有酸奶疙瘩。果盘盛放着巴旦木、大枣、无花果和方块馕等。

楚艳丽热情地倒奶茶，武亚力站在一旁，不时用纯净的眼神瞄着宋国琪。宋国琪和楚艳丽说起村里的房子，楚艳丽说，房子是政府统一建的，村子都是整体搬迁过来的。

"扶贫搬迁的那种？"

"对，过去我们住在山根底下，属于地震带，喝的还是涝坝水，交通什么的都不方便。"

看样子楚艳丽对时下的日子还算满足，她的喜悦都刻在脸上了。煤气炉前，锅里的水冒着热气，楚艳丽娴熟地扯着拉面。

房间里，宋国琪问武亚力，武亚力弟弟，以后我就是你哥哥了，你高兴吗？武亚力不回答，只是轻轻点头。

宋国琪说，以后有什么事，你就跟哥哥说，哥哥一定帮你。武亚力看了宋国琪一眼，虽然什么也没说，但表情是欢喜的。武亚力喜欢这种家的感觉。

楚艳丽过油肉拌面做得很地道。拉面色泽鲜亮，菜色红绿相间，肉味清香浓郁。她不停地给宋国琪夹菜，一口一个儿子地叫着。宋国琪在心里也把她当成了自己的又一个母亲。

宋国琪吃了满满两大盘，楚艳丽还盛情地要给他加面，被他婉拒了。武亚力还在吃，吃相夸张，满嘴油红，甚至可以用狼吞虎咽来形容。他已经吃了三大盘，还没有停下来的意思。楚艳丽微笑着看着儿子，脸上泛着满足的油光。

饭后宋国琪带武亚力在院子踢球。他本以为武亚力会很厉害，可真踢起来才发现，武亚力是零基础。除了喜欢之外，基本上没有正式踢过。

宋国琪从基本功教起。他示范着用脚背颠球，武亚力看得两眼着迷。宋国琪说颠球可以增加球感，他边做动作边讲解，然后把球踢给武亚力，武亚力学着他的样子颠球，球不时掉落，但宋国琪不断鼓励他，说他有踢球天赋，像这样练下去，几天就厉害了。武亚力脸上开始冒汗，但劲头丝毫不减。宋国琪给他计数，他很快进入状态。不远处，楚艳丽望着他们，露出欣慰的笑容。

走亲戚时间有限，宋国琪要走了，楚艳丽和武亚力都有些舍不得。武亚力拉着他的手，一副不情愿的样子。宋国琪把足球留下了，说这是自己送给武亚力的礼物。他交代武亚力以后没事时要多练，到时候他还会抽时间过来教他。宋国琪还从口袋掏出一沓钱交给楚艳丽，说是给武亚力的零用钱。楚艳丽一开始怎么都不要，宋国琪说你不拿着就没把我们当成一家人，楚艳丽这才勉强收下了。宋国琪走出好远，楚艳丽还牵着武亚力的手，站在门口目送。

回到宿舍，于光远正在听着音乐拉臂力器。

"你的足球呢？"于光远问。

"我送给我弟了，不过，我在网上，又买了两个。"

"你弟？"

宋国琪给他介绍了武亚力的情况。于光远说他们班上有个同学，也叫武亚力。两个人比对了一下，年龄长相都差不多。于光远说我接这个班时间不长，不过对这个武亚力印象倒是挺深的，性格孤僻，还特不爱说话，上课基本上不举手，下课就喜欢一个人猫着，学习成绩也不好。

"那你可得多帮帮他，他现在可是我弟。"

"我尝试过的，有一次我专门让他起来回答问题，他就站在那儿不吭声，也不说会，也不说不会，我怕伤他自尊，就让他坐下了，往后再也没敢叫他。"

"这样下去绝对不行，我们得商量商量，怎么把他的心扉打开。"

"这个我也想过，但得慢慢来，不能着急，着急的话，我怕会适得其反。"

"他喜欢踢足球。今天我跟他踢了一阵子，还别说，他悟性不错。"

"是吗，那就好，心理学上说，运动和音乐，可以改变一个人的性格。"

一说起音乐，宋国琪仿佛想起什么，起身下床，拿过墙角的吉他。他坐在椅子上，怀抱吉他边弹边唱："长路奉献给远方／玫瑰奉献给爱情／我拿什么奉献给你／我的爱人／白云奉献给草场／江河奉献给海洋／我拿什么奉献给你／我的朋友／我拿什么奉献给你／我不停地问／我不停地找／不停地想／白鸽奉献给蓝天／星光奉献给长夜／我拿什么奉献给你／我的小孩……"

在一旁做哑铃侧平举的于光远偶尔也跟着宋国琪哼唱。一曲终了，于光远望着宋国琪说："这首《奉献》，上学时你就爱唱，说实话，确实好听。"

"这是那个军人叔叔在福利院教我的。"宋国琪带着几分内疚说，"我当时真是不懂事，竟然不知道问问他的名字，以至于到今天，我都不知道他人在哪里。"

"毕竟，那时候你还是个孩子。"

"当时我怎么一点这方面的意识都没有呢，那个时候他说了的，每周六都过来看我，我就相信了，没想到，后面他突然就不来了，而且，一点消息都没有。"

宋国琪再次陷入深深的自责中。

当时宋国琪伤情痊愈后，要从医院转到福利院，可他死活不肯去。后来他提出一个条件，非要让军人叔叔陪着他去才可以。说来也巧，说话间军人竟然真的来了。初到福利院他不是很适应，军人就又许诺给他，说以后每周六都来看他。开始几周军人每周都来，他也顺利入学，生活步入全新的轨道。

他最后一次见到军人是在一个雨天。宿舍窗外，雨声如注。他本以为军人应该不会来了，可是他还是如约而至。军人身上披着雨披，脚上全是泥水。

"叔叔外面下雨了，我还以为你不来了呢。"

"说好了要来的，怎么能食言呢，"军人微笑着说，"不过，我一会儿就得走，我怕雨太大，路上有山洪，那可就麻烦了。"

军人从挎包里掏出一把积木手枪，还有一袋巧克力。积木手枪是军人上周就答应送他的，他拿在手上，阴郁的心情一扫而光。军人耐心地给他讲分解结合的方法，他兴奋地说那我以后一当上兵可就会用手枪了，军人笑着说那是肯定的。回忆起这些，仿佛就在昨天。虽然后来因为身体上疤痕面积太大他未能参军入伍，但这个美好愿望还是给了他无限希冀，让他无论遇到任何挫折都能勇敢面对，包括后来顺利考取体校。

军人离开的时候，他站在福利院的门口送他。他看着他牵着马走进密密麻麻的雨幕中。他披着黑色雨披，矫健地飞身上马，然后还回头朝他笑了一下。那天军人就像一个梦幻中的骑士，但很快就变成一团模糊的影子，然后就消失不见了，永远地不见了。

从此军人再没有来过，那个终生难忘的背影成了永恒。他曾在心里怨恨过他，怨他说话不算话，怨他不来了为什么不事先告知自己，为此他伤心难过了很久。他想去找他，这时候他才发现自己对他竟然一无所知，不知道他的名字，不知道他来自哪里。他问护工，护工也不知道，就连福利院的院长妈妈也一样。不过院长妈妈给他讲了一个细节。

那天上午军人进来的时候恰好碰上院长。因为他是牵着马进来的，院长就问他，说你骑的是军马吗？军人说不是，是我家里的马，我前两天已经退伍了，不在部队了。因为下着雨，院长也没多说什么。院长跟宋国琪说，这个军人已经退伍返乡了，就这样还能赶过来看你，已经很不错了。

院长的话让他有了些许释然。随着年龄的增长，宋国琪越发觉得自己其实应该感谢军人，因为是他给了自己第二次生命，是他让自己抚平创伤，并从迷惘中走出来。可是，他又在哪里呢？

"有个事，你给我参谋参谋，看能成吧？"于光远的话把宋国琪的思绪拉回到现实。

"说吧，什么事？"

"我想成立个课外足球队，你看怎么样？"

"好事啊，我们正筹建足球场和篮球场呢，资金全是我们局扶持的，下一步还要扩建村民文化活动中心，你的这个想法，简直是应运而生。"

"我连球队的名字都想好了。"

"说来听听。"

"'阳光少年足球队'，怎么样？"

宋国琪放下吉他，激动地说："我看行，'阳光少年足球队'，听着就有青春气息。"

"那我来组队，你来当校外教练怎么样？"

"行啊，没问题。"宋国琪话锋一转，"不过，我有个条件。"

"说吧，不论什么条件，我都答应你。"

"武亚力要入队。"

"没问题。"于光远笃定地说。

<h1 style="text-align:center">三</h1>

夕阳已经变成了金黄色，建设中的村文化广场还是一片忙碌。挖掘机在开挖土方，几个工人正往一拖拉机上铲土。尘土飞扬中，一翻斗车在往外运余土。宋国琪带着安装工，与村民们一起在安装健身器材。

不远处的空地上，武亚力正在独自颠球。这里距他家不远，他一放学就过来了。这几天宋国琪只要有空闲，就来教武亚力踢球。他跟他说，球技不是一天才练成的，必须要下功夫，要吃得了苦。除了颠球，他还教他拨球、拉球、跨球和踩球，以此锻炼他的球感。中间他也穿插教他运球、传接球和射门，让他体验实战的感觉。由于宋国琪的激励，武亚力对足球的挚爱与日俱增，几乎到了痴迷的地步，经常是天黑了都忘了回家，吃饭睡觉恨不能都抱着足球。当然，球技也是看得见的进步。

健身器材终于安好了，其他人都走了，宋国琪没走，他还要指导武亚力踢球。武亚力满头是汗，看见宋国琪过来，他脚踏足球，停了下来。

　　宋国琪表扬了他一番，然后竖起几块砖头做障碍物。今天他们练习运球。运球也就是人们常说的"带球"。宋国琪在前，武亚力在后，跟每次一样，他跟着他做动作。宋国琪用脚推拨足球，敏捷绕过障碍物，武亚力在后面紧跟。宋国琪跨步拉球转身变向，武亚力由于转身太急，没有把球控制住。宋国琪让他重复做这个动作。武亚力又试了几次，逐渐有了感觉。

　　宋国琪脱下外衣，说我们两个来个对抗，你带球进攻，我来拦截。宋国琪控球时，武亚力忽然停了下来，目不转睛地盯着宋国琪胸前的子弹头项链，似乎有话要说。

　　宋国琪问："你怎么了？"

　　武亚力不说话，轻轻抬起手，摸了一下宋国琪的子弹头吊坠。

　　"喜欢吗？"

　　武亚力点了点头。

　　"可是，这个不能给你，因为，这是一个叔叔送给我的，我要留作纪念。"

　　武亚力小声地说："不用，这个，我有。"

　　"你有？你的那个，肯定跟我这个不一样吧？"

　　武亚力眨着眼睛，一脸纯真，想了片刻，然后轻轻点了点头。

　　宋国琪笑着说："好了，不说了，我们训练吧。"

　　武亚力跟着宋国琪尽情奔跑，足球在脚下舞动，变换着各种技巧，矫健的身影尽显活力与张扬。

　　两周之后，于光远的阳光少年足球队正式成立。球队的运动装和球鞋是宋国琪和于光远统一采购的，他们的大学同学在微信群里得知消息后，不约而同地积极捐款，还为他们网购了几大箱足球。

在球队成立仪式上，一场足球赛正在举行。因为有宋国琪之前吃小灶式的系统化训练，武亚力在球队中的表现并不差，甚至还很抢眼。队员们来回奔跑，于光远担任裁判。宋国琪作为教练，站在小队员中间。武亚力迎面抢断一个小队员脚下的足球，带球左拨右扣，前推后拉，连续过人，直逼对方球门，守门员慌乱前出，武亚力横向晃动闪开空当，随后起脚远射，球进了。

全场沸腾。观看比赛的同学掌声和欢呼声响成一片。宋国琪直接吼出声来，武亚力老远冲他笑了一下。这是宋国琪第一次看见武亚力笑，笑容阳光灿烂，朝气蓬勃，跟之前的缄默不语简直判若两人。这个时候，同队的球员也和武亚力拥抱在一起。宋国琪拼命鼓掌，手掌都鼓疼了。

于光远一声长哨，左手指向中圈。场上队员有的尖叫跳起，有的垂首叹息。武亚力淡定转身，看了一眼场外的宋国琪。宋国琪向他竖起大拇指。

守门员发球，比赛继续进行。接下来的武亚力更是超常发挥，绿茵场上尽情驰骋，俨然成了球队的灵魂人物。宋国琪暗自欣喜，不由得对武亚力刮目相看。裁判吹响全场比赛结束的哨音，场上场下一片欢呼。

武亚力跑到宋国琪跟前，眼睛里闪着亮晶晶的光，小脸红扑扑的。宋国琪掏出手机对着武亚力，武亚力看到镜头，露出了开心的笑容。

宋国琪立马抢拍，一张充满童真和发自内心微笑的照片呈现在手机上。这时候，宋国琪发现武亚力胸前竟然也挂了一枚子弹头吊坠。

武亚力的子弹头项链是十字架结构，比宋国琪那个锥形吊坠上端多了两个弹壳尾。宋国琪惊讶万分，指着武亚力胸前的吊坠问："上次你说的那个？"

武亚力点了点头，轻声道："我妈妈说，这是我爸爸自己做的。"

宋国琪急促追问："你爸爸自己做的？"

武亚力微微点头。宋国琪陷入沉思。

第二天，宋国琪把洗印出来的武亚力照片拿给楚艳丽看。楚艳丽用手轻轻地抚摸着照片上武亚力的脸，眼泪一串串地落下来。

楚艳丽抹了一把眼泪，把一旁的武亚力搂在怀里。

楚艳丽语无伦次地说："孩子，我的孩子，你终于笑了，你终于笑了。"

宋国琪递给楚艳丽一张抽纸，微笑着说："放心吧楚艳丽妈妈，武亚力弟弟非常优秀，相信以后他的脸上，会经常挂满笑容，是不是武亚力？"

武亚力腼腆地垂下头。楚艳丽走到墙角的大木箱子跟前，把箱子打开，从里面取出一个小相框，然后把照片放进相框。

楚艳丽轻轻抚摸着相框里的一张全家福合影照，表情一片柔和。

照片是普通的尺寸，像素并不高，但宋国琪还是一眼便发现了一个似曾熟悉的身影。他几乎无法抑制自己的心跳，一脸惊异地问："楚艳丽妈妈，你旁边的那个，是……是武亚力的父亲吗？"

楚艳丽叹了口气，轻轻地说："是，是孩子的父亲，只是，他走得太早了。"

宋国琪拿过相框，凝神注视，喃喃自语："不……不是……不可能……"

楚艳丽说，都十一年了，武亚力的爸爸，因为营救一名被洪水围困的孩子，赶上了山体滑坡。楚艳丽说那天是个周末，天下着大雨，她的丈夫武钦非要出门，说要去市福利院，看望一个孩子，说是之前答应好的。他披着雨披，骑着马就跑进了雨里。可是回来的时候，路面被冲垮了，几个少年试图冒险过河。就在这时坡面开始断裂，武钦大喊危险，男孩子反应快都跑开了，但有一个女孩被吓蒙了，满脸惊恐地站在那儿不动，武钦直接冲过去将女孩推向一边，这时候塌方出现了，一截土方轰然而下，直接把武钦砸倒了。

"那后来呢？"宋国琪一脸急迫，满是哀伤。

楚艳丽深叹一声说："后来虽然抢救过来了，但他却成了植物人，脖子以下全都动不了，而且说不了话，吃饭要靠人喂。后面本来已经有了些好转，可是没想到，五年过后，他还是走了。"

宋国琪问："当时武亚力多大？"

楚艳丽说："四岁多，他爸出事的时候，武亚力还没出生呢，在我肚子里，才五个多月，当时我因悲伤过度，孩子差点早产，还好保住了。武亚力一岁多的时候，因为我要下地干活，他姐姐也在上小学，我就把武亚力放到家里，他一个人陪着他爸爸，他爸爸说不了话，武亚力也受到影响，他从小就不爱说话，更很少笑，从不主动与人交流。一开始我们也没发现，后来才察觉不对劲，但已经晚了。医生说他有轻微的自闭症，从小到大，几乎没有开心地笑过。"

楚艳丽把相框放进箱子，叹了口气说："都过去了，不说这些了。"

"那……那叔叔还有别的照片吗？"

"没有了，就这一张，他不怎么爱照相，加上一直在部队，相照得少。"

"叔叔当过兵？"

"当过，当了十年。他出事的时候，退役还不到一个星期。唉，不说了，说多了就想流眼泪。"

楚艳丽从箱角拿出来几个红色木盒，一一打开，竟有两枚三等功证章，三枚优秀士兵证章。楚艳丽说："都怨我，当时老想着让他复员回家，不然，他也不会出事。"

宋国琪递了一张纸巾给楚艳丽，楚艳丽擦干泪水，忽然说："对了，我想起来了，他的退役证上，还有穿军装的照片。"

"是吗？"宋国琪的眼里充满了期待。

楚艳丽在翻找退役证，宋国琪忍不住拿起相框，默默凝视着全家福中的武钦，不知不觉间，却已是满眼的泪水。

"叔叔你怎么了？"武亚力脆生生地问。

宋国琪什么也没说，只是把他拥在怀里，轻轻地抚摸着他的头。

原载《解放军文艺》2022 年第 9 期

● **作者简介**

孔立文，籍贯河北固安，新疆伊宁人，中国作家协会会员。著有长篇小说《秋水长天》《因为我们是特警》《血脉兄弟》、中短篇小说集《守望天山》《天山不了情》等。曾获第九届全军优秀文艺作品奖、首届"吴承恩文学艺术奖"、第二届"伊犁文艺奖"、首届"伊宁文艺奖"等。